# 拨开迷雾

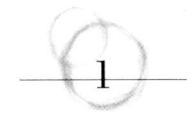

夕阳的余晖倾洒在被单上,光芒映照出纯洁无瑕的形状。

妹妹坐在阳光无法触及的床中间,正弓着背看漫画。

小南由惟放下书包,坐在折叠椅上。妹妹纱奈马上放下了漫画,仿佛看得并不入神。

"回来啦。"

她的动作不疾不徐,看来身体情况马马虎虎。

一开始,她还有点不习惯把病房当成自己家一样打招呼,不过在妈妈每日的重复下,由惟也就不再觉得奇怪了。事实上,纱奈的确一直住在这间病房里,母亲为了陪护她,也几乎不怎么回家。若说这两个人所在的病房就是家,倒也没什么不对。

这种生活已经持续了一个半月。

"换上冬装啦,真好看。"

听到自己身上的都立高中制服被夸好看,由惟有点不好意思。纱奈也到了关注制服款式的年龄啦——想到这里,她的心里就痒痒的。不过这也难怪,因为妹妹明年就要上初中了。

十月刚开始的那段时间,外面还丝毫感觉不到秋意渐浓,所以由惟一直都穿夏装。不过最近几天早晚开始有点凉了,于是从今天起,她换上了冬装。

"你要是喜欢这身制服,也去上押高吧?"

夕阳不依不饶地灼烧着脖子,由惟走到窗边放下百叶帘,同时提议道。

"嗯,押高是挺好的。"

"那我这身衣服得好好保存起来了。"

明年春天,由惟就要告别这身制服,而她早已穿腻了。

"不过,我能考上吗……"纱奈有点不放心地说。

"只要初中好好学习就没问题。"由惟回答道。

可纱奈只是忧愁地"嗯"了一声。

她可能考虑到家里只有两个女儿和妈妈相依为命,担心上学的花费。由惟知道已经离婚的父亲会承担她们的教育费用,只是纱奈年纪还小,所以可能会多想。

"我都不知道能不能上初中呢……"

看来由惟猜错了,妹妹只是担心自己的病。由惟自己不曾有过住院一个多月的经历,而且大部分孩子都不会有这种经历,所以她很理解妹妹的心情。

"你说什么呢,当然能上啊。"

由惟故作轻松地一笑置之,纱奈的表情也随之放松下来。

"嗯,你说得对。"

阴郁的表情不适合纱奈。然而,这一个多月来的治疗并非一帆风顺,最近她的病情更是反反复复,换作任何人恐怕都要抱怨几句。

纱奈得的是肾炎。一开始她得了扁桃体炎,后来虽然治愈了,但没过多久就开始发低烧,好长时间都处在浑身无力的状态。

在医院检查出血尿后,纱奈就住院了。现在除了输液以维持肾脏机能,她的饮食也受到了限制。痊愈好像还要一段时间。

病情一旦恶化，肾脏功能就会受损，而且那种损伤是不可逆的，最终必须依靠透析维持生命，所以这种病十分可怕。同一个病房里就有因疾病慢性化而不得不长期住院的女孩子。不过，由惟相信纱奈的病能治好，也一直对纱奈这样说。

相信归相信，谁也不知道病情会如何发展，妈妈只告诉她没什么问题，并没有细说。由惟还不是大人，很难确定妈妈究竟会透露多少实际情况。

再说，她也不确定妈妈到底有多了解纱奈的病情。因为即使在由惟眼中，妈妈也是个有点呆头呆脑的人。

而且妈妈这个人很讨厌医院，说不定她压根儿不听医生的话，只相信自己一厢情愿的想法。

"妈妈呢？"由惟为了转移话题，问了纱奈一句。

"她去发零食了。"纱奈说着，目光移向床头柜，"那是给姐姐的。"

床头柜上放着几包独立包装的饼干。那只是超市买的超大包家庭装饼干，不算多么稀罕的零食。妈妈经常买这个分给护士和几个脸熟的孩子。

由惟拆开一包饼干放进嘴里，没嚼几口就觉得干巴巴的，可是她没带水，又懒得去冲茶，只能坐着等嘴巴分泌唾液。

每次看到妈妈拿这种零食分给别人，由惟都想拉住她，因为觉得这样太多事了，而且很丢人。

隔壁床的爱佳还在住院时，她妈妈分过金砖蛋糕。那种零食看起来很高级，口感滑润，带有浓浓的黄油香味，味道自然也棒极了，让由惟吃了还想再要一块。那蛋糕仿佛在对由惟说：与人分享的零食，就该是这样的。

不过，由惟的妈妈对这种事很迟钝。她可能觉得超大包家庭装饼干跟金砖蛋糕差不多。由惟慢慢长大后发现，妈妈做的饭菜都很有自己的特色，而且不太好吃。她现在带去学校的便当都是自己在网上查了菜谱做的。妈妈整天只会道听途说，重复着"胡萝卜亮眼睛""青椒对皮肤好"，做菜的味道却没什么变化。

不仅是食物，妈妈对衣服的品位也有点过时。她现在也偶尔会给由惟买衣服，而由惟只会应付式地穿个两三次，过不了多久就穿回自己选的衣服了。

纱奈是个心理年龄赶不上实际年龄的孩子，妈妈买的饼干她吃得很开心，妈妈买的衣服她也穿得很自在。不过她现在已经注意到了由惟的制服，也许过不了多久就会提出自己买衣服了。

加上纱奈，这间病房里一共住了四个女孩子。

门口那张床的患者名叫结芽，今年六岁。那孩子好像得的也是肾炎，因为病情慢性化，已经住院两年多了。由于水肿，结芽的脸总是圆鼓鼓的，也没有什么精神。她的病情好像比纱奈严重很多，但由惟并没有因为共用一间病房就到处去打听别人的事情，都是妈妈打听了告诉自己的。

结芽的对床原本是住院治疗糖尿病的爱佳，后来爱佳出院了。几天前，一个叫桃香的四岁的孩子住了进来。她得了叫川崎病的血管炎综合征，每天都接受输液治疗。

靠窗这头，纱奈的对床是七岁的光莉，两周前因为小儿哮喘住了进来。这是家治疗小儿哮喘的知名医院，很多患者慕名前来。妈妈离婚后虽然搬到了墨田区，但以前他们一家住在江户川区，离这家医院很近，所以由惟在这里治过哮喘。

只不过，由惟的哮喘在住院之前都没有剧烈发作过。相反，光莉的哮喘频繁发作，现在走到她床边，都能听见"咻咻"的呼吸声。这种病容易在夜间恶化，使人很难休息，只能在白天一点点补充睡眠，可是光莉在白天也十分痛苦。

哮喘基本是由过敏症状引起的，若有支气管炎症状，那么一点点压力都会导致发作。光莉也许就是这种情况。

光莉的妈妈一看就是很强势的人，经常尖着嗓子说话。那个阿姨好像特别看不惯由惟的妈妈。当然由惟的妈妈也并非完全没有过错，因为她有一次在病房里坐立难安地走来走去，嘴巴里还念念有词，最后光莉的妈妈实在受不了，不耐烦地说了一句："孩子在睡觉，能不能安静一点？"片刻之后，光莉的哮喘就发作了，虽然与其说是由惟妈妈走路带起的灰尘导致了她哮喘发作，不如说是光莉妈妈的烦躁引起了发作，但光莉的妈妈还是骂道："你看，孩子因为你发作了。"

由惟妈妈也是个粗神经，被抱怨后只说了一句"哎呀哎呀"，看起来完全不当回事。不仅如此，因为亲身经历过由惟的哮喘发作，她还趁光莉妈妈不在的时候多管闲事地对孩子说："光莉啊，你每天早晨用干布擦身五分钟试试，要使劲擦。""冲洗鼻腔可以降低发作的频率呢。"

只要由惟妈妈觉得好的事情，她就会反复说。可能听多了，光莉就觉得可以试试。有一天，她吃完早饭就脱下睡衣，用干布摩擦自己的身体，没想到突然的运动反倒让她的哮喘发作了。光莉妈妈知道后，言辞激烈地要求她别再多管闲事，由惟妈妈却不理解自己究竟做错了什么。

就这样，纱奈住院期间，病房里的氛围丝毫称不上令人舒服。

今天值班的副护士长推着车进来了。她轮流查看孩子们的情况，更换点滴药液，最后走到了纱奈床前。

"你好。"

"你好。"

她跟由惟打了声招呼，开始观察纱奈的脸色，半开玩笑地说："我们趁你妈妈不在，赶紧换掉点滴哟。"她先挂好输液袋，然后接上了纱奈手臂上的留置针。

"叫你妈妈别随便动哟。"

副护士长对由惟吩咐了一句，由惟尴尬地说了声"好"。

"当然，她每天陪着孩子是很好。"

副护士长嘀咕着，看着表调好输液速度，然后对由惟笑了笑。

由惟只能回以苦笑。

医院虽然没有明确要求孩子须由家长陪护，但她猜测，其实在护士人数较少的夜间，院方还是希望有大人睡在病房里陪孩子的。这间病房里的患者都有妈妈彻夜陪护。

由惟的妈妈也辞去了食品加工厂的兼职，每天睡在病房的简易陪护床上。那种床又硬又窄，肯定很不好入睡，也无法缓解疲劳，但妈妈从来不抱怨。这个态度可谓家长的表率，院方理当十分认可。

但实际上，尽管由惟妈妈经常给护士站送零食，院方还是对她敬而远之。因为她经常自作主张地削减口服药，还擅自调节输液速度。

由惟妈妈很讨厌医院，基本上把所有药都视作毒药。只要上新的点滴，她就会追问这是什么药，并质疑是否真的必要。这对护士来说，想必是极大的麻烦。

由惟妈妈年轻时好像在医院当过看护助手，亲眼看到靠药物维持生命的住院患者身体一点点衰弱，因此产生了抵触情绪。现在也是，有时纱奈在输液，她会直言不讳地对小女儿说："纱奈被当成小白鼠了，好可怜啊。"不过纱奈早已习惯了妈妈奇怪的性格，会在她离开后笑着对由惟说："妈妈很喜欢小白鼠吧。"

由惟妈妈自己无论发再高的烧都决不看医生。由惟上小学时哮喘发作，妈妈也只会给她搓背，买外涂的感冒药膏涂抹胸口，轻易不会带她看医生。

由惟知道妈妈是这样的性子，最近纱奈一有点不舒服，她就会催促妈妈"赶紧带妹妹去看医生"。纱奈被检查出扁桃体炎时，医生提议今后如果反复发炎，可以考虑手术切除。妈妈听了直抱怨，说上了医院没病也要给你看出病来，但是由惟见纱奈的身体一直没有好转，再次坚持让妈妈带纱奈去看医生。

无论多么讨厌医院，妈妈其实也知道有的病必须看医生才能治好。所以她还是会不情不愿地带孩子看医生，也会积极陪在孩子身边。只不过，她从不掩饰自己对医院的不信任，因此遭到许多护士和住院患者家属的非议。

副护士长离开一段时间后，由惟妈妈拎着几乎分完的大零食袋回来了。

妈妈两三天才回一次家，头发总是乱蓬蓬的，也顾不上化妆。而且她身上的衣服只讲究方便，比如现在就是一身穿旧的灰色毛衣和黑色运动裤，跟好看丝毫不沾边。

"回来啦。"妈妈打着招呼，把发剩下的两包饼干递给了纱奈，"吃吧。"

"嗯。"

纱奈接过饼干打开一包，还贴心地要跟由惟分享。由惟摇头拒绝，纱奈便高兴地把两块饼干一起塞进了嘴里。

"亚美要出院了，把这个给了我。"

妈妈说着，拿出乍一看还剩五十张左右的折纸交给了纱奈。

"那孩子还没什么精神呢，就要出院了。我看啊，待在医院再怎么恢复也有限，还是早点出院的好。"

妈妈说的亚美没在这间病房，由惟不知道那是谁。纱奈也只是默默地嚼着饼干。尽管如此，妈妈还是自顾自地说下去。

妈妈注意到点滴，伸手就要去调，由惟提醒道："护士说别动点滴。"

"没关系。"妈妈毫不在意，调慢了输液速度。

"这样不好。"

"妈妈最了解纱奈了。"

由惟是循规蹈矩的性格，从来不主动违抗别人的指示。她觉得，且不论妈妈有多少专业知识，纱奈的病还是交给医院的医生和护士处理会好得更快。

只不过，纱奈对妈妈毫无怨言。也许因为她还是妈妈买什么就穿什么的年纪，当然主要在于纱奈的性格本来就很老实。

"姐姐，我们来折纸吧。"

纱奈似乎并不在意输液的速度，从盒子里拿出了折纸。

"好呀。"

反正回家也只有她一个人，所以由惟每天都在病房复习到晚饭时间才回去。一般都是纱奈先吃完饭，她再跟妈妈到医院食堂吃点东西，然后自己回家。高中最后一年的第二学期已经过去了一个月，为了升学考试，她不能浪费时间。虽说家里的教育经费由离婚的父亲承担，但由惟也不太肯定他会答应给复读的钱。

尽管现状如此，每次纱奈求她，由惟还是不会拒绝。

由惟很喜欢这个比自己小六岁的妹妹。由惟的亲生父亲在她很小的时候就病死了。后来妈妈再婚，生下了纱奈，所以她跟纱奈只有一半的血缘关系，但这反倒让她对妹妹产生了少有的感情。更何况，纱奈很会撒娇。看见妹妹被病痛折磨，一副无精打采的模样，由惟就忍不住想牺牲一切让妹妹精神起来。

"折什么？"

"折白鲸吧，你快查查。"

"有没有白鲸啊……"

纱奈刚住院时，由惟陪她玩过一次折纸。当时由惟用手机查了各种动物的折法。妈妈双手格外灵巧，也很擅长裁缝，可就是记不住折纸的步骤。妈妈说自己会折纸鹤，可是折出来的纸鹤一点都不像。纱奈笑得几乎忘记了病痛，然后好像不再指望妈妈能教她折纸，有不知道的地方都问由惟。

由惟拿出手机检索了白鲸折纸步骤。自从上次给纱奈看了白鲸的动画，她就念念不忘，吵着出院后要一家人去海洋世界玩。

"找到了，白鲸。"

"啊，好可爱！"

不仅可爱，还不是很难。由惟也有了动力。

"首先沿对角线折成三角形……"

由惟跟纱奈一起折白鲸，妈妈却在旁边忙碌地走来走去。

"我把要洗的衣服收拾好，你带回去洗好吗？"

她抓起毛巾和内衣等东西，哗啦哗啦地塞进大塑料袋里，放在由惟的书包旁边。做完这些，她又开始四处张望，观察别的孩子。

"光莉没吃饼干，又在喘粗气了。"

由惟妈妈听见光莉轻微的喘息声，快步走了过去。

"光莉，难受吗？"

光莉侧躺在略微升起的床上，轻轻睁开眼摇了摇头，表示没问题。

"刚才护士过来换了点滴，应该在观察效果。"

由惟提醒了一句，暗示妈妈不要多管闲事，而妈妈竟看向了光莉的点滴，由惟不禁有些担心她会乱动别人的东西。

"这孩子昨天夜里也很喘，一直好不了。毕竟现在正换季呢。"

妈妈边说边走到光莉身边给她搓背。

"要是能坚持干布摩擦就好了，每天五分钟就行。冬季用干布摩擦，夏季游泳。由惟就是这样好起来的。"

由惟的确上了游泳课，哮喘发作的次数也确实逐年减少了，但小儿哮喘本来到了上初中的年纪就会逐渐减少发作，因此由惟不认为自己的病是游泳治好的。何况运动也会导致哮喘发作，她很想劝妈妈别对重症患者，尤其还是别人的孩子随便提议。

"药总是换来换去，到头来还不是给别人当小白鼠？得自己想办法好起来呀。"

由惟听了那句话，无奈得很想耸肩。就在这时，光莉妈妈进来了。由惟顿时感到万分尴尬。

光莉妈妈看见由惟妈妈在给光莉搓背，瞪着眼睛收紧了下巴。由惟妈妈却不为所动。

"你妈妈回来啦。"

她对光莉说了一声，光莉好像睡着了，并没有睁开眼。

"我见孩子又有点难受了。"

由惟妈妈说着松开了手,光莉妈妈没说话,只是瞪了她一眼。

"这儿有饼干,你们吃吧。"

由惟妈妈泰然地补充道。

光莉妈妈不耐烦地叹了口气,推开她走到光莉床边,拉上了床帘。

"孩子好像平静下来了……"

由惟妈妈自顾自地说着,又在病房里走来走去,观察结芽和桃香的情况。

结芽和桃香分别有哥哥和妹妹,所以她们的妈妈还要照顾别的孩子,白天经常不在病房。妈妈看起来有些孤单,但由惟还是很庆幸她没有跟另外两个大人陷入尴尬的关系。

"结芽好像很没精神呢……真可怜。"妈妈走回来说。

结芽患了比纱奈更严重的肾病,平时一直没什么精神。由惟没听妈妈的话,而是对着手机一步一步地折纸。

"接下来在这里折一下……"

由惟边说边示范,纱奈却摇了摇头,松开了折纸。

"我有点累了……姐姐,你折吧。"

"是吗……睡觉吧?"

不需要由惟问,纱奈已经躺下了。

"她今天上了医院的补习班,肯定是累了。"

妈妈边说边给纱奈盖上了毯子。随着治疗的深入,纱奈已经没有一开始那么容易累了,只是这个病很容易反反复复。

一个人折纸并不好玩,但由惟还是专心致志地折了下去,希望纱奈醒来后能看到。折好后,她收拾起剩下的折纸,开始复习功课。

她刚拿出英语参考书,正准备翻开……

"光莉……?!"

床帘另一头传来了光莉妈妈惊恐的喊声。

"光莉?! 光莉?!"

听见那急切呼唤自己孩子的声音,由惟不由得看了过去。

"快来人啊! 护士!"

由惟妈妈冲过去拉开了床帘。

光莉躺在床上,身体直挺挺地绷着,正在痉挛。光莉妈妈趴在女儿身上,按下了呼叫护士站的按钮。

"由惟,快去叫附近的护士过来!"

妈妈话音未落,由惟就猛地站了起来。她感到心脏怦怦直跳。

跑出病房,她看见走廊上有个护士正要离开。

"不好意思,对床的孩子发作了!"

护士闻声转过头来问道:"怎么了?"

"在这边!"

这时,另一个护士也从护士站的方向快步走了过来。

"怎么了?!"

"孩子突然痉挛了……"

光莉妈妈带着哭腔说。

护士查看了光莉的情况,对后来的同事急切地说了几句话,继而转身跑出了病房。

又有两三个护士赶过来增援,心电设备也快速就位了。由惟呆站在病房门口,感觉自己被卷进了一场风暴,直到险些被匆忙的护士撞倒才意识到自己可能挡住了道路,准备回到纱奈床边。

可是她刚抬起脚,就发现另一番奇怪的光景。

仔细一看,患川崎病住院的桃香瞪着眼睛,跟光莉一样浑身震颤。

"啊……啊……"

就在这时，当班的男医生走了进来。

由惟怕极了，指着桃香说不出话来。医生发现她的动作，转向了桃香。

"怎么了？喂，快来人！"

听见医生的呼喊，屋里传来了护士的声音。"医生，在这边！"

"不，先看这边。"医生把着桃香的脉搏说，"准备心电图和除颤仪！"

"这边也有室颤！"护士答道。

"什么?!"

医生难以置信地说着，跑向光莉的病床。

由惟越过医生的背影看见了光莉。护士正在给她做心肺复苏。

"怎么回事……"医生闷哼一声，对刚进来的护士说，"人手不足，发布蓝色代码！"

医生再次走向桃香，中途停下脚步，呆滞地看了一眼整个病房。他的反应告诉由惟——大事不好了。

出什么事了……？

由惟妈妈轮流看着光莉和桃香，又看向瘫软在床上的结芽，随后回过神来，回到了纱奈身边。

"纱奈……？"

又有几个医生和护士赶了过来。一片忙乱中，妈妈喊着纱奈，把手伸向她的点滴。

纱奈的点滴停了。

## 2

"律师?"

伊豆原柊平在对面落座后,艺名为圣夜的男公关隔着长长的刘海儿,狐疑地看着他。

"骗人的吧。"

伊豆原身穿风衣和牛仔裤,脚踏运动鞋,背着一个双肩包,跟圣夜想象中的律师形象相去甚远。

"是真的。"

伊豆原掏出胡乱塞在牛仔裤口袋里的律师徽章给圣夜看了看。这东西他只在出入法院时戴起来充当通行证,平时就随便塞在口袋里。何况他几乎不怎么穿能戴徽章的西装外套。

"是律师又如何?"圣夜企图重整态势,故意加重了语气,"我找森田比吕美有事。"

大白天的下午,坐在咖啡馆里的男公关面色显得异常苍白。他上班时应该会打理发型,但此时他只顶着一头乱草,身上随意套着运动服。看他这副样子,应该在夜世界混了挺久,但不像是很受欢迎的人。

"事情我已经听森田小姐说了。"伊豆原告诉他,"上个月二号,她被打零工的前辈仓山小枝子带到夜总会。彼时,仓山小姐以赊账三十二万日元的形式让你为她服务。可是一周前，仓山小姐辞去工作，断绝了联系。换言之，就是欠债跑了。所以你要求森田比吕美小姐代为支付那笔费用……"

"这有什么问题吗？她也有吃有喝啊。"

面对噘着嘴咄咄逼人的男公关，伊豆原冷静地回答道："森田小姐只有十八岁。你应该知道这个情况。她在店里明确透露过自己的年龄，但你还是劝她至少喝一杯香槟。"

"管她几岁，喝了酒就该给钱。一般大学生去居酒屋聚餐，不都要凑份子吗？朋友没带钱包，是不是应该帮人家垫上？要是跟店里说还未成年[1]，不用给钱，你觉得店里会答应吗？"

"无论是居酒屋还是哪里，与未成年人之间的赊账交易都可以轻易取消。只要她的监护人不承认，那么交易就是无效的。"

"开什么玩笑，那我岂不是只能吃哑巴亏？要是客人不给钱，账就得算在我头上啊。"圣夜探出身子，恶狠狠地瞪着伊豆原，"律师算什么，你以为我没有律师吗？人家还是给黑社会当顾问的角色。要打官司，我奉陪！"

"既然如此，我就去跟那位律师交涉吧。请告诉我对方的姓名。"

"吵死了，你给我闭嘴！"见伊豆原不为所动，圣夜骂道。

"就算不服输，到法庭起诉，你也没有胜算。"伊豆原说，"且不说赊账，你在给未成年人提供酒精饮品的那一刻起，就陷入了劣势。如果你还要纠缠，我就只能通报警方处理。你一旦放出律师，警方就不得不有所动作。到最后吃亏的只是店铺。向未成年人提供酒精饮品一旦被问责，损失就不止三十万了。"

---

[1] 未成年：2022 年 4 月之前，日本法定成年年龄为 20 岁，现已改为 18 岁。本书在日本的发行日期为 2021 年 7 月。（本书注释均为译者注。）

"你等等。"圣夜慌了。

"所以,你愿意让步了吗?"

"你也太脏了。"圣夜嘀嘀咕咕地抱怨道,"小枝子那人特别爱吃醋,可烦人了。我好不容易哄着她,一直抓着她这个常客,结果她竟落井下石——跑了。这谁受得了啊!"

"我理解你的感受。"伊豆原说,"只不过,你不能因为自己的失败就让森田小姐买单。你已经是成年人了,既然要在最残酷的行当里混,就得做好吃苦头的准备。如果不愿意,那就好好考虑考虑自己要走的道路。说到生活事务咨询,我最在行了。"

"谁要你多管闲事。"圣夜翻着白眼说。

森田比吕美与三崎凉介站在新宿车站东口的狮子雕像前。

"怎么样?"

一见到伊豆原,三崎凉介就迫不及待地问道。这个少年今年只有十七岁,脸上还带着几分稚气,目光却略显阴沉。这次为森田比吕美做的咨询服务,就是他介绍来的。

"没问题了。"伊豆原说着看向森田比吕美,"那边已经谈妥了,我还威胁他,如果继续纠缠,就通告警方处理。如果他还去找你,你就告诉我。"

"太好了!"森田比吕美娇小的双手交叠在胸前,长出了一口气,"没想到这么简单就解决了。害我白烦恼了好久。"

"并不简单。"伊豆原故意严肃地说,"你要记住这次教训,别再出于好奇去什么夜店了。这次是因为你还未成年,将来成年了,你就要为自己的行为负全责。"

"但我真的只是陪前辈去的呀。而且我又不喜欢男公关。"森田比吕美顶了一句嘴，然后对凉介笑着说，"凉介君好厉害啊，竟然认识这么方便的律师。"

"厉害的不是凉介。"尽管觉得跟小孩较真儿有点幼稚，伊豆原还是插了嘴。

"这个律师真的很靠谱，"凉介没有理睬伊豆原，自顾自地说道，"而且不用花钱。下次你有事尽管找他。"

"我可不是志愿者。"

"什么？你要收钱？"

只有这种时候，凉介的眼神才完全像个孩子。面对那双仿佛目睹了大人丑恶嘴脸的眼睛，伊豆原坚持不下去了。

"嗯……等你以后有出息赚大钱了，再付给我。"

"可以啊。"凉介咧嘴一笑，"只要我还记得。"

就这么被他敷衍过去，伊豆原气愤地哼了一声。


"我回来啦。"

傍晚，伊豆原回到月岛的公寓。妻子千景似乎刚洗完澡，他只听见洗衣房那边传来吹风机的声音。

惠麻躺在起居室的婴儿床上安静地睡着。她才一个月大。伊豆原放下双肩包走进厨房洗手，接着走到婴儿床边。

"你睡得好香啊。"他轻轻戳了一下女儿柔软的脸蛋，"梦见什么了吗……嗯？"

只要看到女儿的睡脸，一天的疲惫好像就消失得无影无踪了。

"回来啦。"

洗完澡甚是舒爽的千景走了进来。

"回来了……辛苦了。"

他的回答略显尴尬，自然瞒不过敏锐的千景。

"怎么，你又去干白工了？"

他不仅免费当了代理，还被凉介他们讹了一顿饭，只能说是彻头彻尾地干白工。

"那不叫干白工。"尽管如此，伊豆原还是坚持道，"叫先行投资。"

"也不知道能有什么收益。"千景的语气里带着浓浓的嘲讽。

千景是一名律师，在负责企业法务的事务所工作，目前正在产假期间。她与伊豆原在实习期间相识，最后走上了不同的道路。别说刑事案件，她连离婚诉讼都不接，而是每天西装革履，在大手町[1]工作。

与之相对，伊豆原则是最近越来越多的自由律师之一。他从不挑剔是民事还是刑事案件，只要有案子就接，以此维持生计。所谓自由律师，就是只在法律事务所挂名，必须靠自己揽活的律师。其实他也算是独立律师，但拿不出开设事务所需要的高昂的初期经费，只能以分摊经费的形式挂靠在八丁堀的新河法律事务所。平时他就背着笔记本电脑和手头案子的资料流动办公，没有固定的办公地点。

伊豆原在大学时学的专业其实是英语，从学历上说，就与一般的法律界人士不太相同。

因为喜欢孩子，他也想过成为一名教师。但是他在大学加入了志愿者团队，支教过几次之后，发现无论孩子多么努力，现实中仍有许多阻碍他们前途的问题。伊豆原的父母都很勤奋，给他提供了宽裕的环境，让他能够自由地学习和玩耍。正因如此，他才不忍心

---

1 大手町：东京最大的中心商务区之一。

看到被环境拖累的孩子，认为在开展教育之前，还存在亟须解决的问题。

今年已经是他当律师的第八个年头。这八年来，他参与最多的就是涉及少年儿童的案件。当然，除了这些，他也接手离婚诉讼等委托，在刑事方面则加入了国选律师[1]名单。说得好听点，就是为孩子着想不能只关注少年儿童的案件，还要从各种体现社会扭曲面的案件着手，力求改善大环境。但归根结底，不过是单靠少年儿童案件不足以养家糊口。因为这类案件时间跨度很长，实际收入却不高。千景经常对他做这些工作翻白眼，但他认为这么做意义重大，所以坚持做了下来。

他与三崎凉介相识，是因为凉介父亲的吸毒案。凉介的父亲是累犯，目前正在服刑。

凉介如今生活在龟户的福利院，读函授高中。初中时，他读的是锦系町的自由学校。他梦想成为一名专业的舞蹈演员，还加入了一个舞团，在当地年轻人中小有名气。伊豆原觉得他只是个没礼貌的孩子，但知道他平时很照顾比自己小的孩子，也很受他们的敬仰。

平时就算没什么事，伊豆原也会到龟户去看看凉介。那孩子虽然没礼貌，但是个性坚强，不容易走上犯罪道路。他靠送报纸攒钱报舞蹈课，为自己的将来投资。他就喜欢看到这些不受家庭环境影响，能够健康成长的孩子。

解决了森田比吕美的事情后，伊豆原趁着五月的长假去造访了凉介所在的福利院。

---

[1] 国选律师：相当于公派律师或我国参与法律援助工作的律师。

"哎，带东西来啦？"

凉介正在多功能厅跟舞团的伙伴聊天，见到伊豆原走进来，目光就落在了他的手上。

"你别光顾着欢迎吃的，也欢迎欢迎我啊！"

伊豆原说着，把章鱼烧递了过去。

"哇，好香啊！"

"舞花，你才上初中，脑袋怎么就变成那样了？"

原舞花被伊豆原一问，停下拿牙签的动作，反倒很得意地捋了捋挑染的头发。

"嘿嘿嘿，我趁放假染的。"

"等上学了会被前辈叫出去哟。"

"我才不管呢。"她毫不在意地说，"不去就是了。"

舞花是凉介组织的舞团的少年成员，性格开朗大方，面对大人也从容不迫。只不过，她也有这个年纪的人普遍存在的爱出头的习惯，伊豆原总想提点她几句。

"学校怎么样？"伊豆原问，"开心吗？"

"有什么好开心的。"舞花吃着章鱼烧，大大咧咧地回答。

"为什么？学习上有什么不懂的，可以问我啊。"

"学习有啥好。"她兴致缺缺地说，"待着又憋屈，还有好多烦人的事。"

"烦人的事？"

"比如霸凌。"

"你被人欺负了？"

"不是我。"舞花说，"隔壁班一个不认识的女生。听说她已经不上学了。欺负她的那帮人跟我是小学同学，我知道他们特别讨厌。"

伊豆原从舞花的话里听出了正义感，内心万分庆幸，但话的内容本身让人高兴不起来。

"而且我听说，他们真的很过分。"舞花似乎越想越气，噘着嘴继续道，"那个女生被欺负是因为她妈妈被抓了，可她自己也是受害者之一啊。"

"怎么回事？"伊豆原想不到那会是什么案子，不禁皱起了眉。

"霸凌的人说，她要是表现得像个被害者，可能也不会惹麻烦，可她非要说妈妈是无辜的，所以他们才看不惯她。你说这是什么破理由啊。"

"好了，别再说了。"

凉介的小弟河村新太郎看了一眼自己的大哥，出言劝阻道。他可能考虑到凉介也因为父亲做的事吃了不少苦，才会这么说。

"什么？"

凉介本人似乎毫无感觉，新太郎只好尴尬地搪塞道："呃，没什么……"

"律师大叔，你说这种事该怎么解决？"

舞花似乎已经气愤到了极点，目不转睛地看着伊豆原问道。

"你问我啊……"

只听这种流言一样的信息，伊豆原实在不知该怎么回答。

"不过我也不认识那个女生，所以无所谓。"

舞花可能觉得伊豆原派不上用场，干巴巴地说了一句。然而，她这样的语气反倒暴露了内心的无奈与不甘。

房地产中介似乎看准了午休时间，一个电话打到了由惟手机上。

办公室里没有人。搞后勤的前辈赤城浩子去了银行，现场的工人都在外面继续作业。

"你好。"由惟接通电话，里面传出了负责人高崎熟悉的声音，"是小南小姐吗？"

"是的。"

"关于你住处的事情，请问找好搬家的地方了吗？"

"没有……"由惟用叫人几乎听不见的声音回答。

"这边已经给了你足够的时间，也要麻烦你认真地找啊。"高崎说。

"我真的在找……可是无论申请什么地方，都过不了审查。"

既然这么想赶她走，高崎大可以在自己公司帮她找，但他死活不愿意。

"之前也说过了，你还有个妹妹，不如去问问福利院如何？"

"我有工作。"由惟控制着情绪反驳道，"房租也准时交了。"

"我知道你准时交房租，但问题不在那里。房东真的很为难，你知道吗？其他住户都在抱怨，你现在的住处又很容易在网上找到。再说你自己，如果一直住在那里，不是也很麻烦吗？"

"现在已经不会了。"她只能这样回答。

"那是因为每次有人在墙上涂鸦，房东都会洗掉，想尽办法减少影响啊。你年纪这么小，我也不忍心说太冷漠的话，可你真的要认真为周围的人考虑考虑。其实办法挺多啊，可以让你爸爸帮忙租房啊。"

爸爸大约一年前就跟妈妈离了婚，此后关系就更疏远了。他虽然与由惟没有血缘关系，但是从懂事时起，她就称他为爸爸，也一直把他当作自己真正的父亲。

可是现在，他已经组建了新的家庭。事情发生后，与其说关心由惟姐妹，他似乎更想撇清关系。由惟因为抚养费的事情给他打过几次电话，可他询问纱奈病情的话语都只是走个形式，也从未来看望过纱奈。后来，他连抚养费也给得拖拖拉拉，由惟自己开始工作后就不再指望他了。现在只要她不主动联系，那个父亲就音信全无。

"你可不要以为能够一直拖下去。真的，拜托你了。"

"……好的。"

由惟并没有接受，只是为了结束这通电话才说了这两个字。

她收起手机，整理着桌上的文件，准备打开便当时，社长的儿子、担任专务的前岛京太穿着作业服走进了办公室。

他站在洗手池边搓出一大堆泡沫清洗沾了油污的手，然后一屁股坐在由惟旁边的椅子上。此时由惟已经泡好热茶，递给了他。

"由惟……你不参加旅行吗？"

专务喝了一口茶，转过肉乎乎的脸问道。

"是……不好意思。"

"你这样叫不好。虽说是自由参加，但是员工搞好关系也是工作的重点啊。"

"对不起……我妹妹才初一，不能让她一个人待着。"

"都上初中了,离开一晚上没什么吧。我可是把小翔跟小凉扔给怀孕八个月的老婆也要去。我就跟她说,这是公司的活动,我必须参加。"

"我妹妹身体不好,留下她一个人我不放心。"

专务似乎并不在乎由惟的话,滑着椅子凑了过去。

"我知道你家里有很多事情,平时没法好好放松。去吧,肯定好玩。"

说着,他伸手搂住了由惟的肩膀。他上次带由惟去收账,也在车里突然摸了她的肩膀,而这次的动作更大胆了。由惟跟上次一样,反射性地躲开身子拒绝他的触碰,但他没有放手。

"你觉得还有别的地方愿意要你吗?人不能总把自己当小孩,你得想清楚,为了生活下去,究竟什么才是更重要的。"

他的体臭混合着油污的气味,刺激着由惟的鼻腔。

去年十月,纱奈所在的古沟医院病房发生了一件事。

因小儿哮喘住院的梶光莉和因慢性肾炎住院的恒川结芽先后死去了。因川崎病住院的佐伯桃香也短暂陷入了昏迷,并在苏醒后自述出现了自主神经失调症状。

这一异常事态惊动了警方。经过调查,三个孩子的点滴中混入了大剂量的治疗糖尿病的药物——胰岛素。

这一事件发生三周后,由惟的母亲野野花被逮捕了。

经过警方审问,由惟妈妈承认了自己的罪行,并供述她因遭到其他病童母亲的冷遇而心怀不满,最终导致犯罪。

由惟的生活发生了彻头彻尾的改变。

在学校,本来跟由惟聊得很好的朋友都以考试复习为借口纷纷远离了她。

她再也没有希望考大学了。离婚的爸爸本来答应会负担教育经费，后来却说不能一直供到她上大学，这迫使由惟放弃了升学。

由惟上的高中大多数人都要升学，因此学校几乎不接受企业的校招。但升学辅导老师看她实在可怜，就跟附近的学校商量，帮她找了工作。

临近毕业典礼时，由惟才接到了面试邀请。想必有很多企业在听说了由惟的事情后，都不愿意惹这个麻烦。

只有在小岩经营土方车、搅拌车等特殊车辆维修厂的前岛社长在了解由惟的情况后还愿意招聘她。前岛社长是个七十多岁、笑容慈祥的人。

由惟开始工作后，社长也会不时过来关心她，对她说："工作都习惯了吗？""虽然有点辛苦，但你要加油哟。"

然而，那个社长对自己的专务儿子也很放纵。专务很明显吃定了由惟的弱势立场，总是把他肥硕的身躯贴上去，还不知羞耻地问："你跟男人睡过吗？""想不想要零花钱？"

就算跟社长说这件事，可能也只会让他为难。如果社长把她视作招惹麻烦的导火索，由惟就待不下去了。

由惟也想巧妙地避开专务的纠缠，无奈自己缺乏社会经验，实在想不到好办法。现在被他搂着肩膀，由惟也只能强忍着痛苦，一言不发。

没过多久，做后勤的女前辈赤城浩子从银行回来了。

被她一瞪，专务总算松开了搂着由惟的手。

"你回来啦。"

赤城浩子并不理睬她，似乎认定了由惟才是坏人，斜眼瞪了她好久。

## 4

"律师,我还不能获得保释吗?"

这天,伊豆原来到了位于小菅的东京看守所会见委托人。

"为了你的保释,你父亲正在到处跟亲戚借钱呢。再忍忍吧。"

伊豆原隔着亚克力板,正与一名男性交谈。此人已经二十多岁了,因为没有固定工作,没遭受过社会的毒打,脸上还留着一丝学生的稚气。他靠啃老为生,屡次抢夺他人的自行车变卖,最后被监控摄像头拍到,进了看守所。

"这儿真的不好过,一点都不自由。"

"这儿肯定不可能好过。"伊豆原说,"你父亲也说,就该让你多待几天,好让你长点记性。"

"哎,你不是说他在到处借钱吗?究竟是怎么回事?"

"他的确在到处借钱,但你也该好好反省反省。"

"在反省了,在反省了,麻烦你快点把我弄出去吧。"

"所有罪行都招供了吗?后面再查出什么你没说的,要头痛的可是你自己。"

"全都说了。就因为这个,我又被拘留了好几周,快把我弄出去吧。"

"好了,再忍耐几天。"

伊豆原跟他朋友相识，这回就是那个朋友介绍的案子。目前民事调停已经结束，刑事这边应该也能拿到缓刑。他自认为不会有什么大麻烦，就结束了跟委托人的会面。

他走出看守所，准备在附近的饭馆吃点东西，突然发现前面有个熟面孔。

"哎，这不是桝田嘛！"

那人的确是跟他同期实习的桝田实。他应该也是来会见委托人的。

"好久不见啦。"

因为同样选择了律师的道路，二人在实习期间经常聚餐，美其名曰学习会。

"伊豆原，你怎么一点都没变啊！"

桝田看着伊豆原的牛仔裤，带着苦笑说道。最近，他们每年都会在律师协会主办的研修会上见几次面，虽然联系不多，但只要交谈起来，马上就能恢复当初那种融洽的气氛。

"嗯，正如你所见。"

现在这个时代，尤其是年轻的自由律师，有很多都像伊豆原这样坚持休闲的装束。不过桝田从新人时期起就一身藏蓝西装，胸佩律师徽章，从来都打扮得一丝不苟，现在更是完全把握住了精髓。

"来见委托人？"伊豆原问。

"嗯，一个陪审团审判的案件找上我当国选律师了。"桝田回答。

"那真是辛苦了。"

陪审团审判适用于有可能判处重刑的重大案件，开庭前还有一道准备工序，名叫公审前整理手续。由普通市民组成的陪审团会参与公审，整个过程集中在几天内完成，一口气审结。

不同于普通刑事案件，陪审团审判案件的国选律师通常会委派有经验或者受过相关训练的人担任。伊豆原也受过训练，成了所谓"S名单"上的一员，但还没有接过案子。

"什么案子？"

既然是陪审团审判的案子，那么伊豆原可能也在新闻上看到过。出于好奇，他问了一句。

"儿科病房输液中毒死伤案。去年秋天的。"

"莫非是江户川那个？"

"对。"

这个案子显然是伊豆原一听就知道的大案，为此，桝田看起来有些得意。不过伊豆原之所以对此案有印象，是因为大约一个月前，他在别处听说过这个案子。凉介的朋友原舞花说到隔壁班有个学生遭到霸凌，刚入学没多久就不上学了。她还说那个学生被霸凌的原因是其母亲因为某个案子被警方逮捕，再仔细一问，就是去年十月发生的儿科病房输液中毒死伤案。

"原来是桝田去啊……"

桝田是新桥某小律所的授薪律师。授薪律师也被称作工薪律师，主要负责所属事务所承接的案件。不过随着资历加深，授薪律师也能独立承接案件。这种国选律师案件就是其中之一。

"前不久我刚听过这个案子。"

伊豆原把舞花的话转述了一遍。

"哦，那应该是被告人的小女儿。"桝田说，"家长委员会也提过不少次意见，现在她已经上不了学了。"

"好过分啊！那孩子也是受害者之一吧。"

"话是这么说，但我这边实在顾不上她。要是硬逼她上学，她肯定会很痛苦，何况她姐姐的态度也是希望我别管太多。"

"听说她坚信母亲是无辜的？"

"小女儿是这么说的。"桝田说，"毕竟她自己也是受害者，肯定不愿相信那是母亲所为吧。大女儿反倒怀疑就是母亲干的，所以情况很复杂。我的委托人则说那位母亲一开始是被逼招供的，现在撤回了供词，更是烦上加烦。"

"什么情况？"这听起来的确很复杂，因此伊豆原也更好奇了，"你自己怎么想？"

"我觉得她真可能是无辜的。"他说，"不管怎么说，这是委托人的主张，我只能照她的意思执行。"

"嗯。"伊豆原心不在焉地看了一眼手表，"怎么办呢……"

"干什么？"桝田诧异地说，"如果你要约我吃饭，不好意思，今天没时间。"

"不，我在想要不要陪你一道见委托人。"

"你真够八卦的。"桝田瞪大了眼睛，"我倒是无所谓。"

如果不八卦，的确不会上赶着插手别人的案子。不过作为参与刑事辩护的人，看到无辜或无罪这些字眼很难不感兴趣。而且这案子这么大，就更让人好奇了。

伊豆原当即决定原地掉头，跟桝田并肩走进了看守所。

"辩护律师就你一个人吗？"

这个案子中有两名儿童丧命，一名短暂陷入过危险状态，听说嫌疑人的女儿也遭到了轻度损伤。审判的走向万一有什么不对，要求极刑也并非不可能。这种大案要案的陪审团审判，一般都会安排不止一名国选律师。

"贵岛律师也主动出山了。"

"那位贵岛律师？"

听见出乎意料的大人物的名字，伊豆原吃了一惊。贵岛义郎是刑事辩护的一把好手，业界无人不知他的大名。他争取到的无罪判决两只手都数不清，还致力于知名死刑犯的无罪申诉。与此同时，他反权力的态度十分明确，在一场政治家与秘书之间的诉讼中，他拒绝了政治家的委托，成了秘书的代理律师。

贵岛还是激进的废死论者。一个年轻人若主动掺和那样的问题，也许能得到他的欣赏。伊豆原并非被那种形而上的思想理论吸引才进入法律界的，因此从未与贵岛打过交道。

"这么说来，我还真羡慕你啊。"伊豆原毫不掩饰小粉丝的心情，吐露了心声，"他肯定很可靠，还能让你学到不少东西。"

"嗯。"桝田走进看守所，一边点头一边拿申请会见的表单，"贵岛律师在与不在，检方的态度差别很大。能跟他一起工作，只能说太光荣了。"

他虽然嘴上这么说，表情却不怎么高兴。

"但实际上，还是有很多问题。"

"怎么了？"伊豆原问，"难道他是个很难相处的人？"

伊豆原猜测，作为一个驰名业界的大鳄，贵岛的性格也许真的有点难以相处。

但是桝田否定了："没有那回事。只是他得了胰腺癌，最近经常住院，都不知道能不能撑到公审。"

"他都那样了还主动出山？"

传说陪审团审判跟别的审判不一样，需要耗费更多的体力，所以六十岁以上的老律师几乎不会接这种案子。贵岛都快七十岁了，而且在治病，就算本事再大，恐怕也应付不了工作。

"可能当时他身体还行，觉得自己能胜任吧。"桝田说，"他也说希望用这个案子给自己的律师生涯做个总结。只是没想到，他的病发展得这么快。"

伊豆原不禁感慨，名声在外的人即使步入晚年也决不放弃挑战啊！不过他怎么想是他的事，现在跟他搭档的桝田非但没有靠山，还要反过来支持他，那也挺值得同情的。

办好手续后，他们就上楼了。坐在指定的会见室里等了一会儿，亚克力板另一头的房间门打开，一个身穿灰色运动装、年龄应该有四十岁的女性走了进来。看桝田刚才填写的会见申请单，她叫小南野野花。

"哎呀，桝田律师，你好。"

可能因为光照问题，她没化妆的皮肤显得有点暗沉，一头长发束在脑后，倒显得挺干净的。不过她的表情和声音都格外明朗。

"这位是？"野野花坐下来，好奇地看着伊豆原。

"跟我同期的伊豆原律师。"桝田介绍道。

"哦？是新伙伴呀。"野野花夸张地瞪大眼睛，然后掩着嘴笑了，"真对不起，你看起来不太像律师。"

"很多人都这么说。"伊豆原也笑着回答。

"是吗？那就请多关照了。"

野野花像是误以为伊豆原是律师团的新成员，对他低头行了个礼。没等伊豆原开口否认，她就继续道："贵岛律师太辛苦了。他还没出院吗？"

"治疗好像很顺利，应该快出院了。"桝田说，"小南女士，你怎么样？"

031

"我能怎么样，还不是被关在这里，什么变化都没有。"野野花自嘲地说完，又半开玩笑地补充道，"快把我弄出去吧。"

"嗯，是啊。"桝田像哄小孩一样应道。

"你真的明白吗？"野野花似乎察觉到桝田的应付，不高兴地说了一句，然后看向伊豆原，"只要在里面住上一天，肯定就明白了。"

"我当然明白。你一定很不好受吧。"

听了伊豆原的话，野野花满意地点了点头。不过说句实在话，她的语气总带着一点习惯性的温暾，听起来并不怎么焦急。

"伊豆原律师还没加入律师团呢。"桝田说，"不过他对小南女士的无罪主张很好奇。"

"我就是无辜的呀。"野野花转向伊豆原说，"可他们非要把我关在这里。"

伊豆原虽然没有接过谋杀的案子，但亲眼见识过几个屡次犯下伤害罪的人。根据他的经验，那种人通常目带凶光。

她的眼中就没有凶光。那双眼睛直视着伊豆原，跟随处可见的普通女性的目光没什么两样。然而她说起话来语调非常奇怪，让人联想到蹩脚演员的糟糕演技，所以只听她的话实在叫人难以信服。

"听说你在接受警方调查时承认了罪行……"伊豆原试着提问道。

"就是啊。"野野花毫不犹豫地接过了话头，"我也不知道自己为什么会说那种话。人啊，脑子一出问题就会乱说话。"

"我建议你不要说脑子出问题这种话。"桝田苦笑着说，"特别是在法庭上。"

"可我只能说脑子出了问题啊。"野野花说完，淘气地耸了耸肩，"我当时就想，既然他们非要这么说我，我干脆就承认吧。反正不管承不承认，我都已经被抓了。"

"不，有没有供述的差别非常大。"桝田为难地说，"不管那些话是不是真的，只要你说了，对方就有了优势。"

"可我已经说了，还能怎么办。人这脑子一出问题，就是会乱说话。"

听她的说法，像是在讨论别人的事情。这很让人怀疑她是否了解了自己即将被陪审团审判的立场。

伊豆原之所以好奇她的为人，其实是因为这关系到案件的性质。她的小女儿也是受害人。假如真的把亲生女儿也列入了行凶对象，她就有可能存在一定的精神异常。至少在公审中，检方会被要求给出足以令人信服的动机以解释这个行为。

长期照顾患儿的行凶的家长，最常见的精神病症就是代理曼丘森综合征。患有这种病症的家长为了让周围的人赞扬自己关心患儿的行动，会偷偷妨碍治疗，或是让孩子服用对身体不好的东西，故意加重孩子的病情。

他记得关于输液中毒死伤案的报道中，也有一些提到了代理曼丘森综合征。调查方肯定也有这样的看法。

"先不说那些，由惟她们过得怎么样？"野野花似乎毫不关心自己的事情，"你有没有对她们说，妈妈可担心她们了？"

"当然说了。"桝田回答，"她们两个都很好，你不用担心。"

"你说那两个孩子怎么不来看看妈妈呢……"

看见她直视着自己，伊豆原实在不知如何回答。

他们又聊了聊两个姑娘的近况，然后结束了会见。就算没有特别需要确认的工作事项，代理律师通常也会定期前往看守所会见委托人。这么做是为了让长期被限制自由的委托人打起精神来，给予

033

其一定的精神支持。

"她还挺开朗啊。"

伊豆原走出看守所，说出了自己对野野花的印象。

"嗯，其实也是时好时坏的。"桝田说，"可能今天伊豆原来了，她觉得新鲜吧。"

"我好像听人议论过代理曼丘森综合征什么的。"伊豆原抛出了话题。

"针对其亲生女儿受到的伤害，检方是有这种看法的。"桝田说，"另外，专家给出了鉴定结果。对此，我们也必须做独立鉴定与之对抗。但最麻烦的是，现在大女儿认定了母亲就是真凶，还说她害了自己的妹妹，绝对不会原谅她。那天案发时，大女儿正好在医院探病，所以跟警方做了笔录。大女儿的证词完全倾向于怀疑母亲。"

"主张无罪却得不到亲人的支持，那有点难办啊。"

伊豆原说完，桝田点了点头。

"大女儿因为这个案子不得不放弃了上大学。现在她拒绝探望母亲，也不让妹妹去，相当于彻底断了关系。"

他很同情孤立无援的野野花，可是截至目前，他还无法判断这个人是否无罪，因此同情也极其有限。如果是无辜的，那她自然很可怜；若并非如此，那么他只能说这就是现实。

然而，一想到野野花的那两个女儿，伊豆原就痛心不已。这个案子彻底改变了她们的人生。大女儿不得不放弃上大学，小女儿在学校遭受霸凌，最后不敢上学。她们的母亲不但伤害了小女儿，还摧毁了整个家庭。

"怎么样？"桝田突然问道，"感兴趣吗？"

"啊……？"

"国选律师的空位还剩一个。"桝田说,"不过这种案子太难办了,我找了好久都没有人愿意帮忙。"

"这种案子"是指过程非常辛苦,报酬却极其有限的案子。刑事案件的国选律师大抵是这样,陪审团审判则更是如此。

"你不是很擅长应付青少年吗?"桝田说,"那个大女儿有点顽固,我实在不知道该怎么办。要是你愿意帮忙,那就太好了。"

伊豆原本来只是好奇,但桝田似乎想趁机拉拢他一起做事。

"你这么说,我一时半会儿也回答不了啊。"伊豆原并没有想到这么深的地步,只能搪塞道,"先让我考虑考虑。"

这是他从未接触过的大案子,他自然也跟桝田接触过的其他律师一样,有点不敢答应。

只不过,他的确对这个案子很感兴趣。这有可能是一桩冤案,野野花的那两个女儿也很让人担心。跟桝田道别时,伊豆原甚至有点想直接答应他了。

## 5

"你好，我是律师桝田。"

下班走向车站的路上，由惟接到了律师的来电。

"最近怎么样，工作顺利吗？"

顺利是指什么状态……现在的由惟实在想象不出来。

"嗯。"她只能违心地回答。

"是吗？那太好了。"

他好像没听出什么，就这样相信了由惟的话。

这个桝田律师时常打电话来询问由惟她们的情况。

"纱奈小姐也没什么变化吧？"

"嗯。"

如果是问病情有无反复，那确实没什么变化。只不过纱奈尚未痊愈，出院后也一直在限制运动和饮食。

"学校那边呢？"

"没去。"

"这样啊……希望她能早日上学吧。"

由惟并没有在意律师的话。

纱奈没法上学其实不是因为身体如何，而是受到了那件事的影响。她升初中时，由惟跟她一起参加了儿童援助中心和教育委员会的对谈，商量该以什么方式升学。最后决定不轻易调出学区，而是让她四月份到小学同学较多的区内初中报到，平时不参与体育课内容，只在一旁观看。

新学年开始，由惟也正式走上了社会。她因为自己的事情已经够忙碌了，纱奈又什么都不说，所以她一直以为学校在跟进妹妹的情况。

但实际上，纱奈同学的家长暗中提出了反对杀人犯的女儿跟自家孩子一起上学，事情转眼间闹大，不仅传遍整个班级，还波及了整个学校。

入学第十天，她发现纱奈换下来的制服裙上沾了泥土。当时纱奈笑着说："我不小心摔了一跤。"所以她就没再追问。三天后下了雨，由惟下班回家，发现门口的伞筒里插着一把被拆得破破烂烂的伞。那天纱奈发了高烧，第二天没去学校。

第二天，由惟请假没去上班，在家接受了学校老师和教育委员会负责人的访问。那时她才知道了纱奈面对的现实，而且单靠学校已经无法控制事态了。由惟认为如果学校不能解决问题，就不能让纱奈上学，他们趁机提出可以介绍纱奈转到自由学校学习。

后来，由惟以纱奈的身体状况为由，没让她去自由学校上学。可能因为在之前的学校受了太多委屈，纱奈自己也不说想去哪里上学。目前都是由惟找时间辅导妹妹学习。因为由惟也完全断绝了朋友交往，辅导纱奈学习便成了她唯一的放松时间。

"昨天我又去看你妈妈了。她很关心你们，问我由惟她们怎么样了。"

"是吗？"

"差不多是时候了吧。"桝田不顾由惟冷淡的反应，继续说道，

"要不，下周去看看她？"

"我要工作，去不了。"

"要是由惟小姐去不了，那纱奈小姐一个人去也好啊。我一定负责接送。"

"请你绝对不要擅自做这种事。"

由惟压低声音一口回绝，桝田也没话说了。

"那好吧。"片刻后，桝田打起了圆场，"你注意身体，好好工作。我们相信你母亲是无辜的，一定会努力辩护。"

由惟没有理睬他，直接挂了电话。

律师相信母亲的无辜。

律师不过是全无关系的陌生人，竟然如此容易相信她。

由惟自己都无法相信她。

母亲被抓走后不久，就有新闻说她供认了罪行。

不知何时，她又否定了那一切。

律师说，那是因为警方采取了诱导式审问，逼迫她供述。

由惟不明白。就算警察进行了诱导式审问，人真的会把白说成黑吗？

最开始得知除了光莉她们三人，纱奈的点滴里也混入了不该有的胰岛素时，由惟自然没有想到那会是母亲干的。

只是她一直记得，她们的病房陷入混乱状态时，母亲没有得到任何人的指示，就立刻停掉了纱奈的输液。

警方起初似乎认为，她是为了掩饰自己的罪行，才在女儿的点滴里也混入了胰岛素。

但这样就有了一个疑问：仅仅为了掩饰罪行，就会让自己的女儿面临危险吗？尽管剂量小，胰岛素还是进入了纱奈体内，导致她的病情恶化。听说病房走廊上的监控摄像拍到了母亲在案发前走进护士站的情况，而当时母亲正在分发饼干，擅自走进护士站也毫不奇怪，若把那当成证据，实在让人难以接受。

由惟也被卷入了案件的旋涡。她是受害者纱奈的姐姐，又是嫌疑人的女儿，因此被警方询问了很多情况。作为当事人，母亲刚被逮捕时，她只是越想越不对劲。她觉得好像哪里出了个大问题，导致现实扭曲了。

但是在听到"代理曼丘森综合征"这个陌生的名称后，由惟开始怀疑自己当初坚信的世界才是错的，看似扭曲的现实才是正确的。

他们说母亲得了这个病。她本应很了解的母亲突然被诊断出这么一个晦涩难懂的病，由惟顿时陷入了思考停顿的状态。知道那个病的真正含义后，她又感到全身血液倒流。

母亲与其他患儿的妈妈比着赛地照顾自己的孩子，这正是代理曼丘森综合征的典型症状。她几乎不相信医院治疗的效果，而是坚信只要自己一直陪伴左右，女儿受到她爱的感化就会好起来。由惟本来只把这当成了母亲的个性，但是从常识的角度来看，这其实是一种不正常的执念。

代理曼丘森综合征经常发生在医生、护士等医疗人员身上。他们凭借自己掌握的医学知识擅自干涉病人的治疗，最终形成了披着陪护外衣的虐待。

母亲虽不是护士，但以前在市川的医院当过看护助手。尽管不像是拥有丰富的医学知识，但正因为有了相关从业经验，她在煞有介事地调节输液速度时从来不会犹豫。

从这个切入点展开思考，能想到的事例实在太多了。与此同时，家里被警方入室搜查，母亲那边又传来了供述的消息，邻居和同学开始咒骂她是杀人犯的家人。身处在那样的现实中，由惟先前相信的世界早已化作泡影。不管是好是坏，她都只能承认这才是正确的现实，自己的处境正是基于现实而产生的。

由惟一次都没去看守所看望母亲。

最开始是因为禁止探视，后来禁令解除了，律师来劝她去看看母亲，她还是没去。

如果这个案子的受害者只有病房里的另外三个孩子，那么就算全世界的人都朝母亲扔石头，由惟还是会对母亲心怀一丝怜悯，可怜她跟其他患儿家长的交流导致她产生了如此大的压力，她还要坚持在医院照顾纱奈。

可是，纱奈也成了受害者，受到了无可否定的伤害。因为这一点，由惟对母亲毫无同情。就算纱奈原谅了母亲，由惟也绝不原谅。

下班回家的电车有点拥挤，每次车辆减速，旁边那位没有吊环可抓的老太太就会撞到由惟的肩膀。

电车停在新小岩车站，一名二十多岁的女性上了车。她看起来有点眼熟。

由惟正努力回忆着，一个白领打扮的男人赶在关门前掠过站在门边的那个女人，一头撞进车里。

那个男人斜挎着一个鼓鼓囊囊的单肩包。他冲进车厢时，包蹭到了女人的手。女人皱了皱眉，瞪了他一眼。

男人似乎没发现，面不改色地站在女人身后，拿出了手机。他塞着耳机，似乎对周围的情况浑然不觉。电车发动，缓缓加速，车厢里有好几个人被摇晃的车身带得跟跄了几步。那一男一女好像撞在了一起，女人烦躁地绷紧肩膀，用背部把男人顶了回去。男人面露难色,侧过身试图跟女人拉开距离,可他身上的包恰好蹭到了女人的臀部,由惟注意到她的长开衫微微晃动了几下。

女人夸张地抽开身子,低头看了一眼男人的包,随后瞪了男人一眼。

"喂!"

听见她愠怒的声音,由惟突然想起来了。那是古沟医院小儿病房的护士。在许多温柔和蔼的护士中,唯独她总是干脆利落、性格强势。

"啊?"男人被她抓住手臂,发出了疑问的声音。接着,他摘下一边的耳机,看向女人。

"啊什么啊,你刚才碰到我了。"

"啊……?"

男人显然很困惑。女人"啧"了一声,继续瞪着他。

"少给我装傻。"

"不是,我真不知道。"

男人甩开了她的手。那个动作使得他失手掉了手机,于是他又弯腰捡起来。

周围的乘客一言不发地跟随电车摇晃,假装看不见。异常的沉寂让气氛变得十分诡异。

二人的对话暂时中断了。

应该是电车摇晃和男人侧身的时候,包蹭到了女人,因此男人被误会成揩油了。男人上车时任凭包在身后乱甩,没有考虑到周围的人,但他做得不对的地方也就这些了。由惟看见他没有拿手机的右手想抓吊环,但是因为被挡住了,他又收回手,然后好像摸了一下身上的包带。也许因为包太重了,他摸包带时顺便调整了一下包的位置。所以她可以肯定，所谓揩油只是被冤枉的。最让人在意的是，那个女人转过头时，先看了一眼男人鼓鼓囊囊的包，似乎知道是包碰到了她。也许女人明知道并非揩油，却因为气不过，非要说他揩油了。

"搞什么啊……"

男人背向女人，朝由惟这边走了两步，跟她拉开距离。而女人似乎听见了他的抱怨，又恶狠狠地瞪了他一眼。

不知为何，由惟不想被那个古沟医院的护士认出来，飞快地转开了脸。

电车到达平井站，男人下去了。不知是他本来就在这站下，还是觉得尴尬想提前下车。由惟跟在他后面准备下车，突然听见后面传来一声喊："喂，你想跑?!"不由得吓了一跳。

女人看见男人下车，追了过来。她超过由惟，一把抓住了男人的手臂。

"我没干什么啊。"

"装什么装！"

二人纠缠了一会儿，男人用力甩开女人的手，小跑着逃走了。

"快抓住他！那人是色狼！帮帮我啊！"

女人咬死不放，边追边喊，穿过了站台。

前方传来短促的吼声，由惟开始害怕了。她战战兢兢地走过去，看见男人被几个男性乘客按倒在楼梯中段。

"我真的没干什么！没有啊！"

被按住的男人大声喊道。

由惟没再往那边看，而是混在客流中走了过去。

她当然觉得内疚。

如果是个普通人，她也许就会主动走上去发声，说这个人什么都没做。

　　但她并不是普通人，所以不能这么做。

　　如果她发声了，被那个护士认出她是古沟医院案件凶手的女儿，那该怎么办？

　　如果人们都说这种人的证词不能相信，那该怎么办？

　　她已经不是可以光明正大发表意见的普通人了。

　　她只能装作什么都没看见。

　　由惟头也不回地加快了脚步。

## 6

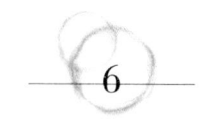

"今天难得碰到桝田,还被他介绍了工作。"

伊豆原抱着惠麻对千景说道。她可能误以为这是个有钱赚的案子,好奇地问:"哦?什么工作?"

"没什么,就是陪审团审判的国选律师。"

听了伊豆原的回答,千景毫不掩饰地皱起了眉。"怎么又是那种……"

"你听我说,那个案子涉及儿童,而且情况很复杂,很有挑战的价值啊。"伊豆原辩解道,"被告人还声称自己无罪呢。无罪判决可是刑事辩护的勋章啊,谁不想挑战一回呢?"

"男人能活在这种浪漫里,真的好让人羡慕啊。"

"哎,不是的……"

可能因为带孩子压力太大,千景的反应充满了讽刺。

"再说,那个贵岛义郎也在律师团里啊。跟贵岛律师一起工作的机会,那可是千载难逢呢。"

"那种大人物正是因为背后有许多人支持,才能做自己喜欢的工作。"

"可是你看,我不也有千景的支持嘛……"

"你还真不要脸。"

"嘿嘿。"

论收入，在涉外事务所工作的千景自然比他多赚很多，但伊豆原也不是一点力都没出，所以他并不在意。不过他的反应可能显得过于不在意了，千景总是对他有意见。

她是个现实主义者，刑事辩护在她眼中可谓最不划算的工作，而陪审团审判的国选律师更是禁忌中的禁忌。

伊豆原虽然明白这一点，但也不觉得很尴尬，因为参与大案要案的兴奋胜过了所有的感情。这种感觉就像小时候一点点攒零花钱，尽管知道要被母亲嫌弃，最后还是抱着自己想要的模型兴高采烈地回家去了。

"我要去探望贵岛律师，你来不来？"

周末，伊豆原接到桝田的电话，想也不想就答应了。去探望贵岛等于同意加入输液中毒死伤案的辩护律师团。桝田虽然没有明说，但他们作为同期，有着无须明言的默契。

周日，他与桝田碰头，买了水果凉粉当见面礼，拜访了贵岛住地的医院。那是一家大型医院，安保措施十分严密，探病必须先在一楼前台提出申请。

"案发的古沟医院就没有这样的安保措施。"桝田一边提交申请，一边聊起了案子，"反正中型医院都这样，连护士站都没有监控摄像，这成了关键问题。"

二人走向住院大楼。贵岛住的单人房不大，装潢也很朴素。

"老师，您感觉怎么样？"

桝田走进房间问候了一句，贵岛躺在稍微抬高的床上，露出了笑容。

"桛田君……真是麻烦你了。"

贵岛义郎身材偏瘦，面容坚定，给人以强势的印象，只是现在双颊凹陷，显得有些憔悴。

"连我都觉得可能不行了，但还是撑了过来。"

"老师，您还得多加把劲呢。"桛田说着，看向伊豆原，"这是跟我同期的伊豆原君，他对小南女士的案子很感兴趣。"

经过介绍，伊豆原对贵岛鞠了一躬。可能是提前打电话知会过，贵岛了然地点了点头。

"那真是帮大忙了，毕竟我现在这个样子。"贵岛自嘲地说，"老婆又早死了，现在光顾着自己的生活都很费劲。"

"公审您就别担心了。"伊豆原说，"我跟桛田君一定会齐心协力，做到最好。"

"有朋友就是好啊。"贵岛说着，对桛田笑了笑。

"我们是在看守所刚好碰到的。"桛田说，"然后我就跟伊豆原君直接去见小南女士了。"

"是吗，已经见过野野花小姐啦……"贵岛眯着眼睛看向伊豆原，"她是个很有魅力的人，对不对？"

"嗯，确实。"

虽然说她有魅力实在是不太对，但伊豆原还是点了点头。

"我们不能任凭她那样的人被送上绞刑架。"贵岛沙哑着声音说，"她本人也不认为等待自己的会是那样的未来。但现实问题是，司法者态度极其强硬。"

贵岛作为参与过许多死刑案件的辩护，并一直提倡废除死刑的人，自然不能容忍自己经手的案件得到死刑判决。伊豆原可以理解贵岛的心情。

但他也有点好奇,不知贵岛究竟如何看待野野花的犯罪事实。如果贵岛坚信野野花无罪,那么在谈论量刑之前,难道不该坚持必须得到无罪判决吗?他觉得贵岛内心尚未确定野野花是无辜的,但他忍住了,没有开口问。

"只要还有一口气,我就要为这个案子出点力。"贵岛说着,目光投向了远方,"过去负责关根幸助先生的案子时,我身体也不好。过度疲劳和压力导致自主神经失调,我是整夜整夜地睡不着。不仅如此,还每天恶心,头痛欲裂,经常发高烧。我就一直吃止痛药死撑,最后得了胃溃疡。就在那时,关根先生的死刑判决下来了,本来应该上诉,他却自暴自弃,说死刑也无所谓,不用上诉了。不过,他的一些情况在一审时未被纳入考虑,我觉得不该就这么结束。然而就算我强行上诉,一旦他自己撤销了,那就真的无路可走了,所以我每天爬也要爬到看守所去劝他。当时支撑我的信念就是哪怕我死了,也不能让司法者杀死这个人。后来我打动了他,赶在上诉期结束前让他同意了上诉。办好各种手续后,我才住进了医院。"

"好惊人啊。"伊豆原半带感叹地说。

"最后贵岛老师的努力得到了回报,高级法院改判无期徒刑了。"桝田称赞道。

"不仅如此。"贵岛微微一笑,"关根先生也像变了个人,接受了自己的罪行并进行悔过。他在服刑期间学了短歌,开始创作赎罪之歌。直到现在,他还把自己作的歌写在信里寄给我看。而他曾经是个被暴力侵占了头脑,只要稍有不高兴,甚至对我都能破口大骂,并且在一审中被认为是不可能改造好的人。"

努力的回报有多种形式,委托人的变化就是其中之一。这种喜悦只属于刑事辩护,所以伊豆原也特别了解。

另外，光辉万丈的功绩背后，靠的全是堪称牺牲精神的执念的堆积。

"不过啊，当时我也是年轻。"贵岛低声说着，仿佛回到了现实，脸上早已看不见骄傲的笑容，"现在就算有那个心，也没那个力气了。明明是我毛遂自荐，还当了主辩，现在却闹成这个样子，真是丢人。"

毕竟他这次住院并非单纯的身体不舒服，这也怪不得他。

"老师，您别这么说，光是有您在，就是很大的力量啊。"

桝田的话里透着真情实感，可见这几个月的辩护律师活动已经让二人形成了类似师徒的关系。

"谢谢你。"贵岛淡淡地应了一句，再次看向伊豆原："桝田君是个有韧性的年轻人，前途一片光明。希望你作为他的朋友，多多支持他吧。"

"当然，我就是这么打算的。"

伊豆原斩钉截铁地答应下来，贵岛满意地眯起了眼。

"刚才听到的故事真不错。"

今天来探望这位刑事辩护的大人物，尽管时间很短，但伊豆原还是心满意足。

"其实贵岛老师开口了，问我要不要去他的事务所。"

桝田走在旁边，低声坦白道。

"看来他很器重你啊。"

原来贵岛刚才的夸奖并非单纯为了激励年轻律师。

"老师没有孩子，也许把我当成儿子了吧。"

"原来如此。"

桝田性格直率，尊重长幼秩序，能有他这样的儿子确实很值得骄傲。

"不过，这也不是坏事。"

"那当然。"伊豆原说，"这是件好事啊。"

听闻贵岛法律事务所不仅是刑事辩护的名门，麾下还有许多从事民事诉讼和企业法务的律师。就算贵岛不在了，事务所的经营也不会被动摇。

"现在的事务所对我也有恩，不过考虑到将来……"

桝田虽不是在研修时期就崭露头角的类型，但是随着实务经验的积累，他可能慢慢发现了自己在刑事辩护领域的潜力。此外，他还参加了贵岛所在的各类委员会的活动，通过广结良缘得到了这样的机会。可以说，他脚踏实地的努力非常值得称赞。

"换事务所又不是什么稀罕事，而且你也不确定现在这家事务所什么时候能让你当合伙人啊。我觉得吧，打铁要趁热。"

这么说虽然有些刻薄，但考虑到贵岛的病情，若不抓紧时间，也许真的会错过机会。伊豆原自己虽没有什么出人头地的欲望，但还是希望朋友能选择最好的道路。正因如此，他才会劝桝田跳槽。

"有道理。"桝田似乎不再迷茫了，"能跟你谈谈真是太好了。我现在轻松了许多。"

"有事尽管找我商量。"伊豆原得意地说，"只要不是钱，别的事情我也许都能帮点忙。"

桝田大笑了一阵，又正色道："总之要先搞定小南女士的案子。你要是有时间，就到我事务所来一趟吧。我把资料给你。"

"知道了。"

他决定先拿了检方公开的案件相关资料再回去。

公审的进程已经开启了。伊豆原已经定下心意，此时需要马上行动起来。

# 7

"动词的现在时态和过去时态是不一样的。日语也有动词的时态变化，对不对？放到英语里面，就是 make 和 made 的区别。那我问你，这个词的现在进行时要怎么说？"

"making?"

"对了。准确来说，应该是 be 动词加 making。如果忘了加上 be 动词，就得不了分。好了，今天先记这个动词的过去时态吧。"

"过去时态不用加 be 动词吗？"

"不用。因为加上就不是过去时态了。这个到时候再讲。"

由惟看着纱奈在起居室的被炉桌上抄写单词的过去时态。

"边写边读吧，这样更容易记牢。"

毕竟不是在学校，发出声音也没关系。

"made, made, made..."

由惟一边辅导纱奈学习，一边打开了前些天买的英语准一级习题集。

这上面的习题比高考英语还难，但她希望能在一年内考到准一级，然后在纱奈初中毕业前考到一级。

然后，她就要舍弃日本去外国生活。美国也好，别的地方也行。由惟觉得，她跟纱奈要想过上普通人的生活，只能这么做了。

"然后呢?"

纱奈抄满了一行"made",抬头问道。

"do 是 did,can 是 could。"

"等等,一个个来……"

纱奈嘀咕着"did, did...",抓着铅笔抄写起来。

"could, could..."

"别漏了 l。写的时候默念'库鲁得[1]'就记住了。"

"这样反而更难记。"纱奈撇着嘴说。

"你不这样记,绝对会漏了 l。你嘴上念'could',脑子里要记着'库鲁得'。"

"真的很难记。"

纱奈边笑边抄"could",突然停下了笔。

"姐?"

"嗯?"

"我是不是趁第一个学期回去比较好啊?"

纱奈入学不到两周就没法上学了。现在,她已经在家里生活了整整两个月。

"为什么?"由惟冷冷地问。

"嗯……我就是觉得这样比较好。"

"有人来过吗?"

她猜测纱奈的班主任白天可能来过,可是纱奈摇摇头否定了。

怎么可能来?学校正苦于应付其他家长的投诉,巴不得纱奈不去上学。

---

1 库鲁得:该发音为日式英语发音,强调了"l"音。

"我觉得已经过去一段时间了,咱们家附近也安静下来了……"纱奈说。

以前,她们住的出租房门口的确经常有人扔吃剩的泡面和空饮料罐,往往一开门就是满地的垃圾。最近可能找麻烦的人厌倦了,这种事也渐渐少了。

可是……由惟还是摇摇头。

"你去上学,只会遇到同样的事情。"由惟不由分说地断言道。

"遥香给我写信了。"纱奈说,"她问我过得好不好……"

"是吗?"遥香是纱奈的小学同学,纱奈住院时,遥香来看过她几次。没想到那孩子现在还惦记着纱奈,原来世上也是有好人的。"如果你因为遥香对你好就回去上学,那么到时候遥香也要被人欺负的。学校就是这样的地方。"

纱奈伤心地皱着眉,不再说话了。

"我怎么能说这种话……"由惟有点讨厌自己,但并不打算收回那些话,因为那就是意料之中的现实。

"下一个,go 是 went。"

她催促纱奈继续学习。纱奈听话地动起了笔,但似乎没精神念出来了。

她看了一眼由惟。

"上次学校的教导主任不是提了自由学校的事情嘛,还说在那里上学可以算出勤……你觉得呢?"

纱奈住院时,只要身体稍微好一点,就很想去上医院的补习班。因为她天生性格开朗,喜欢与人相处。为了养病不能运动自然很痛苦,而没法上学肯定是最痛苦的事情。

然而,由惟并不想抱着天真的期待草率行动。

"自由学校里的那些都是问题儿童,像纱奈这样的人去了也交不到朋友的。"

其实由惟并不了解自由学校。前不久,自由学校的老师提出想跟纱奈谈谈,她也以妹妹身体不好为由拒绝了。因为她觉得,就算去了自由学校,也难以保证纱奈不会像之前一样被欺负。

无论去什么地方,由惟和纱奈都是杀人犯的孩子。

"可是不上学不行啊……"纱奈阴沉着脸嘀咕道。

"初中再怎么不上学也能毕业,没关系的。"

"真的吗?"

由惟点点头。"你的学习进度已经比同龄人快了,所以没问题的。我会好好教你。"

纱奈凝重地点了点头。

"记得给遥香写回信。"

"……嗯。"

其实上初中了应该有手机,纱奈也一样。只是由惟担心她一个人在家会看到跟案子有关的消息,就没给她买。虽然家里的固定电话能保证必要时的联系,但没有手机,纱奈就不能跟朋友用社交软件聊天。可以说,她过着几乎与社会隔绝的生活。

这种生活肯定很寂寞,但由惟认为,这样的环境反倒能保护纱奈。现在看来,事情发生后的混乱似乎已经平息了,但事态远远称不上有所收束。现在姐妹二人最需要低调生活,默默忍耐。

算上短暂的休息,她们学习了将近三个小时,十一点过后就铺床睡觉了。

虽然起居室空着,但姐妹俩至今仍一起睡在儿童房。一是因为纱奈想这样,二是由惟也不想自己睡。

纱奈白天好像会睡很长的午觉，晚上就不怎么睡得着。由惟经常等不到纱奈安睡的鼻息声响起就睡过去了。

这天，由惟正要坠入梦乡，纱奈在旁边喊了她一声。

"姐，你说妈妈还好吗？"

那一刻，由惟正好想起了她们刚搬家过来，母女三人在旧中川的水畔公园野餐的事情。因为姐妹俩刚进被窝时，纱奈问了一句："明天的便当是什么？"由惟回答："猪肉生姜烧。"每天早晨，由惟除了给自己做便当带去上班，还会多做一份留给纱奈吃。

她之所以想起从前，并非因为挂念母亲，她是感叹当时纱奈的身体还很健康。不过，纱奈也许想起了同样的事情，最后产生了不同的联想……听了纱奈的话，由惟猜测应该是这样。

她没有回答。

她或多或少感觉到了纱奈并没有什么受害者意识。因为在点滴被混入其他药物的事件中，纱奈没有像其他孩子那样陷入生命危险。

然而那只是结果论。由惟反复告诉纱奈，她的点滴也被混入了同样的药物，她面临过同样的生命危险，还有可能导致病情恶化及慢性化，不得不一年又一年地住院。

如果仅仅被当作凶手的女儿，这种境遇对纱奈来说就太残酷了。假设世人有些许宽容，那也是因为纱奈属于受害者之一。她希望纱奈明白这一点，并且认为只要妹妹能明白，就能从此跟母亲划清界限。

"律师说什么了吗？"纱奈又问。

"没说什么。"由惟回答，"就问我们过得好不好。"

她有意识地避开了母亲的话题。

"他没说妈妈怎么样吗？"

由惟轻叹一声。"还能怎么样,在看守所里不就是吃饭和睡觉嘛。"

"就是吃饭和睡觉……也很痛苦啊。"纱奈小声说,"我们去看守所,应该能见到妈妈吧……上次桦田律师也说了。"

"不去。"由惟在黑暗中斩钉截铁地说,"一个搞不好,纱奈你也没命了呀。妈妈就是想一直照顾你,得到周围人的夸奖。如果你的病好了,就没有人夸奖她了,所以她才要你病得更重。"

也许因为由惟的语气很强硬,昏暗的房间陷入了短暂的沉默。

"真的吗……"

纱奈的声音有些沙哑,还带着一丝哭腔。

睡魔早已消失得无影无踪。

## 8

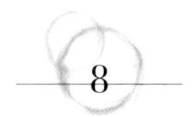

那周，伊豆原一边处理手头的工作，一边熟读了输液中毒死伤案的审判资料。

律师团要求公开证据后，得到了警方的调查报告和嫌疑人与相关人员的笔录。读完这些报告，他把握了这个案子的梗概，以及小南野野花的嫌疑逐渐加深的过程。

案件发生于去年十月七日十六时四十分左右，地点在古沟医院本馆三楼三〇五病房。

本馆三楼是小儿内科病房，收治了需要住院治疗的儿童病患。该楼层有四个单人间、六个四人间，三〇五病房就是其中一个四人间。

案发前一个半月，小南野野花的二女儿纱奈（十一岁）因急性肾小球肾炎入住该院三〇五病房，床位在进门左侧靠窗位置。除了食疗，纱奈还定期接受甾体药物的输液，以保全肾脏功能。

纱奈对床的梶光莉（七岁）于案发前两周因小儿哮喘入住该病房。为了缓解哮喘症状，该女孩也定期接受甾体药物的输液。

小南纱奈隔壁、床位靠门口的佐伯桃香（四岁）于案发前四天入院治疗川崎病，案发时正在接受丙种球蛋白的集中输液治疗。

佐伯桃香对床的恒川结芽（六岁）因肾病综合征导致的慢性肾

炎而住院。她虽然跟纱奈一样是肾炎，但症状已经慢性化，住院时间超过两年，每天除了进行严格的食疗，还要接受甾体药物和免疫抑制剂的注射。

案发当天，负责三〇五病房的护士为川胜春水。此人也是儿科病房的副护士长。十五时三十分左右，她为三〇五病房及同时负责的三〇二病房准备好输液药物，并在十六时许进入病房为患者上好点滴。顺带一提，三〇二病房的点滴没有检测出药物混入。

十六时开始输液，四十分钟后，三〇五病房发生了异常现象。哮喘患者梶光莉及川崎病患者佐伯桃香先后陷入了休克状态。这时，纱奈也失去了意识。另外，在发现病房异常后，一名医生于十七时许确认了恒川结芽的情况，发现她已经停止呼吸。

除纱奈以外，医护人员对三名病童进行了人工呼吸和心脏按压等急救处理，并在发现病童处于低血糖状态后及时补充了葡萄糖。一段时间后，佐伯桃香的状态稳定下来，并在几个小时后恢复了意识。由于短暂的昏迷，该病童至今仍存在自主神经障碍等神经症状。

梶光莉的昏迷情况较为严重，中枢神经受到了不可逆的损害，在接受急救处理后依旧痉挛了数次，不得不使用呼吸机进行人工呼吸管理。然而种种措施皆未能改善其病情，该病童始终未能苏醒，并于四日后死亡。

恒川结芽也上了呼吸机，以期她从昏迷状态中苏醒过来。虽然出现过刺激反应等好转的征兆，但不久之后，她的全身状态突然恶化，在案发后约一个月死亡。

案发后，鉴定人员对每个病童的点滴药液进行了分析，发现里面混入了糖尿病患者使用的胰岛素。在糖尿病的治疗过程中，过量使用胰岛素也会导致低血糖症状，从而引发昏迷，甚至有致死的危险。

病童使用的输液袋为200毫升的小号袋，粗略估计胰岛素的混入量为8~9毫升。通常情况下，糖尿病患者的投药量会根据个体情况细调，但一次投药量大约为0.1毫升。那么，此次混入药液的剂量就是普通治疗剂量的八十到九十倍，可以想象，即使药液没有完全输入体内，对儿童的身体仍会造成极大的损害。

调查人员在护士站内部的垃圾箱内找到了残留胰岛素的针头，还在住院大楼的医疗垃圾房找到了注射器及四个本应保存在冷库内的10毫升装胰岛素药瓶。

医疗垃圾房与诊疗室、淋浴间等房间相邻，远离电梯间等公共通道，属于监控摄像盲区。药瓶内残留约1毫升的药液，应为行事匆忙所致。

医疗垃圾房的大门、被丢弃的注射器及空瓶都没有检出野野花的指纹。然而，调查人员从她身上搜出了一次性乳胶手套。另外，野野花本人也供述，她在护士站拿了一次性手套用于清洗毛巾等物品。

据推测，有人在从川胜春水准备好输液药物到进入病房上点滴的三十分钟时间里故意在药液中混入了胰岛素。输液药物的基液为生理盐水，护士通过输液袋上的胶盖注射医生开出的药剂，再给患者输液。输液袋上未发现真空，可以认为胰岛素也是用注射器通过胶盖混入了药液。

关于混入药液的时机和地点，另一种可能性是输液开始后的病房内，但检方并未采纳这一观点。

在进入病房前，输液药物放置在川胜春水使用的推车托盘上。

为防止投药错误，托盘和输液袋上都贴有患者姓名标签。此外，医院规定准备药品时必须二人一组进行复查，川胜春水与其后辈庄村数惠一同完成了操作。其后，川胜春水为准备十七时的业务交接，在护士站内部的休息室总结勤务记录，并在十六时许推动手推车开始巡房。

当天的白班护士共有六人，分别是副护士长川胜春水、主任竹冈聪子，以及普通护士庄村数惠、安藤美佐、岛津淳美、畑中里咲。六人各负责一个四人间，其中四人另外各负责一个单人间。护士长在有专门通道相连的新馆小儿外科病房护士长室工作，只在当天上午的儿科病房晨会时进入过本馆小儿内科所在的楼层。

当天夜班人员为主任葛城麻衣子、奥野美菜、坂下百合香三人，出勤时间皆为十六时三十分左右，因此三人刚出勤就被卷入了事件。

除去当天白班和夜班人员，儿科还有三名值完夜班轮休的护士，当天都因私事外出，未曾进入医院。

小儿内科病房的当班医生有两名，分别为立见明与石黑典子。除此之外，人称"小院长"的院长古沟久志也负责内科及小儿内科的诊疗。平时也有其他医院的值班医生过来负责门诊和值班，但当天并未有这类人员在场。

十六时四十分，恰好是三名夜班护士到达岗位，准备开始交接的时间。

正在三〇五病房输液的梶光莉突然全身瘫软，继而陷入休克状态。其母亲梶朱里按下护士铃，察觉异常的野野花的大女儿由惟叫住了走廊上的护士岛津淳美。负责三〇五病房的川胜春水从护士站赶往病房，意识到事态紧急后立即向护士站要求护士增援及联系医生。

在楼上医生站值班的立见明接到联络后下楼查看，尚未走到川胜春水正在照护的梶光莉的床边，就发现门口左侧床位的佐伯桃香同样陷入了休克状态。

其后，石黑典子及小儿外科医生木口正章、当时正在院长室的古沟久志先后赶来，所有护士一同参与了抢救。在进行心脏按压和电除颤的同时，院方进行了血液检查，并在判明病童处于低血糖状态后立即投放葡萄糖。十七时三十分左右，佐伯桃香的生命体征稳定下来。然而梶光莉在恢复心跳后依旧间断痉挛，无法自主呼吸，因此接受了进一步的治疗。

在对两名病童展开抢救时，察觉到事态异常的石黑典子又查看了恒川结芽与纱奈的情况，结果发现恒川结芽停止了呼吸。她立即对恒川结芽开展人工呼吸等抢救措施，此时古沟久志怀疑输液药物可能存在处方错误，立即停止了所有病童的输液。但是在此之前，野野花已经停掉了纱奈的输液。纱奈虽然失去了意识，但脉搏稳定，心电图结果也没有异常。经过葡萄糖投药，她最先恢复了意识。

事发之后，每个病童的输液袋中都检出了药物混入，问题在于十五时三十分到十六时的半个小时空隙。那是输液药物准备完成之后，并非放置在护士站内托盘上的时间。很可能有人在这段时间里向药液中混入了药物。

川胜春水备好点滴后一直在护士站内部的休息室用电脑总结勤务记录，直到十六时才离开。主任竹冈聪子同样在休息室内整理自己的勤务记录。

护士站内，安藤美佐与畑中里咲坐在前台，庄村数惠与岛津淳美坐在中央办公桌旁整理勤务记录。话虽如此，但这四人都没有待足三十分钟，都曾经离席回应病房呼叫、联系医生或药房。安藤美佐最先做完勤务记录，与看护助手一道辅助三〇三病房的患者沐浴。

野野花来到护士站时，畑中里咲和庄村数惠二人在场。畑中里咲接过野野花送来的饼干，跟她交谈了几句。庄村数惠也接过野野花的饼干，对她道了谢。对于为何没有阻止野野花走进护士站，二人给出的理由如下：一是她的这种行为已经成为常态；二是收了她的礼物，不好马上赶走她；三是她们当时都专注于总结勤务记录。

其后，畑中里咲和庄村数惠都听见野野花敲响了护士站内部休息室的房门。事实上，野野花给休息室内的川胜春水和竹冈聪子也发了饼干。当时野野花还跟休息室内的两名护士聊到在院内食堂负责打菜的女性以前跟她在同一个熟食店工作过，只是因为那人戴着口罩，她一直没认出来。川胜春水听了一会儿，告诉她护士都在工作，请她离开休息室，于是野野花走出了休息室。畑中里咲和庄村数惠没发现野野花走出来。不过二人都看见了她离开护士站的身影。调查方认为，野野花离开休息室和走出护士站之间存在一段空白时间，足以让她完成混入药物的操作。但野野花在推翻此前的供述后坚称，自己离开休息室的时候只从操作台上的手套盒里拿了一副一次性手套，除此之外并没有做任何事情，然后直接离开了护士站。

护士站内部未设有监控摄像，病房通道的摄像头则拍到了野野花进出护士站的身影。根据监控录像，她从进入护士站、进入休息室到离开护士站的总时长为两分二十五秒。

其后，野野花分别走进三〇七病房和三〇九病房，与病童母亲山本尚美、有吉景子各交谈了十分钟到十五分钟。有吉景子以女儿第二天出院为由，将剩下的折纸送给了野野花。

野野花回到三〇五病房的时间推断为十六时十五分左右。她将剩余的饼干和折纸都给了纱奈。接着，其女儿由惟证实野野花观察了纱奈的点滴，并调慢了输液速度。此外由惟还证实，野野花曾经多次调慢过纱奈的输液速度。野野花本人供述，她认为调慢输液速度能减轻纱奈的身体负担。

另外，由惟还目击到野野花靠近另外三名病童，分别说了"结芽好像很没精神呢""光莉没吃饼干"等话语。只不过，她没看见野野花手持注射器。

野野花发现梶光莉哮喘发作后，马上走到该病童身旁为其摩擦背部。不久之后，梶光莉的发作平息下来，而在十六时三十五分左右，因光莉的母亲梶朱里走进病房，野野花让出了床边的位置。此前一天，野野花与梶朱里曾发生过短暂的口角，关系并不好。

大约五分钟后，梶朱里发现了女儿的异常。

除去案发前不久走进病房的梶朱里，在病童出现异常之前，病房内的探视陪护人员只有野野花与由惟母女二人。同为患者的纱奈证实由惟并未靠近其他患者。

从现场情况分析，野野花的确有靠近其他患者床位并接触到点滴的时机，但由惟和纱奈都没看见母亲手上有注射器。即使野野花成功逃过两个女儿的双眼实施了犯罪，问题在于纱奈的输液袋里也混入了药物。两个女儿都目睹了母亲擅自调整输液速度的行为，不可能会错过她使用注射器的动作，而且一旦注意到了如此不自然的举动，就更不可能不追究。因此检方最终认定，无论是野野花还是什么人，都不太可能在病房内混入药物。

假设有人趁着输液袋放在护士站推车托盘上的三十分钟混入了

药物，那么当然有可能作案的人不只是野野花。

当天的六名白班护士都有可能作案。另外，那个时间段也有看护助手进出护士站。当天儿科病房的看护助手是笹原朋美与中根正子二人。除此之外，医生石黑典子也在那个时间段来过护士站沟通工作。

警方对所有相关人员都进行了问询，重点在于打探三〇五病房是否发生过矛盾，负责三〇五病房的副护士长川胜春水是否与人结仇。

通过问询，警方并未在医院相关人员中发现可疑人物，也没有人提到可能对副护士长心怀怨恨的人。

不过，他们很快就打探出了三〇五病房的矛盾。除梶朱里本人之外，同病房的病童家长佐伯千佳子与恒川初江都给出证词，证实梶朱里与野野花存在矛盾。只有野野花本人坚称她跟其他人的关系都很好。连她的女儿由惟证实母亲和梶朱里的关系并不好。

案发前两天，野野花占用了病房盥洗室将近十分钟，并且在清洗毛巾等物品时发出大量噪声，最后被梶朱里提了意见，要求她去洗衣房洗。由于洗衣房离病房较远，野野花一般都在病房盥洗室用水。野野花那次也一样没有理睬梶朱里的抱怨，声称快要结束了，却一直在盥洗室待到完成所有清洗。在那之后，野野花与梶朱里之间也发生过多次近乎口角的对话。

案发前一天，野野花在病房吃完面包，用力拍打自己的椅子坐垫，因此激怒了梶朱里。这种行为已经不是第一次发生，梶朱里也多次要求她收敛一些，以免引起女儿哮喘发作，但野野花很快就会忘记，重复同样的行为。那天梶朱里语气强硬地提出抗议，野野花反说注意灰尘不如多锻炼身体治愈哮喘。梶朱里见她毫无悔改之意，更是怒气上头，使对话演变成了火药味十足的争吵。由于这次争吵发生的时间与案发时间极为接近，调查方自然非常重视。

另外，调查方还查明野野花去世的父亲曾患有糖尿病，并接受过胰岛素治疗。佐伯桃香住院前，其床位的前一名患者是西本爱佳（十岁），该病童也因小儿糖尿病接受了胰岛素治疗。她的母亲西本佑子常与野野花聊天，并证实野野花主动向她提起过自己父亲的事情。野野花向佑子提到父亲曾因低血糖昏倒，表明了自己对胰岛素过量注射的恐惧。

拥有胰岛素相关的基础知识，这在描绘凶手画像时具有极为重大的意义。因为胰岛素不同于普通药剂，需要冷藏保存。儿科病房使用的胰岛素就保存在护士站的冷藏柜里。若不具备这个知识，纵使想利用胰岛素作案，也无法在普通药品柜中找到这种药品。野野花在回答警方的审问时表示，自己当然知道胰岛素需要冷藏保存。

此外，警方还注意到了案发时野野花的可疑行动。在古沟院长发出立即停止患者输液的指示后，护士们马上行动起来，但是当奥野美菜试图停止纱奈的输液时，发现输液已经停止了。对此，野野花承认是自己停止了输液，由惟也证实了这一点。

野野花表示，她怀疑病房的紧急事态原因在于输液，所以才会将其停止。这个行为发生在梶光莉与佐伯桃香先后进入休克状态之时。当然，若不这么想，她肯定不会停止输液。然而当时连医护人员都没有想到这一点，而是忙于应付眼前的事态，唯独她快人一步开始寻找原因，这一事实给人强烈的异样感——这便是调查方的看法。

野野花是否为了脱罪，故意让自己的女儿也成了受害者？而她是否为了避免女儿受到严重伤害，才故意调慢输液速度，并适时停止输液？……调查人员心中逐渐浮现出了这些疑问。实际上，警方也在审问过程中向野野花提出了这些疑问。

野野花表示否认。其后，检方又提出了代理曼丘森综合征来替代打掩护的说法。这是在调查医疗领域儿童虐待时最先怀疑的精神症状。

野野花可能因为自己与梶朱里的矛盾受到刺激，从而想到在梶光莉的输液袋里混入药物。但是只针对一个人作案，过后被分析出混入药物的事实，自己很可能会因为人际关系遭到怀疑，所以她决定对病房的另外三名患者（包括自己的女儿）实施同样的犯罪手段。虽然这会使女儿的身体遭到损害，但她可以继续陪护女儿，最终还能获得大家的同情，可谓一石二鸟。后来在实际作案时，患者的状态急转直下，而野野花不希望女儿丧命，就调整了纱奈的输液速度，并在中途停止输液，令其免受重创——这就是检方想要描绘的行凶者小南野野花的画像。

新的一周，伊豆原拜访了桝田工作的新桥的事务所。桝田只是授薪律师，没有专用办公室，所以他们借了一间会客室。

"我决定去贵岛老师的事务所上班了。"

在伊豆原忙着熟读案件资料时，桝田似乎定好了接下来的道路。他准备等到手头的案子都交接完了，八月之前入职。

"那挺好啊。"

见桝田一副神清气爽的模样，伊豆原也高兴地应了一句。

"输液中毒死伤案是我自己接的案子，当然会继续跟进。"桝田说完又问了一句，"你资料看得怎么样了？有什么想法？"

"目前感觉很有挑战的可能。"伊豆原说，"不过委托人的那份供述有点麻烦。小南女士是说自己脑子出问题了，但很难确定警方在审问时使用了诱导或逼供的违法手段。"

供述一旦写成了笔录，后面就算再怎么否认，也很难推翻了。虽然刑事案件的处理原则是不单凭供述判定有罪，但现实情况是供述的有无对公审有着极大的影响力。

不过话说回来，细看过去的案件调查历史，就会发现有很多无辜的人因为高压审问承认了"莫须有"的罪名的案例。所以说，推翻供述绝非不可能之事。作为辩护方，他们只能尝试在审问的合法性上寻找突破口。

"录像资料已经送过来了。"桝田说，"毕竟是审问，自然会有一定压力，但我看过之后还是很难断言存在违法性。给人的整体感觉就是委托人跟当时安排给她的嫌疑人国选律师没能建立信任关系，其精神一直处在不稳定的状态，被警方钻了空子。"

律师各有特点，而且同为人类，即使是跟委托人，也不可避免地存在性格不合的情况。若不能顺利建立信任关系，律师就算建议委托人不要承认自己没有做的事情，也不一定能成为支撑对方的力量。人一旦陷入孤立无援的心理状态，就很容易崩溃。

"现在能看录像吗？"

桝田出去了一会儿，很快就拿着蓝光光盘回来了。他打开装在墙上的小型液晶电视，将光盘放入播放机。

类似这种肯定会进行陪审团审判的案件，从调查阶段就必须留下录像资料。因为这一可视化操作，调查方应该不会太过明显地逼供，这就暗示着野野花的供述是自愿的。

屏幕上映出了审讯室的内部，时间为十一月五日十三时八分。

"这是逮捕的第六天。"桝田解释道，"警方审讯由这位长绳警部补负责。有消息透露，警方在要求小南女士配合调查时，暗示了她作案的嫌疑，但实际上他们并没有这么做。只不过，在查明小南女士了解胰岛素相关知识后，针对这个问题的审问压力较大，使小南女士给出了一些明显情绪很不稳定的回答。审问者一直在给她施压，说你之前没提到这件事，这跟你之前说的不一样，等等。"

录像里的野野花垂头丧气，表情阴沉，披头散发的模样看起来比四十四岁的实际年龄苍老许多，而且面容疲惫。

"那就开始吧。"

长绳警部补照章办事地告知了沉默权，停顿片刻后提问道："你好好想过了吗？"

野野花没有抬头，也没有明显的反应。

"希望我不在的时候，你也能好好想想。无论是吃饭还是睡觉的时候，如果你不好好想，那就一直是现在这样啊。"

"她感觉快不行了啊。"

这个野野花跟那天在拘留所看到的她截然不同，伊豆原忍不住嘀咕道。

被逮捕并送检后，嫌疑人最长可能要承受整整二十天的严苛审问。他们看的这段录像还只是头几天的，但第一波压力高峰显然已经向她袭来。

"供述从哪里开始？"

光是这一天的审问恐怕就有好几个小时，他想先看看供述前那一段。

"马上就开始了。"桝田说。

"啊？"

没等伊豆原反应过来，供述已经开始了。

"我说你啊,真该为两个女儿考虑考虑。妈妈变成这样,你不觉得她们很可怜吗?"

长绳警部补的声音异常沉稳,但语气中带有一些微妙的粗鄙,形成了莫大的压力。

"她们……怎么样?"

"还用问吗?当然是难过极了。我不是不想让你见女儿,可是现在这个情况,还真挺困难的。你一直说不是你干的,你什么都不知道,再这么拖延下去,法院也不答应啊。"

"那我该怎么办?"

"这你得自己想。"

审讯室里陷入沉默。长绳警部补叹了口气。

"我没想到会被抓起来,从来没想过会被警察审问啊。"

"你得正视现实。光莉妈妈失去了心爱的女儿,现在该有多痛苦啊!结芽妈妈也是,本来结芽那么努力恢复,她心里肯定是有希望的,结果呢,还是不行。你能猜到她受了多大的打击吧?你可能觉得待在这里太苦了,可她们比你更痛苦啊!你倒好,女儿平安无事。难道这样还不够吗?你想想是不是这个道理?还是说你根本不关心女儿怎么样?"

"怎……怎么会不关心?"

"嗯,要是连自己的女儿都不关心,那你就是最差劲的母亲了。但你也不知道纱奈和由惟心里的真实想法,对不对?我知道,你也希望女儿相信你是无辜的。所以我说,这些你都可以在法庭上提出来,毕竟法庭就是为了这个存在的。反过来说,你在这里再怎么否认,也只能走接受审判这条路。"

"你们不放我出去了吗?"

"出去？那我劝你放弃那个想法。你再怎么说服我也没用，要是法官不认可，那就没戏。照现在这样下去，根本不会有进展。我劝你该承认的先承认，把进度推进一下，再解释事实是什么样的。等推进到了审判阶段，会面的禁令也会解除。我这也是为你着想啊。现在这个状态，对你而言只有坏处。"

"只要我承认了，就能见到女儿吗？"

她的声音无比虚弱。

"肯定能见到，律师会带她们来见你的。"

野野花双手掩面，点了好几次头，仿佛在说服自己。

"那……就这么做吧。"

她捂着脸说道。

"这么做是怎么做？"

"这样就行。"

"你愿意承认了？"

野野花做了个点头的动作，无力地垂下了头。

"我得先声明，你可不能为了见到女儿就说谎。你确定吗？"

先逼迫对方投降，再煞有介事地告诫……这种做法太狡猾了。

"是的……是的……"

野野花已经彻底崩溃了。对方问什么她都点头，不久后还哭了起来。

该如何理解这段对话呢……伊豆原重重地叹了口气。

很明显，野野花因为连日接受审问已经处在崩溃的边缘。但那也并非不能理解成坚持否认犯罪、隐瞒作案事实的精神负担。

长绳警部补的审问的确存在给她施加压力，让她误以为除了招供别无办法的问题，但他并没有提高音量或敲打桌子直接威胁。若去查看其他从否认到招供，最后做出有罪判决的案件，其审问恐怕大同小异。最关键的是，单看这一段录像，野野花给人一种早在当天审问开始前就决心招供的印象。要想让陪审团认为这是高压审问导致的被迫招供恐怕很难。

"那几天的审问花了多少时间？"

"基本都是八个小时。"

警视厅规定针对嫌疑人的审问维持在每天八个小时以内。这次的审问虽然符合规定，但挑剔一点看，却也显得过于刻意了。

这段录像是从下午开始的，谁也不知道没有录像的时间究竟发生了什么。

"你说，这会不会是马不停蹄地审了一上午，然后才假装咱们刚开始，打开摄像机录像啊？"

"老实说，我也怀疑是这样。"桝田说，"如果不是，就很难解释她为什么轻易就供述了。我正在要求公开拘留所的进出记录。"

本来，犯罪嫌疑人都应该安置在法务省管辖的看守所，但由于案件繁多等因素，事实上在检方起诉之前，嫌疑人普遍被安置在各个警察署的拘留所。

这种制度还被称为代用监狱制度，是日本独有的东西，但由于警方能够随意应用，它也存在诸多问题。譬如嫌疑人被全天拘禁在警方内部，便形成一个黑盒子，没有人知道里面发生了什么。警方能够随时随地展开审问，使嫌疑人更容易陷入精神崩溃。曾经就有不少因为这个问题而发生的冤假错案。

近年，警方也重新检讨了代用监狱制度的应用，将拘留所的管理从刑事科转移到了别的部门。这样一来，刑事科至少无法窜改进出记录，假如嫌疑人被带出拘留所的时间与录像开始的时间出入很大，就有理由怀疑背后有猫腻。

"那就先等记录来了再说吧。我想，小南女士之所以屈服，很大的原因是被煽动起了想见孩子的情绪。"

确实，单看录像里的对话，很难不这么理解。

"可是，她的两个女儿还一次都没去看过她。"

"没错。"桝田说，"我也劝了很多次，最近她连我都不见了，真不知怎么办才好。所以这件事我想拜托给你。"

"知道了。那的确得想点办法。"伊豆原说，"你说的是大女儿由惟吧？我猜她是无法原谅母亲伤害了妹妹。"

"因为妹妹也是受害者之一，而且她一开始完全想不到是母亲干的。不过后来一听说有种病叫代理曼丘森综合征，会让人故意伤害自己的孩子，她就再也无法站在母亲这边了。"

"原来如此。"

如果母亲是真凶，她的心情自然可以理解，然而现在事实尚未确定下来。在这个疑罪从无的阶段，若女儿心中只有疑惑，他还是想帮上一把。

"还有，我觉得调查方给的鉴定报告存在很多主观臆断。"桝田说。

"我们也要自己出报告，对吧？"

"那当然。已经通过贵岛老师的人脉找了这方面的专家。"

"那就好。"伊豆原点点头，又说，"假设小南女士真的被鉴定出患有代理曼丘森综合征，而检方又想靠这一点加强说服力，案件不应该会变成这样吗……"

案发当时，只有梶朱里碰巧回到了病房里，其他病童的家长都因私事回家去了，一直待在病房的只有野野花一人。若她真的有代理曼丘森综合征，那么最符合其心理的做法应该是她故意引发紧急事态，主动呼叫医生，然后力挽狂澜，并期待其他病童的家长在事后对她感激涕零。她也许还希望梶朱里也感谢她拯救了自己的孩子，并为之前的口角道歉……

这远比因为成年人之间的矛盾而伤害梶光莉等三名病童，又因为代理曼丘森综合征而伤害自己的孩子符合逻辑。

桝田听了伊豆原的话，点头赞同道："我也是这么想的。可是照你的说法，检方就无法证实嫌疑人存在杀意，他们肯定会为难吧。"

这虽然是导致两名儿童死亡、一名儿童重疾，对社会构成重大威胁的恶性事件，但若无法证实嫌疑人存在杀意，就很难给出相应的量刑。从社会角度来看，因为成年人之间的口角而轻易夺走无辜儿童生命的行为可谓罪大恶极，人们也不可能认同不存在杀意这个借口。至少检方认为如此，并试图顺应社会的要求。

于是，检方为了最大限度地强调杀意，将代理曼丘森综合征的范围限定在了针对纱奈的行凶。他们将野野花对自己女儿与对其余三名儿童的犯罪动机分开，试图以此排除野野花也伤害了自己的女儿，她是否真的存在杀意这一合理疑问。

"这也太主观了。"

"正是如此。"桝田说，"所以我认为，我们只要有心，就能破解对方的说法。"

对自己女儿与对其余三名儿童的犯罪动机不同，这怎么看都很不自然。更合理的解释是，野野花在四名病童的点滴中混入胰岛素，都是起因于代理曼丘森综合征，意在让四人的病情发生异变，然后自己及时救助，从而得到周围人的感谢，并不具备杀意……如此一来，陪审团也更容易认同。只要能得到认同，杀意就无法立证，从而不适用杀人罪，量刑也会另有考量。

"只不过，小南女士自己主张无罪，我们若是以这个为切入点展开辩护，实在不合适啊。"

"有道理。"伊豆原赞同道，"必须从无罪的观点出发，破解对方的立证。而且小南女士已经供述了，我们就必须完全破解掉所有状况的证据，才能达到目的。"

"说起来简单，做起来可难啊。"

"这我当然知道。"伊豆原说，"只能听听小南女士的说法，再从医院相关人员那里找到突破口。"

"我和贵岛老师之前已经接触过古沟医院的相关人员了。那边的事务局长负责安排会面，你有事就找他吧。"

"嗯，既然要干，那我就不会客气。"伊豆原说。

又一周过去了，伊豆原再次来到了小菅的东京看守所。

"哎，你不是上次那位？"

野野花走进会见室，看见伊豆原便露出了淡淡的笑容。

"我叫伊豆原柊平。"

伊豆原重新做了自我介绍，并将名片贴在亚克力板上给她看。

"我已经正式加入这个案子的辩护律师团，以后请多关照。"

"为了我的事情，真是麻烦你了。谢谢。"

野野花说完行了一礼。她看起来还挺放松，语气甚至有些漫不经心。

"贵岛老师怎么样了？"

"他还在住院，但听说治疗挺顺利的。"伊豆原回答，"他说小南女士是个很有魅力的人。"

"哎呀，我怎么会有魅力呢！"野野花掩着嘴，却遮不住脸上的笑意。

"需要我帮你带话给他吗？"

"我想想啊。"野野花说，"请你告诉他，希望老师早日康复出院，我也早日离开这里，大家笑着见上一面。"

她好像对自己的释放怀有跟患者康复出院一样的期待。伊豆原实在不明白这人究竟是天性乐观还是在逞强。

"关于案子的事情，我能再问一遍吗？"

"好，你想问什么？"

她的目光不太强势，只是一旦对上了，就会不停地眨巴着眼皮，用圆圆的眼睛一直看着对方。这种感觉既可以说亲近，也可以说不把人当回事。

"我通过梶光莉母亲的证词看出，小南女士跟她关系似乎不太好，可是你在供述中提到自己跟光莉妈妈关系还不错。请问你是真的这么想，还是为了掩饰什么呢？"

"我没打算掩饰什么。"她说，"就算我想掩饰，对方一说也会暴露呀。其实那个人有点神经质，光莉的病又一直不好，我能理解她想冲人发脾气的心情。所以每次她跟我吵，我也只觉得她是压力太大了，没往心里去。毕竟我们的孩子都生病了，我觉得她跟我是互相理解的。"

"那你们的矛盾其实也没那么激烈？"

"什么矛盾呀。"野野花笑了，"那个人太在意一些小事了。我稍微动一动，她就很夸张地说什么扬尘，什么孩子哮喘会发作……于是我就回了一句"照你这么说，那我岂不是什么都做不了"。再说，我家由惟也得过哮喘，所以我知道一味护着孩子肯定好不起来，必须督促孩子锻炼，提高免疫力才行。我就这么对她说了，那人却说他们家孩子跟我家的不一样,反正从头到尾都火气十足,真受不了……呵呵呵。"

她笑着说完,又叹了口气。

"可是小光莉……真可怜啊。她那个病本来不会死,没想到一住院就遇到那种事情。我也很理解她妈妈的痛苦。所以我觉得,她怎么说我都在所难免。可即便是这样,警察把我抓起来也不对啊。"

"是啊。"伊豆原短促地应了一声,继续提问,"小南女士,我了解到你签了供述笔录。那是在你被逮捕的第六天吧,当时你是否有精神上被逼到了极限的感觉?"

"我真不知道自己是怎么想的。"她的语气听起来像在谈论别人的事情,"那个刑警一直叫我承认,可能我觉得承认了会更轻松吧。"

"从时间来看,当时是下午吧,那天会不会一大早就开始了审讯,导致你十分疲劳呢?"

"当然疲劳啊。所以我说啊,当刑警的体力就是好。听说那个长绳先生平时经常练居合道呢。我不清楚居合道是什么,只是在审问开始前听他说,他每天都要挥刀锻炼。他还说自己十年来一次感冒都没得过,三天不睡觉也没问题。我试着问他做不做干布摩擦,他果然做呢。我看出来了,因为他脖子上的肌肉特别结实。我也劝过光莉多做干布摩擦。由惟就是做了这个,哮喘才好起来的。还有游泳。不过长绳先生说他不会游泳,因为身上的肌肉太重了,会沉进水里。哈哈哈,看来每个人都有不擅长的事情呢。"

提起居合道明显是刑警威吓对方的手段,但她好像理解成了单纯的闲聊。

这人虽然平易近人,但果然有点不着调的感觉。

"原来干布摩擦和游泳这么有效啊。"伊豆原应了一句,回到正题,"那你每天接受审讯的时间都很长吗?从早到晚?"

"何止是长啊,每天都这样。我都已经丧失时间感了。就算待在拘留所,我也放松不下来。那里不是总有人进进出出吗?有的人大半夜还吵吵闹闹,真的很难睡着。而且里面很冷。之前在医院照顾纱奈,我都睡得很香,光莉妈妈还抱怨我打呼噜太吵呢,哈哈哈。在病房睡觉时,我都铺一块浴室脚垫。铺了脚垫就完全不冷,还能缓解腰部疲劳呢。以前我在医院工作,看见陪护的母亲这样睡觉,就学会了。我还告诉光莉妈妈可以这样睡,可是那个人,只要是别人推荐的,她就不想做。怎么说呢,特别叛逆,真有意思。爱佳妈妈和亚美妈妈就听我推荐买了浴室脚垫,用了之后都说好呢。"

"原来浴室脚垫这么好用啊。"伊豆原又应了一声,试图修正话题的轨道,"警方在审问时应该问过你以前在医院工作是否使用过注射器,是否学习过药品知识吧?"

"对啊,问了好多遍呢。由惟总抱怨我同样的事情说好几遍,长绳先生也一样,同样的事情问了又问。他还说,纠缠不休的性格适合当刑警。我是不是也该去当刑警呢?"

"看护助手的工作应该是换换床单之类的吧?你用过注射器吗?"

"人家才不会让我碰注射器呢。不过那东西看看就学会了,我还知道好多小窍门呢。因为老护士看到小护士手忙脚乱,都会上去教。从药瓶里吸药的时候,得先用注射器往瓶子里打空气。因为药瓶是真空的,不打空气就吸不出来。我跟长绳先生说这件事时,他还念念有词地感慨呢。"

"他问过你药的事情吗?"伊豆原追问道,"比如问你是否熟悉胰岛素。"

"我父亲用过胰岛素,所以我碰巧了解。"野野花说,"长绳先生问我父亲是怎么存放胰岛素的，我就说，当然是放冰箱啊。他又问我知不知道护士站的冰箱在哪里，我说当然知道，就在休息室那条路的尽头。因为我知道，所以回答了呀。结果长绳先生一听，脸色就变了。现在想起来，我觉得他好像把我当成凶手了。他还问我知不知道把胰岛素随便混进不相关的患者的点滴里会怎么样。那肯定是很危险的啊。我父亲都因为打胰岛素昏倒过呢。而且是药三分毒，医生给患者输液，那也是毒啊。我第一个老公也因为得了癌症，被医生注射了各种各样的药，最后渐渐衰弱而死。我在医院工作时也见过不少被药毒死的人。是人都知道不能随便给别人打药啊。因为是理所当然的，所以我就这么回答了。长绳先生一听，竟然特别高兴。"

"从警察的立场来分析，你的话可能都暗示了犯罪。"伊豆原说，"据说你经常自己调慢纱奈小姐的输液速度，有这回事吗？那也因为你觉得是药三分毒吗？"

"一下子把药水打进去，人的身体会吃不消啊。医院做的是卖药赚钱的生意，如果放任不管，就只会一个劲地给人打药。"

也许是经历了第一任丈夫的病死，也许是看护助手的工作经历使然，她内心似乎怀有对医疗系统的不信任。

不过，伊豆原的祖父也很讨厌医院，所以他很清楚这类性格。祖父觉得一进医院就要被检测这个检测那个，没病也给你瞧出病来，所以极少踏足医院。即使在年老体衰，不得不频繁住院时，他也不愿遵医嘱，烟照抽，酒照喝，只要没有人盯着就不吃药。尽管如此，他还是活到了八十岁，所以应该没有任何悔恨。

"你觉得医院那么危险，为什么还是让纱奈小姐住院了呢？"伊豆原想知道她的感受。

"那已经是没办法的办法了。"野野花很不情愿地说,"我觉得放着不管肯定会越来越糟糕,就赌了一把医院能治好纱奈。只要我一直跟在旁边,医院肯定做不了什么奇怪的事情。再加上我也不是冥顽不灵的人,如果是我自己的身体,我知道躺着休息就能治好,但纱奈是纱奈啊。由惟以前得哮喘,我觉得不行的时候,也会带她去医院。"

看来她并非没有常识。

"光莉她们陷入休克状态时,你第一时间停掉了纱奈的输液,对吧?当时你是突然想到点滴可能有问题吗?"

"区区哮喘不会变成那个样子。光莉之前确实有点喘,但我给她搓背,已经让她安静下来了。她变成那样很不正常,而且桃香也出问题了,那除了点滴还能是什么?当时还不是吃口服药的时间,而且刚挂上点滴。"

"你有想过可能是别人往点滴里加了什么东西吗?"

"我觉得可能是用错药了。"

"负责病房的护士?"

"没错。"

"你知道准备点滴时要护士两人一组复查吗?"

"不知道。但不管是两个人做还是三个人做,也难免会出错啊。"

"那倒也是。"伊豆原应了一句,继续提问,"你有没有感到过医院相关人员,包括护士和看护助手在攻击你,或是对你怀有莫名的恶意呢?"

"护士和看护助手都很好。"她说,"医生也都是好人,只要一有时间就来看纱奈。"

看来,她虽然对医疗系统和医院不信任,但对相关个体并没有负面感情。她经常到护士站送点心，也印证了这一点。

不过，如果她是无辜的，医院相关人员的嫌疑就变大了。伊豆原想在这方面多打探打探。

"你女儿住院也有一段时间了，我猜你肯定认识了不少人，也听过不少闲聊和传闻吧。请问你有没有听过医院的哪个人在人前是一副面孔，人后又是一副面孔之类的议论呢？"

"你问我八卦吗？"野野花咻咻地笑了，"你想听什么八卦？"

野野花似乎把伊豆原的话理解成了单纯的好奇，使他不得不补充解释。

"不，我只是想知道当时医院里是否存在什么矛盾。"

尽管已经解释了，野野花还是掩着嘴边笑边说："我在这种地方说不太好吧……"

"说什么？"

"哎呀，真是的，"她说，"副护士长啊！"

"哦……？"

副护士长川胜春水，不就是当天负责三〇五病房的人吗？

"有人说，副护士长跟院长有一腿。"野野花可能回忆起了当时的场景，又笑了起来。

"啊，她跟院长……"

"这里说的院长是小院长。大院长都七十多岁了，去不了儿科病房。"她说，"我听见几个小护士交头接耳：'副护士长去了院长室就一直没回来。'然后我就凑过去说：'哎，那两个人有一腿啊？'小护士提醒我：'小南女士，你可千万别直接问副护士长。'那怎么会呢，我又不是那种粗线条的人。我嘴巴可严实了。对副护士长本人我肯定是没说，但我应该告诉了爱佳妈妈和亚美妈妈。院长和副护士长都是一副认真务实的模样，没想到竟会偷情，真是人心难料啊。"

"嗯，毕竟每个人私下都有另一副面孔。"

因为工作的关系，他听见出轨和偷情只会联想到令人头痛的离婚调停，看来世界上随处存在尚未走到那个地步的隐藏关系。

"还有别的吗？"

"别的啊……"野野花抬头看着天花板回忆了一会儿，"亚美妈妈的感应力很强，半夜能感觉到医院里到处都是那种东西，所以害怕上厕所。我什么都感觉不到，是不是因为感应力迟钝啊……"

"嗯……在这方面也许迟钝一点更好吧。"

话题转向了这样的无稽之谈，伊豆原只好赔以苦笑。

那周，他只要有时间就会跑东京看守所。

野野花每次见到伊豆原，都会露出高兴的表情，像第一天那样开朗地说话。

"伊豆原律师好积极啊，真是太谢谢你了。"

野野花很喜欢拼命努力的人。她经常说律师团的律师们为她做了这么多努力，对她这么好，真是太谢谢了。对于医院，她也只是不信任医药品，并且时常夸奖医生和护士都对纱奈很好、很有耐心。伊豆原试着换了很多种措辞打听她周围是否有奇怪的人或可疑人物，但怎么都问不出来。甚至对与她发生过口角的梶朱里，她也满怀同情地说那个人为女儿尽心尽力，发生这种事太可怜了。

伊豆原听了她的话，一方面感叹她的善良，另一方面猜测专家就是根据这些诊断出了代理曼丘森综合征。

话虽如此，去的次数多了，他也发现野野花并非每天都心情很好。那一周的后几天，他见到的野野花都面色阴沉。

"我这两天一直睡不好……"

她眼神空洞地说着,缓缓抓了几把凌乱的头发。

"是不是气候影响睡眠了?"

前不久,日本进入了梅雨季节,每天又闷又热。伊豆原在家也得定时开空调才能睡着。

"可能吧……刚才睡午觉,我好不容易开始迷糊,又被叫醒了。"

"啊,对不起。"

他只想着趁工作之余过来看看,却没想到打扰了野野花的午睡。

"没什么。"野野花摆摆手叫他别在意,"反正午睡时间也快结束了。"

"过会儿我看看帮你申请横卧许可吧。"

警察署的拘留所固然有问题,但看守所也并非很舒服的地方。可以说,这里的自由程度还比不上拘留所。此处的监管者跟监狱一样是狱警,实际上相当于没有劳动改造的监狱。白天除了午睡时间,被关押人不允许随便躺下。伊豆原虽然答应了申请横卧许可,但一般除了生病,看守所好像不会轻易批准。

"迷迷糊糊的时候,我梦见女儿了。"

野野花表情寂寞地说。她看起来无精打采的主要原因也许是这个。

"她们都还好吧……希望纱奈已经好起来了。"

"应该都还好。"伊豆原说,"我正好也想跟由惟小姐聊聊,准备去找她呢。"

"听说她工作很忙,一直都不来看我。"她悄声说道,"到底在生什么气呢?"

伊豆原听桝田说,由惟怀疑母亲是真凶,一直不愿意来看她。

可他不能把真相告诉野野花。

"由惟那孩子比我靠谱多了,本来肯定能上好大学。可是我现在成了这个样子,我猜孩子爸爸肯定想撇清关系,不再管她们了。本来都答应得好好的,说要供到大学毕业。那人就是这样,特别爱面子,性格却特冷淡。发生那件事时,我还没从离婚的打击中走出来,精神很脆弱,所以承认了自己根本没做过的事。"

"原来如此。"

"我对长绳先生这么说了,他却理解成我觉得自己孤立无援,出于悲观心理做了那种事,还想写在笔录里。我赶紧说不是这样的。"

"对方无论听到什么,肯定都会关联到案子上。我们在法庭上会纠正这个观点,你不用担心。"

听了伊豆原的话,野野花应该是放心了,只见她点点头,又神情忧郁地说起了"那个人":"他跟由惟没有血缘关系,可能就更冷漠了。不过由惟从懂事开始,就把他当成爸爸,所以她现在一定很失望。虽说当姐姐的必须坚强,但她还是个孩子啊,我好担心她会自暴自弃。"

"由惟小姐还要照顾纱奈小姐,想必是忙不过来吧,总之我会告诉她,说你很担心她。"

伊豆原说完,野野花郑重其事地鞠了一躬,回道:"拜托你了。"

## 9

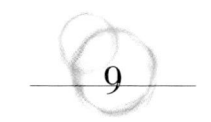

"这屋子怎么回事,怎么不开空调?"

专务前岛京太从工地回来,热得皱起眉大声抱怨。他洗过手,一屁股坐在由惟旁边。

"好像是坏掉了。请人来修也不是一两天能解决的。"

赤城浩子霸占着社长从家里拿来的电风扇,回答了他的问题。

在闷热的梅雨天,一开起来就轰轰直响的老式空调突然吹不出冷气了。像今天这种没有风的日子,即使开着窗也像在蒸桑拿。

由惟从冰箱里拿出麦茶,给前岛京太倒了一杯。这已经成了她每天的工作。

"把电风扇拿过来。"

由惟放下茶杯后,拿着赤城浩子旁边的电风扇摆到他跟前。赤城浩子不高兴地瞥了她一眼。

由惟回到自己的座位,电风扇的余风吹来,把她包裹在夹杂着汗酸味的渗透工服的油污的臭气中。在闷热的工地工作一天难免会散发出这种气味,她也从来不想抱怨,只是这个人的体味在进入梅雨季节后越发浓烈了,让她很难承受。

"又有人在外面打转了。"前岛京太对赤城浩子大声说道。

"什么人啊?"

"不是上次那个,但我猜是记者。上回那个被我抓住一问,原来是杂志社的记者。他应该是打听到咱们这儿有个犯了大事的罪犯的家属。我跟他说,这里是有个同姓的员工,但他找错人了。真是的,麻烦死了。"

"来这么多人,那案子很大吗?"

"鬼知道。"

由惟听着他们的对话,局促地缩起了身子。

前岛京太是公司专务,当然了解由惟的家庭情况。不仅如此,赤城浩子也隐约猜到由惟的母亲就是古沟医院事件被逮捕的嫌疑人,因为由惟并没有刻意隐瞒小南的姓氏。

此前,她假装随意地问过由惟的母亲是做什么工作的,同时冷冷地观察了由惟的表情。这显然暴露了她问题背后的真意。

前岛社长告诉由惟,案子的事情只要瞒着就好了,所以由惟含糊地说母亲做的是兼职。她知道,在成年人的世界,只要用假话回复不愿意回答的问题,别人就不会深究。然而,赤城浩子的目光看起来怎么都不像是被说服了。

现在这两个人完全忽视了她,毫不遮掩地大声谈论跟她相关的事情,由惟在一旁听着,内心万分痛苦。

除了上次的公司旅行,前岛京太每个周末都喜欢组织活动,比如保龄球比赛、聚餐等。他每次都以务必出席为由叫由惟参加,而由惟都婉拒了。虽然她已经下决心要成为一个大人,但这种时候还是会借口自己还小,刻意强调自己不习惯大人的活动。当然,她在心理上可能真的还是个孩子,但不管怎么说,她实在没办法无忧无虑地享受这些活动。

没过多久,前岛京太开始嫌弃由惟不合群,经常以各种方式针对她。当着由惟的面谈论她母亲的案子就是他的手段之一。想必其他员工多少都猜到了由惟的情况。

由惟自己则始终装作什么都不知道，平淡地做着自己的事情。

十七点过后，工人们三三两两地回到了办公室。由惟默默地倒上麦茶端给他们。

"唉，这里也好热啊。"

前岛社长也擦着汗走了进来。这是个只有十几名员工的小微企业，社长每天都出工地。

"由惟啊，这周你先忍一忍，修电器的周末就该来了。"

他不等由惟动手就自己倒了杯麦茶，一饮而尽，然后笑着对她说。

"嗯，我没事。"

"作为补偿，这次就给由惟也发点奖金。你要加油哟！"

"好……谢谢您。"

由惟惶恐地鞠了一躬。前岛社长似乎很满意她的反应，走出办公室回到后院自己的家去了。

"大村，你第一年有夏季奖金吗？"

前岛京太问了公司的年轻员工大村。

"没有。"大村回答，"今年是不是生意好啊？"

"不管生意好不好，奖金都是对员工前期业绩的肯定，不应该给新人啊。"前岛京太说话时并没有看着由惟，"社长对女孩子真好。"

"还没学会做事就得到了特殊待遇，叫别人怎么想啊！"赤城浩子话里带刺地说。

因为是新人，又是小孩子，所以这些人觉得，她无论听到什么都不会感到难过是吗……然而，由惟还是只能装作什么都没听到。

她准备下班回家了。

走出办公室,刚踏上去车站的路,她就注意到了一个站在路边的男人。

那人看上去三十出头,穿着半袖衬衫和棉布裤子的休闲装,背着一个双肩包。他看起来不像可疑人物,但可能是前岛京太说的杂志社记者,于是由惟提高了警惕。对方目不转睛地看着由惟,还微微点了一下头。

"莫非你就是小南由惟小姐?"

他的语气非常沉稳,但由惟决定不理睬他。

"突然拜访,实在是打扰了。"那个人追了上来,"敝姓伊豆原,是一名律师。"

由惟停下脚步,转头看向他。桝田打电话时提到过,母亲的律师团新来了一个姓伊豆原的人。

伊豆原似乎确认了她的身份,笑眯眯地递过名片。

"麻烦你不要找到这里来。"由惟只看了名片一眼,没有接过来,而是说出了不满。

"对不起。"伊豆原苦笑着道了歉,"我只是想看看由惟小姐上班的环境如何,好告诉令堂。"

"不劳烦你对她说。"

由惟瞪了他一眼,转身走了起来。

"可是,你妈妈一直很担心你啊。"

伊豆原换上了哄孩子的口吻对她说。

"她总是问由惟是不是还在怄气,纱奈身体怎么样了……"

让由惟怄气、妨碍了纱奈康复的人就是她自己,她怎么好意思担心呢？

"平时都这个时间下班吗？能不能找个日子早退，去看看妈妈呀？"

由惟瞪了他一眼。"我怎么抽得出时间？这本来就是人家可怜我给我的工作，我当然要认真做下去才行。"

"嗯，这样啊……不是说可怜不可怜的，不过这种情况的确很难请假呢。"受到由惟如此冷淡的对待，伊豆原似乎也很无奈，"这附近有喝东西的地方吗？我想问你一些问题。"

在公司附近跟律师谈母亲的事情，说不定会被人看见。

"我妹妹在家等着，我要回去了。"由惟边走边说。

"是吗……那我陪你回家吧。"他说，"纱奈小姐怎么样？"

"在家休养。"

"你们平时都聊什么？"

"基本上都聊学习。妹妹没上学，一直是我在辅导她。"

"这样啊，真是辛苦你了。令堂也说由惟小姐是个优秀的孩子，她果然没说错啊。"他发表了一通感慨，然后问道，"纱奈小姐提起过令堂吗？"

"我们不谈她的事情。"

"是你有意回避，还是纱奈小姐有意回避？"

"我们都是。"

其实纱奈偶尔会提起母亲，但由惟没有实说。

"我提个假设，如果我负责接送，能不能让纱奈小姐见见令堂呢？"

"请你不要这么做。我母亲与纱奈在案子里是加害者与受害者的关系。"

"这我知道。"伊豆原无奈地说,"嗯……果然很难吗?"

"我妹妹明明是受害者,并且因为母亲被同学霸凌,初中刚入学就去不了学校了。请你放过她吧。"

"那也太过分了。"伊豆原叹息着说,"她的病怎么样了?"

"现在还不能剧烈运动。"

"这样啊……不过,她一整天都待在家里也挺可怜的。那附近应该有自由学校,你去看过吗?"

"我不能一甩手把妹妹扔到全是问题儿童的地方。"

"全是问题儿童吗?"伊豆原露出苦笑,"我因为参与少年案件,知道几所那样的学校。我觉得不需要那么警惕呢。"

"少年案件……"由惟白了伊豆原一眼,"那不就是说,去上那种学校的人,都是坏到会犯罪的孩子吗?"

"没有,也不光是那种孩子。"伊豆原吞吞吐吐地辩解道,"而且很多案件都不是本人的问题,而是周边的环境促使他们那么做的。只要一对一认真交谈,就会发现其实那些孩子还挺可爱的。"

"是吗?"

听了他这番话,由惟还是丝毫不想让纱奈到那种地方上学。看见由惟冷淡的反应,伊豆原耸了耸肩。

可能因为在处理少年案件时经常接触跟由惟年龄相仿的人,这个伊豆原跟始终一副公事公办嘴脸的桝田不一样,说起话来非常放松。

然而,这些律师接近由惟姐妹都不是因为关心她们的生活……由惟始终坚持这个看法。

他们最大的目的是让两姐妹在审判中说出对母亲有利的证词。桝田从来不掩饰这个目的,所以由惟能够毫不客气地回绝。

至于这个伊豆原,他可能打算先不表明意图,跟她套上近乎再说……由惟看出了他的风格,但她早已知道律师的意图,所以并没有放松警惕。

坐电车时,伊豆原很识相地没有提起母亲的话题。他断断续续地问了由惟和纱奈平时吃什么,做家务辛不辛苦。

下车走到站台上,她注意到前方有个举着牌子的人。

"哎,柴田律师?"

伊豆原也注意到那个人,惊讶地说道。

"啊,伊豆原律师。怎么这么巧!"

那个叫柴田的人回应道。

"怎么了?"伊豆原问着,看了一眼柴田手中的牌子,马上发出恍然大悟的声音。

"寻找六月十日十七时四十五分左右发生在秋叶原方向电车内部的性骚扰事件目击者。被逮捕的当事人声称自己无罪。"

牌子上写着这么几行字。

是那次的……脑中的记忆被激发,由惟险些叫出声来。

是古沟医院的护士在车上闹的事情。

"当事人斩钉截铁地说自己什么都没做。"柴田说。

"这样连保释都很困难吧?"

"是啊,我跟他说这样会使他在公司很难做人,可他坚持说没做过的事情就不该承认。"

如果真的没做,人当然会这么想。况且由惟也觉得那个人是被冤枉的。

"所以我现在也认命了。既然如此,干脆就咬紧牙关蹚着泥水埋头苦干吧。"

看来这个柴田也是律师,还负责了那天的性骚扰事件。

"那可真是辛苦了。"伊豆原佩服地说,"希望你能找到好线索。"

说完,他对柴田点头行礼,用目光示意由惟可以走了。

由惟并不打算把自己目击的事实告诉柴田。毕竟其中一方当事人是古沟医院的护士,那个案子又发生在古沟医院。凶手的女儿站出来,不一定能得到信任。所以她就算开口,也肯定没有半点好处。

只不过,跟着伊豆原离开柴田时,她还是感到了深深的内疚。

"我跟他经常在研修会上碰面。"伊豆原主动说道,"我可做不到像他那么执着。那种事一般都是嫌疑人的家人在做。他可能很确定那是冤案吧。不过性骚扰事件的冤案相对较少,但是话又说回来,嫌疑人的主张通常很难得到认可。就算再怎么拼命,也很难保证能得到理想的结果。"

他们穿过检票口出了站。走着走着,伊豆原在章鱼烧的店门口停下了脚步。

"给纱奈小姐的不要放酱比较好吧?"

他似乎要给纱奈买伴手礼,专门为控盐的她点了只放蛋黄酱的章鱼烧。

"久等啦。"

他提着章鱼烧的袋子又走了起来。由惟问道:"你确定我母亲的案子是冤案吗?"

伊豆原回头看了一眼由惟,回答:"令堂说她是无辜的。"

"我母亲说了,你就无条件地相信吗?"

"那倒不是。"伊豆原为难地笑了笑。

"我猜,伊豆原律师如果不确定委托人无罪,就没法一门心思投入工作吧。"

"那不会。"他说,"当然,如果确定委托人无罪,我就会想方设法打赢官司。就算不确定,我也不会放弃辩护。"

"如果我母亲是凶手,你也要帮她吗?"

伊豆原平静地说:"我觉得你这个说法不太准确。辩护律师的工作就是这个。无论什么案子,每个当事人都有自己的说法。既然如此,就要有人站在他那边,听取他的说法。若不以这种形式接受审判,法律就发挥不了真正的作用。

"刑事审判是国家这个巨大的组织对个人进行审判。如果只有这两方参与,那就成了单方面的战斗。陪审员和法官都不了解那个人,因此难免会起疑心。正如在迷雾中看见诡异的剪影,在他们眼中,那有可能是吃人的野兽。所以必须有人拨开迷雾,让受审者以一个人的形象清楚地出现在审判者面前。律师的工作就是这个。如果在拨开迷雾之后,发现那个人是无辜的,自然就没什么好说的了。"

"那在你眼中,我母亲是无辜的吗?"

听完这么一番长篇大论,由惟感觉自己要被卷入对方的逻辑了,于是故意冷淡地问了一句。

"这个还需要进一步查证。"伊豆原含糊地说,"但这也不代表我怀疑令堂。不管怎么说,我加入律师团就是想帮助令堂。不仅如此,如果你们一家人生活上有什么困难,我也想尽量帮忙。"

"什么想帮忙,别说谎抬高自己了。"

"说谎?"伊豆原像是没想到她会这样说,惊得瞪大了眼睛。

"那根本不是我母亲的律师该做的工作。"

"怎么会不是呢?"

"其实你就是想让我说对她有利的证词吧。"

"如果你觉得我只想这样，那我可要伤心了。"伊豆原苦笑着说完，又问道，"你觉得那真是令堂干的吗？"

由惟用沉默回答了他。她当然也希望母亲是无辜的，然而实在很难证明这一点。

"你并没有亲眼看见令堂往输液袋里下药，对不对？"伊豆原先确定了事实，然后继续道，"既然如此，你还一直持怀疑态度，令堂实在太可怜了呀。就算每个人相信的程度不一样，我还是希望你至少能站在她这边。"

"不能相信她，却站在她那边，这也太不负责任了吧。"由惟反驳道。

"会吗？"伊豆原说，"世上并非所有事都非黑即白啊。"

"她不是供述了吗？在安排了辩护律师之后，她才听律师的话翻供了吧？你叫我相信什么？她那个人本来就有点奇怪。虽然我作为女儿早就习惯了，但还是经常觉得她又在说奇怪的话。之前纱奈都病得动不了了，她还是拖到被我说了才带孩子上医院。她那种人就觉得，孩子生病了不用看病，只要自己在身边照顾，日子长了就能好起来……有的人就是想舍己为人地照顾孩子，得到别人的夸奖，才故意伤害生病的孩子。我知道世上存在这种动机后，第一个就想到了她。

"就因为她是个怪人，光莉的妈妈才会跟她吵架。结芽和桃香的妈妈可能都在躲着她。如果她是因为自己女儿生病，又有人际关系的压力，才精神错乱做了那种事，那我肯定不忍心让她孤立无援，作为家人，我会选择站在她那边。可是，她还伤害了纱奈。我绝对无法原谅她。我选择保护纱奈，而不是站在她那边。"

伊豆原沉默地听完了由惟的话，然后长叹一声，绝望地看向天空。

"有一句话叫疑罪从无。"他说,"在法庭判决有罪之前,那个人就不是有罪的。换言之,就是无罪。你对令堂的怀疑说白了只是主观印象,是毫无根据的臆断。就算你跟令堂在一起生活多年,对她有一定的了解,我也不认为能够单凭这种印象对令堂做出裁决。"

"疑罪从无不就是说来装样子的吗?"由惟不屑一顾地说,"叫别人不要怀疑,就是强迫其相信。假如我相信了她,到最后证明还是她干的,这种遭到背叛的心情该怎么处理?伊豆原律师,你是外人,大概可以很快忘记,但我不行。你负得起这个责任吗?"

"要说能负起责任,那未免太狂妄了。"伊豆原无力地说。

"那你还这么说就是不负责任。"

由惟放下一句话,不再听他劝说。

"纱奈小姐是不是也很伤心?"伊豆原边说边观察由惟的表情。

"那当然。"

其实纱奈的言行举止并没有流露出那种情绪。她原本就是个老实乖巧的小孩,甚至有点漫不经心。由惟自认为看透了纱奈心中的想法,帮她表达出来了。

"说够了吗?"

由惟停在一座出租房前说道。

"你住在这里吗?"伊豆原问了一句。她点点头。

"这样啊。"伊豆原盯着房子打量了好一会儿,然后看向由惟,"真的没什么困难吗?邻居对你们都好吗?"

"怎么可能对我们好?"由惟说,"我只求他们别来骚扰就够了。房子中介定期打电话来要我搬走,偶尔有人扔垃圾在门外,就这样而已。"

"这样啊。"伊豆原点点头，把由惟刚才没收下的名片塞给了她，"要是中介再打电话来，就叫他联系这上面的手机号码。有律师出面，那边也不敢说什么。我看你这里有监控摄像，要是扔垃圾的现象一直持续，就联系房东请他查监控吧。"

房东本来就想赶走她们，又怎么会配合？只是，桝田从未管过由惟姐妹在生活上的诸多问题，这让她不禁觉得伊豆原是个不太一样的律师。

接着，伊豆原要把章鱼烧的口袋递给由惟，可是中途又改变了想法。

"来都来了，能不能让我顺便见见纱奈小姐呢？"伊豆原有点不好意思地说着，像是知道自己提出了任性的要求，"放心，我不提案子的事情。"

由惟没有回答，背过身走向出租房。他将之当成默认，跟了上去。

由惟打开门锁，进去喊了一声"我回来了"。很快，纱奈就从里面的房间探出头来。

"回来啦。"

纱奈走出来迎接，目光却落在了由惟身后。

"你好。"伊豆原打了声招呼。

"这是伊豆原律师。"由惟介绍道。

"你好。"

纱奈有礼貌地鞠躬回应了他的问候。

"纱奈小姐，你喜欢章鱼烧吗？我在车站口买了点。"

"啊，我特喜欢。"纱奈笑眯眯地说着，接过了章鱼烧的袋子，"谢谢你。"

"纱奈小姐,白天姐姐不在,你都做些什么啊?"

"做姐姐布置的功课。"她回答完,又笑了笑,"不过最多的还是看漫画和打游戏。"

"是吗?"伊豆原跟着笑了笑,"要是你愿意,我随时可以陪你聊天,还能教你做功课。别看我现在这样,年轻的时候可是想过当老师呢。"

"那就拜托了。"

纱奈坦率地露出了高兴的表情。

面对初次见面的大人也毫无戒备,能够大大方方地与之相处,这是纱奈天生的性格。由惟就没办法这样跟人打交道。

"没问题吧?"伊豆原看向由惟。

"请提前打电话告知我一声。"

由惟没有直接答应,而是这样说道。虽然初一的课程由惟自己也能教,但她并不认为纱奈白天不与任何人来往的生活应该一直持续下去。

何况从伊豆原的表现看,他不像是个坏人。

"遵命,遵命。"

伊豆原轻快地说着,问了由惟的手机号码,留下一句"再见"就离开了。

"他看起来像个好人呢。"

虽不至于被伴手礼收买,纱奈还是道出了正面的感想。

"吃章鱼烧吧。"

听了妹妹的话,由惟点了点头。

## 10

七月的第一周，伊豆原造访了案发现场所在的古沟医院。

虽然辩护方跟医院不属于对立关系，但因为那个案子，古沟医院受到了相当大的影响，其中包括声誉受损。野野花现在被怀疑是在院内作案的凶手，她的辩护律师自然不会受欢迎。

退一步讲，假设野野花及其律师团的主张正确，她真的没有作案，那么凶手就很可能是医院工作人员。这对医院来说，无疑是更麻烦的事情。

尽管如此，负责跟他对接的事务局长繁田正隆丝毫没有表现出那种立场，而是平淡地迎接了伊豆原，把他领到三楼儿科病房。

"护士站跟案发当时相比，有了一点改变。"

护士站和休息室位于本馆中间靠北侧的位置，通道另一头都是单人病房。

靠南侧设有诊疗室、淋浴间和医疗垃圾房，另外就是电梯间和楼梯间，通道另一头则是四人间和医院补习班的教室。此外，小儿外科病房连接新馆的通道也在南侧。

护士站设计成了两面朝通道开放的柜台形式，站在通道里能够看清内部情况。另外两面是墙壁，设有药品柜、资料柜和呼叫设备。

柜台两侧有出入口，但是装了栏杆，需要刷工作卡才能进出。

"这是案子发生后新装的。"繁田说,"内部的休息室门上也安了门禁装置。除此之外,还安装了监控摄像头。"

案发前,儿科病房只有电梯间安装了摄像头,现在连护士站的天花板也装上了。

伊豆原站在护士站外听繁田说明情况时,一个看起来五十多岁的护士小跑着从楼梯上来了。

"啊,这位是护士长仲本。"

护士脖子上挂着的工作牌上印着"仲本尚子"几个字。她走到二人面前,微微行了一礼。原来是繁田把她叫来,带伊豆原查看护士站内部的。

仲本尚子负责管理小儿内科与小儿外科的护士,平时都在小儿外科病房的护士长室工作。她上头还有护士部长,负责管理整个医院的护士人事和薪资,所以真正管理现场的人其实是护士长。

在护士长之下,每个科的病房还有一名副护士长和两名主任,负责指挥现场工作。这些人基本是三十五岁到四十岁的资深护士。他们下面就是普通护士了。

"那么请进吧。"

仲本尚子领着他走进了护士站。

伊豆原走进不熟悉的空间,顿时有点坐立难安。这里是专业人士的领地,他站在这里显得格格不入,甚至不敢自由移动,只能杵在原地四处张望。

作为完完全全的外行,走进护士站难免会有心理上的抵触。而发生在护士站内部的犯罪,自然很难怀疑到外人头上。野野花之所以能大大方方地进出,在考虑她平易近人的性格之前,恐怕最大的原因在于她以前从事过看护助手的工作。

"请问桌椅的位置有变动吗？"

"这倒是没变。"仲本尚子回答。

除了面朝两个方向的柜台，护士站中间还有一张长方形的大桌子，貌似用于处理行政工作。此时此刻，就有一名护士坐在柜台处，两名护士坐在中间的大桌子旁操作电脑。

"小南女士就是从这里走向休息室的吗？"

伊豆原用手比画出了靠近四人间的南侧出入口到休息室门前的动线。路线经过了药品柜和一张小操作台，周围还放着几台带托盘的小推车。

"应该是的。"繁田回答，"当时你那边和那一头都有护士，但是她们正好背对着这块地方到休息室的路线。"

"那就是冷藏柜吧？"

"是的。"

护士站内部有一条稍微折向里面的通道，通往休息室门口。冷藏柜就在靠近通道的墙边。

"当时胰岛素是放在这里面的吗？"

"没错，现在里面也有。"

冷藏柜是长方形的透明展柜款式，前方装有推拉门。从外面就能看到里面摆着药品。

"平时输液药物和口服药物都是按天从药房送上来的，但为了应对突发情况，护士站也常备着几种药物。因为病房常有糖尿病患者，这里经常会备有胰岛素。一些成瘾药物都放在保险柜里，有严格的进出管理，但胰岛素的管理就比较松。因为想混入对人体有害的物质并不一定要用到胰岛素，随处可见的消毒药就够有杀伤性了。"

"不过，为了防止这类事情发生，医院加强了对外部人员进出的管理,也完善了监控系统。"繁田补充道。

"原来如此。"伊豆原应了一声,随即问道,"对了,护士站常备的药品中,混入输液袋会造成危害的都有什么?"

"有段时间常听说弄错利多卡因的浓度导致的医疗事故。"仲本尚子看着药品柜回答,"不过后来药商不再生产高浓度的利多卡因,现在常备的种类很难说会造成多大的伤害。这么想来,胰岛素肯定会造成低血糖事故,要选都会选胰岛素吧。"

也就是说,作案手段在护士眼中是相对合理的。

"我能打开看看吗?"

伊豆原先问了一句,然后推了几下玻璃门。只要动作够慢,几乎不会发出响动。

"原来如此,谢谢了。"伊豆原得到答案后,重新看向仲本尚子,"请问注射器放在什么地方?"

"在这边。"

她朝护士站的出入口退了几步,指着药品柜旁边的小操作台。操作台上摆着几个亚克力收纳盒,里面装了各种物资。看来注射器就在其中。

"输液混注基本在这里操作。胰岛素有专用的注射器,品名叫'Myjector',但这种注射器的容量不大,所以凶手作案时用的是这种10毫升注射器。"

被动了手脚的输液袋里混入了相当于一整瓶的胰岛素,如果用胰岛素专用注射器,凶手不得不反复操作,效率实在太低。

"用过的注射器一般都扔在什么地方?"

"这里。"

仲本尚子指着药品柜与冷藏柜之间的塑料垃圾桶。那上面贴着黄色标签，只要脚踩踏板就能开盖。

"不好意思了。"

伊豆原走过去试着操作了一番。只要用手扶着轻轻开合，垃圾桶就不会发出响动。

可是，直接丢弃 10 毫升注射器恐怕会发出很大的动静。如果把手伸进去轻轻放下，又可能被里面许多裸露的针头扎到。凶手只把针头扔在这个垃圾桶里，而将注射器和药瓶扔进了医疗垃圾房的原因想必就在这里。

"我们管这个叫黄桶，专门用来丢弃带着针头的注射器、用过的安瓿瓶等比较锋利的东西。"

"胰岛素的瓶子也扔在这里？"

"只要没破，其实应该扔在这边的橙色垃圾桶里。"

仲本尚子指着套了橙色垃圾袋的纸箱子。

安瓿瓶使用时需要割开玻璃瓶颈，因此用过就成了破碎物品，需要丢弃在黄桶内。胰岛素保存在样本瓶内，使用时刺穿胶盖就能吸取药液，所以不算破碎物品，需要丢弃在橙桶内。

"橙桶还用于丢弃输液管、在患者身上用过的纱布等感染垃圾，不过外面的垃圾房也有橙桶，所以巡房后的垃圾我们一般都扔到那里，不会带回护士站。"

"我能看看那个垃圾房吗？"

一行人离开护士站，在楼层中段走上了往东的通道。这条通道前方是三〇八病房之后的三间病房，案发前在三〇九病房串门的野野花也走过这里。她在通道里往东侧移动的身影还被电梯间的监控摄像头捕捉到了，因此很遗憾，她并没有未曾靠近过垃圾房的不在场证据。

"就是这里。"

淋浴间和诊疗室门上都挂着牌,垃圾房则没有任何标识。仲本尚子打开拉门,一股臭气扑鼻而来。

"这里也是清洗尿壶和便盆的地方。"

除了清洗池,这里也有跟护士站一样的黄桶和橙桶。

"患者和家属也会用这里吗?"

"不,只有我们会进来。"仲本尚子说,"但也只是没有人会主动走进这种地方,只要有意,什么人都能开门进入。"

野野花好像也知道这是干什么用的房间。在供述过程中,审问人员指出她根本没有把注射器和药瓶扔在护士站内,她几乎像猜答案一样供述:"那就是淋浴间旁边的房间?"但是在翻供之后,野野花又说她从未走进去过。

"您刚才说胰岛素的瓶子本来应该扔进橙桶,对吧?"

案发时用过的胰岛素瓶是在这里的黄桶中发现的。而且在供述阶段,审问人员让野野花供述垃圾桶的种类,她也说扔在了"踩踏板开盖的桶里"。这是只有真凶才知道的答案,还是普通人稍加思索后都会得出的答案,伊豆原无法判断。

"扔进黄桶也不算错。"仲本尚子说,"有的医院把注射器、安瓿瓶和样本瓶都扔在一起。不过处理黄桶废弃物的价格更高,医院为了尽量减少丢弃量,才会这样分类。"

"原来如此。"伊豆原点点头,又问,"黄桶有盖子,又不容易被看见,从您护士的角度来看,要在楼层里一股脑儿丢弃注射器和药瓶,最佳的选择也是黄桶吧?"

"是这样的。"仲本尚子点点头。

也就是说,不能断言凶手是因为不具备详细的分类知识而把垃

101

圾扔在这里的黄桶内，反倒可以认为，只要具备了一定知识，都能看出这是个不容易被发现的极为合理的丢弃场所。换句话说，野野花有看护助手的经验，自然不难想到要一次性丢弃注射器和药瓶最好选择这个垃圾桶，而并非因为她是凶手才能说出正确的丢弃地点。

回到护士站，伊豆原又提出看看休息室。

仲本尚子用工作牌刷开了休息室的门，里面是个七平方米左右的小空间。进门处设有冰箱和热水设备，里面是长椅和沙发。靠墙的台子上摆着小型液晶电视，中间的茶几上放着一盒应该是别人送的点心，已经拆封了。

"白班休息和夜班补眠都用这个沙发。"仲本尚子介绍道。

"平时还会在这里填勤务记录吗？"伊豆原问。

"以前有人这么做，现在特别规定业务相关的工作都要在护士站完成。"

看来这也是案发之后新增的规定。

"勤务记录都是在电脑上完成的吗？"

"是的。"仲本尚子点点头，"病例资料全都电子化了，医生每天在医生站的电脑上填写处方，护士在准备输液药品前都会用医院分配的电脑查看医生的指示是否有变动。勤务记录也在电脑上填写，夜班和第二天白班的负责人根据电脑记录完成工作交接。"

"病房的负责人每天都会换吗？"

"是的。副护士长和主任每天都会给第二天的排班表划分病房，基本上每天的负责人都不一样。不过那件事情过后，医院采用了主要负责人制度。患者住院期间，会安排一名主要负责人检查其病情变化。现在每天的护理依旧由当天的病房护士完成，主要负责人则每隔几天观察患者的病情变化，并为其解决住院生活的大小问题，这样就能更好地照顾患者了。"

原来案发之后，不仅是监控设备，连护理的体制都得到了改革。

"我能跟案发当天负责三〇五病房的人，还有在护士站跟小南女士交谈过的人谈谈吗？"伊豆原问道。

"当时在小儿内科病房工作的人都走了。"

"啊？"

"因为风评和事件的打击，好几个人辞掉了工作，剩下的大部分人也提出想调到别的科室，所以干脆把人员全都换掉了。"

院方可能还希望借此一扫事件带来的负面影响。而且，即使在日常直面生存与死亡的医院，那个案子也显得极为异常，相关人员难免希望逃离。

"副护士长川胜调到了小儿外科病房，我可以叫她过来。"

川胜春水当时是这个科室的副护士长，同时负责三〇五病房。他当然不能错过机会。

"能麻烦您吗？"

仲本尚子闻言，掏出手机联系了小儿外科病房的川胜春水。

川胜春水戴着口罩，只露出两只眼睛，不过看她那双细长的丹凤眼，让人不禁猜测这可能是个很漂亮的女人。然而，她的眼神和暗沉的皮肤看起来远比三十八岁要衰老得多。

伊豆原决定借用主治医生向患者家属说明病情的谈话室跟她交谈。辞别仲本尚子后，事务局长繁田跟川胜春水一同走了进去。

"之前也有律师过来问过问题，你跟他们不是一起的吗？"

伊豆原做完自我介绍后，川胜春水首先问道。

"我们是一起的,只是我后来才加入律师团,觉得有必要亲眼看一看现场,所以才来叨扰。然后我还想跟案发当时在现场的人交谈交谈,才劳烦您过来了。"

听了伊豆原的解释,她点点头表示接受。

"请问,您在案发前经常跟小南野野花女士聊天吗?"伊豆原开始提问。

"我想想……我负责病房的日子都会见到她,纱奈小姐又住了一个半月左右,当时她会挺随意地跟我搭话。"

"是只有她特别随意吗?还是病童的妈妈们都会这样?"

"我觉得她比较特别。她说自己以前在医院工作过,可能对护士感到很亲切吧。但我好几次提醒她不要走进护士站,她也只是笑一笑,从来不当真。有一次我很严肃地阻止她,她嘴上说'好的好的,对不起',但是不出三天又打回原形,所以我也很为难。"

"后来您就不再说她了?"

"只要看见,我就会说。别的护士因为工作忙,又觉得我反正会说,所以可能没怎么开口。"

"这种事每天都会发生吗?"

"不,要是每天都这样,我肯定会想办法制止。她也就是隔上三四天进来发一次零食。"

"哦,只在发零食的时候吗?"

"是的。她每次都笑眯眯地走进来,我们也很难说重话,说了也是一拳打在棉花上……"

"原来如此。"伊豆原应了一声,继续问道,"案发当天,小南女士走进休息室时,您也在里面吧?"

"是的,我和竹冈都在。"

"竹冈是护士主任？"

"没错。"川胜尴尬地说，"本来工作时间不能用休息室，但在里面可以集中精神填勤务记录，一来二去就养成了习惯。尽管我们没有把这个当成特权，但是客观看来，的确是两个领导躲在里面不出来。后来上头也警告了，说这样不利于组织管理。"

她反省的内容跟这次辩护无关，伊豆原也就没认真听。

"小南女士在休息室跟您谈了她认识一个在医院食堂工作的人？"

根据检方公开的相关人士笔录，川胜春水提到过这件事。

"是的。"她点点头，"她发现医院食堂的一个员工以前跟她在一个熟食店工作过。"

"您还记得她具体是怎么说的吗？"

"我怎么可能一字一句都记得那么清楚……"川胜春水为难地说。

"当然，您只要说说自己记得的就行。比如小南女士走进休息室时说了什么，您两位又回答了什么。可以吗？"

在伊豆原的催促下，川胜春水无奈地点了点头。

"她进来先说'辛苦了'，然后说'吃点零食吧'。我提醒了一句：'小南女士。'她只是呵呵笑，一点都没有反省。接着她突然说：'你知道医院食堂打菜的人吗？'然后说：'我总觉得她有点眼熟，没想到是以前在熟食店一起工作的同事。'接着她又说：'因为她戴着口罩，我一直都没发现。今天中午我突然觉得那个人眼熟，而她早就认出我了。你说她怎么不早说呢。'……然后她就笑了。但医院另外有员工专用的食堂，所以我没见过她说的那个人。"

"你们就只是在听小南女士说话吗？"

"竹冈应该回了一句'世界真小啊'。"

"然后呢？"

"就这些了。"她说,"小南女士感慨地说:'就是啊。'然后开始笑。我就打断她说:'我们正在工作。'请她离开了。"

"按照您的感觉,小南女士跟你们大概聊了多长时间?"伊豆原记下川胜春水的复述后问道。

"可能就三十秒钟到四十秒钟吧。"

她似乎早有准备,立刻给出了回答。看来警方也问过同样的问题。在笔录上,她的证词也是"三四十秒钟"。检方认为,假设野野花在休息室待了四十秒,给护士站的两名护士发零食用了二十秒,剩下的一分二十五秒就是她往四个输液袋里混入药品的时间。

"听您的描述,小南女士当时表现得还算开朗,对吧?"伊豆原问道,"她有没有跟平时不太一样呢?"

"我平时只是随便应付她,不知道她是什么样子。"

"但她至少没有表现出生气或异常兴奋吧?"

"的确没有。"川胜春水想了想,这样回答。

"小南女士被逮捕后,您有什么感想吗?"

"什么意思?"

"比如说'这怎么可能',或者'果然是她',什么都行。"

川胜春水沉默了一会儿,然后开口道:

"我很惊讶,但是老实说,我内心深处也有一点认同……"

"因为什么?"

"因为她这人有点怪,而且我听梶女士说了不少事情。"

"什么事情?"

"说她多管闲事,还因此发生过口角。"

"患者之间和家属之间发生矛盾时,护士要怎么处理?"

"我们会分享自己知道的情况,必要的时候还会采取措施。"

"会不会换病房？"

"要看情况。"

"小南女士和梶女士的情况还没上升到那个程度，是吗？"

"有一次别的床位空出来了，我去问过梶女士，她说想让孩子睡靠窗的床位，就没有换。"

"也就是说，她更优先选择靠窗的环境，而不是解决矛盾……？"

换个角度想，野野花和梶朱里之间的矛盾的确没有严重到需要第三方介入的程度。

"她应该是觉得靠窗的床位对哮喘患者更好。"川胜春水回答道。

"患者和家属可以随意开关窗户吗？"

"不，因为有空调，窗户不能随意开关。但我认为她应该是觉得靠窗的环境不太容易形成压力。因为住院时间比较长，而压力又会直接影响到哮喘发作。"

"我知道了。"伊豆原接受了这个回答，"那间病房还有其他患者或家属之间的纠纷，或者对护士的不满吗？"他继续问道。

"其他？"

"是的，除小南女士以外。"

川胜春水皱着眉沉默了。她像是在回忆，又好像是对问题本身感到困惑。

其实，伊豆原的提问别有深意。

一方面，表面上他想知道除此之外是否存在别的矛盾或投诉，而实际上，他想知道野野花和梶朱里的矛盾究竟属于什么性质。

另一方面，若野野花真的不是凶手，那么真凶恐怕是熟悉输液操作的护士。假设如此，为何三〇五病房的患者会被盯上？他有必要打探护士与患者之间或护士与家属之间是否存在矛盾和冲突。

伊豆原本以为自己能不着痕迹地打探到消息，但可能因为他的辩护律师身份，这次未能顺利得到答案。

"要是跟小南女士无关，也就跟案件没有关系，何况这也涉及其他人的隐私……"坐在旁边的繁田委婉地插嘴道。

"并非没有关系。"伊豆原说，"只要我方认为有必要判断小南女士周边的矛盾究竟有多深，检方就会开示其他相关人员的勤务记录。所以我本来没必要在这里提问，只是跟着话题顺便问了一句。"

"我不知道有别的矛盾。"

川胜春水开口道。

"佐伯和恒川两家的家长都没有对护士投诉过小南女士吗？"

"那两位不像梶女士那样轻易流露感情。"

"就算是没有记在勤务记录里的小矛盾也可以，请问您是否听过某个护士抱怨那个病房的事情，或是为之烦恼呢？"

伊豆原追问了一句，川胜春水还是摇摇头。

"我没有印象。"

"这样啊。"

她看起来不像有所隐瞒，可伊豆原还是感觉不能就这么善罢甘休……正在左右为难之时，有人敲响了谈话室的门。

片刻之后，一个年近五十、身穿白袍的男人打开门探头进来。他留着仔细打理的胡须，戴着一副圆眼镜。

繁田吃了一惊，连忙用目光向他致意。那人没有理睬，而是把谈话室的人轮流看了一遍，最后目光落在伊豆原身上。

"案子的律师？"他走进来问道。

"是的。"

伊豆原回答后，那人面无表情地点点头说道："我是院长古沟。"原来，这就是人称"小院长"的古沟久志。

他听了伊豆原的自我介绍，开门见山地问："今天有什么事？"

"我想亲眼看看当时的病房和护士站的情况。"

他边听边点头，在繁田旁边坐了下来。

"我们全力配合警方的调查，对律师同样如此。涉及保密义务的当然不能告诉你，但我对所有人的指令都是尽量配合。"

"感谢您的配合。"伊豆原低头道谢。

"只是老实说，这对医院的风评的确不好。我们院方什么都没做，只是碰巧成了案件的舞台，反倒应该是受害者。可是外面偏不这么看，这叫人很为难啊。"

"患者减少了吗？"

伊豆原问完，古沟院长凝重地点了点头。

"尤其是儿科。"他说，"再这样下去，我不得不考虑撤科，可是也有一部分周边居民不希望我们这么做。如果只需忍一时风平浪静，那倒还好说。"

"请问，"川胜春水开口道，"我可以走了吗？还有工作呢。"

伊豆原之前听野野花说过，川胜春水好像与古沟院长有不正当的男女关系。一想到这个，伊豆原顿时有点不好意思，而川胜春水似乎也有同样的感觉。

"你要问她的，都问完了吗？"

古沟院长倒是没什么特别的反应。伊豆原决定再问一句。

"那么最后一个问题……如果川胜女士觉得小南女士不像是凶手，好像有点不对劲，希望您能坦率地告诉我。"

"我当然很惊讶。"川胜春水慎重地选择着措辞，"但我并不是非

109

常了解小南女士，很难回答这个问题。"

"这样啊。"

"人就是这样难以理解的生物。"

古沟院长和稀泥似的接了一句，繁田很是感慨地点了点头。

川胜春水面朝他们行了一礼，转身走出谈话室。古沟院长微微眯起眼问道："刚才还谈了什么？"

"没什么，我知道川胜女士当天负责案发的病房，就想问问她是否知道里面的矛盾，熟不熟悉病房的人际关系。"

"家属很容易受患者病情变化的影响，只要周围的环境中稍有一点刺激，就会过度反应。因为大家都有点敏感，所以容易产生矛盾。"古沟院长靠在沙发上说，"还有一点虽然涉及患者隐私，但警方已经掌握了，在审判过程中应该会揭晓，所以我就透露一下吧。小南纱奈小姐的病情虽然反复不定，但是当时已经度过了最困难的时期，治疗开始趋向顺利。主治医生为了让家长放心，特意告知了这个消息。虽说治疗开始趋向顺利，却也不是再过几天就能出院的程度。只不过我猜，那人应该理解成了孩子马上就要出院。而她此前一直尽心尽力陪护孩子，一下失去了那个动力，可能感到很不适应……才会陷入那种扭曲的精神状态。"

"警方跟您透露了什么吗？"伊豆原问道。

"没有，只是听提问就能猜到他们在怀疑什么了。"古沟院长平静地回答，"我当时就想，啊，他们在怀疑代理曼丘森综合征。其实我也有疑问，她为什么连自己孩子的输液袋都做了手脚。后来从那个角度想，就觉得一切都能说通了。"

"您真的觉得一切都能说通了？"伊豆原反问道，"小南女士在案发前四处派发饼干，也让纱奈小姐吃了。下一刻她就用胰岛素伤害自己的孩子，我觉得两种行动自相矛盾了，怎么都说不通。"

"她不是医生，不懂得掌握剂量，所以才会用那种形式加保险吧。对别的孩子我不太清楚，但我想，她应该不至于企图杀死自己的孩子。"

"您在案发时也参与了抢救，对吧？"

"因为有人发出了蓝色代码，而且我是梶光莉小朋友的主治医生。"

"哦……那真是太遗憾了。"

古沟院长沉重地点了点头。"是啊，太遗憾了。"

"您知道梶女士与小南女士有矛盾吗？"

"在案发之前我毫不知情。"

"护士的勤务记录上应该提到了。"

"我只会看看患者有没有发作，并不会细看所有内容，因为这种事一般都由护士处理。"

"我知道了。"伊豆原应了一声，又问，"那天傍晚光莉小朋友哮喘发作了，是吧？小南女士还给她摩擦背部了？"

"听说是的。"古沟院长说，"其实白天的发作都不严重，没必要那么紧张，只是光莉的症状一直很不稳定。那个人的女儿也得过哮喘，想必是因为有经验，才会过去照顾的吧。"

"您说的女儿不是纱奈小姐，而是由惟小姐吧？"

野野花也提过这件事。

"是大女儿。严格来说，这也属于患者的隐私。总之因为这个，我认识那个人，在病房里碰见了，她还会跟我打招呼。"

也就是说，由惟也在古沟医院治疗过哮喘。她的主治医生正好是院长，所以野野花跟他早就相识。

111

"原来如此。"伊豆原应道,"当时小南女士就很尽心尽力照顾孩子吗?"

"不,那个人真的有点奇怪。"古沟院长始终不愿意提起野野花的名字,坚持称呼她为"那个人","孩子发作了也不愿带她看医生。其实在症状较轻的时候压住,病就能好得更快,可那个人总说这点小事不能麻烦医生,后来直到孩子哮喘发作说不出话了,才带到医院来。那个大女儿是她的第一个孩子,一般来说家长都会比较紧张,可每次我们给孩子打针,那人都要质问是不是真的有必要,能不能只用雾化治疗,真让人搞不清楚她究竟希不希望孩子好起来。总之那个人的想法比较独特,觉得孩子只要吃好睡好、提高免疫力就能好起来,跟一般的母亲都不太一样。"

由惟和野野花本人都坦陈了野野花讨厌医院的事实,所以伊豆原并没有感到惊讶。

只不过,听了古沟院长的说法,他突然感到有点怪异。原本他们在谈论代理曼丘森综合征,可是说着说着,主题竟消失得无影无踪了。

听由惟阐述时,他感到了病态的阴影。因为由惟口中的母亲坚信不需要靠医院,只要忘我地照顾孩子,病就能好起来。这既有讨厌医院的一面,也暗示了代理曼丘森综合征。

可是听完古沟院长的话,他只感到了野野花单纯讨厌医院、讨厌医生的略显偏执的态度——跟他的祖父一样。

"她很讨厌医院,是吧?"

"她有可能就是那种人。"古沟院长说,"听说她以前当过看护助手,我不明白那个人为什么会因此讨厌医院。"

从这个角度想,自然就有一个疑问——讨厌医院的人为何会选择偷偷在输液袋里混入药品的作案方式呢？如果是为了破坏医院的声誉，那倒可以理解，然而讨厌医院的重点不在于此。这类人只是非常抵触服用药物和剖开身体的治疗手段。一想到这种性格的人选择了那样的作案方式，他就觉得太奇怪了。

"差不多就到这里吧。"古沟院长看了一眼手表，显然想结束谈话。

"非常感谢您。"伊豆原道过谢，又继续道，"除川胜女士之外，我还能跟其他与案件相关的护士谈话吗？不是今天也行。"

"这个不太好办吧。"繁田为难地说，"记得是贵岛律师和桝田律师吧，那两位来的时候已经谈过了，不如你问问他们……"

"话是这么说，但换一个人也许能问出不一样的信息。"伊豆原坚持道。

"没关系。"古沟院长大度地说，"有的人已经辞职不干了，所以无法完全满足你的要求，但我们会尽量配合。"

"谢谢您。"

他满不在乎地挥挥手，仿佛在说这只是小事一桩。

"作为院方，我们的确不愿意回想起那个案子。但是现在被逮捕的是一直陪在患者身边的母亲，而我又跟她是旧识。我只在这里说说，作为从事医疗救治工作的人，无论她犯了什么罪，我都觉得不应该让她用性命来赎罪。所以我不但会配合警察和检察院，也希望律师能多加努力。作为个人，我希望能有一场这样的审判。"

年轻的院长在最后时刻流露了一些人性，然后结束了谈话。


"前不久我去见了由惟小姐和纱奈小姐。"

翌日，伊豆原来到了东京看守所。

听说他去见了女儿，野野花的表情立刻有了变化。"她们怎么样？"

"看起来很好。"伊豆原回答，"纱奈小姐目前在家里休息，还不能剧烈运动。但是她脸色并不坏，也很开朗。我跟她约好了，下次辅导她学习。"

"这样啊，那太好了。"野野花说，"这么说可能有点怪，但那孩子像我，学习不怎么好。不过她性格很坦率。要是伊豆原律师愿意教她，她一定很高兴。"

"由惟小姐每天晚上也会辅导纱奈小姐学习。"

"由惟啊，应该是像了她死去的父亲。她学习很好，又很疼爱纱奈。两姐妹虽然相差好几岁，但也是件好事。她从小就很照顾妹妹，又比我靠谱得多，我自然非常放心。可是话虽如此，她也才十八岁啊。"

"你会担心是理所当然的。不过我会定期去看她们，向你汇报她们的情况。"

"要是她们能来看我一次多好啊。"野野花说着，苦涩地笑了笑。

"我看她工作好像很忙。"伊豆原连忙打圆场，"我也是等到她下班才说上话的。由惟小姐虽然才十八岁，但她下班的样子英姿飒爽，可靠极了。"

"由惟小时候得过哮喘，身体很弱。我让她游泳，鼓励她振作起来，后来她就成了连感冒都不常得的孩子。但可能因为这样，那孩子有点倔，也不知在单位跟别人相处得怎么样……"

她好像越说越激动，抬手抹了一把眼角。

"她会出席审判吗？我听说好像要马不停蹄地审一周，连双休日也要审吗？"

"双休日不开庭。"

"那她是不是也要上班,不能来看我啊?"

"我觉得不至于来不了,可是一旦开庭,会有媒体和其他人员进去旁听……"

"光莉的妈妈也会来吧。"野野花说,"她也认识由惟,说不定会态度很不好呢。"

"不管别人态度如何,我们只要抬头挺胸就好了。可是话虽如此,由惟小姐还很年轻,心思又细腻,在那种环境中不一定撑得住。考虑到这点,我认为最好不要硬拉她去。"

"让那孩子自己决定吧。"野野花像是在劝说自己,还不停地吸着鼻涕,"毕竟纱奈没受什么影响,遭白眼是难以避免的。我啊,反正觉得是用自己遭的罪换了纱奈的性命。这样一想,我就能坚持下去了。"

"你不必为纱奈小姐的平安感到内疚。"伊豆原说,"如果不指错为错,后果会很严重。"

"应该不会判死刑吧?"野野花含着泪,面露不安地问道,"人死了就没了。要是我死了,我那两个女儿肯定会很伤心。光是想想我就害怕得受不了。"

"如果你是无辜的,别说死刑,别的任何刑罚也不会有。所以请你坚强点。"

"你说,怎么就变成这样了呢……"野野花虽然赞同伊豆原的话,但还是无法立刻走出沉郁的心情,"我既没有骄奢淫逸,也没有给别人添麻烦。难道我天生就是个容易被误解的人吗?"

"其实这要怪警方,因为他们没有查出真凶。"

"我觉得吧,应该是护士不小心加错药了。"野野花说,"四个人的输液袋里都有，这就可以证明是加错了。人非圣贤，总归要犯错的。"

"可是准备输液药品时有两名护士在场确认，恐怕很难会错把完全没关系的药加进去。"伊豆原平静地回答。

然而，野野花还是坚持道："是人都会犯错的。"

"我能问问关于审讯的事情吗？"伊豆原换了个话题，"就是你供述时的经历。可能已经被问过不少次了吧？"

"你说我怎么就迷迷糊糊地承认了呢。"野野花垂头丧气地嘀咕道。

"警方给你施加了不少压力吧？"

"我当时的心情就跟今天差不多，越来越糟糕。"

"精神上陷入了崩溃状态，是吧？"

"嗯，因为每天都在重复审问，除了承认，我别无出路。"

"你当时觉得承认了会怎么样？比如刑警会对你好一点？"

"我要是承认自己是罪犯，他们怎么会对我好呢？"

"那他们有没有对你说过特别伤人或者让你感到特别绝望的话？"伊豆原耐心地询问。

"就是刚才我说的那些。"野野花说，"不承认就要被判死刑，再不交代就是死刑了。"

"刑警对你说了这些话吗？"

"他还说，要是我被判了死刑，女儿的前途就一片黑暗，将来别想找工作，也别想结婚了。他说老天爷绝不会允许只有我女儿一个人得救，要我好好考虑，祈求老天爷放过我女儿。"

"等等。"伊豆原说，"刑警对你说过只要女儿平安就足够了，要你好好替女儿考虑，没错吧？他还说过再这样下去你会被判死刑，不会允许你女儿一个人得救这种话吗?"

"他在告诉我结芽死了的时候是这么说的。现在已经死了两个人,如果我不承认,上了法庭就要被判死刑。"

他想起来了,恒川结芽死亡的日子是野野花供述的前一天。但是看供述当天的审讯录像,那已经是二人都知晓的信息。长绳警部补是在野野花供述之前将消息告知野野花,导致其精神出现动摇的。

"不过他每天都会说没有人会允许只有我女儿一个人得救。那个人要求我相同的话不要反复说,自己却每天早晨都从那种话开始,好不容易等他说完了,最后又回到同样的话题上。在被拘留的那段时间里,我满脑子都是长绳先生的声音,一点都睡不着。"

"换言之,就是在审讯前和审讯后,你们还有闲聊的时间,对吧?"

"闲聊时说的都是家长里短吧,他聊的根本不是家长里短,而是单方面对我说教。他会先说今天到此为止,然后突然切换模式,开始对我说教。"

"大概会持续多久?"

"每次起码得有两个小时。"

"早晚都有?"

野野花点点头表示肯定。

伊豆原很庆幸自己反复追问了。如此一来,隐藏在密室里的东西渐渐现出了轮廓。

"我做个假设。早上,他说'那我们开始吧',然后开始录像审讯。"伊豆原慎重地确认道,"在此之前,还有两个小时的说教吗?"

"早上基本都是说教。"野野花说。

法律规定,凡是采用陪审团审判制度的重大案件,整个审讯过程必须进行可视化操作,也就是从头到尾都要以录像的方式记录审讯过程。如此一来,调查方就不得不控制粗暴的言行,无法逼迫嫌疑人供述。

调查方若是想钻可视化规定的空子进行非法审讯,就有必要将那个部分安排到录像时间之外。但如此一来,审讯时间就会变长,难以掩饰不自然的痕迹。现在每个警察署都由非刑事科的部门管理拘留所的进出记录,因此无法在时间上做手脚。规定的审讯时间不能超过八个小时,如果嫌疑人离开拘留所的时长为十个小时甚至更长,审讯的正当性自然要遭到怀疑。

"知道了,我去查查吧。"伊豆原说。

## 11

午休时间,伊豆原律师打来了电话。他说正好有空,想去辅导纱奈学习,直到由惟下班回家。

由惟也不认为把纱奈一个人关在家里是好事,所以选择相信他,答应了这件事。

"但是请你不要提起那个案子。"

为保险起见,她又强调了一遍。

接着,她给家里打电话,告知了伊豆原要过去的消息。纱奈很高兴。由惟也没忘了提醒纱奈可以不用回答关于母亲的问题,有什么事情就打电话找她。过了一段时间,她开始担心让那个只见过一次的伊豆原跟纱奈单独待在一起会有危险,于是一下班就匆匆离开办公室,踏上了归途。

"我回来了。"

回家开门一看,里面传出了纱奈兴奋的声音。平时听见由惟回来,纱奈都会到门口迎接,今天却没有。

她探头看了看起居室,发现纱奈正在跟伊豆原打游戏。

"啊,又被干掉了!"

"太好了!"

由惟也经常跟妹妹玩这个马里奥赛车游戏,但纱奈今天听起来格外兴奋。

"我差不多找回手感了。"比赛结束，伊豆原这样说完，对由惟打了声招呼，"回来啦。"

"差点就输了。"纱奈显然很高兴，"再来一局？"

"会不会玩太久了。"伊豆原有点在意由惟的目光，像被责骂的孩子一样缩起了脖子，"我们真的学习了。不过我很吃惊啊，原来纱奈小姐的进度已经这么超前了。我还想着初一英语只教动词原形就够了，没想到你还教了过去时态和现在进行时态。"

"因为姐姐特别关心我的英语。"纱奈说，"但她不怎么关心数学，所以学得不算多。"

"那是因为不管我怎么教，你都犯同样的错误啊。"由惟说。

"原来纱奈小姐不擅长数学啊，那我下次教你数学吧。"伊豆原说着，拿起了放在旁边的塑料袋，"我买了便当。分量有点少，我怕不够，还买了饭团。"

"啊，是车站口的便当店！"

纱奈看见伊豆原从袋子里拿出的便当，激动得两眼放光。

"谢谢你……纱奈，去洗手。"

由惟不太确定该不该坦率地接受他的好意，但是料想到不用做晚饭的轻松，她又觉得无所谓了。她也走到厨房洗了手，然后泡了三个人的茶。

"我开动啦。"

纱奈高兴地说完，第一个拿起了筷子。

前不久才第一次见面的男人此时正盘腿坐着跟她们一起吃便当。她觉得自己应该会紧张，实际却没什么感觉。她甚至感到，以前跟纱奈两个人吃饭反而更紧张。

"纱奈小姐比我想的精神很多呢。"伊豆原眯眼看着纱奈吃饭的样子,自己也边吃边说,"医生说什么了吗?还不能运动?"

"不是啊,医生说可以了。"

"不是说不能'剧烈'运动吗?"由惟更正道。

案发后,纱奈转到了墨田区的医院继续看病。可能因为药品混入的影响,最初检查的结果比之前有所恶化,住院时间也延长了。十一月末,她正式出院在家疗养,半年后已经可以做些轻量运动了。

"反正我一直待在家里,没什么机会运动。"纱奈噘着嘴,不服气地说。

"你不是有跳舞游戏吗?"

由惟提醒了一句,她还是很不高兴。

"姐姐每天只让我玩一次。"

"你在家里蹦蹦跳跳的,会吵到邻居啊。"

"纱奈小姐喜欢什么运动?"

"喜欢跳舞。"纱奈说,"我还想加入舞蹈社团呢。"

"不参加社团也可以跳舞啊。"伊豆原说,"我认识几个跳舞很好的孩子。"

"他们能不能教教我啊?"

"你要是想学,他们应该会教。"

"请你不要带奇怪的孩子过来。"由惟皱着眉说。

"他们不是奇怪的孩子啊,谁也没有犯过事。"伊豆原说,"虽然因为各种情况过不了普通的中学生活,但他们都不是坏孩子。"

"各种情况是什么情况?"由惟无法接受如此含糊的解释。

"就是父母亲有点……跟孩子没关系。"

"家庭有问题的孩子都会对别的孩子施以暴力。"

121

"不会不会。"

"那是偏见啦。"纱奈笑着说。

"对呀,有点算偏见了。"伊豆原也笑着否定道。

被人接二连三地说有偏见,由惟很不高兴。本来就不该让奇怪的人接近妹妹。她坚信这世上没有几个人真的会那么善良,那么宽容。连这个伊豆原,她也还没有完全信任。

"纱奈小姐不怎么怕生吧?"伊豆原问纱奈。

"会有一点。"纱奈说,"不过大家都说我比姐姐更像妈妈。"

"是吗?你妈妈很平易近人呢。"

"姐姐才奇怪,平时也完全不跟护士说话。"

"没什么好说的啊。"由惟像闹别扭的孩子一样说道。

"纱奈小姐跟护士聊得来吗?"伊豆原问。

"也要看人。"

"谁对你比较好呢?"

"在古沟那边?"

"嗯。"

"伊豆原律师,你认识那里的护士吗?"

"我见过川胜女士。"

"啊,副护士长。"纱奈一副很怀念的样子,"副护士长对我很好。妈妈也说她是好人。"

"是吗……还有呢?"

"还有啊……"纱奈边想边说,"竹冈护士也很好,畑中和庄村护士也很好。岛津护士也很好,还很漂亮,她都能当演员了。"

"哦?这么漂亮啊。"伊豆原感慨道。

"演员跟普通人完全不一样。"由惟说道。

"姐姐对人太严格了。"纱奈忍着笑说。

"你姐姐的确很严格呢。"伊豆原也哧哧地笑着赞同道,"那么,护士都很好吧。"

"也有人虽然不可怕,但不怎么闲聊。"纱奈说,"葛城护士是主任,对手下的护士特别严格。奥野护士每次看见妈妈动输液管,都会很生气。"

"她们都是很干练的感觉?"

"对。"

由惟想起了通勤电车内的性骚扰骚动。她此前不知道那个护士的名字,后来假装不经意地向纱奈描述了那个人的特征,得知那原来是"奥野护士"。

由惟自己从来没跟护士亲切地交谈过,不过听母亲和纱奈的描述,她大概知道护士们的性格如何。奥野的确不是那种多话的人,给人感觉是公事公办,一点很小的指示都会用不容置疑的语气来表达。她那种人应该很强势,所以才会毫不客气地揪住性骚扰的人。

只不过……被她揪住的那个人完全是被冤枉的,也不知道后来到底怎么样了。

由惟脑中闪过那个想法,突然心情低落,慌忙放弃了思考。

"你有没有听说过哪个护士引起了什么问题,或者有什么传闻?"

由惟发现,伊豆原的闲聊不知何时靠向了那个案子。她瞪了律师一眼,对方则故作无辜地看着纱奈。

"有吗?"纱奈想了想,回答道,"妈妈经常问她们问题,比如结婚了吗,有小孩了吗。她们聊的应该都是这些。要是姐姐在,就会说妈妈不尊重别人的隐私。妈妈则说问一问哪里算不尊重了。"

"原来如此,我也能猜到。"伊豆原瞥了由惟一眼,嘿嘿笑着说。

123

"哦，对了，我听她们说副护士长和院长有一腿。"纱奈笑着说。

"啊，那个我也听说了。"伊豆原说，"你妈妈到处跟人说这件事呢。"

由惟也听母亲说过这件事。她本来就是因为由惟的亲生父亲出轨才跟他离婚的，现在却乐滋滋地讲别人偷情的故事，这让由惟一度感到非常不可思议。也许，母亲是见平时认真严肃的川胜副护士长竟有这样叫人意外的一面，才会觉得有意思。即便如此，由惟还是难以理解母亲这种天真的性格。

"那件事应该知道的人都知道吧。"纱奈说，"妈妈说过，这种话一传开，副护士长就更嫁不出去了，白白浪费了一个大美人。"

"川胜护士确实很漂亮啊。"伊豆原说，"虽然随便定义别人的幸福不好，不过你们的妈妈一定是有了你们这两个女儿才形成了对幸福的刻板观念。"

母亲真的幸福吗……由惟不知道。她有了由惟和纱奈这两个女儿，看起来确实挺开心的，可是她被由惟的亲生父亲嫌弃，他责骂她愚蠢烦人，最后还背叛并抛弃了她。

由惟觉得，母亲之所以那么热心地帮助别人，担心别人，其实是因为她自己并不幸福。若问由惟是否想像母亲那样生活，那么答案是绝不。即使父亲嫌弃她，被她照顾的人疏远她，母亲看上去还是满脸笑容，但谁也不知道她内心究竟是怎么想的。由惟忍不住想，也许她的内心深处隐藏着可怕的扭曲，最终在那个案子中爆发出来了。

"是不是护士的工作很忙，所以不容易结婚啊？"由惟正在思索时，纱奈开口道，"我住院那个科应该有一半的人结婚了。竹冈护士、安藤护士、庄村护士都结婚了，可是像岛津护士那样的美女都没有结婚。"

"她们应该还很年轻，"伊豆原说，"忙碌也是一个原因。除此之外，很多人只要有工作能自立，反倒觉得不结婚也无所谓了。不仅是护士，整个社会都这样。"

母亲犯了这种事，她和纱奈将来可能都嫁不出去……由惟早已认清了现实。不过，如果这是一个不结婚也不会被人指指点点的社会，她就应该不会感到难过。她只需要自立……听了伊豆原的话，她更肯定了自己早已有过的想法。

"还要上夜班，恐怕很难顾及家庭吧。"纱奈说，"听说庄村护士因为工作太忙，流产过一次。"

"那太可怜了。"伊豆原皱着眉说。

"其实我本来想长大了当护士，可听完这些就放弃了。"纱奈苦笑着说，"我觉得当护士出了什么事能马上找医生看病，看来是我想错了。"

"嗯，虽然这种事不经常发生，可是一旦发生在自己身边，就难免会感到害怕啊。"伊豆原赞同纱奈，"原来纱奈小姐以前想当护士啊。"

"嗯，我看岛津护士那么漂亮，就也想变成那样，只是没梦想多久就放弃了。"

"那你现在想当什么？"

"嗯……"纱奈看了一眼由惟，含糊地答道，"什么都行。"

案子发生后，纱奈眼看着由惟的生活发生了天翻地覆的变化，应该很难谈论自己的梦想。更何况，纱奈自己也处在没法上学的现实中，再展望未来，恐怕只会感到不安。

在这件事上，痴心妄想毫无用处，由惟也做不了什么。她只能尽量让妹妹掌握开拓未来的能力。

伊豆原似乎也察觉到了纱奈的复杂心境，浮现出一丝苦涩的表情。

## 12

七月的第二周，他们在东京地方法院参加了公审前第四次手续整理。这是伊豆原第一次参加。

按照程序，陪审团审判前要分几次完成公审前的手续整理。首先，检方公开将在审判中以什么方式证明什么东西，辩方也要公开自己的辩护内容，通过互相出示手头的资料锁定论点，确保审判能够顺利进行。公审开始后一般不接受新的证据，在公审前就要定下双方对峙的态势。

但是正因如此，手续的整理非常花时间。若是争议点少的案子，只需一两次就能结束，而翻供的案子拖上一两年都不罕见。

这次输液中毒死伤案同样没有作案的直接证据，可以预见检方会用大量缺乏说服力的状况证据尝试立证。若要一个个分析，手续的整理自然不可能很快完成。

目前这个案子已经进行了三次手续整理，检方每次只公开一小部分证据，辩方也尚未透露辩护内容。虽然双方对决已经开始，却暂时处于互相试探的阶段。只不过，若辩方无法找到突破口，这种胶着状态就会一直持续下去，最后导致被动的局面一直持续到公审开始。届时再想打赢，就十分困难了。

对外关闭的刑事法庭上，检方、辩方与法官齐聚一堂。这虽然不是审判，但只要坐在法庭上，人就会不由自主地严肃起来。伊豆原与平时不同，穿了一身西装，胸前扣着律师徽章。野野花也被带来出席了。

"我方主辩贵岛律师因为身体不适，今日无法出席手续的整理。"

桝田汇报完情况后，审判长樱井保文向老律师表达了敬意："请转告他好好保重身体。"

樱井审判长现年四十有余，面相和蔼可亲，单看外表是个明事理的知性人士。但是听桝田描述，他似乎并非那种乐于采纳辩方意见的能干的法官。也许应该把他看成更重视公审的日程能否顺利推进，全盘接受检方的说法，不带任何疑问的最常见的那种法官。

检方参加手续整理的人员是江崎晴人检察官和高仓亚津子副检察官。桝田说江崎检察官比伊豆原高一届。他眼镜之下的双眼泛着好胜的光芒。

高仓副检察官已经四十多岁了，想必是先从事行政工作，后来通过学习考取了证书，当上了副检察官。

"上次对于小南女士的供述笔录，辩方要求开示类型证据，正如诸位所见，类型证据已经开示了。"

樱井审判长说的是野野花的供述笔录，辩方要求开示的是被拘留者的进出记录。前不久，检方总算放出了那份证据。

"你们要提出什么证据意见吗？"樱井审判长询问辩方。

"开始的证据中存在疑点。"桝田回答。

"什么疑点？"

"被拘留者进出记录上显示的时间。在审讯初期，记录上的进出时间与实际的审讯录像时间完全不一致。因此，在未录像的时间内可能存在非法审讯。"

他们根据野野花透露的情况仔细查验，发现有记录的审讯时长每天都控制在八个小时左右，但是有些时候，野野花离开拘留所的时间长达十二或十三个小时。

"对此我们可以给出解释。"江崎检察官似乎早已把握了事态，胸有成竹地回应道，"审讯初期，由于调查人员尚未熟练掌握录像器材的操作，很难让其正常工作，因此需要请求他人援助。本案被告人，也就是当时的嫌疑人，被暂时关押在设有女性专用拘留所的湾岸警察署，审讯也在该署展开，然而本案调查本部设在小松川警察署，援助人员也需要从那里调配，因此花了很长时间。在能够录像之前当然不能展开审讯，因此调查人员通过与被告人闲聊打发了时间。另外，部分记录显示调查结束时间和被告人返回拘留所的时间不一致，这也是上午闲聊的后续。事实是被告人透露了睡不好觉的烦恼，调查人员留下来安慰了她。"

伊豆原走到野野花身边，确认江崎检察官所说的内容。她表示，负责审讯的长绳确实一直操作不好录像器材，好几次都得叫人来帮忙。

然而，这并不代表辩方接受了那个解释。警方也许一早就想好了这个借口，用笨拙的操作掩饰自己超时审讯的行为。甚至可以说，这显然是故意纵容的行为。

"小南女士表示，在没有录像的时间，调查人员与她的对话并非轻松的闲聊，而是导致她身心疲惫的高压谈话。"伊豆原回到座位上，提出反驳。

"检察官意见如何？"樱井审判长问道。

"调查人员表示那只是闲聊。所谓高压谈话，请问具体是什么内容呢？"

"小南女士表示她受到了反复的威胁,被告知没有人会容忍只有她的女儿得救。尤其在恒川结芽小朋友去世时,调查人员声称死亡人数已经上升到两人,若再不承认罪行,她将被判处死刑。一旦她被判处死刑,两个女儿的前途将会一片黑暗,未来不再有任何希望。如果不先承认犯罪,她的女儿将会遭遇可怕的灾祸。这种谈话导致小南女士被逼到了精神崩溃的边缘。"

听了伊豆原的话,江崎检察官微微皱了皱眉,不知是因为他对此并不知情,还是怀疑野野花的证言不真实。

"我并不知道调查人员说过这样的话。即便他说过类似的话,放到不同的语境中也会有不同的意思。仅凭这几句话就怀疑供述的真实性,我认为不可取。"

"事实上,看小南女士十一月五日供述的录像资料就会发现,并没有人告知她结芽小朋友已在前一天晚上去世,对话却以这个事实为前提。可见录像开始前的交谈并非简单的闲聊,而有可能是调查人员对其施加了精神压力。"

"我知道了。"江崎检察官强装镇定地回答道,"为了保险起见,包括你提及的细节在内,我方将再次与调查人员进行确认。"

"那么,这件事就放到下次讨论。"

对于其他证据,辩方坚持要求开示类型证据。因为是翻供案件,所以到头来对几乎所有的证据都要提出不同意采用,目前要先尽量牵出更多的类型证据,并从中找到检方立证不充分的细节。

下次会议日期定下后,他们就散会了。

"谢谢你们。"

虽不确定野野花听懂了多少内容,但她应该充分感受到了自己的律师团有多上心。会议结束后,她对伊豆原二人郑重地鞠了一躬。

"我们还会继续努力的,也请小南女士保持坚强。"伊豆原对她说。

"听说贵岛老师住院了……"

江崎检察官麻利地收拾好东西离开时,走上来问了一句。

"嗯,是的。"桝田含糊地答道。

"情况不太好吗?"他毫不客气地问道。

"不,应该快出院了。"

"那就好。"江崎检察官看似放心地点了点头,实际上好像并不相信贵岛能够康复,"我见他瘦了好多呢。你们这边还是继续让贵岛老师当主辩吗?"

"当然。"

江崎检察官点点头,继续道:"那就别过分延长手续整理的时间,趁贵岛老师还能行动,赶紧进入公审吧。陪审团审判得靠体力制胜,万一公审开始了,老师却不在,那我们也不好意思啊。"

"这不用您费心。"桝田不高兴地说。

"失敬了。"

江崎检察官轻飘飘地道了声歉,挂着不着痕迹的笑容走出了法庭。


在古沟院长的配合下,医院安排了当时在儿科工作的畑中里咲和竹冈聪子与伊豆原谈话。到了约定的日子,伊豆原准时来到古沟医院。

畑中里咲后来调到了泌尿科住院部工作。在事务局长繁田的陪同下,伊豆原借泌尿科的谈话室跟她碰了面。

畑中里咲现年二十四岁,口罩上面的双眼显得天真无邪。去年她刚进入古沟医院,是第一年工作的新人。

"畑中护士,小南女士那天走进护士站时,你在柜台的这个位置对吧?"

伊豆原在护士站的平面图上指出了畑中里咲所在的位置。

"是的。"她回答。

"那里离出入口最近呢。小南女士是最先找到你的吗?"

"是的,她给我发了饼干。"

"你们说了什么话?"

"没说什么。她说:'辛苦了,吃点零食吧。'然后给了我两包饼干。我说:'谢谢你。'就这样。"

"只有这些吗?"

"是的。"畑中里咲点点头,"后来她又走到后面,应该是庄村护士那里,同样说了'吃点零食吧',庄村护士也只说了'谢谢你'。这些我都听到了。"

"她走进护士站时,你没有阻止吗?"

"其实应该阻止的。"畑中里咲不好意思地说,"可是对着笑眯眯给我零食的人,实在很难开口……我觉得自己做得最不对的地方就是在小南女士问我能不能拿一副一次性手套时,我说'当然当然',就让她拿了。连这种事都拒绝不了,的确是我做得不够好。"

"这也是案发那天的事情吗?"

"应该是案发前一个月。她好像想在洗东西的时候用。我猜,后来她进护士站,都会顺手拿走一副。"

野野花供述称,她所持有的乳胶手套是从护士站要来用于洗毛巾等物品的。看来她只是一开始问了护士,后来就自己拿了。这种行为本身虽不值得称赞,但也证明她用手套只是出于习惯,没有不

131

自然之处。

"我明白了。"伊豆原点点头,回到了正题,"小南女士给你发了饼干,然后走向庄村护士……再往后,你就没看见了吗?"

"没看见了。"

"那你有感觉到她走进休息室了吗?"

"我好像听见有人敲休息室的门了。"

"没有绕路到别处的动静?"

"没有特别花时间的感觉。"

检方认为,假设野野花要在输液袋内混入药剂,那便应该是在离开休息室之后。他们也许就是通过护士的证词做出了推测。

"她从进来到敲门,大约花了几秒钟?"

"应该有二十秒左右。"

"后来,你是什么时候又发现了小南女士?"

"在她离开护士站的时候。我听见动静就往旁边一看,结果是小南女士。"

"你不知道她什么时候离开了休息室吗?"

"老实说,我真的不知道。"

"你有没有听到她靠近操作台做什么事情的动静?"

畑中里咲摇摇头:"直到她出去,我才注意到她,别的就……"

"那么就感觉而言,你听见了小南女士进入休息室的动静,却没注意到她出来,对吧?"

"是的。警察问的时候,我也是这样回答的。"

"你看见她走出护士站时,是否想过她在休息室里待得有点久?"

"那倒没有。"

"那就是说,时间并没有长到很不自然……"

"是这样的。"畑中里咲说,"我没什么感觉。"

"平时坐在柜台那儿,能听见后面有人准备输液袋吗?"伊豆原问了问一般情况。

"要是很匆忙,弄得窸窸窣窣,那就能听见。如果不是,我又专注于自己的工作……"

"会听不见?"

"是的。"

"有没有一种可能,就是当时虽然有一点动静,但你正在专心填写勤务记录,所以什么都没发现?"

"不,我记得当时连呼叫铃都没有响,特别安静。"畑中里咲说,"如果小南女士在护士站里走来走去,我肯定会发现并觉得奇怪的。"

"你不认为她当时是在护士站混入了药液吗?"

"这个操作本身的确可以不发出响动,所以我无法肯定。"

"哪怕是不熟练的人操作也能这样?"

"主要还是看会不会特别注意不发出响动。就算很熟练的人,也会弄得托盘叮当响。"

"假如刻意不发出响动,是不是需要更多时间呢?"

"如果一直小心翼翼,那当然要花更多时间吧。"

不熟练操作注射器的人小心翼翼地不发出响动,这样真的能在一分二十几秒内完成作案吗……若要主张作案的不可能性,也许应该把论点放在这上面。只是,若不明确证实这是不可能的行为,则很可能会被检方搪塞过去。

"请问你是否想过小南女士不像凶手,或者还有别的难以释怀的地方?"

伊豆原做出了最后的试探。畑中里咲认真地想了想,最后还是放弃似的摇了摇头。

"对不起,我也希望能说点什么。"

"没关系。"

"不过小南女士被抓走时,我的确很惊讶。"畑中里咲说,"她看起来不像那么可怕的人。后来听说她可能在我坐柜台的时候跑到后面混入了药物,我就更惊讶了,因为那真的不太可能。"

"你听说这件事时,真的没有想到的确有这样的可能吗?"

"没有。"畑中里咲老实地点点头,"但是从客观角度,我又说不出为什么不可能是小南女士,所以实在不知说什么好。"

"我明白了。要是你还想起了什么,请尽管告诉我。"

送走畑中里咲后,繁田又给竹冈聪子打了电话,可是她临时有事,没办法过来了。

"她那边突然进了一场手术,今天可能过不来了。"

竹冈聪子目前调到了手术室,既然是手术,那伊豆原也没办法,只好接受了。

"庄村数惠护士辞职了是吧?"

他听说,野野花走进护士站时,与畑中里咲一起坐在柜台处的庄村数惠已经在今年春天离开了医院。

"是的。庄村和安藤都已经辞职了。且不说案件带来了相当大的打击,在统一调岗时,还有人不希望离开儿科工作,所以就选择了跳槽。"

"还能找到当时在儿科工作的其他护士吗?"

难得来一趟,他不想就这么回去,于是问了问。繁田思索片刻,又打了一个电话。

"岛津被调到了循环科病房,今天安排了夜班,不过她可以早点过来。"

于是，伊豆原在岛津淳美上班之前，坐在医院咖啡厅里打发了一个小时的时间。快到十六点时，繁田领着一名女性再次找到了他。那名女性就是岛津淳美。

因为她还没有更换护士服，咖啡厅里人也不多，他们就决定在那里谈话。

岛津淳美现年三十一岁。因为她没有戴口罩，伊豆原能一眼看出纱奈究竟为何如此憧憬成为她那样的人。

"真不好意思，临上班还麻烦你来一趟。"

伊豆原先表示了感谢，然后开始提问。

"岛津护士在案发当天被派了白班，对吧？"

"是的。"她平静地回答。

"但是，小南女士进入护士站时，你并不在那里……"

"没错。"她点点头，"我去自己负责的单人房给患者输液了。那个患者第二天有检查项目，所以陪护的家长问了我几个问题，交谈了十分钟左右。"

"你回到护士站时，小南女士已经不在了吗？"

"是的。不过护士站放了几包饼干，我就猜是小南女士来过了。"

"那么，你此前亲眼看见过小南女士来发零食，对吗？"

"是的，看见过。"

"那你会阻止她进入护士站吗？"

"其实应该阻止，但我都让别人开口了。"岛津淳美耸耸肩。

"比如副护士长？"

"是的。"她回答，"还有一些说话比较直接的人会阻止她。"

"比如什么人？"

135

"竹冈护士之类的。"

"哦，那位主任。"

"是的。然后葛城护士和奥野护士也会说她。"

"尽管如此，小南女士下次还是会进去吗？"

"没错。那个人当过看护助手，不觉得进护士站有什么问题。而且现在虽然没有了，但以前进护士站的人还不少。"

岛津淳美有点在意旁边的繁田，不过最后还是坦白了。

"真的吗？"

"我还是新人的时候经常有这种情况。比如孩子出院了，家长拿着几盒点心过来道别。虽然我们基本不收东西，但作为零食分享的，应该哪里都会收。这种时候，送零食的人都不会特别高调，更不会专门把护士叫出去，只会自己走进护士站，往正在工作的护士手边一放，说请他们吃。"

"哦，原来如此。"

"再说，比如有人想跟副护士长道别，而她又刚好在休息室，大家都不会把她叫出来，而是说她在屋里。孩子家长也经常是直接进去跟她说话。"

"以前这方面的规定比较松，是吧？"

"是这样的。反过来说，以前无论是患者还是家属，都对护士怀有一些尊敬之情，态度比较谦逊，所以就没人说什么。只不过，从我参加工作那时开始，魔鬼家长，也就是态度比较恶劣的人，渐渐变得越来越多，护士也就没法与之保持亲近了。后来才出现了护士与患者及家属保持距离，把患者当成宝贵的客人，与之相应，也请患者及家属不要随便走进护士站的关系。"

"原来如此……别处也是这样吗？"

"可能每个医院不太一样吧，但我觉得这应该是时代的变化。"岛津淳美冷静地说，"所以我认为，小南女士以前在医院工作时，接触到的都是工作人员和患者及家属打成一片的环境，后来就一直保持着那种感觉。"

"与其说她有点奇怪，更应该说以前的确有那样的人，对吧？"

"是的。"

伊豆原感到很新奇，没想到还会有这样的看法。也许他自己也先入为主地带入了偏见，觉得野野花本来就是个怪人。

"岛津护士，请问你在得知小南女士被逮捕时，心里是怎么想的？"伊豆原问道。

"她现在否认了罪行，是吧？"她确认道。

"是的。"

听了伊豆原的回答，她点点头。"小南女士被逮捕时，我当然很吃惊，而听说她承认犯罪时，老实说，我觉得怎么可能。"

"你为什么会这样想呢？"

"每次给纱奈挂点滴，她都会问我这是什么药，有什么副作用，特别不依不饶。有时我嘱咐她看见患者感觉不好就告诉我，她总是把我叫过去，最后我却发现纱奈看起来并没有很不舒服。她总是擅自调慢输液速度，我们都以为输完液了，结果去病房发现压根儿没输完。因为这样算是白跑一趟，有些护士就会说她，但我觉得只要能让她好受些就行，也就没去管。总而言之，她对打进纱奈身体里的药特别神经质，所以我很难相信那个人会给自己女儿的点滴里下奇怪的药。"

这无疑是对辩护方极其有利的支持，伊豆原忍不住边听边点头。

"我不清楚她最开始为什么承认犯罪，反正我觉得肯定是什么地方搞错了。不过这种话要是说出来，别人肯定会问：那你说谁是真凶？搞不好还要怀疑我们内部的人。尽管如此，对一个无辜的人判刑明显是不对的，所以我还是觉得怀疑有问题的人应该发出声音。警察来问话时，我也是这样回答的。"

但她的笔录里并没有这段证词。可能因为不符合他们设定的野野花是真凶的故事，所以没有加进去。只要能以本人否认笔录为由请证人出庭，就能引出这个观点。这让伊豆原感到更有信心了。

"我能再问一个问题吗？"伊豆原问道，"即使跟小南女士无关也没关系，你是否听说过三〇五病房发生过什么矛盾或者冲突？"

岛津淳美垂下目光，思索了一会儿。

"我知道小南女士和梶女士之间发生过口角。除此之外就没有患者之间的矛盾了。"

伊豆原听出她像在刻意强调"患者之间"，不禁有些奇怪。"那么护士与患者或家属之间发生过什么事情吗……？"他追问道。

"……没什么特别的。"

她回答时有点貌似迟疑的停顿，但也可能是做了瞬间的回想。

"当然，我不是说护士不可能做这种事。毕竟护士也是人，其中有人因为受了某些刺激而犯罪，一点都不奇怪。"

"好了吧，她也快到上班时间了。"

岛津淳美说话时，繁田一直在旁边绷着脸，此时更是插嘴进来，仿佛想尽快结束这场谈话。

"我明白了。谢谢你。要是想起来什么，请尽管告诉我。"

岛津淳美道了声"好"，走出了咖啡厅。伊豆原对繁田也道了谢，然后离开了古沟医院。

畑中里咲的笔录——案发当天十五时四十分左右起，我就坐在儿科住院部的护士站内面朝西侧通道的柜台座位，打开电脑输入勤务记录。十五时四十五分左右，小南野野花女士拿着零食袋走过来，说了一声："辛苦了。"然后走进护士站，对我说："吃点零食吧。"说完就从袋里拿了两包饼干给我。小南女士经常来护士站发零食，我并没有觉得奇怪，便说："谢谢你。"接着，小南女士又走到护士站中间的大桌旁，给正在那里工作的庄村数惠护士也发了零食，还说："吃点零食吧。"庄村护士应该也说了："谢谢你。"我并没有转头看她们对话，只听见了说话声。后来，我好像听见了休息室的敲门声。川胜春水护士和竹冈聪子护士都在休息室里，小南女士好像知道那个时间段有谁会在里面，所以才走了过去。从她走进护士站到走向休息室，中间应该过了二十秒左右。后来我也没有回头，一边吃她给的饼干，一边在柜台填写勤务记录。我完全不知道小南女士什么时候走出了休息室。过了一会儿，我突然瞥到有人离开护士站，仔细一看，发现是小南女士。

庄村数惠的笔录——案发当天十五时三十分左右，我与岛津淳美护士一起准备患者的点滴，并互相确认操作。其后，川胜春水副护士长又请我共同操作，我就跟她一起准备了三〇二病房和三〇五病房的点滴。准备好的输液袋都摆在推车的托盘上，应该放在靠近药品柜的位置。完成那个工作后，川胜副护士长进了休息室。我把换点滴的时间设在十六时，所以决定先去护士站中央的大桌上打开电脑填写勤务记录。到了十五时四十五分左右，小南女士走过来，先给畑中护士发了饼干，然后走到我那里说："辛苦了。"也给我发了两包饼干。医院规定无关人员不准进入护士站，但是收了人家的零食，我实在不好意思阻拦，加上正忙着填写勤务记录，于是我只说了一句："谢谢你。"小南女士还在桌子中间放了几包饼干留给没在护士站的人，然后走向我身后，也就是休息室的方向。我听见了敲门声，所以她应该很快就走进了休息室。从她走进护士站到走进休息室，应该花了十五秒到二十秒的时间。我当时肚子不饿，就把自己的饼干放到了桌子中间那堆饼干上，继续填写勤务记录。因为是背对休息室的大门，我不知道小南女士是什么时候出来的。我记得她离开护士站时，我瞥到了一眼背影。

根据野野花走进护士站时在场两名护士的证词，她们都没有察觉到野野花离开休息室的动静。事实上，虽然进门时有敲门声，但离开时只要轻轻开关门，不发出脚步声，想不被人察觉并不困难。

检方从这里找出了野野花作案的可能性。她可能很早就离开了休息室，趁护士站的二人专注于电脑而背对着她的空隙，悄悄对输液袋做了手脚。笔录也格外强调了二人都没有听见野野花走出休息室的动静，显然是为了支撑那个观点。

反过来说，野野花能够作案的时间只有这个时候，只要能用确凿的证据否定掉这个可能性，检方的故事就完全不成立了。

没有人目击到她往输液袋里混入药液的瞬间。

可是，也没有人目击到她离开休息室后什么都没做就走出了护士站。

从离开休息室到走出护士站，野野花只拿了一副乳胶手套。这点她已经承认了。如果能从时间上证明她几乎没在护士站停留，她的主张也就有了说服力。

可是要怎么找到证据……伊豆原凝视着他与畑中里咲和岛津淳

美的对话记录，陷入了沉思。

下一周，桝田打电话来，通知他到贵岛法律事务所参加每周一次的辩护律师团会议。贵岛似乎出院了。

贵岛法律事务所位于银座外围。办公室虽然在一座陈旧的楼房里，但这样反倒有种名门事务所的气质。

"哎呀，你来啦！"

贵岛正在事务所内的专属办公室等着伊豆原。他的声音有气无力，衬衫领子也显得空空荡荡，表情却带着一丝温和。

他的办公室非常朴素，很符合一个在刑事辩护的世界摸爬滚打奋斗到今天的男人的形象。仅有的装饰物就是貌似为旅行纪念品的温泉小镇迷你提灯。

"恭喜您出院了。"

他与桝田坐在办公桌另一头的椅子上，异口同声地庆贺道。

"总归要出院的嘛，"贵岛心情甚好地说，"不管是死了还是活着。当然我现在离死还早呢。"

"那是自然。"

"伊豆原君可能也听说了吧，桝田君下个月就到这里来了。既然是我邀请他来的，当然要由我亲自迎接。所以啊，我刚出院就叫人帮他准备了办公桌。"

"您太费心了。"桝田说着鞠了一躬，面露喜色。

"野野花小姐的事情一直扔给你们俩做，真是对不住啊。"

"请您别在意。"桝田说，"等您身体恢复了，就能带领我们奋斗了。"

"有道理。"

都说胰腺癌是非常难治愈的癌症，桝田这句话听起来更像在安慰贵岛了。贵岛显然理解了他的意思，还能给出如此坚强的回复，真是既让人佩服又让人痛心。

"现在进度怎么样了？"

不过，贵岛的心气似乎还在，马上问起了公审准备的进度。

桝田汇报了前些天的公审前整理的手续。贵岛闭着眼睛倾听，在听到录像时间与被拘留者进出记录存在时间差，而检方给出了那样的解释时，气愤得皱起了眉。

"他们的做法还是没变啊。"听完桝田的汇报，贵岛无奈地说，"现在虽然说会去确认一下，最后说法还是不会变。也许对方会提出调查人员的证人申请，用这个方式来应付我们。那个调查人员既然会做这种事，脸皮肯定很厚，自然有信心应对证人询问。到头来，就是得供述者得天下。"

法律界普遍认为，要争论供述的自愿性非常困难。因为大家都觉得人不会承认自己没有做过的事情，就算存在一些压迫和诱导，其自愿性也会得到认可。

"只能靠作案证明来翻案了。"伊豆原说，"辩护方在这上面有说服力，或许就能影响供述的自愿性判定。"

"检方的立证存在破绽吗？"贵岛问伊豆原。

"现在还没找到。"伊豆原回答，"我正在跟医院的工作人员联系，想在其中发现突破口。只不过，现在最关键的是时间问题。我们都知道小南女士在护士站内的停留时间是两分二十五秒，她派发零食，以及在休息室聊天也消耗了时间，用剩余的时间真的能完成犯罪吗……我觉得，如果往这个地方深挖一下，说不定能有所发现。"

"合情合理。"贵岛评价道，"检方虽然逼迫野野花小姐供认了罪行，但这也可能成为他们的败笔。他们让野野花小姐说，自己是从护士站内的冷藏柜偷出药品的，用注射器将其混入了输液袋。既然已经这么做了，检方应该不会再立证其他的混入方法。"

"如果只论可能性，凶手也可以事先偷走药品和注射器做好准备，再进入现场迅速操作。"伊豆原说。

"从录像可以看出，调查人员诱导她供述也费了好大的工夫。"桝田揶揄道，"小南女士还像谈论别人的事情一样，说了类似'是怎么做的呢'这样的话，给人感觉很像调查人员在刻意操控对话，不表露出诱导的迹象。"

"结果就是调查人员暗示了按照常理应该会这样做，然后小南女士才回答上来的。"

"贵岛老师，您辩护过好几次判决无罪的刑事案件吧。"伊豆原问道，"与那些案子相比，这次的案件辩护方存在什么不足吗？"

贵岛点了一下头，沉默片刻之后开口。

"很遗憾，可以说什么都不足。"他断言道，"没有一个判决无罪的案子是因为运气好。我每次都是百分之百相信被告人无罪，为其进行辩护，并且自认为完全推翻了检方的立证。其中有几个勉强得到了无罪判决。然而在那些无罪判决的背后，还有许多没能赢得无罪判决的案子。"

也许这次的案子还未达到那个水准……伊豆原咀嚼着贵岛的话，内心难免有些受打击。

"伊豆原君，你百分之百相信野野花小姐是无罪的吗？"

"如果问我是不是百分之百……"

伊豆原沉默了。身为辩护律师，他应该支持野野花的主张，而且认为她的主张极有可能是真的。但被问到是不是百分之百相信，他却很难断言，因为他没有任何确凿的证据。

"这也不怪你，毕竟你才加入律师团没几天。"贵岛说，"只有跟被告人面对面交谈，每天思考这个案子，辩护律师才能逐渐形成自己对案子的看法。我想说的只是这个而已。"

他的意思是，伊豆原既然不能百分之百相信野野花的无辜，就别指望能赢得无罪判决。

"老师，您确信这个案子的被告人是无辜的吗？"伊豆原反问道。

"这个我不应该说。"贵岛意味深长地说，"关键在于你自己怎么想。"

被别人的话语引导形成的看法没有意义，是吗？

也许正因为贵岛自己也不确信，才会这样说。

他又觉得，自己之所以会觉得贵岛的话模棱两可，说不定正是因为内心的看法还不确定……

## 13

　　进入七月,梅雨还是持续了一段时间,不过今天早晨还堆积在天空的乌云于中午前已经消散,天气变得格外晴朗,说不定下午就能听到梅雨季节已经结束的报道。

　　最近只要是不下雨的日子,由惟都会尽量早点回家,带纱奈出去散步。如果她不跟着,那些认识姐妹俩的人不知会对纱奈说什么奇怪的话,所以她一直都嘱咐妹妹千万不要独自出去。虽然只能在傍晚带妹妹出去走走,看起来跟遛狗没什么两样,不过纱奈只需这样就会特别高兴,由惟也能体会到短暂的平和,因此姐妹俩都很喜欢这个时间。

　　这天午休快结束时,伊豆原给她打了电话,说今天正好有空,想辅导纱奈做功课。纱奈好像也挺喜欢伊豆原,所以她没理由拒绝。

　　伊豆原今天会买便当什么的过来吗……回家的路上,由惟忍不住有点期待。

　　如果只是她一个人,吃饭凑合凑合也就行了,但是考虑到纱奈,她就得多费点心,即使嫌麻烦也不能偷懒。然而由惟还是个不满二十岁的人,即使只是准备饭菜,每天也要耗费大量的心神,所以一旦能够期待他人发出善意,她就忍不住会依赖。

　　失望的感觉很不好,还是别过于期待吧……她走在从车站回家的路上，慢慢改变了想法。那个人每周都会来，如果指望他每次都带东西来，那就太过分了，伊豆原的钱包肯定也会不堪重负。

走到家附近的公园，她看见里面有一群小学生，或是在骑独轮车玩，或是在追追打打。纱奈生病前也是这样的孩子。现在邻居都知道她们的底细，她们难免会有些心虚。纱奈恐怕也不想突然撞见同学，搞得气氛尴尬吧。总之，她们现在即使出去散步，也不会走进公园。

可是，由惟眺望着公园没走几步，就发现有个背影像纱奈一样瘦削的少女蹲在广场角落。她对面还有个看似十六七岁的褐色头发的少年，双腿正不停摆动，像是在表演什么舞步。

会不会是看错了？由惟刚想到这里，就发现伊豆原也坐在不远处。她惊得停下了脚步。

她向伊豆原走过去，对方也发现了她，转过来朝她挥了挥手。

她绕过去一看，那个少女果然是纱奈。看见由惟，纱奈咧嘴笑了笑。

看来，她正在跟少年学跳舞。

"辛苦啦。"

伊豆原像乘凉的闲人一样乐悠悠地打了声招呼，由惟立刻剑拔弩张地指着少年问："这是谁？"

"上次不是说过吗？我认识很会跳舞的孩子。这位是三崎凉介君。"

她依稀记得伊豆原说过这样的话，但当时并没有细想那个跳舞很棒的孩子究竟是男生还是女生。

这人脸上还残留着几分稚气，但是盖住眼睛的褐色头发和那双细长的眼睛都散发着不太安稳的气息，给人的整体感觉恰恰符合登徒子的表述。突然把这样的男孩子带到年纪还很小的纱奈面前，会不会欠考虑了？

"这是什么人？"由惟压低声音继续逼问道。

"别怕，他不是什么奇怪的孩子。"伊豆原苦笑着回答，"我们是因为一点小事认识的。"

"一点小事？"如果跟伊豆原有关，那肯定是什么案子，"是什么案子？"

"不，他本身没干什么。"

"那是谁？"

如果是他上次提起的孩子，由惟记得好像是父母有什么问题。

"唉，这跟凉介又没有关系，不必问这么多吧。"

"怎么不必了，谁叫你擅自带纱奈见他的？"

由惟忍不住提高了音量，三崎凉介停下动作，将目光转向了她。

"这位是姐姐吗？"

他暂停了纱奈的课，向由惟这边走来。

"对，这位是姐姐由惟。"

伊豆原做完介绍，三崎凉介点点头看着她说：

"我叫三崎。"

听见如此简短的自我介绍，由惟不知该如何回答。

"你们在说我吗？"三崎凉介问伊豆原。

"对。"伊豆原点点头，对由惟继续说道，"他目前在通信制的高中上学，同时开展表演活动，立志成为专业舞蹈演员。他还组建了一个舞团呢……"

"我没问你这些。"由惟说，"你因为什么案子跟他认识的？"

正在稍远处独自练习舞步的纱奈不时担心地看一眼由惟。

"可是那……"伊豆原没说下去。

"你想知道这个啊。"三崎凉介似乎了解了情况,看向了由惟,"我老爸因为吸毒被抓了。因为是累犯,现在进了监狱。伊豆原律师是老爸那个案子的辩护律师,有一次舞团的人持有大麻被抓,连我都被警察怀疑,也是他帮的我。这就是我俩的关系。"

"没错。"伊豆原无奈地承认了,"因为他父亲那件事,他就被警察怀疑了。你说过不过分?当然,他跟大麻的案子完全没有关系,而且在那次之后,他退出了原来的舞团。"

就算完全没有关系,她也不能就这么放心地把纱奈交给他。

"麻烦你别在离家这么近的公园乐呵呵地教她跳舞。附近的人都认识我们两姐妹。他们会说妈妈都被抓了,孩子还在跳舞,真不要脸。而且纱奈的同学可能也会看见。总之不要这样。"

由惟用她们的处境拒绝了他们教纱奈跳舞的举动,这是她的借口,其实也是真实的心声之一。

"别人的目光有什么好在意的。"

三崎凉介嘀咕了一句。由惟只当没听见,对纱奈招招手。

"纱奈,回去了。"

伊豆原为难地哼哼了两声,最后还是没说话。

纱奈有点困惑地走过来,观察着由惟的脸色。

"我们刚才还说,等姐姐回来了,大家一起去家庭餐厅吃饭呢……"

想必是伊豆原提议的。

"我给你做饭。"

由惟不由分说地拒绝了,转头对伊豆原冷冷地说了一句"先走了"。

"啊,嗯……路上小心。"

伊豆原无奈地应了一声。由惟牵起了纱奈的手。

"谢谢你们。"

纱奈慌忙向两个人鞠了一躬。即使在转身走开后，她还是回头看了看。

"好开心啊！"

她用伊豆原二人也能听到的声音由衷地感慨道。

第二天午休，伊豆原打来电话，表示想在她下班路上说点事情。

由惟没有明确答应，但是下班后，伊豆原果然等在了小岩车站门口。

"辛苦啦。"

他有点含蓄地招呼道。

"纱奈昨天怎么样了？身体没有不舒服吧？"

"没关系。"

昨晚，纱奈在房间里反复练习了好几次刚学会的舞步，由惟甚至不得不命令她"安静点"。

"那就好……你们走后，我挺担心的。"伊豆原说，"不过我们也没在公园待多久……也就十分钟到十五分钟吧。"

她没有理睬伊豆原的絮语，走进车站上了电车。

"我也是没解释清楚。"伊豆原尴尬地挠着头，继续说道，"凉介的性格虽然有点大大咧咧，但是在福利院和舞团里都很照顾比自己小的孩子，还挺受仰慕的。"

那个人看起来并不像伊豆原拍着胸脯做担保的样子。不过由惟平时在公司看惯了前岛京太这种下流人物，也许认定了男人的真面目都这样，导致警惕心过强了。

149

下了电车，站台上有个举着牌子的女人。那是前些天伊豆原认识的律师举过的牌子。那天之后，由惟就经常看到有人举着这块牌子。看来他们还没找到性骚扰事件的目击者。

"又是柴田律师那个案子吧。"伊豆原走过去后，回头看着那个女人嘀咕道，"应该是被告人的妻子。"

因为当事人坚称自己什么都没做，所以连保释都很困难……由惟想起了伊豆原跟柴田的交谈。她有点在意，想回头看看，但是又想到这跟自己没关系，便忍住了。

走出车站后，伊豆原又说起了三崎凉介。

"由惟小姐上次好像很在意凉介父亲的事情，其实那真的跟凉介没有关系。毒品这种东西，一旦沾上就很难摆脱。凉介的母亲死得早，他父亲受到打击，就沾上了。第一次被抓到时，因为是初犯，所以判了缓刑。可是后来又被抓到，就被判了实刑，也就是蹲监狱。

"因为这件事，凉介的人生也被打乱了。我听他说过好几次老爸是蠢材。其实他也算是受害者。不过我跟他聊了很多，他也慢慢整理好了情绪，表示愿意原谅父亲了。他还出席了审判，让父亲好好服刑，他会一直支持父亲，希望两人能重新搞好关系。由于是累犯，所以避免不了实刑，但他父亲的量刑比普通判例轻了一些。这多亏了凉介愿意走上证言台。"

"你想表达什么？"由惟冷冷地问。

"啊？"

"你在说凉介君吗？还是在暗示我应该上证言台？"

由惟知道伊豆原那么照顾两姐妹，背后肯定有目的。他希望她们能在法庭上说出对母亲有利的话。他现在这么亲近两姐妹，就是为了拉拢受害者纱奈，并且让怀疑母亲的由惟说出母亲不会做那种事。

"不啊，我当然在说凉介的事情。"伊豆原慌忙说道。

"太天真了。"

"啊？"

"犯了罪就应该接受相应的惩罚。求别人帮忙，指望别人说好话减轻量刑，对本人真的有好处吗？我觉得就算这么做了，他父亲也还会再犯。"

伊豆原眨巴了好几下眼睛，注视着由惟。

"由惟小姐真的很严格呢。"他叹着气说，"其实说仔细点，吸毒的再犯并非基于那么单纯的原因，不能简单断言当事人只要依赖了他人的好意就会再犯。就算他们知道这样不好，也或许还是会再犯。因为他们面对的是深深根植在人类身心和本能之中的病理问题。"

这种东西再怎么说也跟由惟无关。所以，她并没有回应。

"而且啊，"伊豆原继续道，"人类其实并不坚强。他们会因为毒品毁灭自己、破坏家庭，可以说是自作自受，不可救药。然而，即使是普通人也无法独自活着，他们那样的人就更需要有人伸出援手。这并不是依赖。每个人都需要伙伴。"

由惟觉得，他们为所欲为地活着，给周围人制造麻烦，甚至犯罪了还需要伙伴，这也太自以为是了。

"你别怪我啰唆，凉介跟他父亲真的不是一类人。因为他父亲吸毒被抓了，就怀疑凉介做了坏事，这样明显不对。"

"我没有怀疑。"

"你在他本人能听见的地方盘问他亲人涉及的案件，这样不太妥当。他是个十七岁的孩子，比你年纪还小。因为一件他无法控制的事情而被别人贴上奇怪的标签，心里肯定会受伤。这你也明白的吧？"

由惟见他语气很平静，就默默地听了下去，然后才发现伊豆原其实发怒了。他今天来就是想说这些话的。

"我必须知道跟纱奈接触的人到底有什么底细。"

"你会不会太紧张了？"他说，"如果总是怀疑周围是不是敌人，是不是坏人，活着只会越来越痛苦。这样别人即使想帮你，也无从下手了。"

"我没求你帮我。我放弃学业出来工作，早就做好了心理准备。我能一个人照顾好纱奈。"

伊豆原本来只想帮三崎凉介说几句话，现在被由惟这么一戗，反倒愣住了。

"不是，我没说不帮你。"他说，"我不是那个意思，我只想说你太紧张了容易撑不住，放松一点更好。"

"不用你多管闲事。"由惟说，"不管我紧不紧张，反正没有人会平白无故跑来帮我。他们只会疏远我们，攻击我们……他们全都是敌人。"

伊豆原看了由惟一眼，沉默了片刻，似乎不知该说什么。

"你肯定遇到了很多痛苦的事吧……"他喃喃道。

"那有什么办法。"由惟说。

"怎么会没有办法。我就是不希望这样，才会想要帮你。不仅是你，还有纱奈，还有凉介，都一样。我觉得凉介肯定能理解纱奈，你也一定能理解凉介，所以我才带他来了。"

也许她的确能理解凉介君。可是她的心已经变成了石头，不愿意理解。

由惟知道自己在闹别扭。但此时此刻，她就是不想认同伊豆原的话。

## 14

　　由惟现在已经偏执地在心中切断了她与母亲的关系。伊豆原默默思索着该如何解开这个心结，突然想起了贵岛的话。

　　你百分之百相信野野花小姐是无罪的吗……

　　尽管他希望野野花是无辜的，也认为那个可能性很大，但此时此刻，他就是无法拨开野野花身边的迷雾。

　　他觉得，这也间接导致了他无法解开由惟的心结。兜兜转转到最后，还会对公审造成影响。贵岛说得没错，如果律师不能百分之百相信委托人，那就绝对得不到无罪判决。

　　伊豆原跟古沟医院的繁田重新约定了与竹冈聪子谈话的日程，在此之前，他决定去千叶县市川市的八幡第一医院看看。

　　野野花二十多岁到三十多岁期间，曾一边养育年幼的由惟，一边在八幡第一医院当了三年的看护助手。这次他拜访的林田克子在当时是野野花所属的病房区的副护士长。现在，她已经成了医院的护士部长。

　　检方已经向她提出了证人申请，希望她讲述野野花从事看护助手时的工作情况，证明野野花具备了一定程度的医疗知识和护理知识。作为辩方，伊豆原希望能从她身上得到一些辩护材料，最好能进一步了解野野花这个人。

林田克子下班后穿着便服跟他碰了面。乍一看，她就是个素面朝天的普通妇女。她领着伊豆原走进附近的咖啡厅，在那里回答他的问题。

看护助手的主要工作是完成一些杂务，比如按照护士的指示给患者更换床单，搬运物资，推轮椅送患者到检查室，等等。野野花在八幡第一医院做的也是这些工作。

"小南女士经常跟患者聊得火热，影响工作效率。不过陪患者聊天也是医疗的一环，所以我们都没怎么怪她。"林田道出了野野花当时的工作情况。

"请问患者和家属会随便进出你们医院的护士站吗？"

古沟医院的岛津淳美护士曾经提到以前经常看到患者和家属随便走进护士站。

"是的，确实有人会走进去几步跟护士说话。我们那儿的护士站内部也有休息室，不过即使在以前，也不会有人走到那里面去。"

"看护助手也能用休息室吗？"

"我们医院的都能用。小南女士以前还经常跟我们一起吃零食呢。"

野野花之所以会毫无顾忌地走进休息室，应该是出于自己当看护助手时的习惯。

"看护助手肯定不会直接参与护理和医疗行为吧？"

"是的。"

"那么，你在小南女士身上看出过专业的医学知识吗？"

"其实很多患者不会区分护士和看护助手，逮着一个人就说点滴漏了，能不能开点止痛药之类的。一般来说，医院都会特别关照看护助手不要擅自参与护士的工作，就算被患者叫住了，也只要喊护士过去就好。不过小南女士会仔细倾听患者的话，然后向我们转达患者是怎么说的。对于很多患者都会问的一些事情，她还会擅自回答这样就好。后来我发现了，还说过她一次。还有，刚才也说了，她会仔细听患者的话，应该也会听到一些治疗方面的内容。我猜，这么日积月累下来，她应该也具备了一定的医疗知识。"

"原来如此。"

"而且小南女士曾经很认真地考虑过要不要去学校进修，考一个护士资格。"

"真的吗？"

"我记得有年轻护士跟她说，即使已经走上社会，也有很多人在三十岁前去上护士学校。也许她在丈夫去世后想学一门手艺，好养育孩子吧。总之，她有段时间的确表现出了那个意向。"

"现在的小南女士很显然不喜欢医院，请问当时她有这样的倾向吗？"

"嗯……后来她认识了新丈夫，还有了孩子，就辞去了工作。不过在此之前，我的确感觉她不再想上护士学校了。从这个方面来说，她有可能渐渐厌倦了医院的工作。"

"是因为发生了什么事吗？"

"这个我也对检察官说过了。当时我们医院发生了一起输液错误致死的事故。"

"啊？"

"当时有一位心律失常的高龄患者需要通过点滴注射利多卡因，但是有人把高浓度的利多卡因错当成低浓度的添加进去，导致患者突然心脏病发作。那段时间，其他医院偶尔也会发生同样的事故，所以我们都特别注意。尽管如此，还是有个新手搞砸了……虽然这算不上什么借口,但人手不足的时候,真的很难仔细检查。"

"这跟小南女士没有关系,对吧?"

"当然没有。"林田说,"只是,那位患者跟小南女士关系很好,所以她应该受到了挺大的打击。从那时起,她就开始说药物很可怕,药也是一种毒,我不得不好几次提醒她千万别在患者面前说这种话。"

"所以小南女士开始渐渐厌恶医院的工作了吗?"

"是的。不管我们如何努力,难免会有一部分患者换了许多药都达不到理想的疗效,或者因为副作用而痛苦万分。这是我们也改变不了的事情,患者自己却难以接受,除了向我们诉苦,也对小南女士倾诉。站在小南女士的角度上,她并不清楚每个患者的病情,却要听他们抱怨换了好多药都好不起来,一开始输液就很不舒服。每天都被这些声音包围,她可能也感到撑不下去了。她开始说患者真的好可怜,每天被打不同的药,像小白鼠一样,搞得我不得不警告了她一顿。这种时候又碰上输液事故,也许她受到刺激,再也不想成为护士,甚至不想在医院工作了。"

"原来如此。"

伊豆原现在终于明白野野花讨厌医院的行为有她自己的理由,顿觉一阵释然。

只不过,检方既然要求林田克子出庭做证,可以推测他们打算截取这些故事的一个侧面,构建一个做看护助手时亲身经历过输液事故,从而想到可以通过混入药物实施犯罪的故事。

野野花的父亲生前患有糖尿病,需要用胰岛素治疗。而她在职场上又亲身经历过利多卡因导致的死亡事故。检方也许会将她人生中的经历提取出来,与案件的背景相关联。

到头来，如果不推翻检方对犯罪行为的立证，那么这些证词都会起到负面作用。伊豆原带着这个想法，辞别了林田克子。

七月底，他们参加了公审前第五次手续整理。同上次一样，辩方由伊豆原和桝田出席，野野花也到场了。

"贵岛老师身体怎么样？"

樱井保文审判长一上来就对律师团提问道。

"托您的福，他已经能到事务所上班了。只是他现在还没完全恢复体力，所以今天还是不能出席。"

桝田回答完，樱井审判长也跟上次一样说道："请转告他保重身体。"

贵岛现在即使去了事务所，也只能做三个小时的文书工作。若他本人强烈要求也就罢了，既然没有强烈要求，周围的人也不好让他去参加手续整理。

会议进入正题，开始讨论野野花的供述笔录。

"上一次是讨论到录像记录以外的调查审讯吧。检察官向调查人员重新确认这件事了吗？"

樱井审判长说着，看向江崎检察官。

"确认过了，在无法录像的时间段，调查人员并没有与被告人进行过可以定义为调查审讯的对话。"江崎检察官若无其事地说道，"比如十一月五日的审讯开始前，调查人员的确提起过恒川结芽小朋友死亡的消息。然而，他只是在告知消息，虽然那不一定能被称为闲聊，但本人确实将其视作审讯前闲聊的一部分。"

"那当然不算是审讯了。"野野花开口反驳道，"因为长绳先生就是单方面在说话，只要我想开口说点什么，他就会很凶地叫我闭嘴听着。"

"那想必是在告知恒川结芽小朋友死亡的消息时吧。"江崎检察官面无表情地回应道,"调查人员也提到,当时被告人的反应十分强烈,他花了好长时间才让她冷静下来。因为正在说重要的消息,调查人员也许用到过'闭上嘴,听我说'这样的表达。"

"才不是只有那个时候,而是一直都这样。"

"调查人员是这样阐述的——"江崎检察官没有理睬野野花的反驳,"被告人在得知该案的牺牲者并不只有梶光莉,还导致恒川结芽丧命之后,情绪变得非常激动。他目睹了被告人的反应,预感到她将在那一天供述。"

"没有人询问他的见解。"那个说法非常刻意地制造了野野花正是凶手的印象,伊豆原丝毫没有掩饰自己的不快。

"听到有人死了,我能不激动吗?"野野花说,"这有什么好奇怪的。"

"请回到正题。"樱井审判长警告道。

"我方汇报到此结束。"江崎检察官说。

"我方无法接受检察官的解释。"伊豆原说,"小南女士一贯主张,录像时间外并不存在可以称为闲聊的轻松对话,而是从早到晚对她不断施加压力。只因为施加压力时没有用审讯的方式,就将其排除在审讯范畴之外,这只能说是彻头彻尾的狡辩。很明显,在录像时间以外,小南女士也受到了压力极大的审讯,这份供述笔录是小南女士连日接受长时间的非法审讯,丧失正常思考能力后的产物,不能作为审判的证据。"

平时听到专业性强的对话只是一脸呆滞的野野花,此时对伊豆原的话频频点头。

樱井审判长面不改色地看向了检方的两个人。

"我方只能说，能做的解释就是这些。"江崎检察官格外冷静地说，"不管被告人如何理解，在审讯结束后，调查人员也只是带着为被告人排忧解难的想法与她进行了交谈。"

"小南女士透露，在没有录像的时间，调查人员多次对她说若她不承认，两个女儿就会遭到严苛的审讯，她女儿的人生将会被彻底毁掉，不承认就要被判死刑，等等。这些都是在过往冤案中常见的说辞，小南女士也因此被逼到了精神崩溃的边缘。"伊豆原针锋相对地主张道。

"再争论下去只会没完没了，只要在法庭上直接询问调查人员不就好了？"

"供述自愿性的立证责任不在我方，而在检方。"

"检察官要申请调查人员的证人质询吗？"樱井审判长向江崎检察官确认道。

"我方希望申请调查负责人长绳唯司警部补，以及同为调查负责人且负责笔录的松波和树巡查部长作为证人接受质询。"

这些调查人员肯定会事先对好口供，厚着脸皮坚称自己的审讯合法合规。

"辩护人是什么意见？"

检方如此不要脸，辩方自然是无计可施。然而伊豆原并不愿意乖乖顺着检方的意思行事，一直没有作声。最后是桝田开口回答："辩方同意。"

定下了调查人员的证人质询后，樱井审判长一副事情已经告一段落的模样，宣告道：

"我们在乙号证[1]上已经花了不少时间,现在既然已确定是围绕自愿性的争议,建议结合对调查人员的证人质询,放到公审中进行处理。"

"请等一等。"伊豆原高声道,"这份笔录问题太多了,检方的解释也丝毫称不上全面,应该再花点时间慎重检讨才对。"

"都说了,你不能接受的地方可以直接问调查人员。"江崎检察官像哄孩子一样说,"再这么僵持下去,只会让整理手续的次数越来越多。"

樱井审判长点头赞同了江崎检察官的话。

"检方已经做出了解释,而且目前并没有证据证明调查方存在非法审讯的行为。所以接下来应该在公审中对被告人及调查人员展开质询,再判断供述笔录能否采纳。届时也将听取辩方的意见。"

伊豆原无能为力,只能咬紧了嘴唇。

对于提交到公审的笔录类证据,只要提出不同意,基本不会被采纳。被告人的供述则不一样。只要无法证明供述原因是非法审讯,法官都会做出采纳证据的判断。不仅如此,要证明供述原因是非法审讯的难度非常高。

当然,供述内容是否能被认定为事实是另一回事。只不过,这份供述笔录的内容被设计成了与状况证据相呼应的形式,看起来极有说服力。一旦被认定,它就不会辜负证据之王的称号,成为检方立证的一大支柱。从现状来看,可以确定辩方正处在不利的位置。

他们已经想尽办法对供述笔录提出质疑以拖延法官采纳,然而

---

[1] 乙号证:指日本刑事审判中提交的证据之一。检方提交部分为甲号证与乙号证,前者指证明犯罪事实的证据,后者指被告人供述、户籍誊本、前科记录等证据。辩护方提交的证据为辩号证。

现在已经拖无可拖，这个案子的手续整理不由分说地越过了最大的难关。

"按照预定，辩方的精神鉴定应该在本次会议提交吧？"

"我方委托的机构没能及时给出结果。"

"那我可以认为下次会提交吗？"

"我方会尽力而为。"

为了避免手续整理的环节过于匆忙，他们尝试了各种各样的抵抗，但是从整体上来说，许多证据都完成了筛选，原本的胶着状态被打破，整个进程实现了很大的推进。上一次贵岛因病缺席，审判长还表现出了一丝拖延时间的态度，这次连那种态度都没有了。

下一次手续整理的日期定下后，会议暂告一段落。

"今天总算看见了曙光，我松了一口气啊。"

江崎检察官收拾好东西后，走向律师团这样说道。

他的话听起来有点挑衅的意味，伊豆原忍不住瞪了他一眼。

"江崎先生，你对审讯这件事会不会过于敷衍了？请你不要做出那种连小孩子都瞒不过的狡辩。"

"调查人员就是这么说的，我有什么办法？"江崎检察官嘴角勾起一抹冷笑，"要是你有什么想说的，到公审上说就好了。那位调查人员说了，不管是贵岛义郎还是什么人，尽管放马过来。他可是调查一科有名的'破冰船'，不知上过多少次证言台了。他审出来的笔录，没有一次不被认可哟。"

换言之，那个人深谙法庭的话术。

"就算他以前都得逞了，也最好别过于自大地认为这回也能得逞。"

江崎检察官似乎把伊豆原的话理解成了死鸭子嘴硬，嘴角的冷笑更露骨了。

"叫得大声可赢不了官司。不过你们的顶梁柱病成这样,也就只能叫唤两声。这我可以理解。"

"检察官,差不多就得了吧。"

也许是觉得他言辞过于挑衅,副检察官高仓亚津子苦笑着打起了圆场。

"失敬,失敬。"

江崎检察官夸张地应了一句,转身离开了。

下一周已是八月,他们相约在贵岛法律事务所召开手续整理后的律师团会议。

伊豆原按照约定时间来访,刚转职到贵岛法律事务所的桝田迎了出来。

"在银座上班的感觉如何?"

"没啥感觉,就觉得比在新桥上班多花了饭钱。"

桝田带伊豆原参观了自己在大办公室一角的办公位。这次他签的也是跟上家一样的授薪律师合同,但因为是名门事务所,待遇想必不差。他本人脸上也带着一丝自豪。

"手续整理的内容我已经向贵岛老师做过汇报了。"桝田说着,把资料递给伊豆原,"问题是,那份精神鉴定结果出来了。"

检方对野野花进行过起诉前鉴定,结果是代理曼丘森综合征。于是,检方就以这个鉴定结果为基础,展开了犯罪动机的分析。对此,辩方准备用当事者鉴定这种另行鉴定的方法的结果进行对抗。

"你猜怎么着,这边也得出了不能否认那种倾向的结果。"

"什么?"

伊豆原翻开报告查看内容。果然如桝田所说。

"这究竟是怎么回事？"

精神鉴定虽然属于科学领域，但不同的专家往往会有不同的见解。他们都以为只要慎重选择鉴定方，就不难得出对辩方有利的鉴定结果。

"贵岛老师也正头大呢。"

二人走进了贵岛的办公室。他桌上也放着一份鉴定报告。那惨白的脸色很难说是因为生病还是案子。

"警方请人鉴定时，会故意说'这个人是边缘人，你给他看看'这样的话。如此一来，专家有了先入为主的观念，就会没病也找出点精神症状来……他们那边的精神鉴定，基本都是这样的。"

所谓边缘人，说的是边缘型人格障碍。这不能算精神障碍，只是用来形容一些情绪和行动比较偏激的人。这类人最典型的表现就是突然生气，对事物有着异常的执着。警方在筛选嫌疑人时，除了会分析犯罪的可能性，也会去分析对方的人格。一旦被视作怪人，就可能因为这点被保留在调查线上。

"所以我们才要找一个能够客观鉴定的专家。安永医生以前跟我合作过，我还以为他值得信赖呢。"

尽管如此，还是得出了这样的结果。

或许，野野花真的有那种倾向。

可是一旦认定了这点，辩护活动就无法开展下去。

"不管怎么说，这种鉴定报告不能交出去，还是尽快另找专家做鉴定吧。"

听了伊豆原的看法，贵岛很赞同地点了点头，但并没有说话，似乎还没想到如何解决。

看着贵岛阴沉的脸，伊豆原又想起了他们上次的对话。

你百分之百相信野野花小姐是无罪的吗……

他说百分之百相信是赢得无罪判决的前提，可是搞不好这位刑事辩护的大拿对野野花的无辜也持有怀疑态度。

以前他跟桝田也聊过，检方试图立证的动机肯定是检方本位的。一开始的动机是对梶朱里的怨恨，而将亲生女儿纱奈列入行凶对象本是出于掩盖真实动机的心理，后来又夹杂了代理曼丘森综合征，形成了一种复杂的心理背景。换言之，她希望纱奈遇到可能威胁生命的情况。只要女儿受到一定伤害，她全心全意的看护就能得到大家的同情，她就能得到满足。她在实施犯罪前给纱奈吃饼干减轻了胰岛素的作用，还及时停掉了输液，检方认为这些都是支撑动机的行动。

他们试图得到的认定就是排除纱奈这个因素之后，野野花至少是对梶光莉怀有杀意的。只要认定了杀意的存在，量刑就会变重。正因如此，检方才会强行拼凑出这样的动机。

假设凶手真的是野野花，如果不执着于确定杀意，那么她本应有个更符合逻辑的动机。大可以将所有罪行都视为受到代理曼丘森综合征的影响。她可以最早发现四个孩子的情况，及时唤来医护人员进行救治，从而让关系不太好的梶朱里等人对她另眼相看。也许梶朱里碰巧提早回到了病房，野野花又因为没有掌握好剂量，才导致了后来的惨案。如果单论动机，这样想更符合逻辑。

贵岛是不是也有同样的想法？

若把代理曼丘森综合征设定为唯一的心理背景，犯罪动机就能成立。而这种时候，连贵岛信任的专家也给出了承认那种倾向的鉴定结果。

也就是说，野野花犯罪的可能性并不能完全排除。

想到这里，伊豆原突然很想扫去心中的邪念。因为他并非只是在揣测贵岛的想法，而是自己脑中也闪过了同样的想法。

他本以为只要展开了辩护活动，就能慢慢巩固自己对野野花无罪的信心，没想到事与愿违，这让他感到坐立难安。

如果能找到否定野野花犯罪的关键证据还好，若非如此，庭审将没有胜算。

"再加上供述笔录，简直难上加难啊。"

贵岛自嘲地喃喃着，似乎对自己的衰竭感到万般无奈。

"但我还是愿意赌一把小南女士无罪。"伊豆原说这句话时，也像是在劝说自己。

"当然了。"贵岛的声音虽然微弱，但至少赞同了他，"只不过，该怎么做？"

显然贵岛已经毫无办法，才会反过来问伊豆原。

"我认为现在只能继续对医院相关人员展开调查询问，从中找到关键线索。"

"有苗头吗？"

贵岛问了一句，像在努力恢复会议的主旨。

"暂时没有。"伊豆原无力地摇摇头，"小南女士随意进出护士站的行为，还有她对医疗系统的不信任，都有一定的背景。至少可以认为，那不光是因为她性格古怪。"

"你已经跟谁谈过了？"

"古沟院长、川胜护士、岛津护士和畑中护士。案发时跟川胜护士一起坐在休息室里的竹冈护士正好没空，后来重约了时间。"

"今年春天我还能走两步，所以也做了同样的访问。岛津护士还挺理解野野花小姐的，对吧？"

"是的，我也感觉到了。"

"可是也只有她而已。我还去找过庄村护士和安藤护士这些离职的人，结果白跑了一趟。她们说的基本都是笔录上已有的内容。"贵岛注视着虚空，像在搜索记忆。

"您去见过那天上夜班的人吗？"伊豆原问了一句。

"没有。"贵岛仿佛压根儿就没想过这件事，摇着头答道。

"从笔录看，岛津护士和畑中护士对小南女士的看法都比较正面，而上夜班的葛城护士和奥野护士好像都把她当成了脑子有问题的人。"

"要是你觉得有谱，就去看看吧。"贵岛说完似乎犹豫了片刻，最后下定了决心开口道，"其实在护士的问题上，我也觉得有一点不对劲。"

"怎么？"

"我是说副护士长川胜春水……总觉得那个人说话有点不干不脆，像是在隐瞒什么。"

川胜春水的确给伊豆原言辞谨慎，仿佛每句话都经过了仔细斟酌的印象。但是听贵岛的说法，他好像对这个护士带有一点先入为主的怀疑。

"你听野野花小姐说了吗？"贵岛说，"川胜护士跟古沟院长似乎有一腿……"

"哦……"

那是野野花用略显调皮的口吻告诉他的传闻，没想到贵岛的反应竟会如此严肃。

"我知道，这种事现在不算罕见。只不过，一桩案子往往起因于扭曲的人际关系。假如古沟医院的儿科病房也有那样的关系……"

他的意思是，试着将那个传闻理解成扭曲的人际关系的萌芽吗？

"案发当天也是川胜护士负责三〇五病房吧。"桝田说，"如果不是小南女士干的，凶手就极有可能是可以自由进出护士站的工作人员。那么可以猜测，川胜护士身边也许发生过什么事情。"

"比如有人嫉妒川胜护士与院长的关系……"

作为一个看问题的角度，这的确没什么问题。

"警方应该调查过针对川胜女士的怨恨和嫉妒。"贵岛说，"可是在嫌疑集中到小南女士身上后，那个调查可能就草草了结了。"

贵岛自身也不受控制地对野野花持有怀疑。也许他提出这个疑点，只是为了转移自己的注意力。

然而，那也不能说成单纯的无谓挣扎。也许因为是贵岛说出来的，伊豆原也觉得这背后可能有点什么了。

"这个问题虽然很困难，但我还是想找机会深入医院方。"

假如对医院工作人员持有明显的怀疑态度，原本积极合作的院方就不一定会保持原来的态度。必须慎重考虑时机和方法。

还是那一周，他跟上次没见成的竹冈聪子约好时间，傍晚来到了古沟医院。

一个三十多岁、身材微胖的女性在繁田的陪同下走进了医院咖啡厅。她就是竹冈聪子，刚刚下班换上了便服。

伊豆原给二人点了咖啡，落座后首先感谢了她百忙之中抽出时间。

"跟病房相比，手术室的工作感觉如何？"

他先抛出了不痛不痒的闲聊式提问。

"虽然很辛苦,但很有成就感。"竹冈聪子认真地回答。

虽然遇到紧急手术时会被叫过去,但这份工作平时没有夜班,比病房工作还轻松一些。

"竹冈护士,你刚入行就在这个医院工作吗?"

"是的,已经待了十二三年。"

她是去年被任命为主任的。

"我听说以前在这个医院,患者家属送点心礼品的时候经常会直接走进护士站。"伊豆原展开了试探。

"不能说经常吧,但偶尔有人会这样。"竹冈聪子说。

"大概从什么时候起不让这么做了?"

"我记得是七八年前,事务局下达了指示,不准让无关人员进入护士站。"她看了一眼繁田回答道,"当时是医生那边出了一些事情,后来加强了收受患者礼物的禁令,还要求护士站也尽量拒绝患者送的东西。最后还在护士站出入口放了'无关人员禁止入内'的牌子。"

"出了什么事?"

竹冈聪子没有说话,而是又看了一眼繁田。

"是这样的……"繁田为难地开口道,"我们不是公立医院,所以医生还有手术时收红包的习惯。当时有位医生收了大额红包,术后恢复却很不理想,结果就跟患者家属发生了冲突。从那以后,我们就禁止医生再收红包了。与此同时,我们也要求护士尽量不收患者给的东西,不过在这个问题上,你从其他医院也能看出执行得并不严格,大家都默认一点——零食可以不必在意,慢慢就成了现在这个状态。"

"后来连禁止入内的牌子也没了?"伊豆原看着二人说。

"放在柜台有点碍事,应该是收到什么地方去了。"竹冈聪子说,"不过护士们都有了不让无关人员进入的意识,只要见到有人进来都会提醒,再加上牌子拿走后,也几乎没有人主动往里面走了。"

"所以说,现在反倒是小南女士那样的人更少见?"

竹冈聪子点点头,说:"最近也就小南女士会大摇大摆往里走了。"

"你看见后会制止吗?"

"会是会,"竹冈聪子为难地说,"但很难说她有没有听进去……现在我有点后悔,当初应该语气再强硬一些。"

"案发时,你正跟川胜护士二人坐在休息室里,然后小南女士就进来了,是吗?"伊豆原继续推进话题。

"其实不应该在休息室工作,但是当时已经养成了习惯。"

"你还记得当时有过什么对话吗?"

"我记得好像说过外部食堂有个人是小南女士以前认识的。"

"请你试着回想一下具体的对话。"伊豆原低头看着采访川胜春水时做的笔记,"川胜护士说,小南女士进门后先说了一句'辛苦了',然后给你们发了饼干,说'吃点零食吧'。川胜护士对她说:'小南女士。'表示她不应该擅自闯入。"

"是的,差不多就是这样。"竹冈聪子点点头。

"然后呢?"

"小南女士一点都不反省,突然就说起了食堂有个她认识的人。"

"你记得她具体是怎么说的吗?"

"我怎么记得啊……"

"能想起多少是多少。"

"好像是'你们知道在这里食堂工作的一个女人吗?',然后是

'我就觉得她很眼熟,后来才发现是以前一起工作过的同事'。差不多是这种感觉。"

"然后呢?"伊豆原记下她说的话,示意她往下说。

"我们从来不用外部食堂,所以说了'我不认识那个人呢'。"

"是谁说的?"

"是我。"

"然后呢?"他记下了川胜春水没有提及的对话内容,继续问道。

"小南女士说:'就是那个打菜的人。'我说:'我们都在上面的食堂吃饭。'她很吃惊地说:'哎,原来上面也有食堂啊?'其实对来院人员说'上面的食堂'和'下面的食堂'不太好,但小南女士好像误会成了上面也是外部食堂,于是川胜护士更正道:'那是员工食堂。'小南女士就说:'哦,难怪我没在食堂看见过护士。我以前上班的地方,医生和患者都是一起吃饭的。'"

看来川胜春水回答他的问题时省略了好几处交谈。

"好的。"伊豆原飞快地记录着,示意她说下去。

"还有什么来着……她好像还说:'我今天才发现她,可她早就认出我了。那怎么不早说呢?'"

"她有没有说因为那个人戴着口罩,所以一直没认出来?"

"哦,好像说了。"

"然后呢?"

"应该还说了'世界真小'之类的话。"

"然后就没有了吗?"

"不啊,她还说:'我告诉她我在儿科病房照顾女儿,然后跟她聊起了副护士长,她问我那是个什么样的人,我说副护士长可漂亮了。'"

"哦，原来还说过这样的话啊。"伊豆原边记边说。川胜春水的谈话和笔录中都没有出现这段话。

"然后呢？"

"嗯……"竹冈聪子注视着桌子想了想，突然抬头看向伊豆原，"川胜护士说什么了？"

"她没有提起过这段对话，所以我希望你能把记得的内容都告诉我。"

听了伊豆原的话，她轻轻点头。

"不过大概就这些了。然后川胜护士就说'我们正在工作'，不由分说地让她离开了。"

这也跟川胜春水的表述一致。

但是全程听下来，中间有好几处川胜春水没有提及的对话。要是加上这些对话，短短三四十秒恐怕说不完。

"按照你的感觉，小南女士在休息室大概待了多长时间？"

"我对自己的记忆力没什么信心。"她说，"老实说，之前警察问我：'川胜护士说待了三四十秒，你觉得是这样吗？'我就觉得好像是吧，也是这么回答他们的。"

"但你也感觉其实花了更长时间……？"

伊豆原试着问了一句，竹冈聪子微微点头，有点为难地皱起了眉。

"大概是多久？"伊豆原再次问道，"一分钟或一分半钟？"

"不，我真的不太清楚。"她回绝道。

但她并没有说一分半钟太长了。

"不管怎么说，你都觉得三四十秒有点短了，是吗？"伊豆原不厌其烦地确认道。

"嗯，这个嘛……我是觉得有一点，但真的不清楚。"她含糊其词。

"你的笔录上好像没有提到小南女士跟食堂的熟人聊起过副护士长，请问你对警方提起过吗？"

"有啊。可是警察说做笔录只要记要点就好，我看内容也没错，就签字了。"

伊豆原感到这背后可能隐藏着调查方的某种意图。他们早已设计好了野野花在休息室停留的时间为三四十秒的故事，并刻意让证词内容支撑了那个情节。

如果在此处深挖下去，也许能有所突破。可是即使加上竹冈聪子的证词，也顶多多算二十秒，好像还有点不太够。

"小南女士被逮捕时，你有什么感想？"伊豆原问了一句，"是觉得果然如此，还是觉得不太可能？什么感想都行，请告诉我。"

"我就是吃了一惊。"竹冈聪子说，"听说她是在来发饼干时趁机混入了药液，我还觉得毛骨悚然。"

"你吃了一惊，是因为她看起来不像是会做这种事的人吗？"

"她看起来的确不像是会做这种事的人，不过……"竹冈聪子说到一半，又犹豫起来了。

"不过……什么？"

"没什么。"她开口道，"最初听到那个消息时，我还想是不是因为川胜护士把她赶出了休息室。"

"你的意思是？"

"川胜护士那天的语气比平时强硬一些，我猜小南女士是不是生气了。"

"好心好意来发饼干，却被人语气强硬地赶走了，所以一气之下往输液袋里混入了药物……?"伊豆原皱着眉,觉得这个解释未免有些牵强。

"因为那天正好是川胜护士负责三〇五病房。"

"哦,原来如此。"伊豆原说,"所以你觉得那是一种恶作剧是吧?"

"不过就算是川胜护士负责的病房,她也不至于给自己孩子的输液袋里也混入药物,仔细想想就觉得不可能,我对警察也是这么说的。"

伊豆原听了这番话,有一瞬间也想到的确可以这么看,但仔细一想,就算为了报复川胜春水,给自己女儿的输液袋也做手脚未免太奇怪了。

"还有一个问题,我对每个人都问过。当时在儿科病房,你是否听说过与小南女士无关的矛盾或人际关系冲突呢?"

最后,伊豆原提出了这个问题。

竹冈聪子沉默了片刻。她动了动嘴唇,似乎想说些什么,最后只是喝了一口咖啡。

"我对那些闲话不感兴趣,也尽量不去参与。"

过了一会儿,她才给出这句类似辩解的回答。

竹冈聪子的表情分明提示了她知道些什么,但她似乎认为那些事不该对外透露。伊豆原很想抛出川胜春水的传闻试探一番,但是碍于繁田在场,他还是犹豫了。

"明白了,谢谢你。"

回答完问题后,竹冈聪子离开了。

"我有件事想跟您商量商量。我能不能跟那天值夜班的护士也聊几句呢?"

走出咖啡厅时,他对繁田说道。

"啊,为什么呢?"

繁田并没有掩饰为难的神色,可能觉得案发当天值白班,现在还留在医院的护士都已经跟伊豆原谈了话,配合工作做到这里应该结束了。

"即使她们跟案件无关,也应该与小南女士有过接触,我想也许能通过谈话得到一些辩护的提示。"伊豆原说,"而且,也许还有人知道我们并不了解的三〇五病房的人际关系。"

"嗯……真的有必要吗?"

"有的。"伊豆原认为,哪怕只是很小的线索也不能放过,必须把它找出来,"院长先生不也说会尽量配合嘛。"

"嗯……"

繁田犹豫了一会儿,最后还是妥协了,答应他跟那天的夜班护士约时间。


"世界真小啊。"

"我告诉她我在儿科病房照顾女儿,然后跟她聊起了副护士长,她问我那是个什么样的人,我说副护士长可漂亮了。"

"小南女士,我们正在工作,请你出去。"

念完笔记本上的对话,伊豆原按停了手机上的计时器,一共花了五十八秒。

"你在演戏吗?"

千景在厨房准备晚餐,听了伊豆原的自言自语,开玩笑地问道。

"我在推翻立证。"

"这案子听起来好有意思啊。"

她的话听起来暗含着只能闷在家里带孩子的沮丧，伊豆原没有在意，重新计算了一遍对话时间。果然需要将近一分钟。

他又念了几遍川胜春水提供的休息室对话，时长大约为三十五秒到四十秒。

跟竹冈聪子谈话时，他问出了几段新的对话。如果加上那些对话，被认为是作案时间的那段空白就被减去了二十秒。

然而即便如此，空白时间还是有六十多秒。

该如何解释这段空白？

检方让野野花做了一个往输液袋里注入药液的验证实验。那段资料验证的内容就是她戴上乳胶手套，从冷藏柜拿出四瓶药液，通过注射器将药液注入输液袋所需的操作时间。

资料证明，野野花一共花费了六十五秒。检方提出的空白时间为八十五秒左右，作为作案时间绰绰有余。

加上伊豆原打听到的新对话后，空白时间被削减到了勉强足够完成作案的长度。

事实上，还需要加上丢弃注射器针头和药品包装的时间。伊豆原听野野花说，检方让她反复做了好几次验证实验。最开始她的操作并不流利，经过反复练习才达到了六十五秒的速度。而且因为动作匆忙，她根本顾不上保持安静。

所以现在对实验过程提出质疑，或许也能让检方的立证出现破绽。

只不过，他不确定仅凭这个能否得到无罪判决。

为了进行数据对比，检方还让护士进行了同样的操作。护士因为业务熟练，整个过程只花费了五十四秒。既然护士能轻松地花五十多秒完成同样的操作，陪审团很可能不会接受六十五秒实在太难的主张。

最好能再削减十秒，让空白时间接近连护士都只能勉强完成操作的程度。只要能再问出两三句新的对话就好了。其实真正的对话时间可能更长，只是这种看法过于主观，肯定得不到陪审团的认可。

他去问野野花，也只能得到"大概是这样"的回答。看来她想不起具体的对话内容了。

然而在这个问题上，他只能依靠当时在休息室里的三个人的记忆力。按照现在这个情况，他能做的只是用竹冈聪子的证词对峙川胜春水，然后再用川胜春水的反应试探竹冈聪子。也许在此期间，野野花也能想起什么。

"我是无所谓啦，但你真的准备一直保持这个样子吗？"

千景看着身上只有一件短袖衫和一条四角裤的伊豆原说。

"啊？"

"不是跟你说了嘛，我有个学妹要来。"

"哦哦。"

千景的大学学妹，现在跟伊豆原他们一样，是一名律师，今天要上门做客。

伊豆原在卧室穿裤子时，那个学妹仁科栞已经到了。她个子虽然娇小，目光却充满好胜的感觉。

"哇，好可爱！"

仁科栞看到小小的惠麻，马上拿出她带来的庆祝出生的乐器小玩具逗起了孩子。

"小栞还不打算结婚吗？"

可能因为是学姐学妹的关系，千景问了个略有些多管闲事的问题。

"一点都不。"仁科栞笑着说,"因为工作太有意思了。"

"小栞跟小柊一样,都喜欢刑事案件。"

千景有点嫌弃伊豆原只喜欢做出力不讨好的刑事案件,平时经常挖苦他是个怪人。

仁科栞现年三十岁,比千景小三级。二人虽没在同一个研讨会学习过,但是千景在读法学硕士时以毕业生的身份参加过仁科栞的研讨会,两人因此相识,还讨论过仁科栞将来的事业选择问题。

"前不久我第一次赢得了无罪判决,现在特别兴奋。"

无罪判决并不是轻易就能得到的。伊豆原此前只争取过减轻量刑和缓刑,算是部分胜利,但从未赢得过完全无罪的判决。

仔细一问,原来是她的委托人因为刚好身在其熟人制造的强盗致伤案现场,被以共犯的嫌疑逮捕了,但因为本人并未参与犯罪,最后获得了无罪判决。

伊豆原听完来了兴致,二人吃着千景亲手做的饭菜,热火朝天地聊了一会儿。无罪判决果真是刑事辩护的浪漫。千景似乎对那种浪漫不感兴趣,中途离开去给孩子喂奶了。等她回来时,那个话题也已经聊到了尾声。

"话说回来,千景姐上次提到的……"仁科栞像是想起了什么。

"对,就是那个。小柊你得问问。"千景说,"小栞之前处理过精神鉴定存在争议的案子,因此认识好几个专家学者。"

她说的是野野花的鉴定结果。由于辩方委托的精神鉴定也给出了存在代理曼丘森综合征倾向的结论,贵岛他们对野野花的印象似乎发生了动摇。

不管怎么说,现在这个状态肯定不利于战斗,只能另外找专家做鉴定。于是,伊豆原就问了千景。

"我觉得吧,有的医生很喜欢遇到一点问题就安个病名,也有的医生认为一点小事不算什么毛病。但是听说安永医生做的鉴定一般比较客观。对了,检方用了谁的鉴定?"

"东京精神心疗研究所的平沼医生。"

听了伊豆原的回答,仁科桬恍然大悟地说道:"可能问题就在这里。"

"啊?"

"我记得安永医生也是'京心研'出来的。"仁科桬说道,"'京心研'出来的医生之所以经常接到那种案件的精神鉴定委托,本来就是因为平沼医生的介绍。虽然不确定他们二人是不是师徒关系,但平沼医生是公认的'京心研'的门面,安永医生也许会照顾一下他的面子。"

仁科桬马上拿起手机查找安永的资料,随后像破解机关一样说道:"你瞧,他果然是'京心研'出来的。"

"原来是这样……"

辩方做的是私人鉴定,如果不交给理解我方立场的专家,那就没有意义。虽然重新鉴定的时间不太够,但仁科桬还是介绍了几个工作效率高,又不会因为一点小事就鉴定出异常的精神科医生。

"最好在正式总结鉴定结果前先问问医生的大致看法。"

"有道理。"伊豆原回答道,"贵岛老师这次可能因为自己的身体问题,没顾得上这个。"

"不过我好羡慕你啊。"仁科桬说,"能跟贵岛老师一起工作,还有可能赢得无罪判决,对吧?"

"目前只有一点头绪而已。"

"那有什么不好,至少可以期待呀。"她还是很羡慕地说,"我就算义务劳动也想参加啊。"

在国选律师中自然不能加入义务劳动的私选律师,若要追加申请国选,就像默认了他们因为贵岛行动不便而左右为难。站在伊豆原的立场上,他无法对贵岛提出这个建议,所以只能一笑置之。

"义务劳动……你还真够好事的。"

千景终于按捺不住,说出了心声。

## 15

下班的路上，她经过住处附近的公园，看见纱奈穿着 T 恤和短裤正在练习舞步。

梅雨刚过那阵跟伊豆原一起来的三崎凉介后来也经常叫纱奈到公园，在那里教她跳舞。有时伊豆原跟着，但有时是三崎凉介一个人来，并且从来不通知由惟，所以她完全无法掉以轻心。

由于伊豆原明说了不要用有色眼镜看待他，由惟也不好不由分说地拒绝。只不过，她每次看见三崎凉介和纱奈单独待在公园，都毫不掩饰内心的不快，径直走过去打断课程，拉着纱奈回家。

今天伊豆原事先联系她，提出要给姐妹俩做咖喱。由惟猜到三崎凉介可能也会来，但万万没想到公园里除了他还有一男一女两个孩子围着纱奈。伊豆原不在。那两个人都比三崎凉介矮小，看身材像是初中生，但都穿着松松垮垮的街头服饰，怎么看都不像正经小孩。

纱奈竟跟他们又笑又闹，音量还特别大。由惟皱着眉走进了公园。

"啊，姐，你回来啦。"

纱奈看见由惟，依旧挂着开朗的表情招呼道。

"这是纱奈的姐姐。"

三崎凉介向另外两个初中生模样的人简单介绍道。

"姐姐好。"

"姐姐好。"

二人不正经地招呼道。

"这位姐姐一来就下课了。"三崎凉介用半藏在长刘海儿后面的眼睛瞥了一眼由惟，略显揶揄地说道，"咱们走吧。"

"啊，这就走了？"女生难以置信地说。

"谁叫纱奈是大家闺秀呢。"男生笑着说。

"他们是新太郎和舞花，"纱奈介绍道，"跟凉介君是一个舞团的，两人都上平中，舞花还是我同学呢。"

平中就是平井中学，是纱奈此前上过半个月的地方中学。由惟眯着眼仔细打量着头发染成奶茶色、扎着马尾辫的舞花。想必是学校一放暑假就去染了头发。她跟纱奈差不多高，却显得格外成熟。

"她怎么看我像看可疑人物似的。"

舞花笑着说道。

"你把平中的孩子带过来干什么？"由惟问三崎凉介。

"我没有欺负过纱奈。"舞花说。

"我没问你这个。"由惟说，"纱奈不会再去那个学校了。"

"没什么，"三崎凉介满不在乎地说，"这两个人家住得近，我只是觉得人多更热闹而已。"

他一个人来找纱奈已经很烦人了，还带别的人过来，由惟更是不愿意欢迎。纱奈的性格那么开朗直率，整天被这些孩子围着，搞不好就被带坏了。

"姐姐，你看，我学会爆米花舞步了。"

纱奈刻意换了个话题，给她表演了轻快的舞步。

"难道没有温和的舞蹈了吗？"由惟故意找碴地说。

"得先学会基本的动作啊。"三崎凉介耸耸肩回答道。

"你应该知道，纱奈不久以前还被限制运动呢。"由惟说，"不能剧烈运动，而且不能超过三十分钟。"

"我当然知道。"三崎凉介苦笑着说，"不过有句话别怪我说得难听，纱奈可不是姐姐你的宠物。"

"你什么意思？"由惟气不打一处来，瞪了他一眼。

"生气了！"舞花大笑着，像是在煽风点火。

"我的意思是，你整天把她关在家里，只在黄昏带她出来散散步，她也太可怜了。"

听了三崎凉介的话，由惟又狠狠地瞪了他一眼。然而她自己也曾想过每天黄昏带妹妹出来散步就像遛狗一样，所以做出这个反应有一半也是为了掩饰尴尬。

也许不只是这样，他好像也在揭示由惟与纱奈的关系属性。虽然她会这么想可能是因为三崎凉介满不在乎的态度……但正因如此，她也只能赌气似的瞪着他，想不出任何反驳的话。

"不过纱奈真的有点像宠物呢。"

舞花说着，开玩笑似的挠了挠纱奈的下巴。纱奈高兴地学起了小狗的样子。

"回家了。"由惟气哼哼地说。

"啊，伊豆原律师说他做好咖喱等着我们呢。"纱奈有点为难地告诉她。

看来这三个孩子也被邀请去吃晚饭了。

"打扰啦。"

舞花故作夸张地说了一句，新太郎也缩着脖子说："我们吃完马上走。"

三崎凉介笑眯眯地看着由惟。

由惟感到尴尬,甩下他们先走出了公园。

"哦,回来啦。"

由惟回到出租屋,伊豆原出来迎接了她。

"工作辛苦啦。咖喱已经做好了。你们也回来啦。"

"哇,好香啊。"

"打扰啦。"

"好好洗手。"

"知道啦。"

看着纱奈他们吵吵闹闹地超过她走进屋子,由惟一脸不痛快地看着伊豆原,但他好像并没有理解。

"来吧,今天我把碗筷也收拾了,由惟你就舒舒服服地负责吃吧。"

但他似乎还算照顾自己,由惟一下没了抗议的劲头,只好咽下叹息。

"我开动啦。"

伊豆原给孩子们盛了咖喱,几个人围着起居室的被炉桌吃起了饭。

"啊,你有什么游戏?"

"吃完就玩吧。"

"好啊好啊。"

几个孩子边吃边聊,热闹非凡。由惟觉得这简直不像自己的家了。

她拿着抱枕靠墙坐下，伊豆原给她端来了咖喱。他自己也盘腿坐在由惟旁边吃了起来。

"律师，真好吃。"

"是吗？太好了！锅里还有呢。"

得到纱奈的夸奖，伊豆原高兴地笑了。

"纱奈的脸色好了很多呢。"

伊豆原用只有由惟能听见的音量说道。

"是吗？"

"嗯，第一次见她的时候，我记得那孩子还是大病初愈的苍白脸色，现在已经跟普通孩子没什么两样了。"

由惟当然也能看出来，但她偏偏没有赞同。纱奈好久没有跟许多朋友在一起了，现在突然处在这样的环境中，自然会兴奋一些。她觉得仅仅是因为这个。

"不过那孩子本来就很开朗。"伊豆原感叹道，"那么直率，在什么环境中都不会崩溃。"

"她崩溃过好几次。"由惟说，"住院的时候，她一直发愁这病不知道什么时候才能好起来，又觉得自己永远成不了像我这样的高中生，一想起来脸色就很阴沉。出事时的打击自然不用说，后来在学校被同学欺负，导致她上不了学的时候，纱奈的情绪也非常低落。"

"是吗……那倒也是。"伊豆原突然严肃起来，"由惟小姐一直看着纱奈小姐，难怪会这么担心她呢。"

"那当然。"由惟说。

伊豆原用力点点头，然后继续道："不过，那孩子的心还很纯真，她现在已经恢复过来了。至少可以说，她开始恢复了。所以我觉得，由惟小姐不需要像以前那样担心她了。"

"要是真的能恢复原状就好了。"由惟略带嘲讽地说,"我就怕她走弯路。"

"那孩子肯定没问题的。"伊豆原笑着说,"就算多少会走些弯路,那也是人生的滋味呀。纱奈小姐就是纱奈小姐。"

"多多少少倒是没问题。"

由惟嘀咕道。

"别担心,没问题的。"伊豆原轻快地保证道。他的话分明没有依据,由惟也明白自己的担忧在外人眼中一定显得有些过度,而且她也觉得这种性格有点不现实。

"对了对了,我想问一件事来着。"伊豆原突然停下手中的汤匙,换了个话题,"之前纱奈小姐不是说起过川胜副护士长和院长的事情吗?说是听令堂提起的。"

"嗯。"

由惟有点奇怪他怎么突然说这个,但伊豆原的表情格外认真。

"由惟小姐,你听令堂说过什么吗?"

"我是听母亲说过那样的传闻。"

"说他们有婚外情?"

"是的。"

"她还说过别的吗?"

"别的什么?"

"跟川胜副护士长有关的事情。"

"你问这个干什么?"

"你还是这么谨慎啊。"伊豆原苦笑道,"我并非有什么猜测,只是觉得护士的人际关系也可能影响到这个案子。尤其副护士长还是那天负责三〇五病房的人。"

如果负责病房的护士有什么传闻,他也许能从中找到隐藏的线索,跟案子关联起来……由惟这样猜测着,却还是不明就里。

"我不太清楚。"

"是吗?"伊豆原苦苦思索了一会儿,又说,"我能问问纱奈小姐吗?"

"问婚外情的传闻?"由惟皱着眉说。

"令堂也对纱奈小姐说过吧?"

"你直接问我母亲不就好了。"

"我当然会问她,不过你知道她有些呆呆的,容易忘记自己说过的话。所以我得给她点提示,问她是不是说起过这样的话。"

伊豆原的话很有道理,由惟没法一口回绝,只得沉吟了一会儿。

"我只是稍微问问。"

"我觉得她应该不知道。"

伊豆原把她的话理解成了同意,转头叫了一声纱奈:"我们聊聊好吗?"

纱奈捧着咖喱饭走过来,坐在二人面前。

"纱奈小姐,你上回不是说令堂提起过川胜副护士长和院长的传闻吗?"伊豆原开口道,"她具体是怎么说的?"

"她说听见护士们谈论那两个人的关系了,她还跟亚美的妈妈聊过这件事。"

"亚美的妈妈就是送你折纸的人吧?"

"对。"纱奈说,"亚美的妈妈好像也听别人的家长说过那件事。因为她有一次跟人聊天,说副护士长那么漂亮怎么还单身啊?然后就知道了那个传闻。"

"既然患者家属都知道,那么护士肯定也都知道了吧。"

"有可能。"纱奈说,"妈妈有一次问病房的护士:'那两个人真的有一腿吗?'护士连忙叫她别说了,所以妈妈就觉得那是真的了。"

"她问的是哪个护士?"

"应该是竹冈护士。"

"主任?"

"嗯。她还问过岛津护士。岛津护士笑着说不知道。妈妈后来说,看她的表情就能猜出她其实知道。"

"嗯,护士也不会到处乱说呢。"伊豆原喃喃自语似的说完,又看向纱奈,"令堂很喜欢聊这种话题吗?"

"很喜欢。"纱奈近乎断言地说,"她还很喜欢聊明星的八卦。"

"原来是这样啊。"

"另外,她故意问过副护士长本人。"

"啊?"

"问她:你这么漂亮还单身,好可惜啊,有没有对象啊?"纱奈似乎想起了当时的场景,笑着说完后,还看了由惟一眼,"那次姐姐还说她了,叫她别问那些无聊的问题。"

这时由惟也想起来了。母亲确实有个坏习惯,一旦得意忘形就会做些很难称得上得体的事。即便不这样,她也会毫不掩饰笑意地追问涉及别人隐私的事情,其意图可谓昭然若揭。当时由惟正好在旁边,越听越觉得丢人,就忍不住开口说了她几句。

"看来由惟小姐比令堂更靠谱啊。"伊豆原笑着说,"除此之外,她还说过什么关于副护士长的话吗?"

"她还说,亚美妈妈看见副护士长在停车场坐上院长的车,两人说了些话。"

"哦?"

"还有啊，就是副护士长之所以能升官，是因为院长喜欢她。"

"那也是亚美妈妈跟她说的吗？"

"也许吧。"纱奈说，"亚美反复住过好几次医院，她妈妈可能很熟悉里面的传闻。"

这些由惟倒是没听说过。

"原来如此。"伊豆原了然地说，"那么，纱奈小姐觉得副护士长怎么样？"

"她很漂亮。不过岛津护士更漂亮。"

"我知道她很漂亮。"伊豆原笑了笑，"你觉得她很温柔还是很吓人呢？"

"还挺温柔的啊。"纱奈说，"副护士长、岛津护士、畑中护士、庄村护士都很温柔。葛城护士和奥野护士很严格，不听话就要被她们说。"

"哦？"伊豆原应道，"副护士长不会仗着她跟院长的关系作威作福吗？"

"嗯……"纱奈歪着头想了想，"我不觉得。"

"是吗……"伊豆原似乎不太满意，又问道，"那我再问问，有人说过副护士长的坏话吗？或者院长还跟别人有关系之类的。"

由惟忍不住皱起了眉，觉得伊豆原的问题越来越过分了。纱奈也笑着说："啊？我没听说过呢。"

"这样啊。"伊豆原点了点头，但似乎还不想放弃，"之前你说庄村护士因为工作太忙流产过，那你有没有听过副护士长怀孕的传闻？"

"好了，问到这里就差不多了。"

由惟低声打断了他。伊豆原回过神来，微微缩起了脖子。

"也没听说过。"

纱奈很遗憾地摇了摇头。

"是吗？不过还是谢谢你。真对不起啊，问了这么多奇怪的问题。"伊豆原道谢之后，又表达了歉意。

"纱奈，过来玩游戏吧。"

舞花他们已经吃完咖喱，开始喊纱奈过去了。

"我能玩一会儿游戏吗？"

纱奈小心翼翼地问由惟。

"可以啊。"

因为伊豆原的提问，他们之间的气氛变得有点尴尬，由惟为了尽快摆脱这种气氛，答应了纱奈的请求。

伊豆原可能没得到想要的答案，此时正抱着胳膊，露出了沉思的表情。

他究竟是为什么想知道川胜副护士长的传闻呢？

假如母亲不是凶手，莫非他猜测护士之间存在围绕川胜副护士长产生的人际关系矛盾？

可是看伊豆原的样子，他似乎没有很确凿的证据，只是在盲目试探。

如果母亲不是凶手——这个假设本身就很难成立。所以，他无论怎么努力，都不可能找到突破口。

由惟知道他在尽全力完成自己的工作，可是要找到并不存在的真凶，肯定不可能实现……由惟冷冷地想。

## 16

案发当天负责三〇五病房的川胜副护士长与古沟院长的关系。

贵岛早已发现了这个问题,却因为自己的病情而无法进一步挖掘。伊豆原预感到,这个问题很可能成为案子的突破口。

可是,他尚未找到这件事与案件相关的线索,也不知道该从何处入手。

他一边安排新的精神鉴定,一边与繁田保持交涉,准备深入了解古沟医院的人际关系,并已经约好了与案发当天值夜班的三名护士进行面谈。繁田似乎觉得没必要跟夜班护士谈,因此态度不算配合,但伊豆原坚持要求,甚至让步说可以三个人一起聊,这才总算说动了他。

这次约的时间也是白班下班后,地点是医院内部的咖啡厅。

三名女性在繁田的陪伴下走来,全都换好了下班回家的便服。

伊豆原给她们端来咖啡,先询问了她们各自所属的科室。葛城麻衣子和奥野美菜都在整形外科。她们回答问题的语气很冷淡,看来并不只有繁田嫌麻烦,连护士也都这么想。坂下百合香也没好气地回答说她在内科工作。

"你们几位在案发当天的上班时间是十六点半左右,也恰好是三〇五病房的患者突发异常的时间,对吧?"

"都跟你说了，我对那件事一无所知。"

葛城麻衣子一上来就划定了防线。这位护士现年三十五岁，是个颧骨高耸、身材高挑的女性。案发当时，她跟竹冈聪子同为儿科病房的主任，根据纱奈的说法，她是那种对下属很严厉的人。现在亲眼看到她，伊豆原也觉得此人确实比竹冈聪子更严厉。

"我想问的不只是那个案子，也想问问小南女士在那之前的情况。"伊豆原解释了一句，重新回到话题，"那天你们刚上班就碰到好几个患者突发异常，肯定都吓了一跳吧？"

"那当然。"

"面对这种好几个患者同时出问题的情况，你们几位身为护士会怎么想？会不会当即想到可能是点滴出了问题？"

"不会马上想到。"葛城麻衣子肯定地说，"因为输液袋都是经过双重检查的，虽然可能因为沟通不足而用错药，但那也只是针对这个病症应该用这种药还是那种药的问题，绝不可能混入完全没关系的药品，一般我们也不会想到别人会往里面混入药品。最开始我们只听说梶光莉小朋友出状况了，还以为只是哮喘恶化了。当时的第一反应就是请有空的医生过来，我就联系了医生站，叫立见医生过来了。"

她没能马上联系到负责梶光莉的院长，后来接到病房通知发出蓝色代码后，院长也赶了过来。所谓蓝色代码，是指亟须抢救的信号，这个信号会面向整个医院发布，召集非所属病房的医生和护士前来帮助。

"后来发现除了梶光莉小朋友，别的患者也出现了异常。但我还是没想到点滴会出问题，只猜测是不是有人发了做过手脚的零食。"

"零食啊……你为什么会这么想呢？"伊豆原问。

"因为午饭已经过了一段时间,而且我们对这方面的管理比较严格,很难想象是食物中毒。"葛城麻衣子说,"我根本没去想会有好几个人因为输液而突发异常,再加上病房有人进进出出,也不像是有毒气体泄漏,从时间上考虑,应该是零食了。"

"原来如此。"伊豆原点点头,"当时除了小南女士,还有别的人会发零食吗?"

"没有。儿科病房的午饭都配了布丁或果冻当点心,然后就是家长自己买给孩子吃。当然,一些关系好的家长会分享点心,但到处发的只有小南女士一个人。"

"那么,你怀疑零食有问题时,也想到了小南女士吗?"伊豆原追问道,"还是并没有想那么深?"

"因为是三〇五病房突发状况,我当然想到了。我跑进病房时还问小南女士有没有给孩子吃奇怪的东西,并且跟警察说了这件事。"

"你对警察也说了?"

"不行吗?"葛城麻衣子不可思议地说,"那时我只是说出了自己的想法,又没有认定是谁做的,而且后来也证实跟零食无关,那不就没有问题了吗?"

确实,从输液袋中检测出胰岛素后,警方应该就没再调查零食这条线了。但这个证词很有可能成了他们怀疑野野花的契机。

"小南女士之前也发过自己做的奇怪的点心。"

奥野美菜插嘴道。此人二十八岁,外表没什么特别,但是说话时爱噘嘴,显得很强势。

"奇怪的点心?"

"她孩子刚住院时,她发过自己做的像是纸杯蛋糕的东西,但是特别难吃,你说对吧?"

被奥野美菜叫到，坂下百合香也跟着点了几下头。"真的很难吃。蛋糕坯没烤熟，味道还很奇怪。"

坂下百合香二十六岁，是三个人里最年轻的。

"后来她又带了一次，我们都说不要。"奥野美菜继续道，"那次之后她就不再发自己做的点心了。不过那件事发生时，我们都讨论过是不是那个人又做了什么奇怪的东西。"

"还有梶女士那件事啊。"葛城麻衣子看向奥野美菜，把话题抛给她。

"对呀对呀。"奥野美菜接过话头说道，"应该是案发前两天，那天我值白班，负责三○五病房。梶女士来找我说自己再也受不了小南女士的行为了，要我管管她。因为我听说那两个人之前也有过几次冲突，就加重语气叫她收敛一点。因为这个，后来出事时我才会猜测是不是她怀恨在心，让光莉小朋友吃了什么奇怪的东西。"

奥野美菜的调查笔录上也提到了案发前两天野野花和梶朱里发生过争执，她去提醒野野花，对方表现出了不服气的样子。检方已就此事提出证据调查申请，辩方当然准备拒绝，如此一来奥野美菜恐怕就会出庭做证，并说出刚才那番话。

"后来发现她发的是外面买来的零食，而且光莉小朋友并没有吃，我还觉得奇怪呢。"葛城麻衣子说，"再后来有人说应该是输液袋被掺了东西，我又吓了一跳。"

"然后觉得应该就是那个人。"奥野美菜接着说道，"因为她以前在医院工作过。"

"而且她总是擅自调整点滴，一副护士的工作她也能做的样子。"坂下百合香帮腔道。

之前，畑中里咲和岛津淳美都表示不认为野野花会作案，但这

193

三个人似乎坚信野野花就是真凶。没想到同一个科室的护士也会有截然不同的看法。也许是这样的证词影响了调查的方向，而调查的进展又使她们进一步确信了自己的看法。

"现在小南女士不承认是自己作的案，请问你们怎么想？"伊豆原故意提出了容易引起争议的问题。

"是个人都不会承认自己作案吧。"葛城麻衣子说。

"可是她之前承认了啊。"坂下百合香似乎忘记了伊豆原，像闲聊是非一样说道，"可能她发现没有目击证人，就改口说自己没做了吧。"

"会不会是律师说了什么，所以她才……啊……"

奥野美菜说到一半，意识到眼前这个人就是律师，连忙闭上了嘴。

"请不必在意我，尽情说出各位的想法吧。"

虽然伊豆原这样说了，三个人还是面面相觑，强忍着苦笑。

"葛城护士跟竹冈护士都是主任吧，"实在没办法，伊豆原只好换了个话题，"你填写勤务记录时也会进休息室吗？"

"以前大家都默认副护士长和主任在屋里办公。"葛城麻衣子看了一眼繁田，但并没有表现出不好意思的样子，"比较繁忙的时间段或者外面人手不足时当然会出去，这方面我们都很注意，所以真要问起来，我不觉得有什么问题。"

"我和百合香也经常跟葛城护士一起'占领'休息室。"奥野美菜笑着说，"副护士长看见我们在，反倒不进去了。"

"你们三位关系一直很好吗？"

"是的。"奥野美菜点点头，"副护士长也知道，所以才会特意把我们的夜班排到一起吧。"

"我每次看到都翻白眼。"葛城麻衣子说。

"你好过分啊。"坂下百合香笑着说。

"连副护士长都对葛城护士客客气气的吗？"伊豆原问，"不是副护士长最作威作福？"

"那个人本来就不会作威作福。"葛城麻衣子说，"不过，倒也不是说我就作威作福。"

"老实说，你觉得川胜护士是什么样的人？"

"什么样的人？"听了伊豆原开门见山的提问，葛城麻衣子有些为难，"这不好说啊。"

"她在工作上很能干，对吗？"

"嗯，毕竟是资深护士了。"

"她好像有三十七八岁了吧。"伊豆原进一步问道，"一般做到这个年龄，都能当副护士长吗？"

"其他科室的副护士长一般是四十多岁。"葛城麻衣子看了一眼繁田回答道，"那个人在我这个年龄已经当上副护士长了，说快其实也挺快的，就是不知道为什么。"

最后那句话显然言外有意，也许在暗示川胜春水与院长的关系。

"本院没有多少四五十岁的护士。"繁田辩解似的说道，"就算有，也是中途去当了家庭主妇又复出回来的，没多少工作经验。相对地，川胜护士一直从事这个工作，中间没有离开过。"

"葛城护士也一直单身，始终留在古沟医院工作呢。"

"你别多管闲事。"听了奥野美菜的反驳，葛城麻衣子没好气地说道，"我一直单身又不是为了跟川胜护士赌气。"

她的语气听起来虽像开玩笑，却也有点半带真心的不痛快。奥野美菜像个被大人责备的孩子似的，缩着脖子不说话了。

"这么一来,会不会也有人嫉妒川胜护士当上了副护士长呢?"

伊豆原把话题转向了川胜春水身边可能存在的矛盾。

"不啊,谁也没说嫉妒她啊。"

葛城麻衣子抽搐着半边脸说。

"为什么要嫉妒她啊。"

奥野美菜和坂下百合香也冷笑着说。

"哦,那倒也是。"

会不会太直接了……伊豆原挠着头,打起了圆场。

"案发当天,负责三〇五病房的是川胜护士,她看起来像很受打击的样子吗?"他试着从另一个角度抛出针对川胜春水的提问。

"那肯定会受打击啊。"葛城麻衣子说,"就算资历再深,一般人也不会有那种经验。我那天是夜班负责三〇五病房,正准备看勤务记录时就出事了,所以深有感受。"

"原来如此,的确有道理。"

结果他并没有从三人口中问出有关川胜春水的传闻。而且听她们的语气,别说嫉妒,连对川胜春水的兴趣都不太强烈。她既不是需要特别注意态度的上司,也不是管理很严格的人物,似乎并没有招致什么不满。

葛城麻衣子这几个人是随处可见的口无遮拦的女性小团体,一下就能猜到她们平时会背着别人讲悄悄话。跟她们交谈时,伊豆原也能感觉到她们酝酿出的氛围让外人坐立难安,但是反过来说,从她们口中问不出什么传闻,恐怕到别处也问不出来了。

"其实我有点好奇。"送走热热闹闹地讨论下班要去哪里吃饭的三名护士,繁田对伊豆原说,"你刚才问了那么多关于川胜的事情,是觉得她有什么可疑之处吗？"

"不，我只是想从不同的角度获取一些线索，并没有锁定在川胜护士身上。"

听了伊豆原的回答，繁田并没有露出被说服的表情。

"在我听来却是这样的。"他说，"那些被提问的人可能会好奇川胜到底干了什么，说不定还会在医院内部形成奇怪的谣言。"

看来他想说的是，如果再这样下去，今后就不好配合了。

"如果听起来是这样的，那实在是对不起。"伊豆原麻利地道歉，然后继续道，"只不过，川胜护士在当天负责三〇五病房，对我们辩方来说，她是一个很重要的人物。我并非怀疑川胜护士做了什么，只是想知道是否有人对她怀恨在心。"

"警察应该查过这些了吧。"繁田略显为难地说。

"是有可能，但我们无法得到警方中途放弃调查的信息。"伊豆原说完，决心豁出去问一问，"举个例子，警方好像也查过川胜护士跟院长的关系，对吧？"

"关系？"

"是的。"话已经说出口，只能硬着头皮往前冲了，"我听说川胜护士跟院长有男女关系。"

"那种事……我不知道。"繁田毫不掩饰慌乱地说，"无论如何，你到处打探这种事会给我们惹麻烦，请你不要这样。"

"我并没有打探他们的关系，只想知道是否有人因为这个而心怀嫉妒，或者是否存在牵扯到第三方的人际关系冲突。"

"没有。"繁田如此断言后，打断了伊豆原的反驳，继续道，"本院是按照古沟院长的指示，出于好心积极配合你的工作。你现在到处散播这种谣言，古沟院长自然不会答应，而且恐怕会影响到今后的合作。"

"不是，那个……"

伊豆原见形势不妙，意图鸣金收兵，然而繁田扔下一句"失陪"，头也不回地走回了办公室。

攻势太强了吗？

这个问题果然很难把握，只能过段时间再说。

虽然万般无奈，但久留无谓，于是伊豆原走出了医院。他朝着车站方向没走两步，正好碰见了一个从医院后门走出来的女人。

"啊，你好。"

原来是前些天在医院咖啡厅跟他交谈过的岛津淳美。看来工作人员的进出口在后门。

"你好，前几天辛苦你了。"她爽快地打了声招呼，"今天也是来调查的吗？"

"是的，我今天跟案发当天值夜班的葛城护士她们聊了聊。"

伊豆原回答完，她露出了貌似苦笑的表情。

"那三个人是不是很像女子学校的小团体整个搬到医院来了？"

伊豆原觉得这个形容很妙，便含糊地笑了笑。

"其实我挺受不了她们那种小团体氛围的。"岛津淳美边走边说，"当然，我也没怎么跟她们凑在一起过。"

"听说副护士长还会专门把她们的夜班排在一起呢。"

"就是啊。"她点了点头，标致的面庞微微扭曲，"她们那种氛围啊……副护士长能容忍，也是管得太松了。"

她这种直爽的性格让伊豆原回想起了此前的谈话。

"岛津护士，上回有件事我没能问成。"伊豆原觉得这是个好机会，便开口道。

"什么事？"

"川胜副护士长和院长的关系。"

岛津淳美只是眨了两下眼睛，表情没有变化。

"你也知道他们之间有男女关系吗？"

"这是葛城护士她们说的吗？"她反问道。

"不是，我是听小南女士说的。好像很多患者和家属都知道这个传闻。"

"哦，小南女士的确很喜欢听这种八卦。"她说，"既然连患者家属都知道，你当然可以认为我们也知道啊。"

"有道理。"伊豆原应了一声，继续问道，"我想问的是，针对他们两人的关系，科室内是否存在不友善的看法？"

"嗯……"岛津淳美想了想，然后回答，"应该没有吧。"

"或者有没有人反感她年纪轻轻就当上了副护士长？"

"我觉得没有。"这回她立即回答道，"儿科病房的年轻护士比其他科室更多，川胜护士虽然年纪轻轻就当上了副护士长，但也是科室里最年长的护士了，并不会显得奇怪啊。"

"这样啊……"伊豆原多少有些挫败感，但还是坚持问道，"但她在竹冈护士和葛城护士那个年龄就当上副护士长了，不是吗？"

"因为当时的副护士长辞职了，川胜护士便成了最年长的。"岛津淳美说，"再加上她很能干，我觉得很合理呀。"

"那她和院长的关系……"

伊豆原见这方面没什么问题，就想言归正传，但她还是摇了摇头。

"川胜护士如果是那种借着关系四处炫耀、作威作福的人，也许会招致反感，可她并不是那种人。她跟葛城护士两个人待在一起时，甚至让人分不清谁才是副护士长呢。"

"这样啊……"

看来这边也没什么结果。

"而且川胜护士在那件事之前就跟院长分手了。"

"啊?"

岛津淳美像是怕人听见,飞快地回头看了一眼才继续说道:

"我正在跟院里的一个医生交往,所以能听说这些事。现在可能大家都知道了,但我是在那件事之前听说的。院长那时好像已经迷上了银座的一个女人。而且听闻院长夫人跟院长几乎是分居状态,又不参与医院的经营,所以院内没有人跟川胜护士闹矛盾。"

如果只是轻微的嫉妒,跟案子不太可能有关系。这种程度的凶行必须产生于更纠结的人际关系,而当时的川胜春水周围并不存在那种导火索。

"不过……"

岛津淳美好像还想说下去,却没有开口。

"不过……?"

"没什么,其实上次我也很犹豫该不该说出来,是这样的——"

他也记得上次跟她在咖啡厅交谈时,她的回答都很直爽,却给人一种没有完全坦白的感觉。

"我最在意的是川胜护士本人,因为她被院长抛弃了呀。"岛津淳美说,"但我觉得应该不太可能……因为那天正好是她负责三〇五病房,就算不是她负责,出了什么事也会首先怀疑她啊。"

她说的是川胜春水作案的可能性。

伊豆原也认为这是一个盲点,因为似乎没有人认真探讨过这种可能性。但是正如岛津所说,川胜春水作为负责病房的护士,在警方展开调查时会首先遭到怀疑，因此很难想象她会给自己负责的患者混入药物。

而且，动机是什么呢？

她被院长抛弃了……

因此自暴自弃，为了报复而谋划作案，以打击医院的声誉——是这样吗？

这真的能成为动机吗？

意识到这一点时，他感到脑子一片混沌。

"不过川胜护士本人的状态并没有很反常，我觉得不能说这种不负责任的话，所以上次才没说。"岛津淳美对伊豆原的想法浑然不觉，继续说道，"总之，如果你想查明事情的真相，最好还是找找川胜护士以外的线索吧。"

伊豆原在车站辞别岛津淳美，乘上了电车。

给自己负责的患者混入药物，最先遭到怀疑的肯定是她自己。按照常识考虑，肯定不会那样作案。

可是，如果她一心只想报复院长，带着不顾一切的决绝策划自爆式袭击，倒也不无可能。只是最后警方盯上了野野花，没有怀疑到她头上。

繁田肯定知道院长跟川胜春水的关系已经破裂了。若最后证实这件事引发了事件，院长肯定无法逃脱伦理责任。因此，繁田肯定本能地产生了抵触，不希望他提起这件事。

照理说，辩护方不能轻易提出另有凶手的说法。为了否定没有直接证据的野野花行凶之说而将矛头转向同样没有证据的川胜春水行凶之说，怎么想都不是正确的做法。这是警察应该做的思考，而非辩护律师需要想的问题。

可是若不这么做，现在的局面就无法破解。如果要做，他就得深入能够立证的程度。可是能否做到那个程度，他也不清楚。

必须谨慎考虑方法。

## 17

"小南,你怎么回事……连消暑活动也不参加吗?"

午休时间,由惟在办公室一边吃便当,一边看伊豆原发给她的今天傍晚想跟三崎凉介等人上门拜访的消息。这时,前岛京太专务看了消暑活动的出席表,很不高兴地对她说。

她刚入职时,前岛京太还特别自来熟地管她叫"由惟",但是因为她什么活动都不参加,最近的称呼已经变成了冷冰冰的"小南"。由惟觉得这样更好,只是他口中的称呼还带有一丝敌意,所以归根结底,还是让她觉得坐立不安。

"家里有妹妹……真不好意思。"由惟道出了一直在用的借口。

"她都上初中了,晚上自己待几个小时能出什么事啊。"前岛京太皱着眉说,"你看赤城小姐,不也是扔下还在上小学的儿子参加了嘛。"

赤城浩子家里有丈夫,跟由惟的情况无法相比,但是此时顶嘴没有任何用处,她只能再次说:"不好意思。"

"你妹妹的晚饭,大可以在居酒屋打包回去嘛。偶尔吃点不一样的,妹妹肯定也高兴啊。"

"哎呀,人家小南小姐还不能喝酒,参加了也没意思呀。"

赤城浩子帮她说了一句。跟前岛京太相反,赤城浩子现在已经放下了最开始对她的警惕，再加上二人在办公室相处的时间很长，现在赤城浩子越来越喜欢跟由惟聊天了，只不过说话的语气还是有点毫无必要的哄小孩子的感觉。

"怎么不能喝呢？"前岛京太嗤笑道，"大小姐，你都不是学生了，还说什么不到二十岁不能喝酒呢？反正你自己回到家了也会喝两盅对不对？你就老实说吧，肯定是喝过一点，对不对？"

"没喝过。"

由惟说完，前岛京太不服气地哼了一声。

"话说回来，你妈的案子还没判吗？"

这个包含恶意的提问让由惟感到胸口一紧。他的语气已经完全没有替由惟保密的意思了。因为前岛社长不在，也没有人管束他。其他正在吃饭聊天的员工突然都沉默下来了。

"我不知道……"由惟用几乎听不到的声音回答。

"要是开庭审判了，你也要出庭吧？到时候想不批你的假都不行了啊。要是你害怕，不如我陪你去吧？一个不小心，搞不好要被死者家属揍哟。"

面对如此不尊重别人隐私的人，由惟一句话都不想说。

"不过庭审其实挺无聊的。"前岛京太并不理睬由惟的沉默，径自继续道，"何须隐瞒？我十几岁最调皮的时候被送进过家庭法院。倒也不是什么大事，小孩子打架而已。真正开庭的时候真无聊啊，我边听判决边打瞌睡，还被法官骂了，哈哈哈。"

前岛京太坐在自己的座位上，斜眼瞥了一下由惟，满脸绽放着愉悦的笑容。

"小南妈妈的庭审恐怕不一样吧。且不说肯定会有很多媒体挤进去，关键是判决结果很吓人啊。哎，你们知道吗？关键要看法官什么时候念主文。如果主文被排到后面才宣读,那就是完蛋了。"

由惟再也听不下去,起身离席了。

"你要出去吗?顺便帮我买根冰棍吧,要酷圣石那个牌子的。"

前岛京太像是刻意强调自己的不体谅,朝由惟扔了一枚五百日圆硬币。

傍晚,由惟离开那些期待着参加消暑活动的同事,走出了办公室。

走着走着,她忍不住叹了口气。现在虽然已经习惯了工作,但又有了新的负担,这使她的心情跟以前一样沉重。

好在明天开始就是年中长假。正因为这个,她今天才强忍下来了。虽是长假,她也没什么安排,只庆幸自己能五天不用上班而已。长假结束后,她又要回到这样的日常生活中。现在想想就万分忧郁。

其实她也想放长假出远门玩玩。

她很想去迪士尼,而且当初如果顺利考上了大学,现在也许就拿着打工攒的钱出国去玩了。

然而现实中的休假对由惟来说只是不用上班的日子罢了。只要她不逃离,这样的日子就会永远持续下去。若要逃离,则需要钱。最关键的是,在母亲的审判结束前,她哪里都去不了。

由惟猜测,自己会在那一刻陷入真正的崩溃状态。在此之前,像今天这样的事情,她应该都能忍耐。

她乘上电车,翻开单词本,却怎么都背不进去。

到站下车后,她没看见寻找性骚扰事件目击证人的牌子。那件事已经过去挺久了,就算再怎么努力收集信息,恐怕也不会有结果。尽管如此,每次快要忘记这件事时,她又会看到有人在车站举着牌子，然后心中一惊。

那个人得到保释了吗？还是依旧被关着？就算得到保释，审判也不会那么快开始，所以他肯定一时半会儿还无法恢复正常的生活。

如果我能再有力一些，就能帮到他了……由惟给自己心中难以消除的内疚安上借口，再一次将其抛到脑后。

经过公园时，她转头去寻找应该在练舞的纱奈。三崎凉介那几个人现在还是几乎每天都带着纱奈练舞。在旁人眼中，那有点像是一群爱玩的孩子拉着老实的纱奈玩，越看越让人担心，纱奈自己却乐在其中。再加上三崎凉介上次那句"纱奈可不是姐姐你的宠物"戳中了由惟的痛处，最后她不得不妥协，让纱奈每天傍晚跟他们玩三十分钟。

今天，纱奈果然又在公园里。但是她没有练舞，而是跟三崎凉介那帮人站在树荫下。他们的不远处还聚集着几个大人，孩子们像是在看热闹。

怎么回事？由惟满心疑惑地走进了公园。纱奈发现了她，但目光很快回到了那几个大人身上。

走近一看，由惟发现其中一个大人是伊豆原。另外还有几个貌似家庭主妇的女性，以及一个老年男性。

"怎么了？"

她走到纱奈旁边问道。

纱奈难过地说："他们几天前就叫我们别在这里跳舞了。"

"他们说音乐很吵，我们就不放音乐了，没想到现在又来找麻烦，说舞也不准跳。"三崎凉介说话时带着一点安静的怒气，"我跟伊豆原律师说了这件事，他说要反过来抗议。"

"公园里又没有写禁止跳舞。"原舞花气哼哼地说。

"他们肯定没想到我们会带律师吧。"河村新太郎说完，露出了强势的笑容。

那些人应该是附近的家庭主妇和町内会的干部。三崎凉介他们也许只需要争取到自己的权利就好，但是让伊豆原出面只会闹大问题。她们姐妹俩本来就活得很拘束，要是被更多人盯上，生活就会变得更困难了。

由惟走到了大人们正在交谈的地方。

"别的孩子都特别害怕，不敢在公园里玩了。"

"他们哪里让人害怕了？现在的初中和高中都有舞蹈课，也有舞蹈的社团活动吧。"

"你看看那个染头发的女生，这么说吧，她不正常。万一他们在这里聚集，把别的混混集团也引来了怎么办？"

"谁也没有规定染发的女生不能使用公园。而且他们……"

"对不起。"由惟打断了伊豆原的话，对那几个家庭主妇鞠躬道歉，"我叫他们以后别在这里玩了，请原谅。"

伊豆原震惊地看着由惟，然后马上摇起了头。

"由惟小姐，这怎么行？我们没做错什么，你不需要道歉。"

"给人家添麻烦了。"由惟说，"你在这里主张使用权利有什么用？够了，快走吧。"

"不，这样不行。孩子们只是在公园里玩，怎么就成了添麻烦呢……"

"我也很为难！"由惟狠狠瞪了一眼伊豆原，"伊豆原律师越努力，我在这里就越难做人。求求你，别再说了。"

"怎么……"

这下伊豆原也泄了气。

"对不起。"

由惟再次对主妇们鞠躬,拉着伊豆原的袖子离开了。

"从明天开始,别在这里玩了。"

孩子们听了她的话,本就困惑的表情更添了几分阴霾。

"为什么啊?"

"你们可以去河边或者别的地方啊。"

由惟不容置疑地说完,他们还是很不服气的样子。

纱奈皱着眉反驳道:

"如果我们没做错,就要坚持没做错啊……"

"别怪由惟小姐了。"伊豆原安静地劝告凉介,"她也有她的苦衷。"

于是三崎凉介闭上嘴,无奈地叹了口气。

伊豆原提议去吃饭,于是一行人走进了不远处的荞麦面店。他几次造访由惟姐妹的住处,好像早已摸清了周围有什么店铺。

纱奈他们四个孩子坐了一桌,由惟和伊豆原则坐了靠里面的另外一桌。

本来沉默不语的孩子们点完菜似乎恢复了心情,开始高兴地商量不去公园该去什么地方练舞。

"我前两天跟老婆回了她娘家胜浦。"在由惟那一桌,伊豆原喝着荞麦茶闲聊道,"给你们带了点礼物,刚才放你家了。"

"谢谢你。"由惟漫不经心地道了声谢。

"也不知道你们年轻人喜欢什么。我觉得点心比较好,又想到由惟小姐平时做菜可能挺累的,最后还是选了羊栖菜煮花生。"

"谢谢你。"

如果是点心,她可能会高兴些,不过仔细一想,能当下饭菜的食物显然更有用处。伊豆原说得没错。

伊豆原可能觉得由惟的反应并不坏，如释重负地点了点头。

"纱奈小姐真的很善良呢。"伊豆原说，"她看见那样的伴手礼也高兴地说这是什么，看起来好好吃，反应特别积极。"

他并不是说由惟的反应不够好，显然伊豆原早已预料到她是这样的。

纱奈不一样。她看到母亲三番五次买回来的家庭装饼干，也会高兴得两眼放光。对着由惟做的饭菜，她也会直呼好吃。正因如此，由惟每天做家务也有了劲头。纱奈跟由惟成长的环境差不多，只能说二人天生的性格不一样。她同意伊豆原的看法，纱奈的确是个善良的孩子。

所以，她才希望妹妹即使在现在这样的环境中也能无忧无虑地长大。

"其实我很明白由惟小姐的心情。"伊豆原说，"直到最近，你家还偶尔被人贴大字报吧。看见那种东西，你一定会害怕，而且会担心自己不在的时候纱奈遇上什么事。"

有一次，三崎凉介他们跟纱奈练完舞回到家里打游戏，第二天就有人在门上贴大字报，投诉他们"吵死了"。其实二楼的住户也会发出声音，左邻右舍只要打开窗户，生活噪声和说话声都会清楚地传出来，这么做仿佛在说只有由惟她们必须不声不响地生活。伊豆原拿着那张大字报敲了其他住户家的门，谁也没有承认是他们家写的。

最近她们家门上还有人贴"不要在公园跳舞"的大字报。可见不仅是这座出租公寓的住户，附近的人也在监视两姐妹的生活。

"可是，你也不能觉得凡事只要忍耐就好，那样反而很危险。"伊

209

豆原平静地说，"遇到不合理的事情，就该奋起抗争。当然，也有让步到什么程度、底线是什么的平衡问题。"

现在虽然还不用担心危及人身安全的问题，可是一旦开始主张权利，就很难放心了。无论伊豆原怎么鼓励，由惟都不会去想什么奋起抗争。

"先不说那个了，谈谈令堂的案子吧。"伊豆原对着刚端上来的荞麦面，掰开筷子换了话题，"现在手续的整理已经有了进展，可能再有两三次就结束了。一旦结束，就会定下庭审的日程。"

那个话题远比她们的生活更让人沮丧，由惟应都不应，开始吸溜自己的荞麦面。

"我这边还保留着由惟小姐的笔录，但是更希望不依靠笔录，而是请由惟小姐出庭说说令堂的事情。"

在接受警方调查时，由惟坦白了母亲是个怪人，她跟光莉妈妈发生过冲突，还频繁调整纱奈的点滴，丝毫没有掩饰心中的怀疑。现在那些话已经被做成了笔录。

"我想说的都对警察说过了。"

对辩方来说，那份笔录肯定有害无利，但由惟并不理睬。

"警方试图用那些片面的叙述构建起令堂偏激的性格，把它跟案件关联起来。我希望你能出庭说说令堂真实的性格，告诉大家她还有这样的一面。"

"哪样的一面？"

"令堂其实是随处可见的普通的母亲，每天都会给孩子做饭，很少发脾气，性格温柔善良。"

"谁说她不发脾气。"由惟冷冷地说，"总是教育我们不准赖床，不准粗鲁，看电视的时候还嘀嘀咕咕地骂这个人怎么能说这种话。"

"那是每个家庭都有的母亲的唠叨啊。"伊豆原苦笑着说,"我希望你告诉大家,她不是那种情绪不稳定、对孩子大打出手的人。"

由惟能猜到他的目的是这个。就因为她不想去,他才会如此刁难。

"检方也会提问吧?"由惟带着这个心思说道,"如果他们问我母亲是不是个怪人,我会如实回答,不会撒谎。"

"我当然不是希望你撒谎。"伊豆原说,"但老实说,我的确希望你能成为令堂的支持者。这点我不会隐瞒。除了由惟小姐……还有纱奈小姐,她真的没有别人了。"

"你还要叫纱奈去吗?"

"我确实希望请纱奈小姐说说令堂的为人,但还没对她提起过这件事。"

纱奈也许会说出伊豆原想听到的话。但她觉得那是在利用纱奈的单纯,不免有些气愤。

"说到底,你找到她无罪的证据了吗?"

"我们都是以无罪为前提展开工作的,并且在努力赢得那样的判决。"

"我问的是,证据找到了吗?"

由惟重复了一遍,伊豆原为难地挠了挠头。

"基本来说,辩方最重要的工作是推翻检方的立证,如果要找无罪的证据,那就是另一回事了。当然,如果能找到是最好的。"

"既然不是无罪,那你就是在要求纱奈这个受害者为加害者说好话,对吗?"

"可是我们有疑罪从无原则……"伊豆原说到这里,知道这样说服不了由惟,沮丧地叹了口气,"你不愿意吗?"

对伊豆原的提议，由惟并没有以前那样强烈抵触的情绪。

但这是因为伊豆原经常来照顾两姐妹的生活，跟她对母亲的怀疑没有关系。如果因为伊豆原对她们好，她们就出庭为母亲说好话，这都不用想，显然不合情理。

"我举个例子。"伊豆原想了一会儿，小心翼翼地看着由惟的脸色说道，"如果让纱奈小姐写一封信，坦率地说说她现在对母亲的感情，你不会反对吧？如果写得好，就请她在法庭上念出来。"

"那……轮不到我来说，应该由纱奈自己判断。"由惟想了想，这样说道，"毕竟纱奈不是我的宠物。"

"宠物……我可没这样说啊。"

伊豆原苦笑着说完，像是看见了一丝曙光，点了点头。

"既然这样，不如由惟小姐也写一封信讲讲对母亲的感情吧。至于要不要在法庭上念出来，可以到时候再决定。你把心情写成文字，说不定也能好好梳理一番呢。"

一旦事关自己，她就不知该如何回答了。

"你想想吧。"

伊豆原不顾由惟的矛盾心情，像布置暑假作业一样说道。

## 18

年中长假过后的一天下午,伊豆原前往小菅的看守所看望野野花。

现在他发现了新的可能性,即川胜春水因为记恨古沟院长与她分手,引发事件,企图打击医院的声誉。但要如何着手调查这个疑点,需要进行慎重的考虑。

他的最终手段就是直接质问本人,然而目前还没有多少能够与之对峙的材料。

伊豆原一直与桝田轮流定期看望野野花,这次他希望能从野野花口中得到一些关于川胜春水的信息。

这几天都很闷热,野野花走进会见室时,额际的头发已经被打湿了。不带妆容的面孔难以掩饰长期拘禁生活导致的疲劳,但是听伊豆原汇报纱奈最近的情况时,她眼中还是浮现出了光彩,最后甚至热泪盈眶,露出了满足的笑容。

"纱奈一直很喜欢跳舞,以前还练过芭蕾呢。后来因为我没办法接送,她只能停掉了,当时哭得特别厉害……"

"她练舞的时候特别高兴,而且每次都是傍晚练上差不多一个小时。虽然称不上小麦色的皮肤,但那孩子的脸色还是健康了许多。"

"这都得感谢伊豆原律师。"野野花低头道了声谢,"由惟怎么样?"

"由惟小姐还是很努力工作。"

"那孩子很喜欢吃冰淇淋,但是睡前吃很容易吃坏肚子。麻烦你提醒她一句,除了换季时节要注意,这方面也要小心。"

"哈哈哈,知道了。我会提醒她睡前不要吃冰淇淋。"伊豆原笑了一会儿,决定换个话题,"对了,我想问你一件事。你上次说起过川胜护士和院长的传闻,还记得吗?"

"啊?嗯。"

野野花听见突如其来的提问,先是愣了愣,但很快露出了调皮的笑容。

"你知道案发的时候,他们的关系已经结束了吗?"

"什么?!"她惊讶地瞪大了眼睛,"真的吗?"

"是真的。虽然我没有问她本人,但传闻是这样的。"

"哎呀,我完全不知道。"她激动地说,"真有这回事?"

"是的。"伊豆原说,"请不要外传,听说是院长跟她断的关系。"

"哎呀。"野野花夸张地瞪大了眼睛,"莫非是夫人发现了?但我听说院长跟夫人分居了呀。"

"不清楚,好像是院长喜欢上一个银座的女人了。"

"哇。"她一下皱起了眉,"那川胜护士也太可怜了。那是她当上副护士长之前的事情,所以他们应该交往四五年了。"

"是啊。"伊豆原点点头,然后问道,"当时你有没有觉得川胜护士有什么异常?"

"没有啊,不过我不知道这件事,会不会说了她不爱听的话呀……川胜护士平时一直很严肃,再加上有那种传闻,我就总是忍不住逗她……"野野花望着天花板嘀嘀咕咕了一会儿,似乎想起了什么，突然看向伊豆原，"我说呢，难怪呀。"

"什么？"伊豆原问。

"哎呀，倒也没什么。"她兴奋地说，"正好是出事那天，我走进休息室跟她聊天，没想到她突然变得特别冷淡，还把我赶出去了。现在回想起来，我那时好像也提到了院长……"

"啊？"伊豆原反问道，"你在休息室提到了院长？"

"我跟她说，千田问起了副护士长的事情。"

"千田是那个在医院食堂工作的熟人吗？"

"对呀对呀。"她说，"千田也知道那个传闻，但她好像也不知道他们已经分手了。她问我副护士长是什么样的人，我就说她长得很漂亮，然后她说这么漂亮的人却因为院长而错过了结婚的好时候，真是太可怜了，我就说啊，院长已经跟夫人分居了，说不定会负起责任来娶她呢。然而那个人好像不太信任院长，说男人都很狡猾，不一定会负责任……就这些。当然，我也没有全都说给川胜护士听，只说千田觉得她这么漂亮却一直单身，真是暴殄天物了，而我觉得每个人都有自己的幸福……差不多就这样吧。"

"你在休息室说过那种话吗？"向川胜春水和竹冈聪子打听完她们在休息室的对话后，伊豆原来过一次，又向野野花确认了对话内容。

"上次我来你怎么没提到？"

"我刚刚想起来。"野野花傻呵呵地笑了。

她跟川胜春水的对话只是闲话家常，可能一直沉睡在记忆中。她跟千田多年未见，因此清楚记得二人的对话，从而激发了对后来在休息室的对话的记忆。

伊豆原听了她的话，心里的一个问题终于有了答案。

综合此前川胜春水和竹冈聪子的话，野野花在休息室交谈时提道："我告诉她我在儿科病房照顾女儿，然后跟她聊起了副护士长，她问我那是个什么样的人，我说副护士长可漂亮了。"这时川胜春水突然说："我们正在工作。"把野野花赶了出去。仔细想想，之前的对话一直都很和气，就算真的正在工作，用如此冷淡的态度赶走她也过于唐突了。

"我们正在工作。"川胜春水的这句话，恐怕包含了从字面无法想象的愠怒。野野花虽然感觉到了那种情绪，却不明白为什么。

"每个人都有自己的幸福。"野野花这句话很显然暗示了她跟古沟院长的关系，因此惹恼了当时已经被院长抛弃的川胜春水，所以她才会突然打断原本和气的对话，赶走了野野花。

"请等一等。"伊豆原从包里掏出了笔和记事本，"我重复一下，你刚才说：'千田觉得她这么漂亮却一直单身，真是暴殄天物了，而我觉得每个人都有自己的幸福。'……小南女士，你对副护士长说的话，基本就是这样，没错吧？"

"我还稍微强调了一下'每个人都有自己的幸福'呢。"野野花笑着说。

"你记得实际说的话更长还是更短吗？"

"应该差不多是这样。"

"上回我来问你时，你确认过对话结束在'然后跟她聊起了副护士长，她问我那是个什么样的人，我说副护士长可漂亮了'。那句话和刚才提到的话之间还有别的对话吗？"

野野花似乎回想了一会儿，最后还是摇摇头。

"我想不起来了。"

"那这样就够了。"伊豆原说完，摊开记事本压在亚克力隔板上，

"我想计算一下说这句话所需的时间，请你用正常说话的速度把它念一遍，好吗？"

伊豆原用手机的计时功能记录了她说完那句话的时间。

八秒七。

他又请野野花重复了几遍，平均时间在九秒左右。

接着，他又请野野花读了她说的其他内容。在记录时间的过程中，他已经难以掩饰内心的兴奋。

这多出的九秒钟意义重大。

一开始，野野花在护士站和休息室的行动存在八十五秒的空白。检方认为她就是利用这段时间往输液袋里混入了药物。

伊豆原向川胜春水和竹冈聪子仔细询问了她们当时在休息室与野野花的对话，把那段空白时间缩短到了六十五秒左右。

在实际验证中，野野花用最快速度混入药物的时间与空白时间基本一致，这时检方的说法已经显得有些勉强了，但这还不足以成为主张不可能作案的材料。

现在空白时间又被缩短了将近十秒，变成了五十多秒，也就是只有业务熟练的护士才能做到的时间。而且这五十多秒可能还包括了目前尚未回忆起来的对话、实际上应该存在的对话间隔，以及开关休息室房门，在护士站拿一次性手套的时间。为了防止有人质疑辩方的主观臆断，他刻意把对话的间隔控制得很严格。

野野花是无辜的。

伊豆原总算能确信了。

在此之前，他对野野花的心证一直带有主观希望的成分。他希望自己在律师团的工作能够升华为善举，也一直靠这种希望维持着心证。

反过来说，伊豆原内心一直残存着难以抹去的怀疑。那不是他能够左右的东西。他只能把它当作冷静判断所需的平衡杆，任凭它留在心中。

可是现在，他的怀疑被彻底打消了。这种感觉就像云开雾散，应该专注的东西清晰地呈现在眼前。

她是无辜的。

她坐在亚克力隔板的另一头，究竟承受着多大的痛苦？伊豆原忍不住重新打量起眼前的这位女性。他来看过野野花很多次，有时她是笑脸相迎，有时她又阴沉着脸，吐露内心的不安。尽管如此，他始终没能理解野野花真正的痛苦。现在他确信野野花是无辜的，才终于深刻地理解了她在这不合理的境遇中苦苦忍耐的辛酸。

"谢谢你。"伊豆原按捺着激动的心情说，"小南女士已经这么努力了，我也会加倍努力的。"

"哎呀，那真是谢谢你了。"野野花的眼角有些湿润，像是被他感动了，"伊豆原律师已经很努力了。你为了我这种人到处奔波，还帮忙照看由惟和纱奈，真的太谢谢了。"

她对伊豆原说过许多感谢的话。

可是，他头一次感到了直达内心深处的震撼。

走出看守所后，伊豆原带着迟迟没有退去的兴奋径直前往了银座的贵岛法律事务所。进门后，他不等前台帮忙联系，直接走向了桝田在办公室角落的座位。

"有进展了。"伊豆原看见桝田，先传达了消息，然后问道，"贵岛老师在吗？"

他也想把今天的收获告诉贵岛。可是桝田表情阴沉地摇了摇头。

"又住院了。"

桛田似乎不想在安静的大办公室讨论这件事，拿着马克杯站起来，走进了会议室。

"好像是肝脏的数值不好，而且有强烈的疼痛感。"

他听说贵岛的胰腺癌已经转移到了肝脏等别的器官，现在病情已经发展到了晚期。

律所的人这两天都有去看望他，然而看他们回来的脸色，病情好像很不乐观。

"有意识吗？"

桛田点点头。"还没有严重到那个地步，但如果疼痛再加剧，就得进行姑息治疗，今后的情况谁也不清楚。"

"这样啊……"

既然情况不容乐观，伊豆原就很想早点把自己的收获告诉贵岛。

他对桛田说野野花又想起了更多休息室的对话，现在已经达到了能够大声主张不可能作案的程度，但桛田没有给出多大的反应，心思似乎不在这上面。桛田说准备明天去看望贵岛，伊豆原也决定跟他一起去。

次日，伊豆原跟桛田一道走进了住地的医院。

贵岛插着氧气管躺在床上。他看见伊豆原二人，只转了转眼睛，有气无力地说了声"呀"。此时的贵岛面色蜡黄，下巴上的胡楂显得格外寂寥。

"您感觉怎么样？"

桛田问候完，贵岛对他点点头，随后将目光转向了伊豆原，用沙哑的声音说："看你的表情，应该有好消息吧。"

伊豆原当然也担心贵岛的身体，但他的立场不同于律所的人，显然也体现在了表情上。于是他坦率地答道："您说对了。"

"小南女士想起了很重要的细节……"

伊豆原凑到贵岛耳边，汇报了休息室的对话又有新发现一事。

贵岛闭眼倾听了一会儿，最后满意地说："的确是好消息。"

因为前些天收到的精神鉴定结果，贵岛内心应该也生出了野野花可能有罪的疑念。伊豆原猜测，这个消息应该彻底打消了他的疑念。

"我们必须整理出一个能在公审中得到认可的结论。"

贵岛说得没错。现在只是野野花回忆起了那句话。接下来，他还要向川胜春水和竹冈聪子确认，并请她们复述自己说过的内容，以计算整段对话所需的时间，然后总结成证据，争取得到陪审团的理解。

"我的身体变成这个样子，真抱歉啊。"贵岛低声说，"千万不能让野野花小姐走上死刑台。无论如何……都要阻止这个事态的发生。"

这一平静的宣言，充满了贵岛对废死运动的热情。

"一定不会的。"伊豆原不仅希望避免被判处极刑，更希望赢得无罪判决。

"你要全力支持桝田君啊。"

"我明白了。"

听了伊豆原的回话，贵岛盯着他点了一下头，然后闭上了眼睛。

伊豆原先离开了病房。没过多久，桝田向贵岛汇报完律所的事情也出来了。

伊豆原报告完好消息，心情已经重归平静。与之相对，桝田的表情却依旧阴沉。他已经是贵岛法律事务所的一员，尽管加入时已经预料到不远的将来会有这样的日子，可大领导的病情真正到了关键时刻，他还是跟其他成员一样高兴不起来。

"贵岛老师有几个别的案子也转到我手上了。"

回到办公室后，他不仅要负责野野花的案子，还要替贵岛应付别的案子。伊豆原十分理解他的辛苦，但也知道这是贵岛看重他的表现。为了让他乐观一些，伊豆原鼓励道：

"加油干吧，这边已经看见曙光了，我会尽量多帮忙的。"

## 19

由惟下班回家都准备好晚饭了，纱奈还没回来，于是她决定出去找妹妹。

纱奈已经对她说了新场地的位置。从平井桥下去，沿着旧中川往前走，可以看见河堤上有一片名为水边公园的草坪广场。虽然叫公园，平时也只有一些遛狗的人会进去。她走过去，果然看见几个孩子正在练舞。太阳已经落下，街灯的光亮渐渐盖过了天光。

她走近一看，纱奈就在那大约十人的小团体中。正在跳舞的是一组女生，纱奈的位置在最边缘。三崎凉介与河村新太郎都在旁边看着她们。

怎么人还变多了……由惟有点无奈地走到三崎凉介身旁，招呼也没打就说："差不多该结束了。"

"好，今天到此为止。"

三崎凉介顺从地结束了练习。

气喘吁吁的女孩子们或是拿起毛巾擦拭汗水，或是抓起水瓶大口喝水。纱奈跟原舞花抬手击掌，然后一边擦汗一边走向由惟。

"我被拉进 Piece of Cake（小菜一碟）了！"纱奈高兴地向她汇报，"那是凉介君那里的女子组合，舞花也在里面。今天大家专门到这里来陪我练习了,但她们平时都在龟户那边。"

看来她今后想去龟户练舞。

由惟既没有说好,也没有说不好,只催促道:"回家吧。"

一起练舞的女生都跨上自行车各自离开了。跳舞的时候,她们看起来都有点气势汹汹的,但现在看她们骑车,又像是普通的女中学生了。

"啊,姐姐。"三崎凉介叫了她一声,"纱奈对中央学舍有点感兴趣,你跟她谈谈吧。"

"那是什么?"

"我在上的自由学校。位置在锦糸町,可以骑车上学,放学后还能直接到龟户的舞场练习。只要你提前跟我说,我就能申请带你们参观。"

"哦。"由惟还是既没有说好,也没有说不好。

"你总不能让她一直单独待在家里吧。"三崎凉介说,"暑假结束的时候应该正适合加入。"

"毕竟纱奈不是我的宠物啊。"

由惟回了一句,他苦笑道:"你好记仇啊。"

"回平中不就好了?"原舞花在旁边插嘴道,"我知道是谁在欺负纱奈,这回绝不会让他们得逞。"

"这不只是小孩子的问题。"由惟冷冷地说。

"那些大人没一个好东西。"原舞花反驳道,"凭什么要任他们摆布啊。"

"因为他们是正确的。"

"才没有。"她气哼哼地说,"才不是。"

"他们相信自己是正确的。"

"那我们也相信自己是正确的不就好了。"她坚持道,"反正我们就是对的。"

"赢不了的。他们不允许我们赢。明知道赢不了,那就只能回避战斗。"

听了由惟的话,原舞花很不服气,噘着嘴转身走了。

"舞花真好。"

纱奈看着她的背影,小声说道。

"是啊。"

由惟表示同意。她能看出来,大家都很关心纱奈。

然而,纱奈不能因此得意忘形,觉得自己什么都能做。一旦忘乎所以,瞬间就会被数不清的恶意淹没。

审判开始后,世人不知又会用什么样的目光看待她们两姐妹。

在所有人忘却这件事之前,她们只能习惯于低调隐忍的生活。

三崎凉介跨上自己的自行车,对纱奈说了一句"回头见"。

"谢谢你,拜拜。"

三崎凉介正要蹬自行车,又停下来回头看着纱奈。

"就算赢不了,也不要认输。"

说完,他也瞥了一眼由惟,然后才背过身去。

她觉得内心又是一阵刺痛。

第二天午休时间,由惟收到了伊豆原发来的信息。

信息的内容是傍晚想登门拜访,但是开头那几句话似乎暗示了他有所收获,希望告诉由惟这个新消息。

伊豆原想让她姐妹俩出庭为母亲说好话。虽然他以前一直没有明说,但上次已经把话说得很清楚了。他是母亲的律师,当然会这么想。而且他对由惟姐妹这么好，想必也是为了达到那个目的。

由惟并不会因为他的关怀就无条件地支持母亲。她反复质问伊豆原是否有证据证明母亲的无辜，这让他十分为难。在这种情况下，他还想让由惟为母亲说好话，由惟只觉得更为难。

因为上次的对话，她猜测伊豆原可能准备了什么资料试图说服她。然而，如果他这么做只是因为由惟拒不配合，那他就更值得怀疑了。

由惟反复咀嚼着这些想法，顺便给家里打了个电话，告诉纱奈伊豆原傍晚要过来。纱奈听了非常高兴。

前些天，伊豆原请纱奈出庭做证时，她也二话不说就答应了。她似乎并不抵触在法庭上为母亲说好话。

妹妹的直率既可以说是涉世未深，也可以说是性格使然。对于案子本身，她也只是笑着说"我都晕了，不知道发生了什么事"，似乎没有什么受害者的认知。案发后，纱奈的肾脏数值一度恶化，她也只觉得是病情反复，没有往坏的方面想。

听了伊豆原的提议，纱奈也很想给母亲写信。既然她自己这么想，由惟便不打算阻拦。对由惟来说，这就是对伊豆原的最大让步。

由惟回复完伊豆原的信息，专心吃起了便当。最近有几个订单的交期很紧，包括社长在内，现场的人每天都一大早进工地，连午休时间都不出来。

"现场一忙起来，这里就很安静呢。"吃完饭的赤城浩子慢悠悠地说，"没有人在旁边，我们都能按自己的节奏工作，工作多，赚的钱就多，简直是两全其美啊。"

由惟深有同感，险些要点头，但及时换成了苦笑。现场的人在这里进进出出时，她的确会感到难以集中精神。前岛京太专务要是也出现，又会变着花样纠缠她，让她精神格外紧张。

"啊，还剩一个冰淇淋。"

赤城浩子从冰箱冷冻柜拿出一杯哈根达斯，咧着嘴笑了。年中放假前，合作商送了一箱冰淇淋过来，社长叫由惟分一分，于是她下班后给同事们一人分了一杯。还剩几个她都放进冷冻柜里了，看来还没吃完。

"我吃了啊。"

赤城浩子说完，不等由惟回答就撕开了盖子。那杯冰淇淋过了十几天还留在冰箱里，想必她吃了也不会有人在意。由惟虽然很喜欢吃冰淇淋，但并不打算跟她抢。

"你说，哈根达斯怎么那么好吃呢？"赤城浩子特意走到由惟旁边的座位坐下，炫耀似的吃了起来，"我家一买冰淇淋，孩子们就会大叫大嚷地围过来，一转眼就吃完了，所以我每次都买大桶的家庭装。但是那种冰淇淋味道太单调，吃起来一点感觉都没有。"

赤城浩子的两个儿子分别上小学六年级和四年级，正是长身体的年龄。由惟从小在只有女儿的家庭长大，很难想象那是一番什么光景。

"最近我开始去健身馆游泳，食量越来越大，反而变胖了呢，好讨厌啊。在游泳池里走一个小时再出来，身体不是会变得特别沉重嘛，感觉运动量特别大。但是后来我发现啊，那并不是因为运动了，而是习惯了水的浮力，一时间适应不了普通的重力，人才会觉得身体沉重。其实在水里轻飘飘地走路根本没多少运动量。不过那样很舒服，我一直在坚持。"

赤城浩子自顾自地絮叨着，吃完冰淇淋后心满意足地回到了自己的座位。

平静的午休时间结束，由惟继续下午的工作，现场的工人也一个两个地回来了。有的人扒拉着自己带的便当，有的人等不足三分钟就吸溜起了泡面，没多久又回现场去了。

十四点左右，社长和专务走进了办公室。

"今天吃素面啊。"

前岛社长可能很喜欢吃素面，高高兴兴地对由惟说完，就走进里屋自己家吃饭去了。

"空调怎么开这么小。"

前岛京太专务不高兴地嘀咕着，操作起了空调。

上个月，办公室换了一台新空调，终于能在酷暑中吹出强劲的冷风了。但是赤城浩子习惯了以前那台风力不大的空调，座位又正对着出风口，就把新空调的温度调高了。由惟的座位没有正对出风口，稍微动一动身上就会出汗。

赤城浩子面朝办公桌、背对空调，很明显地皱了皱眉，但她当然不会反抗专务，而是任凭他调节空调。等专务的休息时间结束，她肯定又会调回去。

"喂！"

专务吹了一会儿冷风，经过由惟身边走向洗手间，却突然在她背后怒吼一声，吓了她一跳。

"我的冰淇淋怎么没了！"

她回头看见专务盯着冰箱冷冻柜，气得面目狰狞。

"谁吃掉的?!"

专务杀气腾腾地看着办公室里的人。他原本就是个脾气暴躁、说话粗鲁的男人，但由惟从未见过这个人如此生气，忍不住缩着脖子躲开了视线。

"不知道啊。"

一个正在吃便利店盒饭的年轻工人被专务盯着，万般无奈地说。

由惟并不知道那是专务的冰淇淋，但也觉得一个成年人为了区区一杯冰淇淋气成这样，实在是太不正常了。再看赤城浩子，她在自己的座位上盯着电脑屏幕，好像一动都不敢动。她的侧脸看起来有点苍白，恐怕不是错觉。

"搞什么啊，浑蛋……！"

专务骂骂咧咧地关上冰箱门，走到由惟背后停了下来。她有点担心自己被找麻烦，果然听见了一声凶恶的"喂"！

"是你吗……?！"

专务垂手指着由惟旁边的垃圾筐，里面赫然扔着哈根达斯的空杯子。她彻底忘了赤城浩子刚才是在这里吃的冰淇淋，险些惊叫出声。

"是你吗?！"

专务看见由惟表情有变，更加确信地吼道。

"啊，不是……"

由惟看了一眼赤城浩子。她依旧不动声色地盯着电脑屏幕。不，她恐怕并没有看电脑屏幕，但显然也不准备站出来承认。当然，专务发了这么大的火，也难怪她不敢站出来承认。

"那这是什么?！"专务怒目圆睁，逼近了由惟，"不是你吃的，那是谁？"

"那个……"

赤城浩子没有主动承认，由惟也不好指控她。而且由惟觉得，为了一杯冰淇淋真的不至于闹成这个样子。这几个月积累起来的对专务的厌恶转化成了反抗心理，使由惟失去了说出事实的坦诚。

"它不就明明白白地扔在这里吗?!"专务怒火更盛，咬牙切齿地逼问由惟，"这是什么?!少给我装！说话啊！你他妈的连道歉都不会说吗?!"

既然赤城浩子不准备承认，而且专务还在气头上，这事就会没完没了。

"我叫你说话！冰淇淋的杯子就在这里，你装什么傻啊！"

她有种冲动，想头也不回地逃离这令人讨厌的现实。那种冲动在由惟混乱的情绪中逐渐变形，化作"对不起"冲口而出。

"啊……?!"

专务凶神恶煞地瞪着由惟。

"我以为那是年中放假前留下来的……"

"蠢货！"专务大吼道，"当时剩下的早就吃完了。这是你昨天不等我说话就提前溜了，我自己买回来留到今天的！"

她怎么知道。

"专务您一直都吃酷圣石，我没想到那是您的。"

"谁说便利店随时都能买到酷圣石了！我见合作商送的哈根达斯挺好吃，就买了哈根达斯！"

"对不起……我不知道。"

"不知道就完事了，那要警察干什么！真是无语了！罪犯的女儿果然跟别人不一样，吃了别人的东西光明正大地扔在旁边的垃圾筐里，还跟我装傻。哎哟，好吓人，太吓人了！"专务瞪着眼睛凑近由惟，挑衅地骂道。

由惟无处可逃，仿佛被钉在了座位上，任凭他折磨。

"你一言不发地坐着干什么,我的冰淇淋怎么办啊?"

"我去买……"由惟强忍着不甘心的颤抖,挤出了几个字。

"那还用说吗?别以为买一个就够了,给我买一盒。赶紧去啊!"

她抓起钱包跑出办公室的瞬间,眼泪不受控制地流了出来。她真想就这么回家去算了。

但她也知道自己下不了这个决心,所以她只能老老实实买了冰淇淋回到办公室。她不知道究竟是什么束缚了自己,只感到自己寸步难行,在这个社会上无法选择自由快乐的生活。

她觉得自己已经忍耐到了极限,随时都会崩溃,放弃现在的生活。

尽管如此,由惟的身体还是像机器人一样行动着,在便利店买冰淇淋,走回事务所。

"慢死了。"

专务不高兴地说着,从由惟买的盒子里拿了两杯冰淇淋,叫她把剩下的放进冰箱。

连着吃完两杯冰淇淋,专务好像总算消了气,走进里屋吃午饭去了。

"对不起啦。"

现场的工人都离开办公室后,赤城浩子搓着手走了过来。

"刚才吓死了。为了一个冰淇淋能气成那样?而且要是不想被别人吃,他写上名字不就好了。多少钱?这钱当然得我来付。"

由惟反射性地想拒绝,但又觉得因为一点倔脾气就让自己吃亏实在太蠢,就报了个价钱。

"哈根达斯那么贵啊?"赤城浩子瞪大了双眼,无奈地在钱包里掏摸了一会儿,"对不起,我只剩下这么多零钱了,你就收下吧。"

她把擅自打了折扣的冰淇淋钱塞给由惟,感叹道:"护食的人真的好可怕啊!"

## 20

　辅导纱奈学习了一个小时后,伊豆原把她送出去练舞,自己则在两姐妹的住处准备起了饺子。

　刚到十七点半,由惟就回来了。这时间卡得就像她十七点一下班立刻跑出公司,全速赶回来似的。

　伊豆原以为她急着想知道自己在信息里提到的新收获,然而她对伊豆原的"回来啦"并没有反应,甚至没有看他一眼,而是默不作声地走进了卧房。过了好一会儿,她换完衣服出来,依旧无视伊豆原,走到冰箱前拿麦茶。这时的由惟虽然面无表情,但目光并不呆滞,甚至可以说充斥着怒气。她的心情显然很糟糕,伊豆原不禁猜测是公司里发生了什么事。

　"我买冰淇淋了。"伊豆原说道,"在冷冻柜里。"

　不知为何,她恶狠狠地瞪了伊豆原一眼,他忍不住缩起了脖子。

　"不要。"由惟没好气地说。

　"也不用现在吃。"伊豆原猜测她可能在减肥,赔着笑说,"但睡前最好别吃哟。令堂说由惟小姐经常这样吃坏肚子,专门叫我提醒你呢。"

　由惟很不耐烦地叹了口气。

　"出什么事了?"伊豆原问。

"没什么。"她说。

"是吗……"伊豆原没有追问，洗掉手上的饺子馅就跟着她走进了起居室，"今天给你发信息时也说了吧，我跟令堂谈话，有了很大的收获。"

伊豆原马上把野野花回忆起她在休息室说过的话，使对话内容无限接近能够推翻作案可能性的程度的事情告诉了由惟。他刚才在辅导纱奈学习时也说了这件事，纱奈格外高兴，伊豆原还不得不提醒她这并不代表可以百分之百赢得无罪判决，才让她冷静下来。他虽然不期待由惟做出这么大的反应，却也没想到她的反应会如此平淡，这使他感到万分困惑。

"对话的记忆怎么可能精确到字句呢？"由惟默不作声地听完伊豆原的话，冷淡地说出了感想，"而且说话时间也很难准确计算吧。"

"那毕竟是人的记忆，当然不可能精确到一字一句。但是反过来讲，我觉得可能还有其他没有被回忆起来的对话。现在最重要的是，我们已经得到了足以推翻指控的谈话量。虽然还没向另外两个人确认，但是从交谈的走向来考虑，令堂回忆起的对话出现在那里很自然。接下来要做的就是让它成为有用的证据。就算不是精确到一字一句，只要包括令堂在内的三个人都认可当时的对话大致如此，再请她们分别按照自己的节奏念一遍对话，将语音资料结合起来就能做成证据了。现阶段我并没有故意拉开间隔以求对话时间变长，但是放到现实中，对话的间隔应该更长才对。"

伊豆原努力做的解释似乎没有说服由惟。

"纱奈小姐已经答应给令堂写信了。这样很好，有很大的作用……由惟小姐还需要一点时间整理心情吧？我不是在催促你，只是开庭前还有程序要走，必须事先提交要在法庭上出示的证据。比如是要认可由惟小姐的笔录，还是要请你出庭做证。如果不事先申请，公审时就算想出庭做证，法院也不会批准。"

"我既不打算写信，也不打算出庭做证。"由惟绷着脸说，"就算我去做证，也只会说出对她不利的话，不如不去。"

"嗯……"

面对她冷淡的回应，伊豆原有点沮丧。她今天心情这么差，也许不是谈这件事的好时机。

"你还有什么放不下的地方吗？"伊豆原还是坚持说道，"上次你说纱奈也是受害者，所以你无法原谅令堂。你还说本来觉得令堂不可能做那种事，后来听到代理曼丘森综合征的结果，不得不接受那的确是令堂干的。但是那种鉴定结果并不是绝对的。现在辩方正在委托另外的医生做鉴定。我觉得吧，每个人其实都希望有人赞扬自己的努力，认可自己的辛苦。令堂心里肯定也有这样的想法。但不能因为这样，就认定是她往输液袋里下了药，导致纱奈的病情加重。平时她总是调节纱奈的点滴，也不是为了拖延纱奈康复，连护士都没有这样想呢。"

由惟的表情没有任何变化。

"还有她的供述……一般人可能觉得，如果真的没有做过一件事，怎么会承认自己做了呢？其实人会因为当时的心理状态、周围的压力和自己都解释不清的东西，不由自主地说出违心的话。如果一直遭到别人的辱骂和谴责，人甚至会为了逃离那种状态，像认罪服输一样承认自己没做过的事情……一旦处在孤立无援的状态下，人是很脆弱的啊！"

由惟并没有看着伊豆原，但她瞪大了眼睛，像是想起了什么，表情流露出了几分动摇。她捧着杯子的双手也在微微颤抖。

伊豆原感觉自己的话好像说到了她的心里，但因为没料想到这样的变化，他一时半会儿想不到该怎么说服由惟。

"人就是这样的……所以我希望你用更客观的目光看待令堂。到了这个阶段，我已经确信令堂是无辜的了。这跟我刚加入律师团那时完全不一样。庭审有希望打赢，而且不打赢不行。你也想恢复以前的生活，不是吗？所以，能不能请你也出一份力呢？"

说完，他带着祈祷的心情等待由惟的反应，但是她刚才的感情动摇竟消失得无影无踪，表情越来越阴沉厌世，再也看不出起伏。

"请你别对我有过分的期待，因为我无法回应你。"她格外冷淡地说，"如果能打赢，就不需要我出面；如果我不出面就会输，那我可以发誓，就算我去了也会输。我出庭为她说好话，能有什么用呢？"

"有用的。"伊豆原有点赌气地说，"举个例子，如果你在庭上说母亲在家里是这样的人——她很温柔，很会照顾孩子，陪护纱奈也只是关心孩子，看不出有拖延出院的意思，她跟光莉妈妈虽然有点争执，但也不像往心里去了。你要是这样说，大家对令堂的印象就会有所改观。"

"但这样就能判无罪了吗？"

"不，当然最重要的还是推翻检方的立证，也就是我刚才告诉你的休息室的对话内容。这个我会全力去做，你就放心吧。"

"如果你有信心能赢，就麻烦你别动用我的力量打赢这场官司。等你真的赢了，我就会相信她。"由惟说完，转过有点发红的眼睛看着伊豆原，"我这样说有错吗？"

伊豆原没有回答。他知道，自己没能完全打动由惟。

"我应付自己的生活已经力不从心了，没有多余的力量帮她。"

也许她并不是还在怀疑野野花。由惟那句"力不从心"，像是发自内心的倾诉。现在的生活环境一直在刺激她的防御本能，使她很难做出能动的反应。她甚至对纱奈和凉介、舞花他们交朋友这件事都心怀警惕，伊豆原自然能轻易察觉她的心境。

"我明白了。"他决定不再坚持，"你这个年龄就进入社会工作，肯定会遇到很大的压力。我刚才单方面提出了自己的诉求，却没能考虑你的立场，我向你道歉。但你要相信，我并没有不负责任地把公审的成败押在你身上，而是准备正面迎战，堂堂正正地赢得无罪判决。到时候，希望你也能由衷地感到高兴。"

说完，他就结束了这个话题。

九月的第一周，他参加了公审前第六次手续整理。

樱井审判长似乎习惯了贵岛的缺席，这次听到桬田的报告，也只是简短地应了一声，表示知道了。

"上回不是说辩方要在这次的手续整理中提交精神鉴定结果吗？"

樱井审判长提出了上次会议的未决事项，伊豆原立刻道了歉。

"很抱歉，鉴定结果还需要一定时间，下次一定提交。"

他不能说最开始鉴定的结果对辩方不利，只能以受委托方的拖延为借口。他已经重新委托了仁科枈推荐的精神科医生，在八月内完成了二次鉴定，并且医生给出的初步印象是未见足以称之为代理曼丘森综合征的精神倾向，接下来只需等待开具正式报告。

"对于犯罪动机是代理曼丘森综合征这一论点，你方将会在公审中进行辩护吗？"

伊豆原口头汇报了初步结果后，樱井审判长问道。

"是的。小南女士的精神症状并不符合代理曼丘森综合征，这一动机不能成立，她更不可能因为这个动机犯罪。"

在公审中，如果判决无罪，检方的鉴定结果将会被否定；如果判决有罪，其结果就会得到认定。辩方必须死死咬住。

在这次的手续整理中，辩方还明确提出了野野花在护士站的停留时间不能满足作案时间，表示将在公审中针对这点进行辩护，并将提交相关证据。

"什么时候能准备好？"

对于这个在手续整理进入尾声时提出的新主张，樱井审判长似乎也很好奇。

"我方希望能在下次手续整理时提交。"伊豆原故意含糊地答道，"但是还需要相关人员的配合……"

"最好能在下次会议前让我们看到吧。"江崎检察官说，"如果不给一点应对时间，我方也不好提出看法。"

他最担心检方给川胜春水和竹冈聪子施加压力，导致她们收回证词，所以现在只表明了有证据可以证明作案时间不足，并没有透露具体内容。

"那就这个月底提交，行不行？"樱井审判长提出了折中方案，"然后下次手续整理排到十月初。"

看来应该在这里妥协。

"我方没有意见。"

"那差不多都定下来了吧。"

公审前的手续整理终于走到了最后阶段。照这个进程，大概明年年初就能开始陪审团审判了。

要使休息室的对话时间成为证据，必须再找一次川胜春水和竹冈聪子，让她们承认此前收集到的所有对话确实存在，然后请她们发声读出来，留下语音记录后按照台词顺序剪辑到一起。

既然要再次面谈，他就也想设法找出川胜春水作案之说的线索。如果能在下次手续整理前抛出川胜春水作案之说和相关的依据，最终获得无法确定公审日期的结果，那就最好不过了。

正因如此，他才要谨慎选择时机，还必须慎重地决定突破方式。

然而就在他苦苦思索了一周之后，江崎检察官气势汹汹地打来了抗议电话。

"我已经跟桝田律师说过了，但他好像压根儿没听懂，所以还要跟你再说一遍。"他先抱怨了一句，然后继续道，"把一个普通证人当成罪犯调查，你究竟在想什么呢？"

伊豆原听得不明不白，只"啊？"了一声。

"我不知道你是不是想替我们追凶，但这跟律师的工作好像没什么关系吧。"

"请等一等。"伊豆原说，"你究竟在说什么？"

"古沟医院的院长来投诉了。"江崎说，"辩护律师团想再找川胜护士谈谈，他出于好意帮忙安排了，结果那个律师却像审犯人一样审问川胜护士。"

"是谁做了这种事？"伊豆原惊讶地问。

"桝田律师啊！我直接找他抗议了，他却顾左右而言他，一个劲找借口搪塞我，根本说不通，所以我才给你打电话，也算提醒提醒你。"

原来他还在慎重考虑的时候，桝田已经贸然出手了。太糟糕了……伊豆原忍不住想双手抱头。

"川胜护士现在大受打击，已经请假不去上班了。她跟院长有男女关系，而且案发前那段关系已经结束了，这个事实我们也知道。但这是当事人之间已经解决的事情，并没有遗留问题。麻烦你们不要拿着鸡毛当令箭，搞这种不入流的调查。"

"我这边什么都没听说，需要先确认一下。"

他用这句话打发了江崎检察官，结束通话后立刻拨通了桝田的电话。

"喂，你都干什么了？"他难以控制尖锐的指控，"检察官的电话都打到我这儿来了。"

"你别那么夸张，这都是那边在单方面地闹。"桝田没有理睬伊豆原的愤懑，满不在乎地说，"我去找川胜春水，直接问了她。反正这件事迟早要做。"

"你至少跟我商量商量吧。我们还要靠她搞定休息室谈话的证据，现在激怒她有什么好处呢？"

"那有什么，过段时间她就冷静下来了。"

桝田的行动扑了个空，又被江崎骂了一顿，心情似乎很不好，回答他的话也很冷淡。

"过段时间？再有两周多我们就得提交证据了啊！"

"这我知道，所以我才行动起来了啊！别因为事情不顺利就怪我好吗！"

桝田这段时间应该是围着贵岛交接给他的案子忙得团团转。既然如此，他大可以把事情交给伊豆原来办，可他偏要心血来潮似的插一手，最后搞得全盘皆输，现在何来的道理叫伊豆原别怪他。伊豆原挂了电话，满心的愤懑化作一声叹息。

他后来回想起江崎检察官的抗议，虽然不知该如何接受，但至少搞清楚了一件事，那就是川胜春水应该不是凶手。

调查方也把握了川胜春水与古沟院长有染，并且在案发前关系破裂的事实。这也就是说，他们至少研究过这件事是否与案子有关。

当然，野野花进入视野后，他们有可能中途忽略了对川胜春水的调查。但是听江崎的语气，二人的关系破裂好像并没有发展成冲突。

不管怎么说，他都得确认一遍。于是几天后，伊豆原联系了古沟医院的事务局长繁田。

桝田质问川胜春水那天，繁田应该也在场，所以他自然了解整件事情，并且至今仍气愤不已。

"我们是出于好意配合你们，结果被反咬了一口，你说这算什么？"

"真的很抱歉。那只是我方认为需要探讨的一个问题，当时应该更谨慎一些才对。"

"既然有疑虑，应该先跟我说，而不是直接捅到她本人面前啊。"繁田说，"不然我这负责对接的还有什么意义呢？"

"您说得对，真是太抱歉了。请原谅我们。"伊豆原再三道歉后试探道，"既然您这么说了，那我想问一个问题……听闻川胜护士与院长的关系破裂并没有发展成矛盾冲突，请问具体是什么情况呢？"

"院长给了分手费。"繁田叹了口气，无奈地回答，"这当然不是什么值得炫耀的好事，但她一个普通护士能住在超出收入水平的高级公寓里，旁人一看就知道那段关系没有留下什么后患吧。而且古沟院长特别交代院里给她更好的待遇，虽然平时碰面多少有些尴尬，但如果真的有问题，估计她早就辞职了。再说，案发那天她按照规定两人一组备好了点滴，然后跟竹冈一起在休息室工作到了巡房时间。她这个人性格冷静，责任感很强，三〇五病房突发情况时率先参与了抢救行动。按照常理来想，这样的人怎么可能会给自己负责的患者下药呢？警察都没怀疑她。我说这么多，你应该明白了吧？"

"确实有道理……"

他一句话都反驳不了。现在认真想想，这个方向的确行不通。手头压根儿没有别的材料就揪住本人质问，这与警方的非法审讯有什么不同？伊豆原自己肯定不会用如此轻率的做法，但他同样对川胜春水作案之说怀有一丝希望，因此听完这番话，他也感到很羞愧。

"能允许我向川胜护士当面道歉吗？"

听了伊豆原的请求，繁田冷冷地回了一句："不必了。"

"麻烦您通融通融。"伊豆原恳求道，"其实我想跟川胜护士和竹冈护士再次确认一下她们与小南女士的对话。"

"我们已经配合得够多了。古沟院长已经明确做出指示，今后拒绝一切请求。请你理解。她们将会出庭做证，有什么不明之处，你大可以在法庭上询问。"

繁田一点余地都没留给他，说完就挂了电话。

伊豆原气得咬牙切齿，愤恨地骂了桝田几句。

如果三人对休息室对谈的供述一致，它作为证据就会更有力度，而现在只有野野花单方面的回忆，力度实在是有些不足。照这样下去，只能等川胜春水和竹冈聪子作为证人出庭，在辩方提问时确认这件事，然而检方已经在调查阶段做了休息室谈话的笔录，他无法判断二人究竟会选择哪一方。她们极有可能被检方施压，最后承认对话只持续了三四十秒。

进一步讲，就算双方在证人质询的过程中引出争论点，这么做还是会给人留下散乱的印象，不足以引起陪审团的关注。如果能搞定三个人分别念出自己那份台词的录音，将其连接起来计算时间，就能将其作为不可辩驳的事实呈现在陪审团面前。现在这个打算落空，届时在庭上的所有辩护都有可能被视作狡辩。

真头痛啊……本以为能跟检方来一场势均力敌的战斗，没想到一转眼就被逼到了落败的边缘。

九月中旬，伊豆原正在思索如何打破现状时，接到了桝田的电话。

因为前不久才遭到医院投诉，他以为桝田是要商量这件事，但事实证明他猜错了。

"贵岛老师……昨晚去世了。"

听见桝田沉痛的话语，伊豆原无言以对。

他早有预感贵岛可能撑不到公审，只是没想到那个日子会这么快到来。

接着，桝田又以公务的口吻告诉他贵岛的葬礼只在亲朋好友间举办，日后事务所再另办一场告别会。说完，桝田叹了口气，低声道："真想趁他在世时带点好消息给他啊！"

"就是。"

贵岛重病在身，伊豆原对贵岛的感情很难称得上倍受熏陶，但他能跟刑事辩护的巨擘贵岛义郎一起工作，已经是难能可贵的经验了。现在他能做的就是带着好消息到贵岛墓前汇报了。

他们都没有提及前些天的争执，各怀感慨地结束了通话。伊豆原突然想到，桝田之所以如此冲动地质问川胜春水，也许是为了让命不久矣的贵岛听到这个好消息。

尽管他还是不赞同桝田的做法，但是这么一想，他好像也能理解对方的心情了。

桝田作为贵岛法律事务所的一员，在贵岛去世后肯定非常忙碌，伊豆原也就暂时没有联系桝田。但是到了九月最后一周，下一次手续整理的日期渐渐逼近，桝田依旧没有什么动静，他只好主动打电话给桝田，约好了碰头商议的日程。

他来到久违的贵岛法律事务所，发现在失去伟大的领头人后，事务所成员的行动似乎都欠缺了一些精气神。桝田也顶着满脸的疲惫招呼伊豆原进了会议室。

"我知道你们这段时间很忙，毕竟案子也不等人啊。"

伊豆原说完，桝田短促地回答："我知道。"然而商讨开始后，桝田的态度依旧热不起来，始终保持着平淡。

"考虑到由惟小姐复杂的心情，我觉得不能强迫她出庭做证。很抱歉，是我没有能力说服她。她的笔录虽然称不上对我方有利，可是即使不同意使用笔录，也很难保证检方会不会提出证人申请。因为距离做笔录已经过去了一段时间，他们可能担心由惟小姐反而做出对母亲有利的争取，而刻意不申请要她出庭做证。当然，他们也可能会申请，届时由惟小姐本人的心情……"

考虑到由惟可能答应出庭做证,辩方一直对她的笔录持保留意见。但是经过几次试探,伊豆原不得不承认让她出庭做证实在是太残忍了。也许,他们真的只能破例认同由惟的笔录。从桝田的角度来看,他既然把说服由惟的工作交给了伊豆原,对这个结论恐怕会很失望。

然而桝田听了伊豆原的汇报竟没什么反应,淡淡地说:"那就认同那份笔录吧。"就这么结束了话题。伊豆原非但没有松一口气,还觉得有点憋气。

对于休息室的交谈时间,他几次接触过古沟医院的繁田,但是对方的态度始终不变,由于一直见不到川胜春水和竹冈聪子,他不得不放弃总结证据。只为这件事继续拖延手续整理可能很难,就算拖延了,也不能保证一定会得到配合。

虽然引发这种事态的是桝田自己,他却只说了一句"那也没办法"。

"只要在辩方质询时提出来就好了。"

"嗯,话是这么说。"

竹冈聪子虽然对伊豆原说了休息室交谈笔录中没有的对话内容,但是以现在这个情况,他甚至不清楚她会不会在法庭上说出同样的证词。

检方想必已经知道,辩方准备在休息室交谈这方面提出不同的主张。他们很有可能在公审开始前狡猾地化解这个问题。为了保证质询的过程顺利,检方通常会在事前跟证人确定证词内容。届时,他们只要强迫证人承认最开始的笔录内容正确,她们到了庭上可能就很难说出不一样的话了。

伊豆原本来因为担心这个,才想自己总结一份证据,只可惜现在已经行不通了。

"如果你想说这是我的错,那就由我负责质询吧。"桝田坦然地说。

"不,是我从竹冈护士口中问出了新的证词,如果我不上去,就很难给她施压。"

伊豆原连忙否决,桝田便哼了一声,仿佛叫他别再死咬着这件事不放。

重新委托的精神鉴定总算出了意见书。报告中表明,鉴定对象由于月经不调和情绪起伏,表现出了一些囚禁性的压力反应,但并未观察到疑似代理曼丘森综合征的精神倾向。对辩方来说,这份意见书再合适不过了。

可是,桝田提出了意想不到的建议。

"不如把之前安永医生那个鉴定结果也一起提交了吧。"

"为什么?"

安永的鉴定结果并未否定检方的鉴定结果,作为辩方没有必要把它提交上去。

"我们拖延了这么久,直到八月才做鉴定,检方肯定一想就知道是因为之前的鉴定结果对辩方不利。"

"那有什么关系。"伊豆原说,"要是被问到,我们就直说发现之前的鉴定医生与检方的鉴定医生来自同一所医疗机构,认为无法保证其客观性。"

"不只是这样。"

桝田不依不饶地反驳,却没有说下去。

"还有什么?"伊豆原问道。

桝田犹豫了好一会儿,最后才开口道:

"伊豆原……你确信这场官司能拿到无罪判决吗？"

"当然，我做这么多事情就是为了拿到无罪判决。"伊豆原说，"而且我确信她是无罪的。"

"我不是问你的决心或心证。"桝田说，"我是问我们能不能打赢这场官司。"

"你想说什么？"

"你看重的这个休息室交谈时间的线索确实很有意思，但它也不是万能药。审判可没有那么简单，别以为单靠它就能赢得无罪判决。我这么说并非因为自己阻碍了将它总结成证据的工作。"

单凭这个确实无法让所有人确信野野花的无辜。证词中出现的台词是否精确到了一字一句？对话时间也很难准确计算。伊豆原连由惟内心固化的疑念都无法消解，又如何彻底说服别人？正因如此，他才会执着于让当事人提供录音，并将其整理为证据。但即便成功了，那也不是绝对的。他无法保证陪审团能百分之百理解他心中的确信。

"我一直惦记着贵岛老师在病房说的话。"桝田继续道，"他说不能让小南女士走上死刑台。"

伊豆原也记得那番话。他认为那番话很符合贵岛的废死理念，也激励了他们的斗志。

然而伊豆原第一次去看望贵岛时，贵岛没有提起过去赢得无罪判决的经验，而是说了自己将死刑判决减为无期徒刑的故事。当时他感到贵岛自己也没能形成野野花无罪的心证，所以才会刻意讲了那样的故事。桝田也许无意识中受到了影响。

"检方现在选择性利用了代理曼丘森综合征的鉴定结果，试图同时立证野野花的杀意和让自己女儿成为受害者的动机。很显然，他们准备提出死刑要求。如果对无罪判决没有信心,那么别说有罪,恐怕还会得到死刑的判决结果。"

检方试图立证杀意,这点二人以前已经谈论过。虽然不确定他们是不是真的会要求死刑,但从目前这个情况判断,结果不容乐观。

桝田似乎认为,他们应该把防止死刑判决也加入辩护的目标。

"辩方把同样的鉴定结果提交上去,就能保住一种可能性,赢得一切作案行为都出于代理曼丘森综合征的认定。"

他的意思是要故意创造这种可能性,引导陪审团做出判断。

伊豆原理解他的想法,但无法同意那个提案。

"不行。"伊豆原摇摇头说,"这样别人会认为辩方也觉得小南女士有罪。"

"那怎么会呢?"他的眼神飘忽不定,却微微勾起嘴角,露出了僵硬的笑容,"我们只是给出客观数据而已。"

伊豆原所熟识的桝田并不会露出如此复杂的笑容。他注视着桝田,再次摇头。

"贵岛老师去世后,你是不是觉得所有重担都落在你头上,快被压力压垮了?"

他本来就觉得桝田不是那么坚强的人。这种检方可能要求死刑的案子,对桝田来说负担也许太大了。

"我才没有被压垮。"桝田格外没好气地说完,又一本正经地继续道,"我只是说出自己的想法而已。那毕竟也是贵岛老师委托的鉴定。"

"这跟是谁委托的没有关系。我们应该做最大的努力,为小南女士洗清冤屈。"

"这我知道。"

桝田耸耸肩，目光极其空虚，怎么看都不像把心思放在这里。

考虑到公审前的手续整理即将结束，伊豆原也不是不理解那种心情。他听说，在很难预测胜负的陪审团审判中，如果手续整理拖延了很长时间，就说明证据和证人的整理十分耗时，辩方也会担心失误，变得越来越谨小慎微，生怕自己漏掉什么。

针对这个案子，手续整理似乎无法再拖延了。如此一来，他们就必须将公审纳入考量，而这又是一种恐惧的源头。

焦急的心情会造成迷惘。

尽管如此，此时强行加入回避极刑的思考也是错误的。

如果不洗清冤屈，就不能算是对野野花的救赎。


"贵岛老师是法律界的杰出人士，失去了他，我们也感到万分遗憾。"

在十月召开的公审前的手续整理中，樱井审判长以哀悼的话语做了开场白。

"今后主任由谁担任？"

"由我，桝田担任。"桝田举手道。

桝田本来就是第一个接过案子的国选律师，伊豆原也同意由他担任主任。只是他好像并不打算填补贵岛去世后留下的空缺，所以伊豆原的内心难免有些疑问。伊豆原觉得多一个人多一份力，加上仁科枀也对这个案子感兴趣，就试着问桝田要不要多招一个人，但桝田认为这种时候再招人进来会扰乱行动，最终没有答应。

"上次辩方表示要提出的证据，准备得怎么样了？"

樱井审判长问起了休息室谈话时间的证据。

"非常抱歉。"伊豆原回答,"由于没能得到相关人士的配合,我方准备在证人调查中展开这一主张。预计提出的主张内容为综合休息室内三个人的交谈时间,小南女士无法在剩余时间内及时完成作案。"

"也就是说,将作案的时间可能性作为争议点吧。"樱井审判长确认过主张的书面记录后,转向检方问道,"检察官意见如何?"

"我方记录到的休息室交谈并非辩方所主张的内容,可以担保有足够的作案时间,因此会全面抗争。"江崎检察官表示准备应战。

如果三个人的证词能保持一致,他自然不用担心什么,但现在恐怕必须放弃川胜春水会给出符合辩方主张的证词了。就算竹冈聪子给出了她跟伊豆原谈话时的证词,如果川胜春水坚称她不记得,其效力便会大减。尽管如此,现在还是只能寄希望于竹冈聪子。

然而听江崎检察官的语气,他似乎有信心阻止竹冈聪子做出与笔录不一致的证词。伊豆原感到形势非常严峻。

剩下的探讨项目也在一片肃穆的氛围中完成了整理。

"我方准备请小南女士的二女儿纱奈小姐出庭,讲讲其母亲小南女士悉心照顾她的情况,以及小南女士从未做过有意使纱奈小姐病情恶化的事情。不过她还是一名未成年人,又是事件的受害者,处在不得不看着母亲坐在法庭被告人席上的复杂境地中,因此我方认为必须着重考虑纱奈小姐的心理因素,基本以朗读事先写好的文章这一形式完成证人发言。"

检方并没有提出什么意见,就这样决定了在公审中加入辩方要求的纱奈的证人发言。

"辩方一直没有表明对小南由惟小姐所做笔录的态度,请问要怎么做?"

"由惟小姐的笔录是在案发后不久她本人的精神处于极度动摇状态下做的，我方认为这份笔录的内容并非她的客观看法。但是由惟小姐的情绪到现在也不算稳定，本人表示没有信心在法庭上接受讯问，因此我方的结论是不得不接受这份物证申请。"

"那就定下了，将这份笔录作为物证。"

基本敲定了未解决事项后，江崎检察官又提到了此前的手续整理中处理过的内容。

"上上次手续整理中被辩方驳回笔录，最终决定要求其出庭做证的庄村数惠护士，上个月在目前就职的医院遭遇了坠落事故，虽然生命没有受到威胁，但不得不长时间住院疗养，无法出庭做证。"

庄村数惠就是案发后离开了古沟医院的一名护士，伊豆原记得她好像回到了老家宇都宫重新找工作。

"这位护士的证词如下：案发当时，她在护士站的中央大桌上填写勤务记录，接过被告人给她的饼干后看见被告人走向休息室，认为被告人从走进护士站到敲响休息室房门的时间为十五秒到二十秒，不清楚被告人何时离开了休息室。这份证词并不存在对被告人尤为不利的内容，主要是为了补全事实关系，希望辩方能考虑到这次的不可抗力，重新探讨是否同意笔录。"

庄村数惠的证词确实与同在护士站的畑中里咲的证词基本一致。而且今年开春时还能自由行动的贵岛已经找庄村数惠本人谈过话，并表示没有笔录内容之外的收获。

"辩方意见如何？"

桝田似乎有同样的想法，在樱井审判长提问后，他不跟伊豆原确认就轻易让步道："考虑到最新情况，辩方也表示同意。"

"这下就算整理完了吧……"樱井审判长看着手头的记录说，"因为贵岛老师的事情，辩方想必很难集中精力办这个案子。你们时间足够吗？手续整理到此结束可行吗？"

审判长显然同情他们的遭遇，表示如果他们不太有自信迎接公审，那么他可以再给一次手续整理的时间。听到这话，伊豆原有点想不客气地接受他的好意。

然而就算多得到一段时间，他们真的能想到新的对策吗……在伊豆原犹豫的瞬间，桝田竟擅自回答道："不用了，没问题。"

那是彻头彻尾的逞强。现在他们辩方丝毫没有能够立刻谢绝好意的自信。也许是桝田为了掩饰之前二人开会时的不安，反倒有了逆反心理。

"那么接下来我总结一下围绕这个案件的争议点和证据的整理情况。"

樱井审判长开始了最后的总结。

将公审日程定在一月中旬后，公审前最后的手续整理结束了。

"江崎先生。"三名法官退庭后，野野花也跟随法警走出了法庭，伊豆原就在这时叫住了江崎检察官，"能不能麻烦你帮忙问问，看川胜春水和竹冈聪子两位护士愿不愿意参加公审前的辩方证人测试？"

江崎检察官微微皱眉，随后嘴角勾起了冷笑。

"我为什么要帮你？"

"因为院方的态度很强硬，我们实在联系不上。"

"那是你们自己下的烂棋，不能怪别人吧。"

"当然，我是以当面谢罪为前提。这次公审，两位护士的证词将成为关键。我也想当面向她们传达这件事的重要性。"

"那我就更不应该帮你了。"他冷冷地说，"若是帮了你，岂不是成了给敌人雪中送炭？"

"我不清楚江崎先生你是怎么想的，但这个案子很显然是冤案。"伊豆原一边走向他一边继续道，"我们不应该执着于没有意义的胜负。你负责的案子马上就要变成一桩冤案了，到时候你一定会后悔的。"

伊豆原故意加重了语气，江崎反而露出了挑衅的笑容。

"你胡言乱语什么呢。我们只是在完成自己的工作。假设……"江崎顿了顿，凝视着伊豆原，像是在强调那个词，"假设真的成了一桩冤案，我也不认为是我做错了。这个案子是遵照国家法律的规定，接受公正的裁决。不管结果是什么，我们检方都不应该负任何责任。如果我们一定会输，还要你们辩护律师做什么？你觉得你们在司法制度中只充当了泼冷水的人吗？"

面对强烈的反驳，伊豆原无言以对。

"就算真的成了冤案，责任也百分之百在你们辩护律师身上。因为保护被告人的责任完全在于辩护律师，若是没能保护好，你应该悔恨自己能力不足，而不是怪到别人头上。"

伊豆原找不到任何反驳的话语，反倒重新认识到了自己背负着何等重大的责任。

在这样冷硬的看法之下，他无论说什么都只是借口。反过来说，即使面对这样的对手，他也要想方设法赢得无罪判决。若不这么做，就是没有履行辩护律师的职责。

"江崎先生，你说得没错。"伊豆原说，"但是正因为这样，我要再次拜托你，请你帮忙带话给川胜护士和竹冈护士吧。就算要我下跪，我也愿意。"

江崎检察官微微收紧了下颌，像是没料到伊豆原会这样说。随后，他露出了无奈的表情，像是要说"既然你都说到这个份儿上了，那就没办法了"。

然而就在这时，桝田插了进来："够了。辩护律师在神圣的法庭上给检察官下跪，这成何体统。"

这一句话使江崎检察官迅速恢复了冷静。

"至理名言。"他游刃有余地笑着说，"不愧是主任辩护律师。"

伊豆原觉得他这话带有一点揶揄的味道。桝田似乎没有听出话外音，挺着胸膛格外骄傲地对伊豆原说："走吧。"

## 21

进入九月后,纱奈开始在锦糸町的自由学校上学。

纱奈通过舞团认识了原舞花和一些平井中学的朋友,本来想回到那里上学,但由惟始终忘不了妹妹刚入学时的遭遇,就没有答应。校方和家长委员会都默认了纱奈不上学的事实,如今她再回去,他们肯定也不会答应。何况就算纱奈交了朋友,明面上的霸凌会有所收敛,也很难避免其他学生会在背后议论她。

虽不能说是妥协,但由惟最终同意了纱奈去那个自由学校。因为舞团里也有别的女孩子在那里上学,加之三崎凉介毕业后也经常回那里看看。别的且不说,三崎凉介照顾小辈这点,由惟是真心很欣赏的,所以才不情愿地答应了。

最开始,由惟还很担心纱奈不能习惯自由学校的生活,但是过了一段时间,纱奈还是很开朗。她说学校的老师都很好,可以轻轻松松地学习,有点像上补习班。周围虽然有些比较奇怪的孩子,但并不存在霸凌现象,何况还有舞团的伙伴,比自己一个人在家学习快乐多了。

这孩子真是天性直率、乐观开朗啊……由惟看着纱奈,忍不住深深感慨。经受了疾病和事件的影响,她还能保持那样的性格,没有扭曲,真是不幸中的万幸。

与之相对，由惟的生活就丝毫没有快乐的余地。也许因为她自己的性格无法像纱奈那样开朗直率。然而，即使忽略这个差别，她所处的环境也很难称得上令人愉快，每天早晨上班，她都会沉重地猜想今天又要经受什么样的苦难。

前岛京太专务已经把对她的冷嘲热讽当成了日常，八月的冰淇淋事件之后，他甚至开始叫由惟"小偷"。社长在场的时候，他当然不会放肆，可是在社长进了工地或是回到自己家后，他就会开始作威作福，使唤她出去跑腿，把她当成仆人。

"五分钟之内给我买回来。"

入秋后暑气未消，前岛京太养成了每天干完活下班后都支使由惟出去买冰淇淋的习惯。如果真的要五分钟内买回去，那她必须一路小跑才行。有一次她在最近的便利店没找到前岛京太要的冰淇淋，只好买了他喜欢吃的哈根达斯回去。

"你怎么随便买别的回来！没有不会去别的便利店找啊！真不知道怎么办，那就打电话啊！"

那天，前岛京太怒气冲冲地骂了由惟一顿。不过是买个冰淇淋，她觉得不至于专门打个电话确认。可是这种想法在他面前根本说不通。

究竟该优先速度，还是优先物品，她为这种小事倍感烦恼，精神越来越紧绷，最后还是难以避免地挨骂。觉得这样很没道理，是她太天真了吗？她再也不明白自己究竟该怎么做，只能拼命忍耐。

"还不快去重买。"他说，"要是你把钱还给我，那倒也不是不行。"

重买实在太无稽了，况且当时已经过了十七点。由惟只想早点回家，就掏出了自己的钱包。

她按照小票上的金额掏出钱放在前岛京太桌上，前岛京太满不在乎地瞥了一眼，朝由惟摆了摆手。

"开玩笑的。让你给钱，那不就跟小偷一样了。冰淇淋小偷有你一个就够了。"

说完他四下张望，要求员工们赔笑，接着便一副没事人的样子，高高兴兴地吃起了冰淇淋。

后来，由惟拿回那些钱，收拾好东西，打卡下班了。她感到身心俱疲，连眼泪都流不出来。

每天，前岛京太只要出现在办公室，就会找各种事由针对由惟。

哈根达斯那件事后，赤城浩子只要跟由惟单独待在办公室里，就会抱怨前岛京太的行为，像是要安慰由惟。然而由惟对她始终心怀芥蒂，怎么都无法坦率地接受她的好意。不久之后，她也敏感地察觉到了由惟的情绪，即使只有两个人也不再跟由惟说话。

"小南小姐，昨天专务回到办公室说，那家伙怎么已经走了。天那么热，他可能想叫你买冰淇淋吧。"

十月的某一天，赤城浩子久违地朝她开了口，竟是叫由惟不要一下班就着急走。

由惟的工作都不是当天就要完成的东西，因此她基本上不加班。如果打卡时间晚于下班时间超过三十分钟就会有加班费，有一次她忙着做杂务，打卡下班时已经超过了十七点半，结果被专务眼尖地发现，毫不客气地指责道："别整天想着混加班费。"即使他在十七点过后叫由惟去买东西，也会催促她不要拖到加班时间。

因为这个，每天到了下班时间，由惟十分钟内就收拾好东西走人。现在又有人拐弯抹角地对她表示了不满。

因为这句话，那天由惟勉强留到了接近十七点半。赤城浩子反倒先走了。

只不过现场的工作好像很忙，由惟留在办公室期间，别说前岛京太，谁都没回到办公室。

翌日由惟上班时，现场的工人们正围着工程表商量事情，一个姓阪本的二十多岁的男人叫了她一声。

"小南啊，你昨天在那附近看到一个银行信封了吗？"

"啊……我不知道。"

由惟顺着他的目光看向地板，对他描述的东西并没有印象。

"那里面有十万日元，是我收了室内足球队友的钱，准备拿去买球衣的。"

即使他这么说，不知道就是不知道。

"午休的时候，我从储物柜里拿过一次包。如果钱掉了，那应该就在那个时候。"

见阪本无奈地阴沉着脸，由惟也在附近看了看，却什么都没看到。"要是看到了，我告诉你。"说完，她就开始做自己的工作。

丢了那么多钱，他的心情想必很焦急，不过这个公司的人大多丢三落四，叫他们填资料也不填，平时丢了东西、找不到工具的事情经常发生。因此，由惟听了阪本的话并没有觉得奇怪，只猜想说不定过会儿就找到了，也没有往心里去。

午休时间，由惟在自己的座位上吃便当，拿着手机看伊豆原表示傍晚要上门拜访的信息，一直坐在墙边检查打卡情况的前岛京太突然叫了她一声。

"你昨天走得比赤城晚吧？"

"是的。"

"有什么工作没做完吗?"

"不是。"

由惟不知道他想说什么,有点警惕他是不是又要刁难自己,回答的语气有点犹豫。

"没什么事,你还一个人留在办公室里?"

很显然他话里有话,听起来很别扭。

"赤城小姐叫我别这么早下班,怕专务要找我买东西。"由惟无奈地答道。

"买东西?"前岛京太皱起了眉,"昨天那么忙,我哪有时间找你买东西。"

"我可不是那个意思啊。"赤城浩子在自己的座位上慌忙插嘴道,"前天专务不是找过小南嘛,我就是告诉她一声。我可没说叫她别这么早下班。"

但她话里话外都是那个意思吧……赤城的辩解让由惟有点生气。

"看工程表就知道那天现场能早下班还是晚下班了吧。"前岛京太说,"赤城的意思是,在早下班的日子,你回去前至少给现场的人倒杯茶吧。"

"没错,没错。"

她明明不是那个意思,却一个劲点头称是。

"像昨天那么忙的日子,你留下来干什么?"前岛京太嘀嘀咕咕的,又看向正在扒拉便利店盒饭的阪本,"阪本,你的钱找到了吗?"

"没有。"阪本依旧阴沉着脸摇了摇头。

"昨天中午确定还在吗?"专务问。

"确定还在包里。"阪本说,"而且我昨天只在午休时间开过包,也只拿了手机和毛巾,没特别确认过信封还在不在。除此之外,包就一直放在柜子里,所以要是掉了,只能是那个时候。下班时我发现信封没了,从一百米开外走回来,仔仔细细找了一遍,没有掉在路上。"

"那就怪了。"

前岛京太说完又看向由惟,仿佛在窥视她的脸色。由惟这才意识到自己被怀疑了。

她很想说自己什么都不知道,又怕贸然开口会被人说此地无银三百两,加重对她的怀疑。于是她只能尴尬地保持沉默,移开了目光。也不知道前岛京太怎么理解她的反应,总之她感觉那道视线一直盯着自己。

午休就这么过去了,由惟多少有些坐立不安地开始工作了。其他人都去了现场,她跟帮着专务说话的赤城浩子之间气氛十分尴尬,两人谁也没有说话。

还没到十七点,专务独自回到了办公室。

可能今天现场没那么多事情,也可能他要回来整理资料。由惟这样想着,停下手头的工作给他泡了茶。当然,她也提防着专务可能叫她去买冰淇淋。

只不过专务并没有叫她跑腿,而是盯着她端来的茶,然后一脸严肃地看向她。

"你负责管理储物柜的备用钥匙,对吧?"

"备用钥匙……?"由惟不知他在说什么,疑惑地反问道。

"就是那边的柜子,你平时都在用吧?"

"哦……"

由惟看了一眼摆在墙边的小柜子。那个柜子用来存放各种合同文件、公司印章和财务相关的资料,还有由惟他们上班用的笔记本电脑，所以经常要开开关关。这么说来，柜子里确实有一串钥匙，但她从来没注意过，更不知道那是储物柜的钥匙。

当然，她也没有那串钥匙归她保管的概念。放钥匙的文件柜安了密码锁，赤城告诉她开的时候要右转到3，再右转到3，然后左转到8，她一直都是这么用的。

"现场那帮人不知道密码。"

赤城浩子确实嘱咐过她不要把密码告诉现场的人，可是那又如何？

"我没碰过钥匙。"

由惟已经很清楚他在怀疑自己偷了阪本的钱，于是这样说道。

"那你说，储物柜里的钱怎么没了？"专务像盯着猎物似的逼问道，"昨天你看见什么人乱翻阪本的柜子了吗？"

二楼更衣室置有存放便服和工服的储物柜，但是贵重物品都不放在那里，而是放在办公室的小储物柜中。那些小储物柜自然就在从由惟的座位能看见的地方。

"以前有个手脚不干净的工人，三下两下就能打开更衣室的柜子。那个人有盗窃的前科，明知道自己会第一个遭到怀疑，他还是要干坏事。后来当然是我们查出来，把他开除了。从那以后，我们在办公室也放了储物柜存放贵重物品。我年轻的时候是打过架犯过事，但最恨偷东西的人。偷东西是种癖好，说白了就是病，说了也治不好。所以说啊，小偷最恶心了。"

他已经认定了心中的怀疑。由惟越听越生气。

"当然就像阪本说的那样，也可能是掉在哪里了。不过要真是掉了，别人捡到肯定会说吧。现在公司的人都不贪小便宜，就算有人赌钱，也只是打发时间而已。那种人啊，我都记在心里呢。每次约出去喝酒，没有一个人不出钱的，也就你找各种借口，好像特别不情愿花钱。我知道你老妈的官司肯定要花钱，这个我理解，但那是两码事啊。"

"我没有捡到钱，也没有从柜子里偷钱。"由惟气得声音都在颤抖。

"那是谁偷的？"他问道，"昨天社长十八点下班回来，直到十八点半，办公室里都没有人。阪本也是十八点半进来的，可以肯定现场那帮人没时间翻柜子。如果是外面的人进来偷东西，肯定直接就撬锁了，别人的钱包也不可能幸免。现在只有阪本那十万日元被盯上，小偷肯定是内部的知情人士。你午休的时候不也听到阪本说室内足球队要买球衣的事情了吗？"

"听了我也不知道他身上带着买球衣的钱。"

她陈述了理所当然的事实，前岛京太却依旧用怀疑的目光注视着她。由惟实在受不了，就转开了视线。

"你别总是我一看你就躲。"他低声说，"你知道这样在别人眼中有多可疑吗？躲就躲了，还光明正大地装不知道。吃了别人的冰淇淋，盒子扔在自己旁边的垃圾筐里，还好意思说自己什么都不知道。小偷就是这样，不管别人怀不怀疑，张口就说谎。这是一种病。"

"我没有吃冰淇淋！"由惟再也忍不住了。

"啊？"专务皱着眉看向她。

"是赤城小姐吃的，不是我。"

专务一言不发地看了她一会儿，然后看向坐在工位上的赤城。

赤城满脸惊恐地看着由惟。

"小……小南，你说什么呢……"她磕磕绊绊地否定道，"吓我一跳……怎么突然怪起我来了？"

赤城的眼神分明很慌张，却在拼命否认自己的行为。

"小南，你怎么了……究竟是怎么回事啊？"

更难以置信的其实是由惟。

专务再次冷冷地看向由惟。

"是真的……不是我吃的。"

"你这人，太有问题了。"专务绷着脸，愠怒地说，"现在说这种话，谁还会相信你？"

"当时……当时……"

当时赤城很害怕，而且因为一杯冰淇淋就闹成那样太夸张了，所以我才没说话……由惟很想这么说，却因为心中涌动着各种各样的感情，即使张开嘴也只能发出颤抖到分辨不清的声音，什么话也说不出来。

不，其实就算说了，这里也没有人会相信她。可能是这个事实让她开不了口。

由惟不知该如何是好，终于控制不了情绪，眼泪滴滴答答地淌了下来。

专务冷冷地啧了一声。

"哎呀，今天也累坏了呢！"

前岛社长像平时一样慢悠悠地走了进来，身后还跟着现场的年轻人。

"由惟，你怎么了？"

他看见由惟在哭，惊讶地问道。

"没怎么。"专务回答，"阪本弄丢了装钱的信封，我问她有没有看见过，她就哭了。"

"嗯……"社长为难地哼了一声，"那肯定是你问的方法不好吧？

就算你只想问她有没有看见过,如果用了怀疑的语气,无论是谁都会受伤啊。涉及这种微妙的问题,还是要注意方法啊。"

"可她就是很可疑啊。"专务说,"上次她还偷吃了我放在冰箱里的冰淇淋……"

"冰淇淋?"社长没好气地说,"你放在那儿,别人看见了都会吃啊。"

"不是,她那时候明明说对不起了,现在却说不是她吃的,是赤城吃的。"

"啊?"

"你看赤城都吓了一跳,不知道她突然瞎扯什么。她把冰淇淋杯子就扔在自己旁边的垃圾筐里,再这样说就不对了吧。"

"嗯……"社长又为难地看了看由惟,"由惟啊,说别人可不好吧……嗯,这样不好。"

看来她连唯一的支持者也没有了。

"不过再怎么说,你也别为了一个冰淇淋大吼大叫的。"社长责备专务道,"阪本的钱是另一码事,应该慎重调查。唉,真叫人为难啊。"

社长似乎想打圆场,结果什么都没圆上。他走进自己家后,本来在旁边看他们说话的阪本走了过来。

"我保证不生气,要是你捡到信封了,就在明天之前还给我吧。没有它我真的很难办。"

他轻声说完,便上了二楼更衣室。

"你哭也没有用。"等现场的人都上了二楼,专务故作夸张地叹了口气说,"回去好好考虑一晚上,想想自己的立场。你被开除了,别以为能在其他地方轻易找到工作……"

他还没说完，由惟就站了起来。她紧紧抓着包，顾不上打卡就逃也似的离开了办公室。

究竟该怎么说才好？

不管她怎么说、怎么做，也许都会变成这样……她一路上都在思索这个问题，渐渐产生了自暴自弃的想法。不管她多么努力认真地生活，多么积极向上地奋斗，都没有资格得到认可。大环境没有给她任何解决问题的出路。唯一的选择就是忍耐或者不忍耐。

可是，她早已超越了忍耐的极限。

在电车里，在走回家的路上，她的眼里一直含着泪。她能做的只有拼命不让泪水滑落下来。

到家开门后，她呆站在脱鞋的地方。

"回来啦。"

亮着灯的起居室里传来了纱奈的声音。

"你回来啦。"

伊豆原盘腿坐在起居室门口，伸出头来跟她打了招呼。

由惟也不脱鞋，站在门口拼命忍耐，但是失败了。一听见那两个人的声音，她紧绷的情绪就崩了弦，泪水止不住地涌了出来。

"怎么了？"

伊豆原立刻撑起身子注视着由惟。纱奈也探出头来。

"我……是不是不能逃避啊？"由惟哽咽着问伊豆原，"是不是逃避就算输了？为什么我要坚持现在这份工作呢？"

"你怎么了？"伊豆原说着，摇了摇头，"怎么会呢？世上没有哪份工作是无论如何都要坚持的呀。"

"辞掉吧。"纱奈跑向由惟，用力抱住了她，"总会有办法的。"

由惟也抱紧了纱奈小小的身体，放声大哭起来。

"阪本那家伙把钱放在了另一个包里，没带去上班。他回家后就在那个包里找到了，还特意找我道了歉。专务那家伙也是，什么都不查就对你说了那么失礼的话，我会让他好好道歉的，你就原谅他吧，好吗？"

第二天由惟没上班，社长打来了电话。

可是她一度绝望的心情再也难以复原，只反复告诉社长她要辞职。

"对了，我老婆最近一直说想回去上班，要找个托儿所托管孩子，可是到处都等不到空缺。在我们等到空缺之前，能不能请由惟小姐帮忙带带孩子呢？"

她在家里哭出来那天，伊豆原问清楚公司发生的事情，并确定了她要辞职后，提了这么一个建议。

当时由惟还沉浸在委屈的心情中，并没有把他的话当真，可是几天后，伊豆原又找上门来提起了这件事。

"怎么样，稍微冷静一点了吗？上回说的带孩子那件事，我回去问了老婆，她说你要是愿意，那就太好了。虽然可能给不了你很丰厚的报酬，但我们可以保证跟你之前在公司的工资一样。别担心，我老婆是个挺优秀的律师，复出后赚的钱肯定够付给你的。"

"可是我没照顾过婴儿。"

由惟有点退缩了，因为她连带孩子最基本的知识都没有，觉得自己做不了。

"没关系没关系，她会教你要做什么，而且有事可以随时打电话问。"

既然他已经说到这个份儿上了，由惟也就半推半就地答应了。她对这件事的态度很坦然，反正出了什么事她也负不了责任。

可是伊豆原说完回去后,由惟心中渐渐产生了要好好干的想法。

她觉得伊豆原是个好人。虽然他之前对她们两姐妹也很好,但由惟从未有过这种感慨。一是因为她自己顾不上想这些,二是她觉得伊豆原的所有行动都是为了那个案子。

然而,一般人真的会把自己宝贵的孩子交给被告人的女儿照料吗?如果没有一定的信任,任何人都不会这么做。对于伊豆原的信任,由惟感到很吃惊。

新的一周,由惟去了伊豆原在月岛的住处。他的妻子千景看见由惟拿着趁周末细读了一遍的育儿书籍,笑着说道:"早就听说你是个认真的孩子,看来是真的呢。"

"我不太有信心,"由惟坦白道,"但是会努力的。"

听了由惟的话,千景笑着点点头答道:"那真是帮我们大忙了。"

那一天和第二天的白天,千景一直带着她学习怎么照顾他们的女儿惠麻。

惠麻六个月了,刚开始吃离乳食品,还能脱离支撑自己坐一小会儿。她在婴儿床上的活动一天比一天活跃,每天都有新的变化。

"一开始我也不懂怎么带孩子,总是手忙脚乱的,后来就放宽心了,觉得太担心也没有用。"千景说,"我就认准了一个道理,大大咧咧地带孩子跟谨小慎微地带孩子,这里面的爱都是一样的。可是话虽如此,恢复工作后,我肯定还是会关心惠麻的情况,所以不管有什么事,你尽管打电话就好。还有,要是她学会爬了,你一定要拍视频给我看哟。"

"知道了。"由惟一边答应,一边感到自己的责任重大,必须代替孩子的母亲让惠麻感受到足够的关爱。

"不过有了孩子以后,我才知道自己的母亲有多关爱我,并真正体会到了她的辛苦呢。"千景感慨地说,"听说由惟小姐也对母亲很严厉呀!"说完,她调皮地看着由惟,"你在成长过程中并没有受到虐待,对吧?我可以向你保证,你之所以成长为这么好的一个孩子,都是多亏了母亲无尽的关爱。"

由惟不知该如何回应。她并不认为母亲没有给她关爱,只是不知道怎么才能理清心中这种纠结不清的情感。她只能认为,自己需要一些时间。

开始当保姆的新生活,让由惟有了满是泥污的心得到涤荡的感觉。

独自带孩子的第一天从孩子认生、号啕大哭开始。孩子今天是否吃完了千景出门时做好的离乳食品能让她时而忐忑,时而欣喜。孩子被逗笑了,她也高兴得心都快要融化了。看着孩子在自己的怀里睡着,她也舒舒服服地迷糊起来。

大约两周过后的周日,伊豆原造访了由惟的住处。双休日都是千景自己带孩子,所以由惟可以休息。

"怎么样,保姆的工作都习惯了吗?"伊豆原一见到由惟就问,"惠麻正好到了认生的阶段,有时候我去逗她,她都会哭呢。这种时候跟父母以外的人多接触其实是好事,我老婆也说你帮了很大的忙。"

他认可了由惟的工作。

"我也好想去伊豆原律师家玩啊。"纱奈在旁边说。

"下次去啊,总是我找上门来也不太好意思。"

今天他好像不只是来看由惟两姐妹,而是来商量审判事宜的。

"纱奈,你写好信了吗?"

他是指要在法庭上朗读的信。由惟此前坚持拒绝了写信和出庭做证。可是现在不知为何，她觉得有些尴尬。

　　"写好了。"纱奈从抽屉里拿出整齐叠好放在信封里的信，抱在胸前，"可是……我有点没信心呢。"

　　"念出来听听吧。"伊豆原说。

　　"啊？"纱奈有点不好意思。

　　"反正你要在法庭上念，总得先练练呀。"伊豆原端坐起来，摆好了倾听的姿势，"来吧……念给我和你姐姐听，看看有没有什么地方是要修改的。"

　　"嗯……那我念了。"

　　纱奈无奈地说着，拿出了信纸。

　　伊豆原鼓起了掌，由惟也跟着拍了两下手。

　　纱奈不知在紧张什么，做了好久的深呼吸，最后深吸一口气，下定了决心似的朗读起来。

　　"妈妈，你还好吗？"

　　这是她的第一句话。虽然没有夸张的语气和情感表达，但在简单的关心背后，透出了一年未见母亲的十二岁少女独有的寂寞。由惟听了那朴素而真诚的话语，内心备受感动。

　　纱奈朗读的信里，充满了没有伪装的、相信母亲的直率心情。

　　由惟不禁想，她为何能够如此坦率地相信？

　　自己为何不能像妹妹这样？

　　其实，她已经明白了。

　　受到那一刻环境的影响，忍不住承认了自己没做过的事，后来否定时，再也得不到任何人的信任。一旦被人以带有偏见的目光看待，若是没有支持自己的人，无论是谁，都有可能陷入跟母亲一样的境地。

但是，即使在明白了这件事之后，她还是假装没有发现，不愿意支持母亲。

因为她没有战斗的勇气。

她只能蜷缩着身体抱紧脑袋，拼尽全力保护自己。

她已经被逼到了没有退路的地方，却还在一心想着逃避。人们见她胆怯逃窜，就得意扬扬地穷追猛打。尽管如此，她还是要逃，逃得筋疲力尽，无暇顾及母亲。

纱奈不一样。她拼上了小小的身体，一直在全力战斗，所以她才能得到一个又一个同伴。

"小南野野花次女，小南纱奈。"

读完信，纱奈长出了一口气，有点害羞地说："我有点磕巴。"

"很好啊，太好了。"伊豆原比刚才更用力地拍起了手，连声称赞她，"没有需要改的地方了，就这么在法庭上念吧。"

"真的吗？"纱奈高兴地说完，在看向由惟的瞬间露出了为难的表情，"哎呀，姐……"

由惟抬手擦掉了脸上的泪水。她无法掩饰这个事实，却不知该说什么。

"你会哭挺正常的……嗯。"伊豆原眯着眼，表示理解。

"伊豆原律师，"由惟确定了自己的心意，坚定地说道，"我也要发言，请让我出庭吧。"

伊豆原听了先是瞠目结舌，随后缓缓开口道："谢谢你。

"但是很抱歉，手续整理已经结束了，现在来不及申请了。"

明明审判还没开始呀……

竟然来不及了。

"那我……什么都做不了吗？"

她喃喃着，在心里一直责怪自己其实早就该想到这个结果。伊豆原对她说了好几次，她却愚蠢、顽固又怯懦，一直不肯答应。

"没关系，对审判不会有影响的。"伊豆原说，"我知道由惟小姐支持母亲，你只要静静地看着就好了。"

"我把姐姐那一份也说了。"

伊豆原和纱奈越是安慰，由惟就越感到无力，眼泪又流了下来。

"下次我们一起去看令堂吧。"

听了伊豆原的话，由惟点点头。纱奈终于按捺不住哭了出来，于是伊豆原又忙着去安慰她了。

纱奈好不容易停止了哭泣，又因为能见到母亲，一下子高兴了不少。他们到车站前的家庭餐厅吃晚饭时，纱奈也一直说个不停。她好像已经坚信母亲的官司能打赢了。

可是，注视着纱奈的伊豆原虽然满脸笑意，心情却明显没那么兴奋。他的表情似乎暗示着审判不会那么简单。

话虽如此，由惟也做不了什么。每次一想到这里，她就感到胸口刺痛。

"等我安排好见面的日子，再通知由惟小姐吧。"

走出餐厅与两姐妹道别时，伊豆原这样说道。

"纱奈小姐，今天辛苦你了，谢谢。"

他再次感谢纱奈，对姐妹俩感谢他请客的话语轻轻颔首，随后抬手说了声"再见"。

"啊，伊豆原律师。"

伊豆原刚转过身，由惟就叫住了他。

"我有件不相关的事情……"

"嗯？"他看着由惟，微微歪着头。

"之前我们在车站站台上不是见到一个寻找性骚扰事件目击者的律师吗……他现在还在找吗？"

伊豆原皱了皱眉，然后说："不清楚呢。不过我猜那个案子应该还没开庭，所以还在找吧……你问这个干什么？"

"我看见了。我那天就在电车上，看见一个男人被人指责性骚扰，还在站台上被抓住了。"

"真的？"伊豆原惊讶地问。

"对不起，之前我一直说不出口。"

"没关系，没事的。"伊豆原说完，又确认了一遍，"真的是那天？"

"是的。"由惟说，"我记得很清楚。那个女人是古沟医院的奥野护士，男人当时挎着一个鼓鼓囊囊的挎包，是那个包碰到了奥野护士，然后她很生气，一直瞪着男人，男人似乎没发现……"

"奥野护士的性格很强势，恐怕不会轻易放过他吧。"纱奈帮腔道。

"你的意思是，他的包碰到了奥野护士，然后被误会为性骚扰了？"伊豆原问。

"我看到电车摇晃时有碰撞，并不是性骚扰。感觉像是之前男人的包碰到她时没有道歉，奥野护士很生气，才说他性骚扰的。"

"这样啊……"伊豆原有点呆滞地说，"你这是非常重要的证词，说不定是拯救那个男人的决定性证词呢。"

"我真的能派上用场吗？"由惟问，"因为母亲那件事……再加上隔了好几个月，这种时候发声，有人会相信吗？"

"你只要如实说出自己看见的就好。"伊豆原直视着由惟，坚定地说,"把你之前没有马上站出来的理由也如实说出来。没关系的。坦诚就是最大的力量。"

听到那句话,她感到自己有决心了。

"好的。"由惟点点头。

这下,她也终于能踏出一步了。

新的一周,由惟在伊豆原家中照顾惠麻。傍晚,伊豆原先于千景回来了。

紧接着,负责性骚扰事件的辩护律师柴田孝彰带着被告人走了进来。柴田一走进起居室,就目光犀利地注视着由惟。她不禁有点担心对方会指责她一直没有发声。

"这位就是遭到指控的生嶋直弥先生。"

柴田难以抑制兴奋地走上前去向她介绍了被告人。因为坚持否认罪行,他一直被警方拘留,直到快开庭了才终于得到保释。

"那位声称自己是受害者的女士,正是你说的人。今天我请生嶋先生穿了案发当天的衣服,你还记得他吗?"

生嶋穿着一身西装,还背着那个挎包。虽然已经过去了四个多月,由惟依旧清楚地记得他的模样。

"我记得。当时这个包比现在还鼓鼓囊囊。"

听了由惟的回答,柴田与生嶋对视一眼,接着紧紧抓住了她的手。

"我们一直……一直在找你。"

"对不起……我……"

她被柴田的兴奋震住了,想为自己迟迟没有发声而道歉,但他用力摇起了头。

"我听伊豆原律师说了。当时你一定是缺乏勇气吧。请先听我说完这句话——真的很感谢你。"

生嶋也在柴田身边深深鞠了一躬。

"那个……有别的目击证人吗?"由惟问了一句。

"没有。我找到过几位同乘一节车厢的乘客,但小南小姐你是第一个目睹了现场的人。"

由于车厢内部的监控摄像头被乘客的身体遮挡,仅靠录像无法判明是否存在性骚扰行为。由惟感到责任重大,精神有些恍惚。她也忍不住想,如果自己没有站出来,结果会是什么。不过,她现在已经下定了决心,无论遇到什么场面,她都会如实说出自己看到的情况。

由惟对他们说出了自己记得的内容。因为时常回忆起这件事,她的记忆相对清晰。生嶋边听边点头称是,听到一半还用袖子抹起了眼泪。此时的他并不像当时在电车里看到的那样粗线条,由惟很快就对他产生了同情。

"其实那天我在工作上出了点错误,被调离了项目组,心情特别糟糕。"生嶋说起了那天的事情,"我只顾着想心事,没怎么注意周围,那个包稍微碰到别人了,我也没心情去管。因为当时是这种心情,被人说性骚扰时,我脑子也转不过来,只想着逃跑了,结果越陷越深……后来警察知道了我工作上的事情,就一口咬定我是为了泄愤而去性骚扰的。"

他知道如果否认了,逮捕的消息就会传出去,连工作都保不住,但他不甘心为了保住这份工作而承认自己没做过的事情,并很确定这么做了一定会后悔,所以即使被拘留了很长时间,他也坚持没承认。他说话的语气似乎混杂着与不公做斗争的慨叹,还有选择了坚决斗争的信念。

"不过照你的说法，对方不是误以为自己被性骚扰，而是因为被包撞到了怀恨在心而指鹿为马，那就太过分了。"柴田愤慨地说。

"我一开始看见她像是被撞疼了，皱着眉回头看了一眼。后来因为电车摇晃发生触碰时，她也看了一眼挎包。"由惟说。

"监控录像的确拍到生嶋先生上车时被那位女性回头看了一眼，跟你的证词一致。"柴田说，"这下可以确定生嶋先生是无辜的，我们还要控告对方诬陷他人，要求警方将其逮捕才行。"

原本的受害者竟然会因为她的证词反遭逮捕吗……想到这里，由惟不由得紧张起来。也许，即使生嶋赢得了审判，她也不会感到由衷的高兴。可是，她已经下定决心要实话实说了，不需要考虑多余的事情。

"我跟奥野护士谈过一次，的确能看出她是很强势的人。"伊豆原苦笑着说，"但是上升到诬陷他人，那就不是强势这么单纯的问题了呢。"

"反正到时候情况一逆转，对方肯定会坚称自己就是觉得被摸到了。"柴田没好气地说，"这跟伊豆原律师的案子会有什么关系吗？"

"她是案发科室的护士，不过当天值夜班，没有直接关系。"伊豆原说到这里，目光突然游走了一会儿，"不过嘛……她的确会出庭。"

"怎么说？"

"她可能会出庭讲述小南女士在案发前的样子，说说自己心里的印象。当时在那个科室的护士几乎都被要求出庭做证了。"

伊豆原的语气似乎有些动摇。由惟若是当了性骚扰事件的证人，奥野会不会在由惟母亲的审判中给出报复性的证词……她担心的事情，伊豆原似乎也想到了。

"不会有问题吧？"柴田也意识到了这一点，"虽然这事轮不到我来担心。"

听他的语气，似乎不太希望由惟放弃做证。

"没关系。"不等伊豆原开口，由惟就回答了，"家母的事情，我已经交给伊豆原律师了。他应该能保证不影响到审判。"

伊豆原看着由惟，像是打消了所有疑虑般点点头。

"她说得没错。要是对方在庭上说了奇怪的话，我们会全力质询，将其驳回。"

"谢谢你。"柴田长出了一口气，"那我们就一起努力，争取无罪判决吧。"

柴田定好日后联系的事宜，跟生嶋一起离开了。

送走那两个人后，伊豆原回到起居室，看着由惟露出了微笑。

"由惟小姐一旦做了决定，就毫不动摇呢。"

她并非毫不动摇，也许只是性格中的固执在这时也起到了一点作用。由惟耸耸肩，回了一个苦笑。


那周过去一半时，由惟和纱奈被伊豆原领到了东京看守所。

他们在小菅车站下车，走过一段荒凉的道路，在看守所等伊豆原办好会见手续，然后上了二楼。

他们按照前台给的号码走进会见室，坐在椅子上等了一会儿，亚克力隔板另一头的房间门打开，母亲走了进来。

她的脸色很暗沉，显然是长期的监禁生活导致了难以消除的疲惫，她甚至比照顾纱奈住院时更憔悴了。

但她看见由惟两姐妹时，还是兴高采烈地挥了挥手。她们也奋力挥手回应了母亲。

"你们来啦。"

"嗯。"

"还好吗?"

"嗯……妈妈呢?"

真正见到母亲后,由惟和纱奈紧张得连一句体贴的话都说不出来,只汇报了各自的近况,告诉她自己过得很好。看守所的会见室有种独特的氛围,让由惟很难放松下来,母亲却依旧我行我素,同一个问题反复问好几次,表情总是呆呆的,也不知究竟有没有听懂由惟她们说的话。时隔一年相见,由惟心中感慨万千,但眼前的母亲依旧是从前与她们朝夕相处的那个人,因此她并没有因为心情激动而忘记怎么说话,她甚至因为母亲还是老样子而异常安心,突然有了强烈的日常感,一时间说不出安慰母亲的话了。

不过,母亲看着她们还是很高兴的。

"开庭的日子总算定下来了呢。这里的冬天特别冷,真希望他们能早点审完,总之只要再忍耐一段时间就好了。"母亲这番话像是对自己说的。

"等你出来了,我们去看贝鲁卡吧?"纱奈迫不及待地提出。

"贝鲁卡?"母亲呆呆地问。

"就是白鲸啊,你不是看过视频吗?"

"哦,是那只很像纱奈的白鲸。"

"才不像。"纱奈说,"妈妈更像。"

"那你说,白鲸能替妈妈出席审判吗?"

"那妈妈要替白鲸做游泳表演吗?"纱奈笑着说,"不要啦。"

在妈妈面前谈论未来的希望,也会变成傻气的玩笑。不过,这就是由惟她们一家人的日常。

"我还会带她们来的。"

结束会面时,伊豆原对野野花说。

"已经到时间了呀?"野野花不舍地说着,向伊豆原鞠了一躬,"谢谢你。能让伊豆原律师负责我的案子,真是太好了。"

伊豆原有点不好意思地抿着嘴唇,好像还想说点什么,但是犹豫片刻后,只说了一句"没什么"。

由惟似乎能理解他的心情。审判尚未开始,他脑子里一定装满了关于出庭的问题,应该想在赢得无罪判决后再听感谢的话语。

想到那个渐渐逼近的日子,由惟有力无处使,只能由衷地盼望一切顺利。

## 22

公审前的手续整理结束,接下来必须商定公审的对策了,他们也应该重新振作起来。然而他跟桝田之间,似乎还残留着刚刚熬过难关的倦怠感。

整个十月,他们只开了一次律师团会议,还是在伊豆原的再三催促下进行的。会议上的讨论始终在原地踏步,连大致的方向都没定下来,更别说质询证人的具体战略了。

"你觉得检方会提出什么刑罚要求?"

相比法庭战术,桝田似乎更关心检方如何求刑。这证明他现在最纠结的是量刑问题,也就表明了他认为现阶段必须做好有罪判决的准备。

"你担心那个有什么用?"

听了伊豆原的话,桝田表示他很清楚,但还是没有结束话题。

"我想了很多,觉得检方有可能不会要求死刑。这个案子虽然伤害到四个人,其中两人已死亡,而且受害者还是孩子,其家属的感情非常强烈。但要认定杀意非常难,就算最后判定动机的一大半是出于怨恨也一样。委托人不是医学专家,要想证明她产生了杀意并说服陪审团,这肯定很困难。检方在公审中虽然会大肆威胁,但是最后求刑应该会考虑到这点,提出无期徒刑吧。这样一来,实际的量刑应该是十几年到二十年的有期徒刑。如果能争取到这个地步，就算不错了。"

"你说什么呢？"伊豆原皱着眉，想打探他的真实意图，"难道你觉得能拿到有期徒刑就算是辩方胜利了？"

"我没有这么说。"他梗着脖子说，"我们主张的是无罪，拿到有罪判决肯定要上诉，那还用说吗？"

"那你为何还要做这种以防万一的准备？"

"现实就是我们没办法确保能赢得无罪判决。"桝田没有否定伊豆原的说法，"我们是否相信跟法院怎么判是两码事。极端点说，陪审员看了那些新闻报道，觉得小南女士百分之九十九有罪。要从那里出发把他们导向无罪判决，可没有嘴上说说那么简单。"

"正因为这样，我们才要想好策略，以便在庭上应战啊。"

他们的目标方向截然不同，讨论完全对不上号。

失去贵岛后，桝田的态度明显转向了保守。他肩负着主任律师的责任，似乎一心只想着避免无可挽回的极刑。

他邀请伊豆原加入律师团时，还把案子视作可以拼一拼无罪判决的好机会。可能因为当时贵岛虽然带病在身，但毕竟是律师团的一员，这给了他很大的勇气。现在没有了精神支柱，桝田彻底变成了缩头乌龟。

"小南女士一直以为审判结束后就能重获自由，可她没有意识到那份供述有多重要。她那么乐观，反倒让人担心。"

桝田虽然这么说，但在伊豆原看来，反倒是他过度悲观了。至少现在不是考虑那些事的时候。

可是，伊豆原作为后加入律师团的人，只能选择支持桝田。

进入十一月，柴田为生嶋直弥辩护的性骚扰事件在东京地方法院的小法庭开庭了。因为那不是输液中毒死伤案这样的大案，公审没有采用陪审员审判，而是由法官单独审理。

伊豆原坐在有二十个座位的旁听席角落看了整场审判。他一来是要给出庭做证的由惟加油打气，二来是对受害者奥野美菜有点兴趣。

让他惊奇的是，葛城麻衣子和坂下百合香也坐在旁听席上。这时他才意识到输液中毒死伤案发生当天的夜班人员、与自己之前一起谈过话的三个人原来关系这么好。

奥野美菜应该知道自己是诬陷他人性骚扰，叫朋友来旁听这样的审判，究竟是出于什么心理？与其说希望她们支持自己，伊豆原觉得更像是让她们也来看看自己陷害的人将会迎来什么样的结局。

葛城她们见到伊豆原完全不打招呼，反倒在开庭前一直偷看他，然后凑在一起窃窃私语。

前一周的第一次公审，检方和辩方已经做完了开庭陈述。根据柴田的事后总结，检方在开庭陈述中煞有介事地表示，被告人当天在公司遭到上司训斥，心情十分烦闷，所以在下班搭乘电车时实施了性骚扰以发泄怨气。检方还声称站台上的监控录像可以证明被告人上车前一度左右徘徊，锁定了车上的奥野美菜之后，才赶在最后一刻跑进车厢。

对此，辩方坚持主张无罪，指出被告人当天因为工作上的失误而意气消沉，只顾着想事情而险些错过电车，不得不慌忙上车。而且上车后，被告人也无暇顾及周围，其挎包碰到奥野美菜绝非故意，更不能算是性骚扰行为。

今天是第二次审理，程序进入证人质询，奥野美菜也出现在了法庭上。她与辩护席的被告人生嶋之间放置了隔板，二人看不见彼此。

奥野美菜站上法庭中央的证言台时，摆出了弓着背部环抱自己的脆弱姿势。她朗读誓词的声音很微弱，还带着一点颤抖。但是伊豆原早已见过她噘着嘴强势发言的模样，两者实在相差太大，很难理解为单纯的紧张。

法官请奥野美菜落座后，检察官开始质询。奥野声称生嶋上车后站在自己身后，先抚摸了她的左臀。她抗拒地躲开了，但生嶋还是反复骚扰，于是她抓住生嶋的手臂要求他停下来。可是生嶋不承认自己的行为，她感到很气愤，便在到站后请求周围乘客的帮助，抓住了生嶋。

辩护人柴田在质询中详细确认了加害者用哪只手摸了她，奥野抓住了加害者的哪只手，是否在他触摸臀部的瞬间将其抓住等内容。奥野回答加害者用左手摸了她，自己应该是在被摸到的瞬间抓住了他的左手。

检方给出一份鉴定结果，证实在生嶋左手指尖检测到了奥野穿着的长针织衫的纤维。若是一般的性骚扰案审判，在这个节点上恐怕已经确定加害者有罪了。

其后，在车站抓住生嶋的两名男性也出庭做证了。他们当时处在不同的车厢，并未目击性骚扰行为，是听见奥野的求助并看见生嶋的逃跑反应后追上去的。

休息时间过后，一直在证人等候室等候的由惟作为辩方证人被传唤上庭。她走进法庭时紧张得面无血色，但是落座后挺直了身子，显然有着坚定的决心。

柴田先让由惟在图上指认了自己在车厢里的位置，然后询问案发当时车厢内的拥挤情况。

"那天电车的刹车比平时更明显，不抓着吊环很容易站不稳。"

由惟口齿清晰地说道。

"你还记得奥野女士与生嶋先生上车时的情形吗？"

"记得。奥野女士先在新小岩上了车，后来快要发车时，生嶋先生也跑上来了。"

"生嶋先生当时是什么样子的？"

"他在关门的前一刻跑上来，顺势往里面走了两三步，所以装满了东西的挎包撞到了周围的好几个人。他的包也碰到了奥野女士的手，我看见奥野女士皱着眉缩起手，还瞪了生嶋先生一眼。生嶋先生似乎没怎么注意周围的情况，也没看见奥野女士瞪他。他当时塞着耳机，而且一上车就拿出手机盯着看。"

"小南小姐，你认识生嶋先生吗？"

"我不认识。"

"那你认识奥野女士吗？"

"奥野女士是我妹妹生病时住的医院的护士，所以我见过她。"

"你在车里是什么时候认出奥野女士的？"

"她刚上车时，我就觉得有点眼熟，但没想起来是谁。后来闹出性骚扰的骚动时听见她的声音，我才想起来她是妹妹住院时医院里见过的护士。"

"你能说说骚动发生时的情形吗？"柴田继续问道。

"电车摇晃了一下，生嶋先生没站稳，身体碰到了抓着吊环的奥野女士。奥野女士不高兴地用背部顶开了他，于是生嶋先生转动身体想躲开奥野女士，我想，他的挎包应该是在那时候碰到了奥野女士的臀部。奥野女士回过头，应该看见那个挎包了，然后她瞪着生嶋先生，对他'喂'了一声。"

接下来，由惟详细描述了生嶋摘下耳机回应，奥野美菜一把抓住生嶋的手臂指责他性骚扰的情况。

"你还记得奥野女士与生嶋先生发生接触时，生嶋先生的手放在哪里吗？"

"他的左手拿着手机，右手被他的身体挡着看不见，从我这边看像是弯曲着，应该抓着挎包的背带。而且从位置上看，他用右手应该碰不到奥野女士的左侧臀部。"

"奥野女士指责生嶋先生性骚扰时，抓住了生嶋先生的哪只手？"

"左手。生嶋先生想甩开她，还把手机摔到地上了。"

车厢内的监控摄像头也拍到了生嶋弯腰捡东西的画面。

"生嶋先生甩开奥野女士的手时，左手碰到她的衣服了吗？"

"我没看见。"

"请你说说电车到达平井站之后二人的行动。"

"生嶋先生下了车。奥野女士看见他的行动，喊了一声'喂，你想跑?!'，然后追上去抓住了生嶋先生的手臂。"

"抓住的是哪条手臂？"

"她是从生嶋先生右侧抓住他的，应该是右臂。"

"生嶋先生有什么反应？"

"他甩开奥野女士跑了。"

"生嶋先生甩开奥野女士时，左手是否碰到了她的衣服？"

他想解释生嶋左手附着的纤维是那个时候碰到的。

"他先转向奥野女士，然后才甩开了她，所以我想他应该是用左手反过来抓住奥野女士的手，把她甩开了。"

"你虽然没看见他抓住奥野女士的实际情形，但是能从二人的身体位置做出推断，是吗？"

"是的，生嶋先生确实先转过去面对奥野女士，然后才甩开了她。"

如果是被人从身后抓住右臂，再转过身将其甩开，那么极有可能是用左手抓住了对方的手臂。虽然站台的摄像头并没有捕捉到具体的手部动作，但确实拍到了生嶋转身的瞬间，可以侧面证明由惟的证言的可信程度。

"小南小姐，你为何在发生性骚扰的骚动之前就关注着生嶋先生和奥野女士的行动？"柴田换了个问题。

"因为生嶋先生急急忙忙地跑上车，比较引人注目，而且我觉得奥野女士很眼熟。"

"当时你自己是否拿着手机在看，或者看向了别处？"

"他们两人就在我前面，我基本上一直看着他们。"

"在你关注二人行动的过程中，生嶋先生是否有过疑似性骚扰的举动？"

"完全没有。我看他一直在盯着手机。"

检察官一边记录由惟的发言，一边心神不宁地摇头晃脑，难以掩饰内心的动摇。

"后来你在车站看见生嶋先生被周围的乘客抓住了吗？"

"看见了。"

"当时你没有想过站出来说这个人没有性骚扰吗？"

"对不起……我觉得那跟自己没关系，没能鼓起勇气。"

"后来我在平井站的站台寻找目击证人，你下班回家时看见过吗？"

"看见过。"

"当时你为何没有站出来？"

"我有想过，但还是没能鼓起勇气。"

"为什么你当时没能鼓起勇气，后来却改变了心意，决心站出来做证？能请你在可能的范围内讲讲自己的心路历程吗？"

"因为奥野女士工作的医院发生了一起患者死亡的案件，我母亲是那个案子的被告人。这件事让我的生活发生了巨变，周围的人对我的态度变得很冷漠。我觉得自己的处境这么尴尬，就算站出来发声也没有人会相信。如果奥野女士真的以为自己遭到了性骚扰，这时我站出来说不是这样的，只是挎包碰到了她，或许还有一点意义。但是当时在我看来，奥野女士明知道自己没有被性骚扰，只是心里很不爽，就故意要告发生嶋先生泄愤。我觉得在那种情况下站出来做证，很难保证别人真的会相信，搞不好还会引火上身。

"现在我之所以站出来做证，是因为我知道了世界上确实有无辜的人被冤枉，并且领悟到遇到这种事不能逃避，必须奋起反抗。对于我母亲的案子，我一开始也不确定究竟是不是她干的，但是现在我确信，母亲是无辜的。既然已经决定要支持母亲，我同样不能逃避这个自己明确知道是冤案的案子。"

虽然这是事先商量好的提问，但由惟能借此提及自己母亲的案子，并坦诚说出内心的想法，也着实令人敬佩。伊豆原很清楚，她虽然站在性骚扰案件的证言台上，但实际也在为母亲的案子而战。

也许因为她主动提起了母亲的案子，检察官在质询时没有刻意将重点放在那件事上。即使他真的恶意提及了，法官已经对由惟形成了凛然不屈的印象，恐怕不会那么容易被带偏。

闭庭后，旁听席的葛城麻衣子和坂下百合香没好气地瞥了一眼伊豆原，不言不语地走出了法庭。

性骚扰案件在月底给出了判决，生嶋直弥被宣告无罪。伊豆原接到了柴田通知这个消息的电话。法院只说根据目击证人的证词，不能认定存在性骚扰的事实，但因为受害者极有可能因为与被告人的挎包发生碰撞而误以为遭到性骚扰，所以被告人不能提出诽谤的质疑。

"这是我成为律师后第一次赢得无罪判决。哎呀，真是太爽了！"柴田高兴地感慨着，接着说要好好感谢伊豆原和由惟。

那天由惟一来到家里带孩子，伊豆原就转达了这个好消息。她的反应完完全全符合"长出了一口气"的形容。那并不是由衷的高兴，而更像是完成了任务的安心。

因为之前对野野花提起过由惟要给性骚扰的案子做证，伊豆原第二天去东京看守所看她时便汇报了这个结果。

"由惟那么勇敢地站出来，也算是值得了啊！"

因为公审的日期越来越近，野野花那天没什么精神，似乎有点紧张。但是听完伊豆原的话，她还是对由惟赞不绝口。

"那个案子能拿到无罪判决，可以说多亏了由惟小姐的证词啊。"

"原来真的有无罪的案子呢。"野野花的语气像在做梦。

"那当然了。"伊豆原说，"小南女士你的案子，我也准备拿到无罪判决。"

"可是我的案子没那么简单，不是吗？"野野花不放心地说，"桝田律师也是这么说的。"

"当然不能说简单……"伊豆原说到一半，突然意识到问题，"桝田律师说什么了？"

"他说……无罪判决没那么简单。"

桝田的确很为难地说过野野花坚信自己能得到无罪判决。可是纠正她的想法到底有什么意义呢？

"他还说如果陪审团不相信我无罪，不认罪的行为还会招致他们的反感，反而加重刑罚。可是伊豆原律师，我总不至于被判死刑吧？"

野野花似乎越说越害怕，最后无助地看着伊豆原，像在恳求他安慰自己。

"你现在想那些有什么用？我们上阵就是要打胜仗的。"

"可是桝田律师为什么要吓唬我呀？"

"那是……"

伊豆原险些要为桝田辩解，却没能说出口。

他心里本来还有点乐观的期待，觉得由惟在性骚扰事件中表现出的勇气能影响到野野花的案子。可是现在听了野野花的话，他不得不意识到本该主导辩护活动的桝田依旧背负着沉重的压力，没有办法积极向前。

贵岛曾叫他多多支持桝田，伊豆原也是这么打算的。

但是桝田本人当了缩头乌龟，伊豆原又只能从旁支持，能做到的事情非常有限。

身为律师，最该支持的应该是被告人野野花，最优先考虑的应该是如何打赢这场官司。

"那个……我没有责怪桝田律师的意思。"

野野花见伊豆原沉默了许久，又开口道。

"不，其实我最近对他也有点想法。"伊豆原说，"贵岛老师去世后，他好像迷失了方向。"

贵岛去世前，他就一时冲动质问了川胜春水。现在想来，那也是桝田一直在盲目跟随贵岛的表现。

"他一定很受打击吧。"野野花同情地说。

"小南女士。"伊豆原凝视着她,脑中浮现出了打破现状的答案,"我有一个提议。"

"嗯?"野野花被他的气势压倒,坐直了身子。

"现在我和桝田律师都是以国选律师的身份接手你的案子,但是除了国选律师,还有一种私选律师,也就是小南女士自己选择的律师。"

"哦?"野野花应了一声,但伊豆原不确定她究竟听懂了没有。

"你能指定我为私选律师吗?"伊豆原探出身子说道,"你不用担心钱的问题,我可以为你义务辩护。"

"这样会有什么变化吗?"野野花问。

"只要你指定我当私选律师,桝田律师就自动卸任了。"

"什么?"

看来她总算理解了伊豆原苦心思索后的提议。

"只有我一个人当然不够,我会去找帮手,而且已经有人选了。"

"可是那样桝田律师不会生气吗?"

"应该会生气。"伊豆原勉强笑了笑,"但是小南女士不用操心这个问题。"

"我当然操心啊。"野野花为难地说,"桝田律师对我那么好,还会认真听我说话,是个好人啊。"

"他的确是个好人。"伊豆原说,"但我提这个建议,已经做好了被他绝交的准备。请你优先考虑打赢这场官司,并以这个为前提决定选我还是选桝田律师。"

野野花深吸一口气,瞪大眼睛久久注视着伊豆原。

## 23

　　伊豆原说母亲找她们有事商量，于是那天下午，由惟把惠麻交给他，带着纱奈来到了东京看守所。

　　"哎，你把纱奈也带来啦？"

　　母亲看见她们两个走进来，惊讶地说道。看来她只是找由惟有事。十二月近在眼前，看守所寒意刺骨。母亲虽然穿着由惟送去的毛衣，但由惟还是觉得不应该等圣诞节，要再给母亲买一件更厚的毛衣才行。

　　"听说你在法庭上派上了大用场啊。"

　　一定是伊豆原跟她说了性骚扰案开庭的事情。由惟有点不好意思，故作冷漠地说："还行吧。"

　　"对了，"母亲马上换了话题，"由惟啊，你觉得伊豆原律师的提议怎么样？"

　　"伊豆原律师的提议？"

　　"他没跟你说吗？"

　　母亲愣愣地问道。由惟的确什么都不知道。

　　"是这样的——"母亲接下来说的话让她大吃一惊。伊豆原跟桝田发生了分歧，现在要母亲选择一个人当她的辩护律师？由于母亲说的话颠三倒四的，由惟不清楚自己有没有理解正确，但应该可以确定，伊豆原的确想踢掉桝田，以私选律师的身份参与这个案子。

"妈妈现在可为难了。"母亲无奈地说,"我不希望他们为了我闹矛盾,最好能两个人和和睦睦地干下去。伊豆原律师还说他可以义务辩护,但那怎么行呢?桝田律师被卸任了,也很可怜啊。他虽然不怎么靠得住,但我觉得那只是因为贵岛老师去世,他受了太大的打击。"

伊豆原没有事先告诉由惟,应该是希望她不带偏见地跟家人商量这件事。由此可见他是认真的,不存在两人合作的妥协方式。

既然如此,由惟要说的只有一句话。

"妈妈,"由惟开口道,"他们能不能好好相处并不重要,重要的是能不能打赢官司。"

"话是这么说……"母亲毫不掩饰心中的为难,"可他们真的不能好好合作吗……我觉得他们齐心协力肯定更好呀。"

看来母亲觉得那两个人一旦决裂,帮助自己的力量就会减半。这毕竟是自己的案子,母亲会担心这个也很正常。不过,伊豆原应该不是这么想的。

"就是做不到,他才会跟你提出来呀。这证明他是认真的。所以我觉得妈妈也要下定决心。"

"嗯……那我该怎么办呀?"母亲嘀嘀咕咕的。

"你为什么会犹豫呢?"由惟加重了语气,"伊豆原律师不是说了要给你争取无罪?桝田律师则说无罪很困难,对不对?"

"也不是说很困难,他是说希望我不要太乐观了。"

"那还不是一样?那跟事情还没开始就给自己找借口有什么不同?"由惟说,"你是无辜的,还是有罪的?"

"我当然是无辜的呀!"

"那不就结了!"由惟说着,看向旁边,"纱奈,你也说点什么啊。"

"姐姐把话都说完了。"纱奈笑着说。

"妈妈，"由惟再一次看向母亲，"我接下来要说的话可不是因为我在伊豆原律师家里当保姆，而是为了你好。伊豆原律师既然这么说了，就证明他是真心的，不如在他身上赌一把吧。"

"这样啊……"母亲好像还是有点迷茫，但很快看着由惟笑了笑，"既然由惟这么说，那我就在由惟身上赌一把吧。"

"嗯，这样就好。"由惟包容地说。

离开东京看守所后，由惟跟纱奈一起去了伊豆原在月岛的住处。

"哎，回来啦，辛苦了。纱奈小姐也来啦。"

趁纱奈哄惠麻的空当，伊豆原给她们泡了红茶。

"你们听令堂说了吗？"

三人坐在餐厅的小餐桌旁，伊豆原问道。

"是的。"由惟收起捧着茶杯的手，郑重地鞠了一躬，"律师，母亲就拜托你了。"

"拜托你了。"纱奈也跟着鞠了一躬。

"没什么，是我要拜托你们才对呀。"伊豆原慌忙回礼道。

"费用我会想办法解决的。"

"不，那个你不用在意。"

"不行，无论花多少年，我也会还清。"

"谢谢你。"

伊豆原像是被说服了，也有可能只是领了她的心意，脸上露出了微笑。对他来说，好像这样真的就够了。

"你们听到这个提议时恐怕很不放心吧，但我已经决定豁出去了，请交给我吧。"

说着，他像是在说服自己一样，用力点了点头。

## 24

桝田应该知道了国选律师被卸任的消息,打电话叫伊豆原出去见一面。

桝田本来不会轻易叫人去见自己,但得知这个消息后,应该很生气,再加上伊豆原虽然挂名在新河法律事务所,人却很少出现在那里,桝田只能把他叫到自己工作的地方。

伊豆原走进贵岛法律事务所,桝田一看见他就站起来,一言不发地走进了会议室。

桝田进屋后没有坐下,而是转身看着伊豆原。

"这肯定不是小南女士的主意吧。"他气得声音发颤,瞪着伊豆原。

"没错。"他坦率地承认了,"是我的主意。"

"你什么意思?"

"没什么意思。正如你所见,按照原来的状态,我无法全力投入这个案子。"

"你只是为了自己方便吗?"

"我是为了被告人的利益。"

"装什么装。"桝田恶狠狠地说,"我没想到你是手段这么脏的人,竟然抢别人的案子。"

"我是觉得对不起你,但为了赢得无罪判决,只能这么做。"

"我也不是说不打算赢得无罪。"桝田越发难以抑制愤怒的情绪。

"在我看来,你已经累了。"伊豆原冷静地说,"你手头还有很多从贵岛老师那里接过来的案子吧。"

"那些跟这个没有关系。"桝田摇着头说,"这场审判也是为了告慰贵岛老师的在天之灵。现在你排挤掉继承老师遗志的人,是什么意思?"

"那不对。"伊豆原斩钉截铁地否定道,"这不是为了告慰谁的在天之灵。贵岛老师身患重病还亲自参与到这个案子里,他的热情当然无比崇高。我也没有忘记老师嘱咐我要支持你的话语。可是,这是小南女士的案子。不管你们师徒感情有多么深厚,都不该优先于案子。"

桝田可能被骂醒了,再也没有说出谴责伊豆原的话。只是,他依旧瞪着伊豆原,不甘心地长叹了一声。

"给我滚。"桝田骂道,"给我滚。"

桝田的声音很低,没有任何温度。听见曾是朋友的人对他说出这样的话,伊豆原难免被刺痛了。他抬手叫桝田住嘴,转身离开了会议室。

"本来国选就够亏本了,现在还要自掏腰包上阵……"

晚饭时,千景没好气地说。

"那有什么办法,只能说是无奈的选择。"

"我现在能上班赚钱,你就开始放飞自我了呀。"

"抱歉抱歉。"伊豆原知道她这些挖苦并非发自内心,只好把它当成玩笑话。

"所以你打算找小栞一起干吗？"

千景最受不了的好像是这一点。

"我见她好像有兴趣，就想请你帮我问问。"

"那摆明了就是客套话嘛。"千景说，"世上哪能有这么多好事之徒。"

"反正你先帮我问问吧。"

千景白了他一眼，很不情愿地放下筷子拿起了手机。

"啊，小栞？不好意思啊，你现在有时间吗？"

千景很抱歉地说明了情况，听完对方的回应，慢吞吞地把还在通话的手机递给了伊豆原，嘴里嘀咕道："真是好事之徒。"

"感谢您的邀请，我一定会努力的！"

电话那头传来了仁科栞兴奋的声音。

进入十二月，仁科栞在短时间内熟读了所有证据资料，跟他连开了好几天的会，反复商讨如何展开辩方的主张，该从什么角度推翻检方的立证。

"现在最重要的是要明确展示小南女士在从进入护士站到离开的两分二十五秒钟内不可能实施犯罪。"

"按照检方的假说，她发饼干和在休息室聊天共耗时一分钟，剩下的一分二十几秒用于作案。要推翻假说有两种方法，一是想办法削减那一分二十几秒，二是质疑那一分二十几秒是否真的能够完成作案。"

"如果要削减作案时间，休息室的交谈时间就会变成争论点，但是这都取决于川胜、竹冈两位护士的证词，结果很不好预测。川胜的说法是四十秒，竹冈的说法是一分钟，小南女士的说法是一分十秒。照这样计算，作案时间只剩下不到一分钟，因此不可能完成。问题在于，要是辩方主张的小南女士的说法都被两位护士否定了，陪审团会如何判断？"

"不足的部分就只能强调作案的困难程度了。同样的行为，如果抱着犯罪的目的，再加上不能发出任何响动，难免会处在心理极度紧张的状态。必须让陪审团产生疑虑，质疑不管有一分钟还是一分二十几秒都很难完成犯罪。"

"检方已经通过实验证明完成作案只需一分钟出头，他们甚至可能说五十几秒就能完成。"

"也就是拿出护士操作的实验数据吗？那应该是业务熟练的护士才能达到的速度吧。"

"针对我们强调作案的困难程度，对方可能会强调其简单程度。比如要混入药物只需用注射器抽取，再注入输液袋就行，任何人都能做到。他们还会强调小南女士以前当过看护助手，目睹过许多次输液配药的操作，甚至会拿出她亲手制作的手工物品证明小南女士擅长针线和编织手艺，双手十分灵巧。"

"对方的唯一手段就是堆积状况证据，肯定会毫不客气地出手。我们必须先详细说明小南女士在医疗实务方面是个外行，让陪审团深入理解护士与看护助手的不同之处。"

"还有紧张心理和不能发出响动。因为现场情况是在两名护士背后偷偷操作，需要注意很多细节。"

"关键就在这里。作案者并非一开始就带着一分钟或一分二十秒的时间限制认知作案的。对那个人来说，最重要的应该是隐藏自己的气息，注意不发出响动，并不存在超过多少时间就会被人发现的前提条件。"

"检方试图把本来不存在时间限制的犯罪收束到小南女士停留的时间段内，这里就体现出了牵强。"

经过深入讨论，他们渐渐看出了检方的立证完全是结果论，随处可见强行拼凑的漏洞。伊豆原之所以会这么想，是因为他确信这个案子是冤案，然而陪审团不一定会产生跟他一样的想法。

他们必须组织起强有力的辩论，让陪审团看到这个问题。

不知不觉，新的一年到来了。

其间，惠麻学会了爬行，由惟每天发来的视频成了伊豆原工作时的慰藉。孩子真的每天都在成长。

一月没有公审准备，他与仁科枭排练了质询各个证人的场景，反复完善辩护用的演示文稿。

可是，无论在这上面花多少时间，都没能增强他对公审的信心。随着公审日子的临近，他反倒越来越不安了。野野花一定每天都在看守所狭小的房间里焦急地等待着开庭的日子。但是老实说，如果可能的话，伊豆原还是想尽量拖延开庭。

以前江崎检察官说过的话依旧残留在伊豆原脑中，甚至有了点威胁的色彩。能够拯救被告人的只有辩护律师，无辜的人被判了有罪，那既不是因为检方立证错误，也不是法院错判，而是辩护律师没能为被告人洗清冤屈。

检方不会高抬贵手。刑事审判高达百分之九十九点九的有罪率是这个国家的司法系统所决定的事实，他们绝不会把这个案子当作例外，站在被告人的立场上为野野花着想。

要在这种情况下赢得无罪判决，必须拿出能够彻底推翻检方立证的决定性证据……

然而，伊豆原并不认为他们掌握了那个证据。

就这样，野野花的庭审开始了。庭审安排了九天的日程，跨度为三周，双休日不开庭。

公审第一天，野野花穿着米白色高领毛衣和深蓝色半身裙出现在法庭上。她没有化妆，但扎起了头发，显然做了让自己看起来更体面的努力。

由惟也来了，坐在旁听席上。伊豆原已经事先告诉她野野花入庭时会戴手铐、系腰绳，但她看见母亲的样子，表情还是有点难受。

在陪审员登庭前，法警解开了野野花的手铐和腰绳。接着，野野花被两名法警夹在中间，坐到了伊豆原所在的律师席旁边。

法官和陪审员登庭，所有人起立行礼。庭审正式开始。

野野花移动到法庭中央的证言台上，由樱井审判长确认了姓名和出生年月日。其后，江崎检察官朗读了起诉书。

这个流程结束后，审判长再次传唤野野花。

"你有权保持沉默。如果你不保持沉默，那么你所说的一切都能被用作你的呈堂证供。"告知完沉默权后，审判长继续道，"刚才朗读的起诉书中，是否存在你认为与事实不相符的地方？"

"是的，那个……"因为紧张，野野花的声音有点沙哑，"我没做过那种事。我虽然在调查中承认了，但事实不是这样的。"

"辩护律师也不认可当中列出的所有罪状。"

伊豆原也正式否定了罪状。

检方接着宣读了控诉陈词。如果用书籍打比方，那么控诉陈词相当于前言，检方会在这个部分陈述此次审判将要立证哪些事实。与一般审判不同的地方在于，这次陈词照顾到了由普通公民组成的陪审团，用词都比较日常化。

"在这起事件中,有两个孩子失去了生命。她们用小小的身体努力与病魔抗争,梦想着有朝一日健康地玩耍。这些孩子都是家中的宝贝,家人们无不日夜担心她们的病情,努力照顾她们,愿意为她们付出一切。"

介绍完案情概要后,法庭的大屏幕上映出了两名受害者生前的照片。

"梶光莉小朋友为了治疗哮喘而住院。每次病情发作,她都会蜷缩起娇小的身体努力呼吸,与病魔做斗争。她是个腼腆的孩子,也有点爱撒娇,看见陪护的母亲有事出去,都要不安地追问'妈妈,你要去哪里?'。去年春天她刚上小学,尽管能上学的日子不足其他同学的一半,她还是交到了许多好朋友,秋天住院时也收到了同学和老师送来的寄语和纸鹤,所以她每天都会告诉母亲,她想尽快治好病回学校上学。"

旁听席已经传来了啜泣声。也许是梶光莉的母亲。伊豆原虽然没有转头去看,但也敏感地察觉到整个法庭的人都开始同情江崎检察官口中的惨剧牺牲者。

接下来,江崎检察官又陈述了恒川结芽是个什么样的孩子,得了什么病,跟家人有过什么样的故事,生前做过什么。然后,他又讲到佐伯桃香虽然逃过了死亡的命运,但至今仍受到自主神经失调症的影响,无法正常生活。

陪审团成员恐怕会奇怪地发现,被告人野野花本人听了江崎检察官的陈述,竟然也几次吸溜着鼻子抹眼泪。她也许是感同身受,才会忍不住流下眼泪。

"我们不能忘记,三〇五病房的四名患者之一——小南纱奈小姐也是本案的受害者。她虽然保住了性命,但也因为混入药液的影响一度失去意识,万一出点什么差错,甚至可能引发呼吸衰竭等重症。她当时正在治疗的肾炎因此发生恶化,导致住院时间大大延长了。但她受到的最严重的伤害还是精神上的,因为是她的亲生母亲让她遭受了那些痛苦。这对年幼的她而言,恐怕是难以接受的事实。

"为何被告人会对自己的孩子下手?这背后有着极其复杂的原因。首先可以毫无疑问地认定,被告人企图用加害自己孩子的方式隐瞒自身的罪行。被告人事前让纱奈小姐吃下饼干,以降低她所混入的胰岛素的药效,然后亲手调慢了输液速度,防止纱奈小姐陷入危急状态。如果这一切不是被告人所为,她又如何能做出这些预防措施呢?

"但是无论被告人如何预防,输液袋里一旦被混入了药液,便很难保证不产生任何危害。换作一般人,肯定会心生恐惧,不敢对自己的孩子下手。其实这个事实背后还潜藏着被告人的特殊人格。作为理解这起案件的关键,我想请各位了解一下名为'代理曼丘森综合征'的精神疾病。'曼丘森综合征'的名称来自酷爱撒谎的德国贵族,这种精神疾病会让人通过装病的方式获取周围人的关心和同情,有时还会伴随自残行为。'代理曼丘森综合征'则会使人故意伤害孩子或配偶等身边的人以博取同情。因为这一特征,'代理曼丘森综合征'多见于陪护住院患者的家属,进一步说,这类人也经常是医生、护士等具有医疗知识的人。

"被告人曾在一所综合医院从事看护助手工作,其日常的言行举止也表现出了对药物危害性的关注。此外,被告人工作过的医院曾发生过输液失误导致的死亡事故。

"在本案的审判程序中,检方将回溯被告人的人生经历,列出可能对其人格造成影响的种种事件，再结合专家做出的精神鉴定结果，阐明她对包括自己孩子在内的受害者的犯罪动机。"

检方果然要将犯罪动机的背景与野野花的工作履历和身边发生的事情结合起来。对于这种没有直接证据的案子，他们也许认为最有效的做法就是让她看起来就像会做这种事的人。

"但是，本案的直接犯罪动机并不复杂，其导火索便是被告人与女儿所在病房的其他患者的母亲的人际关系矛盾。特别是被告人曾数次与梶光莉小朋友的母亲梶朱里发生冲突，并发展为争吵。梶朱里女士希望女儿能够在安静的环境中治疗哮喘，也便于自己专注于陪护工作，但被告人过度干涉梶家母女，不仅反复打探母女二人的隐私，还擅自建议采用与治疗方案无关的民间疗法，其过度冒犯的言行给梶朱里女士造成了极大的压力。梶朱里女士不堪其扰，要求她别再插嘴，被告人却表现出'自己是正确的，而梶朱里女士做得不对'的态度，并四处散播这一观点，导致梶朱里女士的压力越来越大。而被告人见梶朱里女士持坚持抗拒的态度，内心便产生了怨恨。

"另外两名病童的母亲恒川初江女士和佐伯千佳子女士虽然与被告人没有表面上的矛盾，但内心都不满于被告人多管闲事的言行，其心情与梶朱里女士无异。被告人过于缺乏边界感的行为举止令普通人感到了强烈的困惑。被告人与梶朱里女士发生争吵时，另外两位女士表现出了支持梶朱里女士的态度，也导致被告人对她们怀恨在心。"

检方试图将野野花定义为边缘型人格障碍，建立起她就是这样的人，因为人际交往失败而产生了犯罪动机的理论。

不过，伊豆原已经听由惟讲述了当时病房内的情况，知道检方的理论何等片面。野野花确实有我行我素、不怎么顾及他人想法的一面，但由惟说，梶朱里也是个脾气急躁、性格有点怪异的人，对女儿光莉非常严厉，不允许她撒娇。

由惟判断，由于梶朱里是那样的人，恒川初江和佐伯千佳子不像是由衷地站在她那边，而更像是假装理解她，试图以迎合的姿态安抚她。只不过，现在野野花被安上了被告人的身份，恒川初江和佐伯千佳子极有可能正当化了自己支持梶朱里的记忆，并给出了这样的证词。

江崎检察官接下来的陈述证实了他的想法——检方准备通过她们的证词阐明被告人犯罪的动机。

控诉陈词还提及了野野花在护士站使用注射器往输液袋内注入药液的实际作案举动。

"当时，存放药品的冷藏柜和放置输液袋的推车都在护士站内几位护士看不见的死角。还有证据证明，被告人离开休息室后继续在护士站内停留了一分二十几秒。在那没有任何人目击的一分二十几秒间，被告人究竟在护士站内做了什么？我方通过这段时间前后与被告人发生过接触的数名护士的证词确定了这段不可解释的空白时间，并将结合实验结果，证明被告人就是在这个时间段往输液袋内混入了药液。"

江崎检察官用了"不可解释"这个词，煞有介事地指出了的确有一段空白时间可以让野野花在护士站内掩人耳目地对输液袋做手脚。当然，辩方会在这一点上全力抗争，但检方应该已经对川胜春水、竹冈聪子等人进行了证人验证。听江崎的语气，他对自己所做的工作很有信心。

"刚才被告人否定了起诉事实，表现出全面抗争的态度，但是在此次审判中，我方还将提交被告人本人的供述笔录作为证据。这份笔录的一个重点在于被告人承认了自己的罪行。在接受审讯时，被告人向审讯人员亲口承认了'是我做的，对不起'，并流下忏悔的泪水，在笔录上签了字。

"只需看过审讯时的录像资料，就能明确这份供述并非审讯人员通过违法的方式强行获取的。负责审讯的警官也将出庭做证。这些录像和证词将会证明被告人的供述笔录正当无误，同时将突出被告人在与辩护律师商议之后突然一改原先态度的不可解释之处。"

江崎检察官又用了"不可解释"这个词批判辩方的态度，贯彻了检方手握正义的姿态。

"我方认为，在量刑时有必要考虑到该案的残暴性质。"江崎检察官又提出了有罪判决时的量刑问题，"本案原是家长之间的争执，其矛头却被转向了无辜的儿童。那些努力与疾病做斗争的孩子遭到毒手，被残忍地夺去了生命。在点滴内混入药液也可理解为下毒杀人。这虽不是用利器或殴打制造的流血事件，但案发现场此起彼伏的指示、医护人员为了抢救而奋力奔走的画面、心电图冰冷的警示、受害者母亲拼命呼唤孩子的声音，还是让安静的儿科病房变成了一幅地狱图景。

"此外，本案被告人进入护士站后的所作所为丝毫称不上冲动行事。她是带着计划走进护士站，然后对输液袋做了手脚的，因此不能忽视其罪行的恶劣性。被告人对亲生女儿的行为也表明了其狡诈的计划性和人格的冷酷。

"更重要的是，被告人在供述后态度剧变，转而全面否认与本案的关系，可见其丝毫没有反省与改正的态度。综上所述，检方认为该案没有酌情减轻刑罚的余地，应该给予重刑。"

江崎检察官结束了声音洪亮的陈述,留下一句"以上为控诉陈词",朝前方一鞠躬,目光炯炯地落座了。

"接下来请辩护律师宣读开庭陈词。"

伊豆原走到证言台前,面向法官和陪审团。

"听到'妈妈'这个词,各位心中会想到什么?"

伊豆原注视着每一个陪审员的脸,侃侃而谈。

"各位想到的,也许就是世上独一无二的自己的母亲吧。虽然母亲有时爱多管闲事,怎么说都不听,让人很想抱怨几句,但她们依旧是深爱着我们、温柔守护着我们的宝贵的母亲啊!

"坐在被告席上的小南野野花女士也是随处可见的、两个女儿的宝贵母亲。当时还在上小学六年级的二女儿纱奈小姐住院时,小南女士没日没夜地在医院陪伴着她。自己的女儿被卷入了病房的输液中毒事件,而她只是因为那天刚好走进护士站发了零食,就遭到了警方的怀疑。警方一旦盯上了目标,就会穷追猛打,毫不手软,而小南女士只是随处可见的普通家庭的母亲,完全不知如何应对。最后的结果就是她被迫坐在了被告席上。正因为她是随处可见的普通家庭的母亲,只要时机稍有差错,同样的灾难完全有可能降临到另一个人身上。"

仁科栞操作电脑,在法庭的大屏幕上显示出了"辩护方主张无罪"的简洁文字。

"在这场审判中,我们将始终主张无罪。敬请各位摒弃先入为主的观念,用不带偏见的理性听取我们的主张。

"话虽如此,但各位在听过检察官的立证之后可能会想这也许就是小南女士干的。她如果没有犯罪,为何会在审讯中承认罪行,还在供述笔录上签字,以至于被检方拿到法庭上作为证据呢?"

大屏幕上又显示出一行文字——"争论点①供述的有效性"。

"不知各位是否说过违心的话语。假设对方正在气势汹汹地指责自己，这时就算不认同对方的想法，也会忍不住屈服，说'你讲得没错，的确可能是我做错了'。各位是否有过类似的经历呢？

"那一刻，小南女士身边没有任何支持她的人。那年春天，她与在外有了情人和孩子的丈夫离婚，从此独自抚养两个孩子。大女儿马上就要考大学了，二女儿也即将上初中。那正是家长精神最紧张的时期。而在这种时候，二女儿突发急性肾炎病倒，不得不住院治疗，于是小南女士辞去了工作，每天在病床边陪护女儿。那段时间，她虽然每天都笑容满面，但日子绝对不轻松。二女儿病情反复，住院时间延长到了一个半月。在此期间，她又与同病房的病童家长发生了一些小摩擦，不知不觉消耗了大量的精力。从客观角度来看，她一直在咬牙坚持完成母亲的工作。

"偏偏在这时，纱奈小姐被卷入了输液中毒死伤案。同病房的孩子因此丧命，纱奈也受到了伤害。小南女士不知道凶手是谁，不安与恐惧让她的脑子一片混乱。不知为何，警方盯上了她。在自愿接受调查时，她告诉警方自己知道胰岛素保存在冷藏柜里。这只是因为小南女士的父亲生前罹患糖尿病，一直在使用胰岛素治疗罢了。可是从那一刻起，警方的态度发生了明显的变化。在点滴里乱加药物很危险。她以前当过看护助手，目睹了许多患者因为药物问题深陷痛苦，病情发生恶化甚至死亡。对小南女士来说，她只是如实说出了自己知道的事情，警方却将这一切都与案子联系起来了。一来二去，小南女士就遭到了逮捕，被当成凶手看待。

"小南女士被迫与女儿分开，再也得不到她们的消息，自己也转眼就进入了每天都要被带到审讯室面对刑警审讯的环境。究竟是什么样的人才能冷静地接受那种现实呢?她知道自己是无辜的,只能寄希望于警察最终察觉到这一点。

"与此同时,警方的调查人员被赋予了必须从嫌疑人口中取得供述的任务。上层会指派经验丰富的刑警负责审讯,令其赌上自己的名誉取得成果。正因为这种机制,残酷的审讯行为横行肆虐,导致许多嫌疑人被迫承认了自己并没有犯下的罪行。由于这种行为过于猖獗,后来才出现了可视化审讯和限制审讯时间的规定。然而,调查方始终没有改掉得供述者得功劳的观念,想方设法破坏规定——很遗憾,在本案的审讯过程中,也出现了非法审讯的痕迹。

"小南女士在遭到逮捕第六天的审讯中,被迫承认了自己并没有犯下的罪行。她说的话得不到正常的理解,调查人员连续数日单方面地对其施加压力,并威胁她一味否定只会被判死刑,母亲一旦被判死刑,孩子的将来也会被毁。录像资料只留存了警方一天八个小时的审讯记录,以此证明其审讯行为合乎规定。可是从警察署的拘留记录可以看出,在小南女士被迫认罪之前,她每天都要接受长达十二三个小时的审讯。在这种异常状态下获取的供述笔录,不应该具备任何法律效力。"

由于供述笔录很容易给陪审团先入为主的观念,辩方的开庭陈词用了很长时间提示其可疑性。只要能在陪审团脑中留下这一点印象,他们就有可能更清楚地看到检方立证的破绽。

"检方现在只掌握了状况证据。可以说,本案的状况证据全都是为了捏造罪行拼凑起来的一些机缘巧合。检方仗着没有人目睹犯罪经过,企图构建一个煞有介事的理论来定罪。但是,这么做必然会产生矛盾。"

大屏幕上又换了一行文字——"争论点② 作案的时间"。接着,伊豆原开始阐述第二大争论点。

"检方认为，小南女士以发零食为由走进护士站，趁人不注意在输液袋里混入了药物。因为假设她真的是凶手，那么她只在那一刻有作案的机会。根据病房通道的监控摄像头记录，小南女士在护士站内部停留了二分二十五秒。在此期间，她给在护士站工作的护士发了零食，还走进休息室与里面的护士聊天。那么，她真的有时间掩人耳目地给四个输液袋混入药物吗？这个问题的关键就在于休息室内的聊天内容。

"要一个人回忆起过去某个时间在某个地点进行过什么样的交谈，这可以说几乎是不可能的。然而，仅仅是包括小南女士在内的三个人所能回忆起的交谈内容，就足以让小南女士在剩余的空白时间里不可能完成犯罪。"

接着，伊豆原用坚定的语气表示辩方将会通过对相关人士的提问，明确当时在休息室发生的详细对话，证明剩余的时间不足以完成犯罪。

其后，他又说到了野野花并没有犯罪动机，她虽然与梶朱里发生过争执，但丝毫没有怀恨在心。代理曼丘森综合征的鉴定结果只是片面之词，辩方独自委托鉴定的结果就没有得出同样的结论。

"检方借由高压审讯获取的供述笔录和恣意拼凑的状况证据企图立证，其行为可谓司法权的滥用。如今，一个普通女性被这种强大的力量逼上了绝路。她只是一个普通的母亲，只是在尽心尽力照顾自己住院的女儿。本案最该解决的问题恐怕应该是如何制止权力的滥用。辩护方将会奋起与之抗争，在整个公审过程中始终主张无罪。"

伊豆原最后呼吁陪审团一道对抗权力的滥用，结束了开庭陈词。

他早已做好了与江崎检察官针锋相对、殊死搏斗的准备。并且他认为，陪审团也感受到了他的决心。

但是现在不是在意优势劣势的时候。他必须先点燃战火。

第二次开庭审理过程主要以调查报告为依据，借助照片、图像及监控录像等资料说明案情。庭上先用各种图像资料介绍了病房内各个患者的位置、护士站的布局和冷藏柜等设备的位置。接着又给出了鉴定报告，说明受害者的输液袋被混入的药液名称、作用和剂量，以及受害者摄入体内的剂量和身体产生的变化。

这些证实了案件详细内容的书面证据从属于甲号证的调查报告等资料转到了属于乙号证的野野花的供述笔录等资料。针对野野花的供述笔录问题，法庭传唤了野野花本人及其审讯官长绳警部补等人出庭做证。

由于紧张，野野花没能集中控诉审讯的不正当性，只顾着不断重复供述内容与事实不相符，一些事先跟伊豆原彩排过的问题，她都想不起来如何回答，只能像放弃思考似的说"我也不知道为什么呢"。总而言之，她的主张欠缺了一定的力度。

长绳警部补及另外一名审讯官在庭上堂堂正正地做出了逻辑不通的辩解，还面不改色地搪塞伊豆原的追问，全程没有什么表情变化。最后法官判断野野花的供述笔录具有自愿性，将其加入了证据资料。

野野花因此大为失落。但他只能如此安慰——一般只要没有什么特别夸张的情况，供述笔录的自愿性就很难被推翻，不过就算被纳入证据资料，也不等于供述的内容就是事实。

新的一周，第三次庭审开始，正式进入证人质询环节。受害者家属梶朱里、恒川初江、佐伯千佳子三人出庭做证，讲述了陪护过程中与野野花发生的摩擦，以及争吵的具体内容。

梶朱里等人在检方质询阶段回顾了案发过程，不时声音哽咽。那个性格强势，指责野野花多管闲事、从不顾虑他人感受的梶朱里站在证言台上，也是个让人忍不住同情的受害者家属。她强忍呜咽讲述了内心的痛苦，并详细道出了被野野花的言行举止影响的陪护生活。

仁科栞负责辩护方的质询。对方站在受害者家属这一敏感的立场上，只要辩护方提问的方式稍有差池，就会被定义为贬低并攻击受害者一方，影响所有审判人员的印象。考虑到这个问题，伊豆原才让仁科栞上场，尽量展示出温和的形象。然而事实上，她也感到举步维艰。

"案发前一天您与小南女士发生争吵时，小南女士曾说过一句'这话真奇怪'。您还记得她说这话时的语气如何吗？像是自言自语，还是带着苦笑？"

"我只记得她说这话时没有看着我，但是我听得很清楚，明显感到她在生气。"

"案发当天的早上，小南女士对您说了'早上好'，您还记得吗？小南女士说她从未忘记过道早安。"

"我不记得那天早上她有没有说了。"

"假如头一天发生过争吵，第二天听到对方打招呼，一般人都会疑惑她是不是忘记了昨天的事情，请问您还记得自己是否产生过这样的想法吗？"

"只要跟她接触过就知道，她这个人很怪，即使刚吵过几句，她也会很快像什么都不记得一样照常搭话。因为她一直是这个样子，我很难看出她真正的感情，甚至觉得毛骨悚然。我觉得她像是在故意招惹别人，自己乐在其中。所以就算争吵过后她若无其事地打招呼，我也不会感到惊讶，更不会记得这么清楚。"

"您刚才说案发前一天发生争吵时明显感到她在生气，后来又说即使发生了争吵也很难看出她真正的感情。那么，案发前一天的争吵跟之前的争吵很不一样吗？"

"我觉得很不一样。"

"具体有什么不一样呢？"

"我觉得我们双方的火气都上来了。"

"您说双方，也就是说梶女士当时的火气也很大吗？"

"因为说了多少次她都不听，我的语气就也变得很重。"

"然后您觉得小南女士的反应也随之变激烈了，是吗？您觉得她的反应已经超过了您自己的语气变化，称得上异常了吗？"

"我不清楚算不算异常，反正觉得她比平时更激动。"

"您跟护士谈过您与小南女士的关系或者投诉过她吗？"

"谈过好几次。"

"护士向您提出过换病房的建议吗？"

"提过，但是别的病房都没有靠窗的空床位，我就没换。"

"您当时认为您跟小南女士的矛盾没有靠窗的床位重要，是这样吗？"

"这不是哪个更重要的问题。"

"案发前一天发生争吵时，您提出过换病房的要求吗？"

"凭什么我们换病房？本来就应该把她们换走，我也一直叫护士跟她说。"

"案发当天,您是否察觉到小南女士还残留着昨天争吵时的激动情绪?"

"我尽量躲着她,所以不知道。"

"光莉小朋友病情突变前哮喘发作了,小南女士还给她搓背了是吧?梶女士恰好在那时候回到病房,于是小南女士就离开了光莉小朋友。请问她当时的态度如何?看见您有没有表现出不耐烦,或是情绪激动?"

"当时她就是平时那副不知道在想什么的叫人毛骨悚然的样子。"

"也就是跟平时没什么两样,对吧?"

"真的叫人毛骨悚然。头一天还吵得那么厉害,突然又像什么都没发生过一样多管闲事……但是后来发生了那件事,我又仔细想了想,好像明白她想干什么了。"

"好了,问题回答到这里就足够了。谢谢您。"

"她就是乐在其中。她知道光莉很快就要出问题,所以才故意好心照顾她。"

"梶女士,这样就够了。"

"她真的乐在其中!"

"辩方提问结束。"

仁科桀非常慎重地选择话语,想强调野野花与梶朱里的冲突在现实中不算什么大问题,最后却以梶朱里大声哭喊收场。

其后,仁科桀又质询了佐伯千佳子和恒川初江,请她们讲述了案发前一天野野花与梶朱里发生冲突的情况。单听野野花和纱奈的描述,情绪激动的其实是梶朱里,从表面看野野花并不会因为这件事怀恨在心,所以伊豆原他们也希望从佐伯千佳子与恒川初江口中套出同样的想法。只不过,她们二人很显然站在梶朱里那边。这应该是同为受害者的战友意识吧。对于梶朱里对野野花的不满,她们都表示可以理解,并不约而同地说野野花日常的言行举止很奇怪,让人感到毛骨悚然。

仁科栞结束了不成功的质询,带着不甘和徒劳的表情回到了自己的座位。

第四次庭审是质询医院相关人员。这天走上证言台的是古沟院长等儿科病房的主治医生。

他们虽然熟悉患者的病情,但显然在案发之前并不清楚家长之间的矛盾冲突。为年幼的由惟治疗过哮喘的古沟院长和负责纱奈的石黑典子当然都很熟悉野野花,但他们的发言总体来说比较客观,甚至让人感到他们在下意识地拉开自己与那个案子的距离。

尽管如此,检方还是想尽一切办法要从医生口中套出野野花行为怪异的证词。

"古沟先生,您认为小南纱奈小姐在受害者中受到的危害较轻的原因是什么?"

"她在输液前食用的饼干抑制了胰岛素导致的低血糖症状。而且她的输液速度被调慢,注入体内的胰岛素剂量不大。再加上纱奈小姐当时读小学六年级,体型比其他受害儿童更大,因此导致重症的剂量需求更高。基本上是这几点。"

"我做个假设,如果要给没有高血糖症状的人点滴注射胰岛素,同时要防止那个人出现低血糖症状,除了令其摄入糖分和调慢输液速度,还有别的方法吗?"

"作为医疗手段,可以注射抵消胰岛素作用的胰高血糖素,还可以通过点滴注射葡萄糖,等等。"

"有没有外行人也能做到的办法？"

"那就是经口摄入糖分，或者调慢输液速度，尽量减少胰岛素注入。"

"也就是说，被告人在案发前采取的行动，从结果来说减轻了纱奈小姐被注入胰岛素的危害，并且是非常合理的方法，对吧？"

"嗯，可以这么说。"

在质询石黑医生时，检方又试图从她口中套出野野花因为长时间的陪护，有可能陷入了精神不稳定的状态。

"当您告知患者需要长期住院治疗时，被告人有什么反应？"

"她反复询问是否真的需要这样治疗，难道不可以在家疗养吗？"

"也就是说，被告人不愿让孩子住院，对吧？您觉得被告人是出于什么原因说了那些话？"

"我觉得她没有意识到纱奈小姐的病情的严重性。另外，因为她是一个人养育两个孩子，我猜她可能考虑到了没法工作的问题。但是在住院治疗的过程中，我见患者母亲每件事都要确认必要性，就猜测她可能对化学治疗本身持有怀疑。"

"古沟医院的儿科病房允许家长陪护，是吧？被告人对此是什么态度？"

"儿童的住院治疗难免需要家长的协助，因此我们会尽量建议全天陪护。纱奈小姐的母亲当初一口就答应下来了。"

"一般情况下，吃住都在医院的长期陪护会给家长造成一定的身心负担吗？"

"身心负担应该是很大的。因为是全天陪护，家长会因为孩子的病情变化而心情起伏，处在精神紧张、疲劳难以消除的状态。而且很不好意思地说，医院提供的陪护床完全谈不上舒适。受到环境的影响，家长因为睡眠不足而熬坏身体的情况并不少见。有的家长则会在孩子出院后积劳成疾，突然病倒。"

"会不会有家长在一两个月的长期陪护中言行举止发生变化呢？"

"有的家长会质问孩子的病怎么还不好，或者要换医院治疗。偶尔还有人会请宗教人士到病房去作法，企图靠迷信治好孩子。"

"您感觉被告人在长期的陪护中有没有发生变化呢？"

"患者住院期间，只要病情没有明显的恶化，我就主要在晚饭前后的短暂时间去确认一下现状，并没有感觉到她有特别明显的变化。"

"纱奈小姐的病情好转情况跟您预测的一样顺利吗？"

"纱奈小姐的病情并不是一直在好转，也有停滞不前甚至恶化的时期。但是治疗效果难免存在个体差异，这种情况并非超出预料，而只能说是不可避免的。"

"现在查明被告人经常擅自调整纱奈小姐的输液速度，请问这对治疗的效果可能产生影响吗？"

"这种行为当然不能鼓励，也不能断言毫无影响，但每天输液的剂量都有保证，因此调整输液速度本身并不会立刻造成很大的影响。"

"您在与被告人交流的过程中，是否发现她很熟悉治疗方法和药剂，或者对这些非常好奇？"

"她会很仔细地询问医院使用的点滴的效用和副作用，我觉得她应该是那种会自己调查学习，直到能够从一定程度上把握治疗情况的家长。"

"也就是说，她对药品的效用和副作用都有强烈的关注，是吧？请问被告人具体会说些什么？"

"她经常说是药三分毒。我告诉她医生会监控用药情况,但她说自己以前在医院工作过,知道药可以治病,但也亲眼看见了许多越治越糟糕的人。要说好奇,她确实是好奇,但我的印象是她对这方面有很负面的看法。"

"也就是说,她比一般人更清楚地意识到了药品对人体的不良作用,是吧?"

"嗯,可以这么说。"

主治医生只是在患者住院期间每天巡房一次,跟患者的母亲野野花没有什么接触。检方这种强行歪曲印象的质询方式显得十分牵强,辩方并没有因此受到什么影响。

然而轮到辩方质询时,他们未能问出足以让形势逆转的证词,结果变成了被检方一点点慢慢紧逼的状态。

第五次开庭是对儿科病房护士的质询。

最先被传唤的证人,是案发当天值夜班,在检方推测野野花进入护士站混入药液时尚未出勤的三个人——葛城麻衣子、奥野美菜和坂下百合香。

从她们口中不太可能说出与犯罪直接相关的证词,但毕竟这三人是个比较特殊的小团体,让人有点担心她们会怎么说野野花。尤其是奥野美菜,她说不定还记着在性骚扰案子的庭审中被翻案的仇。

主任葛城麻衣子明确指出了野野花不顾自己的反复警告,坚持擅自调节输液速度,已经成了护士们要高度关注的人物。

"每次您一警告,被告人会做出什么反应?"

"她会说反正全都会打进身体里,调一调无所谓。有时候她明显动了调节阀,还瞎说自己没有动。"

野野花也许只是装傻开玩笑，但是到了葛城麻衣子口中，却像是撒谎成瘾，这对辩方来说不算什么正面的证词。伊豆原在质询时提问："与其说在说谎，她其实更像是故意装傻，跟您开玩笑，是这样吗？"葛城麻衣子却回答："我认为她是真的在撒谎逃避指责。"她可能先入为主地认定野野花就是凶手，毫不犹豫地说出了对她不利的证词。

奥野美菜也一样，话里话外的攻击性甚至胜过葛城麻衣子。她也指出了野野花不顾反复劝阻，坚持擅自调节输液速度。

"您还就输液问题跟被告人有过什么交谈吗？"江崎检察官深入询问道。

"她经常问里面的药物都有什么作用，也问过纱奈小姐并没有使用的药，比如氢羟肾上腺皮质素是什么。接着她还说那是光莉小朋友用的治疗哮喘的药物。我记得当时我很惊讶，没想到她连这个都关心。"

"被告人是否提到过是药三分毒这种负面观点？"

"跟她有接触的护士应该都听她说过。纱奈小姐的治疗需要集中投用甾体，所以我猜测她应该是不放心这个。因为她总是很肯定地这样说，让人不太敢反驳。我觉得她可能不太相信现代医学，她还经常说一旦轻信了就会遭到反噬，没有真正体验过的人不知道副作用有多可怕，说得非常吓人，像是某种警告或者预告。后来我仔细想想，她会不会是想通过制造这种事态，让那些不理会自己的人产生警觉？"

"我反对。"

本来律师的反对权并不是用在证人身上的，但伊豆原还是忍无可忍地站了起来。

"反对事由是什么?"樱井审判长问道。

"证人在阐述主观意见。这是小南女士被逮捕的事实发生后形成的偏见,严重缺乏客观性。"

"如果你对证词有意见,那么大可以在轮到你质询时提出来,请你不要妨碍检方质询。"

江崎检察官不高兴地说。

"请检方继续。"樱井审判长催促道。

"证人是在得知被告人遭到逮捕之后才形成这种想法的吗?"

"不是。"奥野美菜回答,"案子发生后,我听说有人对三〇五病房患者的输液袋做了手脚,就想起了那些事。后来我也是这么对警察说的。这是在小南女士被逮捕之前,而且我的身边已经有人在议论这个了。"

看来那并非逮捕之后才形成的想法,而是奥野等人的证词导致了野野花被逮捕。她们的话也许没有恶意,但对已经确信野野花没有犯罪的伊豆原来说,她们的证词无疑是大麻烦。

"您所说的身边,具体是指什么人?"

"葛城主任和坂下护士。"

"奥野护士,那天三〇五病房突发状况,您刚到医院准备值夜班,所以直接加入了抢救工作。那么请问,您在病房看见被告人了吗?"

"当时忙着抢救,没有特别注意,但我记得是看见了。"

"您有没有发现她有什么异常表现?"

"有一点。继梶光莉小朋友之后,佐伯桃香小朋友也突然发病,医生们都搞不清究竟是怎么回事,而就在那时,我看见小南女士动了纱奈小姐的输液阀。因为她的动作很慌乱,我就注意到了。没过多久,我们发现恒川结芽小朋友也停止呼吸了,医生开始怀疑是不是输液袋里被人加了什么东西,就去查看纱奈小姐的输液情况,发现输液已经被停了。我想到小南女士可能就是那个时候停掉了输液,觉得有点奇怪。"

"您觉得有点奇怪,具体是指什么?"

"停止输液肯定是因为怀疑药液被混入了有毒物品,但她停掉输液的时候,连医生都还没想到可能是输液的问题。我就觉得有点奇怪,为什么偏偏小南女士能想到呢?"

奥野美菜的证词很有说服力,江崎检察官可能不觉得需要补充什么,却还是慢悠悠地点了两三次头,仿佛在仔细理解证词的重要性。

接着,奥野美菜又像跟伊豆原交谈时那样,事无巨细地描述了案发前两天她负责三〇五病房时,野野花在病房盥洗室洗毛巾,因为噪声而惹恼了梶朱里,两人发生口角的事情。

"请问奥野护士,您是否看见过被告人走进护士站的场景?"

江崎检察官继续提问,显然还有招数没施展出来。

"经常看见。"

"被告人进护士站一般都做些什么?"

"给工作人员发零食,然后闲聊几句。"

"除此之外,被告人还有什么奇怪的举动吗?"

"有一次我看见小南女士停在冷藏柜前面盯着那里看。我问她在干什么,她敷衍地说在看墙上的排班表。"

这是奥野美菜笔录上没有的证词。不过看江崎检察官淡定的模样,他肯定对此早有预料,也许是在证人测试时问出来的。

"那是什么时候?"

"我记不太清楚了,应该是在案发前大约一周。"

"护士站的冷藏柜安装了玻璃门,可以看见里面存放的药品,对吧?顺便问一句,您说的排班表是指安排白班和夜班护士的执勤表,对吧?从照片上看,排班表的确就在冷藏柜旁边。请问,您当时看见她注视着哪个位置?"

"我觉得她在看冷藏柜。因为护士站门前的通道也贴了排班表,方便患者查看,专门站在那里看也太奇怪了。"

野野花在被告席上直摇头,似乎想说自己真的在看排班表。伊豆原向她确认了两三遍后,开始了质询。

"小南女士说她在看护士站内的排班表时,您注意到她站立的位置了吗?是冷藏柜前方还是排班表前方?"

"应该在两者正中间。"奥野用桀骜不驯的目光看着伊豆原回答道。

"那请问您是在哪里看见她的?"

"在她背后一两米的地方。"

"背后,是吧?您在那个位置能看见被告人的视线方向吗?"

"从头的角度大概能看出来。"

伊豆原走向陪审团席位,背对奥野,把脸转向审判长,目光则落在了书记员方向。

"请问,您能看出我现在看着哪里吗?"

"我反对。"江崎检察官插嘴道,"这是故意引诱证人出错的不恰当质询。"

奥野美菜没有回答,樱井审判长责令伊豆原换一个问题。

"小南女士走进护士站时,您开口制止过她吗?"

"只要看见,我都会说。"

"其他护士也会跟您一样制止她吗?"

"我觉得很多人都把这件事交给副护士长来说了。但这么做的确违反规定，所以我每次都会说。"

"您都是怎么制止她的？"

"我会说你不能进来哟。"

"您是一看见她就制止了吗？会不会对她说'小南女士，你在干什么'这样的话呢？"

"当然，有时也会这样说。"

"小南女士回答在看排班表时，您问的也是'你在干什么'，请问您这么说是因为发现小南女士在看冷藏柜，产生怀疑了吗？还是看见她走进了护士站，单纯为了制止才这么说的？"

"两者都有。"

"小南女士说的就是'在看排班表'这几个字吗？如果记得，请回答。"

"我不是每个字都记得很清楚……只记得她说了类似'我在想谁值夜班'这样的话。我认为可以理解为她在看排班表。"

"对此，您说了什么？"

"具体怎么说的我忘了，反正我请她离开护士站。"

"您没有质问她盯着冷藏柜在找什么吗？"

"她说在看排班表，我就没问。"

"您觉得她在盯着冷藏柜，并对此产生怀疑才叫住了她，对吧？小南女士回答她在看排班表时，您不是应该认为她在说谎，心里更怀疑了才对吗？为什么没有继续追问呢？"

"因为我觉得请她离开护士站更重要。"

奥野美菜有点烦躁地回答道。电光石火之间，二人的视线交错了。

319

"辩方质询结束。"

伊豆原说完便回到了座位上。他刚才有点想提起性骚扰案，质问她今日做出这种证词是否因为由惟对那个案子的影响，但他认为这么做有点下三烂，于是作罢了。反正她不可能承认，检方更是会提出反对，声称与本案无关。最终目的是让陪审团知道这件事，但也有可能反而给他们留下阴险的印象。

可是，他们难道不应该想尽一切办法发起反击吗⋯⋯到最后，伊豆原还是觉得自己的质询不够彻底，心中万分苦涩。他丝毫不认为到目前为止的辩护影响了陪审团的心证。

当天预定的证人质询结束，法官宣布闭庭时，野野花的表情已经十分黯淡。

也许她敏感地察觉到了现在的不利形势。尤其是今天，连续好几个证人的证词都堪称充满恶意，也难怪她会这么沮丧。

"我们已经撑过逆风了。"

伊豆原鼓励道。剩下的证人有岛津淳美等人，她们跟伊豆原谈话时都表现出了对野野花的同情，可以期待她们给出中立的证词。另外，川胜春水和竹冈聪子的质询将是辩护方围绕休息室谈话时间提出主张的重头戏。即使现在处在守势，届时也有机会实现逆转。

"就是啊，逆转的机会还在后面呢。"

仁科棻也帮腔道。

野野花虽然不改沮丧的神色，却还是点了点头，像是很想相信他们。

下一次庭审依旧是护士的证人质询。检方虽然没能问出有杀伤力的证词，但辩方也没能问出对自己有利的证词，因此胶着状态不变,辩方依旧处在劣势。

这时,岛津淳美身穿藏蓝色连衣裙走上了证言台。她像此前对伊豆原坦诚描述病房工作人员的人际关系时那样,大大方方地朗读了宣誓词。

但是检方质询开始后,伊豆原突然感到有点异样。她的回答给人一种不太放得开的感觉。

"岛津护士,您在案发前一天的白班负责了三〇五病房,对吧?请问您知道被告人与梶朱里女士发生了口角吗?"

"是的……应该在十四点。我走进病房时听见梶女士大声说'你能不能收敛一点'。对此,小南女士说'你这么大声反而会让光莉发作'。她们并没有面对面争吵,而是坐在各自的孩子旁边,只用语言争执。"

"那您当时是怎么做的?"

"我听了她们的说法,都安抚了一遍。"

"争吵的理由是什么?"

"小南女士吃完面包后,拿起椅子的坐垫拍掉上面的碎屑,梶女士要求她到外面拍,所以吵起来了。"

"您听了她们的描述,自己是怎么想的?您觉得梶女士太神经质了,还是被告人太不考虑别人的感受?"

"虽然病床隔开了一段距离,但是做那种事情发出声响的确会影响别人,而且灰尘往往容易诱发过敏反应,所以我不觉得梶女士太神经质。小南女士之前应该被梶女士抱怨过好几次,我的确觉得她可以再注意一点。"

"您对被告人这么说了吗?"

"算是说了。"

"什么叫算是说了？"

"虽然说了，但她不一定会听……"

"是因为她不理解吗？"

"嗯……因为她不太会听别人的话而改变自己的做法。"

"您提醒被告人之后，她是否表现出了抗拒？"

"她说与其在意灰尘，不如多做干布摩擦，给孩子提高免疫力。"

她并没有恶意诋毁野野花，却也没有表示支持，给人感觉像是被检方压着质询。

伊豆原离席进行了辩方质询。

"小南女士在医院陪护纱奈小姐时，是否有别的患者或家属会随意进出护士站？"

"据我所知没有。"

"您在古沟医院的儿科病房工作了多久？"

"九年出头。"

"如果是以前，您见过随意进出护士站的人吗？"

"以前经常见到。"

"那随意走进休息室的人呢？"

"也有那样的人。"

"那些人一般在什么时候这样做？"

"有的患者出院会来送些点心表示感谢，他们可能觉得在通道上送礼不太好，就直接走进护士站了。"

"也就是说，在短短十年前，那样的光景还不罕见。这几年没有人这么做，是因为医院的规定吗？"

"大约七年前，医院要求我们严格禁止无关人员进入护士站。"

"这个规定出台时，医院是否增添了患者及其家属都能看懂的提示?"

"当时在护士站的出入口摆了'无关人员禁止入内'的牌子。"

"案发时也有这块牌子吗?"

"近两三年都没有摆牌子,可能有人嫌碍事收起来了。"

"您看见过小南女士走进护士站吗?"

"看见过几次。"

"当时您制止她了吗?"

"没有。"

"为什么?"

"我猜副护士长和主任看见了会制止,就没开口。"

"过去经常有这种情况,是否影响到了您的看法?"

此前跟岛津谈话时,她的确这么说过。他希望能在庭上引导出这句证词,给陪审团留下野野花的行为其实不算异常的印象。

可是,岛津淳美犹豫了片刻,并没有肯定。

"应该说,我是那种不擅长制止别人的性格,所以总会留给别人去做。而且我知道即使副护士长和主任制止了,她也还是会进来,就觉得反正说了也没用。其实我应该制止的。"

"这样啊……"伊豆原很无奈,只好换了个问题,"案发前一天小南女士和梶女士之间的矛盾,您觉得很严重吗?"

"因为不是第一次了,我是想过有必要提醒一下。"

"您说想过有必要提醒一下,也就是事态并没有发展到必须立刻做出反应的程度吗?"

"不,本来应该要考虑给其中一位患者换病房了,但是梶女士觉得不该自己走,而是小南女士走,小南女士又好像不觉得自己应该这么做,所以我觉得很为难。"

伊豆原本来希望她说自己并不认为那是很严重的矛盾，结果希望又落空了。

"您知道小南女士经常调整纱奈小姐的输液速度吗？"

"知道。"

"那您说过她吗？"

"没有。如果她停掉输液，我肯定会说，但她并没有那样做。"

"您想过小南女士为何要调慢输液速度吗？"

"我猜她是担心输液速度过快会给纱奈小姐的身体造成负担。"

"您对此有什么想法？是觉得这个人真多事，还是认为情有可原？"

他猜岛津会对野野花的行为表示理解。

但她还是给出了模棱两可的回答。

"不是说不难理解，我只是觉得如果放任她这么做能让她安心一些，那也没有办法。医院治疗都是有严格规划的，本来应该提醒她不要乱动，但是我个人觉得家长照顾生病的孩子已经很辛苦了，能少说就尽量少说吧。"

"您认为小南女士在非常用心地照顾纱奈小姐吗？"

伊豆原为了引导出对野野花的正面评价，提了这个问题。

"在医院陪护的家长都很用心，每天还睡在病房里，让我非常敬佩。"

"在您看来，小南女士也是其中一人，对吗？"

"是的。"

好不容易逼出这个回答后，伊豆原才作罢。

完全找不到逆转的突破口。

公审第七次开庭，桝田出现在旁听席上。

因为去年迫使他卸任国选辩护律师的事情，伊豆原见到他难免有些惊讶，他却是一副完全放下了所有矛盾的表情，坦率地看着伊豆原点了点头。

这毕竟是他参与到了一半的案子，也许他也关心后续如何。

伊豆原作为挤走他之后重新调整了辩护态势的人，自然想展现出一点成果。然而现状并不明朗，伊豆原不禁感到有点局促。

这天，他们准备对野野花进入护士站时，身在护士站与休息室的护士们展开证人质询。

至于正在住院无法出庭的庄村数惠，她的笔录已经作为证据提交上去了。案发当天野野花进入护士站时，庄村数惠坐在中央大桌处填写勤务记录。她的笔录称，野野花当时给她发了饼干，她注意到野野花走向了休息室，没发现她什么时候离开的休息室，只在其走出护士站时听见了动静，另外就是她与川胜春水共同配了三〇五病房的输液药物，当时并没有机会混入药液。

当时与庄村数惠同在护士站，并在柜台处填写勤务记录的畑中里咲，身穿长裙和白色针织衫走上了证言台。

她回答江崎检察官的提问时所说的内容与庄村数惠的笔录内容无异。野野花走进护士站时给她发了饼干，简短地说了一句："辛苦了，吃点零食吧。"她认为野野花从走进护士站到走进休息室的时间约为二十秒，等等。

"您知道被告人什么时候走出了休息室吗？"

"不知道。"案发当时还是入职第一年的畑中里咲略显紧张地笨拙地回答，"我知道她走进休息室，是因为听见了敲门声，但出来的时候就没注意了。"

"您看见被告人走出护士站了吗?"

"是的,看见了。"

"是因为被告人正好进入了您的视野,所以您才看见的吗?"

"我听见出入口那边有响动,转头一看就发现小南女士走出去了。"

"在此之前,也就是从被告人敲门走进休息室,不知何时出来,到您发现她离开护士站这段时间,您回头看过护士站后方,也就是冷藏柜和推车所在的地方吗?"

"我没有。如果听见响动,我肯定会回头看,但是当时只有庄村护士敲键盘的声音,周围很安静……"

"被告人经常走进护士站发零食吗?"

"有过几次。"

"她还会走进休息室吗?"

"来发点心的时候应该都会进去。"

"跟平时相比,案发当天被告人在休息室及护士站停留的时间会更长吗?还是更短呢?"

"我觉得挺长的。因为她有时候发完零食就走了。"

江崎检察官宛如得分一般满意地点了点头。

"您也是接到呼叫后才赶去三〇五病房处理突发状况的吧?"

听了江崎检察官的问题,畑中里咲先答了声"是",然后又说:"啊,我还没说完呢。"

江崎检察官疑惑地看向她。

"我刚想起来了。"畑中里咲说,"小南女士走出护士站的动静不是脚步声,而是零食袋发出的哗啦哗啦声。她当时攥着袋口,稍微一动就发出了声音。但是在此之前,我完全没听到那个声音。如果小南女士真的要往输液袋里下药，肯定得先放下零食袋，放下拿起的时候难以避免会有响动，但我完全没听见。"

检方应该对畑中里咲做过证人测试，可以猜测当时她并没有说起这件事，因为江崎检察官一脸意外地盯着她看了好一会儿。

"完全没有响动？您是不是搞错了？"江崎检察官反问道。他的表情有点僵硬，甚至能看出一丝愠怒。"您不是在填写勤务记录吗？当时恐怕正在集中精神回想一天的工作，防止记录出现错漏吧。"

"话是这么说，可我觉得要是真的有动静，我不至于听不见……"畑中里咲似乎被他的气势压倒了，嘀嘀咕咕道。

"可以理解为您并没有听到足以引起注意的明显响动，对吧？"

"嗯……"

"我明白了。那么关于病房突发状况的时候……"

江崎检察官强行切换话题，转向下一个提问。

她刚才的证词很明显是基于在场者的直观印象。伊豆原没有那种直观印象，只能靠大脑思考，试图将突破口放在有多少时间对输液袋做手脚，没有护士工作经验的野野花能否流畅地完成整套动作这些疑点上。虽然他完全没有想过零食袋的问题，但是对在场者来说，那正是证明野野花存在的重要线索。

检方提问结束，伊豆原离席开始辩方质询。

"畑中护士，刚才您说在注意到小南女士离开护士站之前，一直没听见她手上的零食袋发出声音，是吧？"

伊豆原一上来就提出了这个问题，而畑中里咲刚才显然还没说完，这时她很积极地答了一声"是的"。

"她走出护士站时，手上零食袋发出的声音很明显是吗？"

"是很明显。"她说，"小南女士平时都给我们发同样的饼干，那种饼干的包装袋很硬,拿饼干的时候会发出挺大的响动。她走出护士站时可能是把袋子换了一只手,或者走路的时候晃了一下,反正我听见了哗啦哗啦的声音。"

"您因为听见了零食袋的声音才发现小南女士出去了,是这样吗?还是说更早的时候注意到脚步声,注意力被吸引到那个方向了,然后才注意到零食袋的声音?"

伊豆原又仔细确认了一遍。畑中里咲仔细回忆了片刻,回答道:"是零食袋的声音。我反倒没怎么听见脚步声。"

"那也就是说,您在专心填写勤务记录的状态下也察觉到了零食袋发出的声音,是这样吧?假如那个声音从推车的位置传过来,而您也在专心填写勤务记录,您觉得察觉到声音的可能性大吗?"

"我反对。"江崎检察官插嘴道,"辩方在要求证人回答假设的问题,证人不可能给出确切的答案。"

"检察官方才在质询时声称证人专注于填写勤务记录,半强迫地认定了证人应该注意不到轻微的响动。"伊豆原反驳道,"但是我方发现证人不一定是这么想的,因此打算重新确认一遍。"

"请继续。"樱井审判长对畑中里咲说。

"我觉得很可能会察觉。"她说,"当时我正好有件事想等主任或副护士长从休息室出来了再问,所以虽然在专心填写勤务记录,却同时在注意身后的响动。而且那个时候护士站很安静,也没有人按护士铃,顶多会有拆饼干包装时发出的声响。我记得自己注意到后面的庄村护士没有发出拆饼干包装的动静,当时还想她没有吃饼干,是不是不喜欢吃啊?"

伊豆原感到自己在峭壁之上得到了意想不到的救援,暗自兴奋起来。

"假如小南女士在推车的位置使用注射器往输液袋里注射药物，证人会注意到响动吗？"

"如果是正常操作，应该会注意到。不过，要是她特别小心地放下零食袋，然后不发出声音注入药液，那我就不确定了。"

畑中里咲可能还忌惮着江崎检察官，比较收敛地回答道。

"我想请您根据经验回答，如果不发出声音进行操作，会比正常操作更花时间吗？"

"肯定会更花时间的。"

"谢谢您。"

为了给陪审团留下更深刻的印象，他控制了提问的范围。发出声音会被畑中里咲察觉，不发出声音则会更花时间。野野花作为一个外行，要克服这两个困难对输液袋做手脚是何等困难……经过这番质询，陪审团应该意识到了这一点。

畑中里咲似乎也如愿说出了所有想说的话，露出与法庭气氛毫不相符的灿烂微笑，行礼之后退出了证言台。

"畑中护士的证词成了我们的着力点啊。"

这些天一直参加公审，他们已经吃厌了法院地下食堂的中午饭。这天午休时间，两人走进了虎之门的牛舌套餐店。

他跟仁科柒的对话，不可避免地集中在了畑中里咲的证人质询上。

"江崎先生都有点急了。"伊豆原接过她的话说，"最好能让这个收获成为一连串逆转的开始，而不是止于一次性的反击。"

下午还有川胜春水和竹冈聪子的证人质询。这两场质询决定了形势能否走向对辩方有利的方向。院方的态度强硬，伊豆原只跟她们谈过一次，因此很难判断她们会说什么。

"庄村数惠是因为什么事情住院的？"

伊豆原正在思考下午的证人质询时，仁科栞突然问了这个问题。

"好像是什么事故，忘了是跌落还是跌倒。"

伊豆原回想起江崎检察官的话，这样回答道。当时他也想仔细问问，然而桝田想也没想就认可了笔录证据。

"那已经过去三个月了，早就该出院了吧？"

"有可能。"伊豆原说完看着她，想知道提及这个话题的意图何在。

"如果能请她来出庭，就还是请请吧。比如零食包装袋的声音，如果她的证词能跟畑中护士的对上，就更能说服陪审团了。"

"嗯……"

庄村数惠已经回了老家宇都宫，贵岛之前拜访过一次，但没有得到跟笔录内容不一样的信息，因此伊豆原也没怎么重视这个证人。

不过，她当然没有在笔录中提到零食袋的声音，只说看见野野花走出了护士站。

如果要把这个问题视作胜负的关键，那么的确可以考虑请庄村数惠出庭。

"可是那样一来，就得延期审理了。"

此前辩方同意提交庄村数惠的调查笔录作为证据，是因为她受伤住院无法出庭，如果她已经出院了，在理论上应该能重新申请传唤她出庭做证。但是要打断审理程序加入这个部分，会导致另有工作的陪审团成员的日程被打乱，法院恐怕不会同意。

"不，如果只是她一个人，我们应该可以正常解释原因，申请更改为证人出庭。"仁科栞说，"要是审判长认为有必要，那他应该会行使职权直接同意。"

"总之就是要让审判长认为有必要啊。"伊豆原若有所思地说,"但是在此之前,得先确认她是不是真的出院了。"

"嗯,那倒是。"

他们并没有讨论出结果,就这么回了法院。伊豆原觉得只能趁双休日仔细考虑这个问题。他不确定那样是否赶得上,不过他现在满脑子都是下午的证人质询,实在抽不出心思。

走进法庭时,他发现古沟院长也出现在旁听席上,正在等候下午开庭。他应该是来看川胜春水的证人质询的,说不定是担心她在庭上提到他们俩的关系。川胜春水要是看到他在旁听席上,有可能会不自觉地有所收敛。伊豆原有点担心起来。

临近十三点半的开庭时间,只需等候法官和陪审员入庭时,仁科朵突然站了起来。

"我得去看看。"

"啊?"

"这边交给你了。"

"不是,等等……"

她好像还惦记着中午聊过的庄村数惠的事情。最重要的证人质询马上要开始了,她却不顾伊豆原的劝阻,拎起包就离开了法庭。

她前脚刚走,法官和陪审员就入庭了。全员起立行礼,庭审再次开始。

"辩护方怎么少了一个人?"樱井审判长看着辩护律师席说。

"不好意思,仁科有事要临时离开,请您继续吧。"

尽管内心很无奈,伊豆原还是只能这么说。

樱井审判长微微颔首,继续开庭审理。当时在儿科担任副护士长的川胜春水在工作人员的带领下走了进来。

川胜春水穿着一身跟法袍一样全黑的长裤西装，落座后淡定地回答了江崎检察官的提问。内容包括副护士长的职责，当时科室存在副护士长和主任在休息室填写勤务记录的习惯，等等。

然后，问题转入了她与竹冈聪子在休息室内工作，野野花进来派发零食的情况。

"然后被告人就走进了休息室，对吧？她对您说了什么？"

"我记得是'辛苦了'，然后是'吃点零食吧'。"

"当时您是否提醒被告人不应该走进休息室？"

"是的。我说了一声'小南女士'，意在制止她。小南女士看起来知道自己做错了事，但是笑着糊弄过去了。"

"然后被告人就给您发了点心，是吧？你们还有别的对话吗？"

"小南女士说，她发现一个医院食堂的员工原来是她认识的人。她总觉得那个人有点眼熟，后来才认出是以前在熟食店一起工作的同事。她还说那个人一直戴着口罩，之前没认出来，而对方早就认出她了。一直是她在说，我在旁边听着。等到小南女士差不多说完了，我就说'我们正在工作'，请她出去了。"

"原来如此，不过身为副护士长，您确实不能容忍她停留太长时间啊。您说被告人聊起了她认识医院食堂的员工，请问她大约停留了多长时间？"

"我没有看表，只觉得不太长。"

"您只需要凭感觉说个大概的时间就行。如果只是单方面的发言，恐怕三四十秒就足够了吧。"

"我反对。"伊豆原站起来说，"以感觉为依据立证时间这一物理问题太不恰当，而且检方所谓的'恐怕三四十秒就足够'乃是诱导式提问,是不恰当的方法。"

"既然没有实际计算时间,那么询问证人的感觉也有一定意义。"江崎检察官反驳完,还是修正了自己的说法,"那么我换个问题。"

"之前川胜护士在接受警方质询时指出,休息室内的对话如下——被告人说:'辛苦了,吃点零食吧。'川胜护士说:'小南女士。'被告人说:'你知道医院食堂打菜的人吗?我总觉得她有点眼熟,没想到是以前在熟食店一起工作的同事。因为她戴着口罩,我一直都没发现。今天中午我突然觉得那个人眼熟,而她早就认出我了。你说她怎么不早说呢。'竹冈聪子护士说:'世界真小啊。'然后川胜护士打断交谈说:'我们正在工作。'就这样请被告人离开了。请问您还记得吗?"

"记得。"

"将这段对话读出来,顶多三四十秒。川胜护士的回答也是大概有这么长时间。"

"是的……我是说了差不多这么长时间。"

检方巧妙地引导川胜春水,让她做出了与当初的笔录一致的证词,承认了符合检方理论的休息室谈话时间。

野野花在休息室内说过的话被川胜春水深深封印在了心中。因为那段话暗示了她与古沟院长的关系,刺激到了她的心伤,就算伊豆原问她是否记得,她恐怕也不会承认。

但即使会让川胜春水感到为难,甚至感到气恼,伊豆原还是必须向她抛出辩方掌握的信息。因为不这么做,就拯救不了野野花。

伊豆原开始了辩方质询。

"案发当天十五时四十五分左右,小南女士走进川胜护士与竹冈护士正在工作的休息室派发零食,对于当时发生在休息室内的谈话，我想问几个问题。辩方此前分别向在场的三人发起询问，根据当时的记录，我希望确认几点。首先是去年七月四日您在古沟医院向我复述的休息室对话。小南女士走进休息室说：'辛苦了，吃点零食吧。'然后向您两位护士派发零食。您谴责道：'小南女士。'小南女士笑了笑糊弄过去，然后突然问：'你知道医院食堂打菜的人吗？'接着她又说：'我总觉得她有点眼熟，没想到是以前在熟食店一起工作的同事。因为她戴着口罩，我一直都没发现。今天中午我突然觉得那个人眼熟，而她早就认出我了。你说她怎么不早说呢。'说完又笑了。竹冈护士回应了一句：'世界真小啊。'小南女士感慨地说：'就是啊。'接着您说：'我们正在工作。'就请小南女士出去了……这跟刚才检方提出的交谈内容基本一致，请问您现在记得的对话也是这样的吗？"

"是的，差不多是这样的。"川胜春水回答。

"八月三日，我又在古沟医院与竹冈护士见面，并请她回忆了当时的对话。她告诉我，小南女士在说完'你知道医院食堂打菜的人吗？我总觉得她有点眼熟，没想到是以前在熟食店一起工作的同事。因为她戴着口罩，我一直都没发现。今天中午我突然觉得那个人眼熟，而她早就认出我了。你说她怎么不早说呢'这段话之后，因为竹冈护士本人并未进入过外部食堂，就插了一句：'我不认识那个人呢。'对此，小南女士回答：'就是那个打菜的人。'竹冈护士又说：'我们都在上面的食堂吃饭。'小南女士惊讶地说：'哎，原来上面也有食堂啊？'但是小南女士好像误会了，以为那也是外部食堂，而且本来就不该在来院人员面前用'上面的食堂''下面的食堂'这种说法，所以川胜护士纠正道：'那是员工食堂。'小南女士听到后说：'哦，难怪我没在食堂看见过护士。我以前上班的地方，医生和患者都是一起吃饭的。'请问您对这段对话有印象吗？"

"我记得那句'就是那个打菜的人。'"

"那您还记得自己说过的话吗？"

"我不记得具体是怎么说的了，但是对来院人员说'上面的食堂'有可能让人误以为那是比外部食堂更好的地方，所以我应该是纠正过。"

"也就是说，休息室内确实有过提及'上面的食堂'这种说法的对话吧？那您还记得小南女士说过在她以前上班的地方，医生和患者都是一起吃饭的吗？"

"记得不是很清楚，如果这是事实，而竹冈护士又记得，那就是有了。"

"小南女士以前工作的医院的确是外部人员和医院员工一起就餐的。"

"那就应该是有过那段对话。"

"还有一点，竹冈护士告诉我，她当时说：'世界真小啊。'小南女士则说：'就是啊。'但是后来交谈并没有结束。小南女士又说'我告诉她我在儿科病房照顾女儿，然后跟她聊起了副护士长'，也就是川胜护士您。接着她说：'她问我那是个什么样的人，我说副护士长可漂亮了。'请问您记得这段话吗？"

伊豆原不太确定能对她施加多大的压力，于是尽量用了平淡的语气。问完后，他紧张地等待着她的回答，连大气都不敢出。

他已经做好了被否定的心理准备。如果她之前一直没提起这件事是因为被刺激到了心伤，那她完全有可能记得这段话。然而，她如果说不记得，伊豆原也毫无办法。

"虽然记得不是很清楚，但我感觉听到过这样的话。"

川胜春水说出这句话的瞬间，伊豆原险些发出奇怪的呻吟。尽管他内心怀有些许期待，但从此刻的震惊可以推断，他其实比自己想的还要悲观。

难道因为是竹冈聪子的话，她就全盘接受了吗……伊豆原小心翼翼地确认道："您的意思是，休息室的交谈中也许出现过这段话，对吧？"

"是的。"

听了川胜春水的回答，伊豆原深吸一口气，然后缓缓吐出来，继续提问。

"我也请小南女士回忆了当时的交谈，她说这段话还有后续，因为她接着说：'千田觉得她这么漂亮却一直单身，真是暴殄天物了，而我觉得每个人都有自己的幸福。'这句话客观来说很符合当时的情景，您则在其后说'我们正在工作'，请小南女士离开了休息室。如果您在听到'副护士长可漂亮了'这句夸奖的话之后赶走小南女士，就难免显得有些唐突。而'每个人都有自己的幸福'这句话意味深长，反倒能解释您为何要匆匆结束交谈。我想请您仔细回忆一下，您是否记得小南女士在休息室里说过这句话？"

"记得。"川胜春水注视着伊豆原胸口的位置，安静地回答道。

"记得？"伊豆原听见自己的声音在寂静的法庭中显得有些尖厉，"真的记得？"

"你这么一说，我就想起来了。"川胜春水面不改色地说道，"我之前与一名男士交往，但是对方有家庭，所以我们的关系并不顺利，后来又出现了别的情况，所以我那时刚跟他分手没多久。小南女士通过传闻知道了我跟那位男士的关系，想必是带着一些调侃的意思说了那句话。然而我那时候刚刚分手，听了就觉得有些尴尬，才会对她说'我们正在工作',不想再聊下去。"

她的表情不像是经提醒才想起来的。

辩方怀疑川胜春水是真凶,导致医院收回了配合的态度。伊豆原本来已经放弃了得到川胜春水合作的想法。

然而她好像并没有受到此前的种种影响,下定了决心在证言台上坦诚地回答所有提问。这是因为她内心的正义感吗……她坚定的态度,让伊豆原不禁这样想。

古沟院长离开了旁听席。他显然是听完川胜春水的证词,达到了此行的目的。他的脸上并没有特别为难的表情,似乎他早有预料。

"谢谢您……谢谢您。"伊豆原几乎是下意识地重复着这句话。然后他努力平静下来,从上衣口袋掏出秒表说道:"审判长,为了让证人表述的信息更明确,辩方申请使用秒表计时。"

"批准。"

"那么,我将再次梳理休息室发生的交谈,按照一般人对话的节奏朗读出来。证人若是感到节奏过快或过慢,或是交谈的哪个部分存在一定停顿,请及时提醒我。"

说完,伊豆原按动秒表,手持笔记朗读了休息室的对话。朗读完毕,他再次按动秒表,时长为一分九秒。

"您觉得怎么样?"伊豆原问川胜春水。

"我说完'小南女士'之后,小南女士呵呵笑着从袋子里拿出零食摆到了我们面前,这里应该有几秒钟停顿。"

"您记得她发零食大概花了几秒钟吗?"

"记得不太清楚,应该有十秒钟。"川胜春水回答完,又补充道,"还有,我说完'我们正在工作'之后,就转头对着电脑了。可是小南女士一直没有走,我又瞪了她一眼。"

"您认为那段时间有多长呢?"

"也许有四五秒钟。"

"小南女士进来和出去时,脚步是很匆忙呢,还是慢悠悠的?"

在他在看守所会见野野花的印象中,她不是那种走路很匆忙的人。

"小南女士平时走路不会很匆忙,当时好像也是跟平时一样慢悠悠的。"

川胜春水给出了伊豆原想要的答案。

"经测算,刚才那段对话的时长是一分九秒。"伊豆原高高举起了秒表,"假设小南女士在护士站给畑中里咲与庄村数惠两位护士发完零食,然后走进休息室的时长为二十秒,再加上您刚才补充的十五秒停顿时间,那么小南女士从进入护士站到离开护士站的疑似作案时间就从两分二十五秒削减到了大约四十秒。除此之外,可能还存在没有回忆起的交谈内容,以及小南女士离开时从护士站操作台抽取乳胶手套等行为,这些都可能消耗时间。但是为了保险起见,我们姑且将其认定为四十秒。我想请问川胜护士,一个不习惯操作注射器的外行,真的能在不发出响动的情况下,用短短四十秒钟给四个输液袋注入药液吗?"

"老实说,我觉得不可能。"

川胜春水想也不想就回答道。

"谢谢您。"

伊豆原返回座位后,一名陪审员向川胜春水发出了提问。

"刚才检方质询时,推测被告人在休息室的停留时间为三四十秒钟,现在您是经过仔细思考,认为应该有一分二十五秒左右吗?"

"三四十秒只是我凭感觉猜测应该有这么长,并不是看表测算的时间。刚才律师先生提到的对话，我认为都发生过，既然他用秒表测算出一分二十五秒，那就应该是这么长时间。"

伊豆原既兴奋又呆滞地听着庭上的问答。

形势明显倾向辩护方。

短暂休息后，竹冈聪子被传唤入庭。

跟川胜春水一样，她在面对检方质询时，回答的也基本是笔录内容。江崎检察官重申了她在做笔录时认同对话时间为三四十秒，强行引导她肯定了自己的话。

"去年八月三日，我在古沟医院与您交谈过……"

伊豆原开始辩方质询时，也首先确认了此前交谈得到的信息。

"……您说当时交谈并没有结束，小南女士又说：'我告诉她我在儿科病房照顾女儿，然后跟她聊起了副护士长，她问我那是个什么样的人，我说副护士长可漂亮了。'这与您的记忆相符吗？"

"我记得不是特别清楚，只是说好像听到了类似这样的话。"竹冈聪子含糊地回答。

伊豆原点点头，继续提问："根据小南女士自己的回忆，她后来又说：'千田觉得她这么漂亮却一直单身，真是暴殄天物了，而我觉得每个人都有自己的幸福。'对此，川胜护士说她当时因为感觉一些私事被调侃，所以尴尬地提出'我们正在工作'，请小南女士离开了。从对话内容来看，这样的应答显得更自然，而竹冈护士所说的'然后跟她聊起了副护士长，她问我那是个什么样的人，我说副护士长可漂亮了'应该在这段对话之前……"

"我反对。"江崎检察官站起来，显然想打压辩方的风头，"辩方试图用其他证人的证词进行诱导。"

"我只是在梳理对话，以便唤起证人的记忆。"伊豆原回应道。

"请继续。"樱井审判长宽容地放了他一马。

"从那段话到后面的'千田觉得她这么漂亮却一直单身，真是暴殄天物了，而我觉得每个人都有自己的幸福'，您是否有印象呢？"

"我好像是听到过。"

"包括小南女士后来回忆起的那句话吗？"

"是的。我觉得那句话有点冒犯川胜护士，感到有点尴尬呢。"

就这样，竹冈聪子也承认了目前辩方掌握的所有休息室交谈内容。

原本已经被逼到绝境的形势明显有了好转，说不定还能借此翻盘。

伊豆原离席对竹冈聪子展开辩方质询时，仁科栞回到了辩护律师席上。她应该通过最后的对话猜到了辩方的形势变化，用信心十足的目光迎接了伊豆原。

等伊豆原落座后，她马上凑过去说：

"庄村护士已经出院了，正在家中疗养。"

说完，她递过来一份文件，显然还准备好了证据调查申请书。

"她本人说能来吗？"

"她说没什么值得说的，但反正不是出不了门的状态。"

那就得看他们如何说服她了。

下周纱奈将作为辩方证人出席，接着便是被告人质询。野野花肯定是主张无罪，但检方同样会以供述笔录为挡箭牌发起进攻。这个程序结束后，就是检方做论告求刑和辩方做最终辩护，然后结束审理。

按照现在的形势，能顺利拿到无罪判决吗？即使有一定的可能性，也不能断言。在定罪率百分之九十九点九的日本刑事法庭上，投票给无罪反倒需要更大的勇气。一旦下达了有罪判决，野野花就要被继续剥夺身心自由，直到提出上诉，开始二审。他不希望迎来那样的结局。

他觉得应该再走一步。就算没有新的证词，只要庄村能够肯定畑中里咲提出的零食袋子的响动，就能给现在的优势添砖加瓦。

"听说她试图自杀。"

"啊？"

意想不到的耳语让伊豆原不禁怀疑起了仁科栞严肃的表情。

"她住院的地方正好是回老家后的工作之所，我也是听那个医院的人说的。她当时是从楼上掉了下来，虽然不能确定是自杀，但怎么想都没有别的可能。"

一个人从楼上坠落，又始终不说明原因，别人自然会想到可能是自杀。

可是伊豆原并不清楚庄村数惠究竟遭遇了什么事，一时间难以消化这个信息。

"下周一上午十点继续开庭。"

眼看着樱井审判长就要宣布闭庭，伊豆原带着混乱的思绪，条件反射地举起了手。

"审判长，辩方申请进行证人调查。"

仁科栞小跑上去给樱井审判长和江崎检察官递交了证据调查申请书。

"小南女士走进护士站派发零食时，庄村数惠护士也在现场。公审前手续整理阶段，这位护士因为住院，不确定能否出庭，所以辩方在无奈之下同意了笔录证据。但是经过我方确认，庄村护士现在

341

已经出院了。她能够证明小南女士在护士站内逗留时的情况，是本案的重要证人，因此辩方希望务必请到她出庭做证。"

樱井审判长和左右陪席简单交谈了几句，看向江崎检察官。

"检察官有什么意见？"

江崎检察官不高兴地站了起来。

"我反对。本案应该按照公审前手续整理决定的内容进行审理。现在手续整理已经结束，其间辩方并未提出庄村护士的证人申请。公审已经进行到这个阶段再行申请，按照规定不应该同意。"

伊豆原再次举手起立。

"《刑事诉讼法》第三百一十六条第三十二款规定，手续整理后不可进行证据调查申请，但出于不可抗力未能及时申请的情况可排除在外。正如刚才所说，辩方当初是因为庄村护士因住院不确定能否出庭这一不可抗力才不得不放弃了证人调查。现在这一不可抗力已经消失，我认为申请应该得到批准。"

江崎检察官也站了起来。

"提交给法庭的庄村护士调查笔录上只记录了拿到零食后简单交谈了几句，除此之外并没有关于被告人行动的内容。没有任何迹象表明她的证词对本次公审的争议点有重要意义。我认为辩护人只是想通过在公审进入尾声时提出证人调查申请的行为制造热点，给人留下辩护方正在积极进攻的印象。这种不过是法庭战术的申请会无端打乱公审进程，只能说极不妥当。"

老实说，伊豆原的确有那个打算，也知道自己的理由很牵强。尽管如此，他还是站起来反驳了。

"今天畑中里咲护士给出了新证词，称如果小南女士手持零食袋对点滴做手脚，她应该能听见零食袋发出的响动。庄村护士在笔录中并未言及是否听见了零食袋的响动。因为庄村护士坐的位置比畑中护士更靠近推车,在探讨小南女士作案的可能性时,对她进行质询具有非常重要的意义。辩方还希望对病房垃圾桶内收缴到的零食袋一并提出证据申请。"

"证人调查能在下周一进行吗?"樱井审判长问伊豆原。

"辩方会与证人协商。"

尽管尚未得到出庭的回应,伊豆原还是这样回答道。

樱井审判长与左右陪席对视一眼,点了点头。

"那就预定下周一进行该证人的调查。"

仁科桊轻哼了一声,像是抑制不住内心的兴奋。

"今天的审理到此为止。"

宣告闭庭后,法官和陪审员离开法庭。目送法警带走野野花后,伊豆原带着一整天的疲劳慢慢收拾起桌上的文件。这时,他突然听见江崎检察官恶狠狠地说:"你的申请毫无意义。"他边走边盯着伊豆原,好像还在憋气。

"江崎先生,"伊豆原对他说,"你为什么没说庄村护士是自杀未遂?"

江崎检察官只是停下了脚步,没有马上回答。

"你当时肯定是知道的吧?"

"你没问,我就没说,仅此而已。"他毫不遮掩地说,"有问题吗?"

"那你知道原因吗?"

江崎检察官闻言,微微皱了皱眉。

听到案件相关人员之一竟然自杀,谁都会感到有问题。

假如野野花是无辜的,那就证明真凶另有其人。照理说,那个人极有可能是包含护士在内的经常出入护士站的医疗工作人员。

"你在怀疑什么?"江崎检察官似乎马上察觉到了伊豆原的意图,并装出了极为淡定的模样,"看来你跟桦田律师也没什么两样啊。"

"我只是在问原因。"

"我们当然知道。"他说,"她前年流产之后,夫妻关系就不太好,最后在去年离婚,她回到了娘家。之后她一直在当地的医院工作,但是一直未能走出阴影。这是她的个人隐私。"

伊豆原也听说庄村数惠因为护士的工作过于繁重而有过流产的经历。如果说是这种不幸导致了夫妻关系的破裂,倒也可以理解。

可他还是很怀疑,庄村数惠自杀的原因真的是流产和夫妻关系破裂吗?

那会不会是检方一厢情愿的想法?

伊豆原尚未见过这位护士,不知该如何判断。

"麻烦你别再做无端的怀疑,去伤害像川胜护士那样有隐情的人了。"

江崎检察官留下一句从道德高度牵制辩护方的反击的话,转身走出了法庭。

"我明天就去宇都宫看看。"

离开法院后,仁科栞走在晚霞中,略显兴奋地说。

"嗯,我当然也要去。"

他越想越觉得庄村数惠的事十分棘手。他并不知道这名护士现在状态如何,也不知道她会不会轻易答应接受证人质询。如果她真的因为夫妻关系问题试图自杀,目前还在疗养,那么其精神状态想必还不稳定。伊豆原现在又怀疑她可能是真凶,必须慎之又慎地审视这个人。

"在此之前，先去古沟医院一趟吧。"伊豆原说，"我们实在太不了解庄村护士了。"

于是，二人转头就去了古沟医院，请前台帮忙呼叫繁田事务局长。没过多久，繁田一脸诧异地走了出来。

"我们突然拜访，实在是打扰了。"伊豆原说完又为上次的不愉快道了歉，并深深鞠了一躬，"非常感谢贵院医护人员在公审中给出了公正的证词。"

"法庭做证这件事我们都是交给她们个人处理的。"繁田略显为难地说，"今天来有什么事吗？"

"我们来是想了解了解已经离职的庄村数惠护士。"伊豆原回答道，"请问繁田先生您有她后来的消息吗？"

"有所耳闻。"繁田回答。

"我们想请她出庭做证，但是也考虑到她现在处在必须慎重接触的时期。而且由于我们并不了解庄村护士，便想来这边找她以前的同事打听一下她是什么样的人。"

"现在吗？"

现在是周五十七点多，白班护士应该已经下班准备回家了。

"我们必须在双休日展开行动，所以劳烦您了。"

伊豆原再次鞠躬。繁田无奈地走回了办公室。

过了一会儿，他又出现了。

"你应该知道，川胜、竹冈和畑中今天出庭做证，都没来上班。"

"是的，我知道。"伊豆原说，"还有什么人吗？"

"葛城、奥野和岛津今天值白班，现在正好下班，可以叫过来。"

葛城麻衣子和奥野美菜估计问不出什么来。

"那能麻烦您叫一下岛津护士吗？"

345

他们在咖啡厅等了一会儿，岛津淳美就穿着便服走了过来。也许因为他们要谈论的是已经离职的庄村数惠，繁田并没有陪她过来。仁科栞起身去买咖啡时，岛津淳美有点尴尬地跟伊豆原打了招呼。

"那个……我在法庭上没怎么帮到小南女士，真不好意思。"

看来她很在意这件事情。

"我听说院长因为川胜护士的事情生气了……就因为我多嘴，害你和川胜护士都不好受，实在是对不起。我都不知道那两个人的关系是怎么结束的，却擅自揣测他们，连我在这里当医生的男朋友都说我了。结果我在法庭上就不怎么敢说话，真没出息……"

原来她是害怕受到证词的影响，才会说那些不痛不痒的话。

"我们本来应该慎重对待川胜护士的事情，但是弄错了方法，把事情闹大了，所以应该向你道歉才对。不过今天川胜护士在法庭上做了坦诚的发言，包括岛津护士你在内，我们真的得到了很多人的支持。"

仁科栞端来了岛津淳美的咖啡，伊豆原开始转到正题。

"今天我想打听一下已经离职的庄村数惠护士……"

伊豆原表示想请她出庭做证，在此之前希望通过她的同事了解她的性格和个人情况。他当然没有触及庄村数惠可能是真凶这件事。

"我已经听说庄村护士在新单位跳楼了。"岛津淳美沉重地说，"她性格是很温柔的。我虽然跟她没什么私底下的交往，但以前作为同事也跟她聊过不少。不过，流产应该给她造成了很大的打击，从那以后她就变得有点沉默寡言，我也就没什么机会跟她说话了……"

"她是什么时候流产的？"

"应该是前年八月。她当时怀孕四个月了，在一天上夜班时突然出血，怀疑是先兆流产。我们院没有产科，就把她紧急送到了附近的综合医院，最后还是没保住……"

"她怀孕时也上夜班吗？"

伊豆原惊讶地问道。岛津淳美有点尴尬地皱起了脸。

"如果排班的时候给一个人特殊照顾，别人就得多上夜班，所以现在是只要本人不强烈要求，就没有特殊照顾。"

"你觉得这可能是导致流产的原因吗？"

"如果说可能性，我觉得有。"岛津淳美说，"现在普遍都说上夜班会提高流产的概率。但医院也不是一点都不考虑怀孕的员工，我记得她三个月时每周只有一天夜班，后来四个月进入稳定期，就变成每周两天了。"

"就算是稳定期，每周上两天夜班也太累了吧。"仁科栞说。

"说是每周两天，但她当时好像被排了连班。"岛津淳美说，"感觉像是要她把前一个月的都补上。"

"排班是谁负责的？"

"最后调整是副护士长做的，主任则负责询问所有护士，按照她们的要求排个大概的表。记得那个月是葛城护士做的。"

"当时她是因为某个人的意向被排了连班吗？你有没有听过相关的传闻之类的？"

伊豆原这个深入的提问让岛津淳美突然迟疑起来。

"难道你们在怀疑庄村护士？"她问道。

"不，你误会了。"

伊豆原虽然否定了，但如果庄村数惠真的对案发当天负责三〇五病房的川胜春水怀恨在心，那么她对点滴做手脚，引起突发状况，陷害川胜春水的动机就能成立，其犯罪的可能性也就变高了。

"要是我说的话再引起无谓的怀疑，那我可受不了。"岛津淳美说。

"这个我理解。"川胜春水的事的确给她惹了不少麻烦，伊豆原也不好意思施压。

"可是副护士长只会在夜班人员实在不够的时候问问也许能上的人，从来不会强迫别人，所以她应该不会招人怨恨。"

"这样啊。"伊豆原暂时收敛了怀疑庄村数惠与案件相关的提问，"庄村护士流产后，是不是受了很大的打击？"

"她休息了大约两周就回来上班了，表面上看不出什么变化，但给人感觉没什么精神。"

"她是去年三月辞职的吧？当时你跟庄村护士聊过吗？"

"没有。因为我跟庄村护士都调到了别的科室。"说完，岛津淳美又补充道，"不过我在院内碰到她时，发现她憔悴了很多。"

"她离婚回娘家好像更多是因为夫妻关系破裂而不是流产，你对此有什么了解吗？"

"传闻我倒是听了不少。"

说到这里，她又不想往下说了。伊豆原知道这个问题很敏感，就没有催促。

"她老公本来在外面欠了钱，考虑到上夜班有补贴，她就更没法拒绝了。"

"也就是说，她为了老公拼命工作，结果流产了。本来老公应该心疼她，结果态度并不好……是这样吗？"

"要是老公真的心疼她，恐怕就不会离婚了。"岛津淳美小声说，"但是说到底，我也不知道具体情况。"

"庄村护士当时三十四岁吧。"仁科栞接过话头说，"现在高龄产妇很常见，旁人可能觉得三十四五岁还能拼一拼，但是对本人来说，也许还是会为好不容易怀上的小生命感到惋惜吧。结果这种情绪慢慢发展成对彼此的怨恨，顾不上心疼……"

"我没有直接问过庄村护士，真的不清楚。"岛津淳美先声明了一句，然后说，"听说她四五年前也流过一次产……如果是真的，那她这次肯定更期待孩子出生，最后受到的打击也更大。"

"原来如此……"

站在庄村数惠的立场上考虑，伊豆原突然感到心情十分沉重，也不怎么说得出话了。

"她告诉我怀孕的消息时，笑得可幸福了。"

岛津淳美难过地嘀咕道。

由于谈论的是命途多舛的人，他们的心情也越来越低落了。伊豆原知道得越多，就越难以提出怀疑她是案件真凶的问题。

"感谢你向我们提供了宝贵的信息。"

伊豆原结束了这场令人神伤的谈话，仍未想好究竟该如何接触庄村数惠。

"刚下班就过来，真是辛苦你了。非常感谢你的配合。"

他再次道谢，然后站了起来。岛津淳美也跟着起了身，但是动作有点缓慢，似乎带着一丝迷茫。从前几次接触的经验来看，她应该还有话没说。

"我这人真的不把话说完就不痛快……"她为难地说。

"怎么……？"伊豆原催促道。

"这种话说出来显得我总是怀疑别人，我也一点都不想怀疑庄村护士。"岛津淳美辩解道。

"我们也经常有同样的感触。并非想怀疑，只是不得已而为之。"

听了伊豆原的话，她笑了笑，最后下定决心开口道："葛城主任一直很针对庄村护士。不只是葛城主任，奥野护士和坂下护士她们也经常加入，已经跟霸凌差不多了。"

他还是头一次听说这样的人际关系。

"庄村护士比葛城主任小一岁，年轻时做事好像比较笨，从那时起就被葛城护士盯上了。后来葛城护士当了主任，对她的态度越来越差，总是因为一些小事骂她，还逼她做好多杂务。这也许只是我的臆测……"

岛津淳美顿了顿，似乎犹豫了一会儿，但没有真正停下来。

"葛城主任还是单身，所以我猜她特别看不惯庄村护士。得知庄村护士怀孕后，葛城主任反而更针对她了……竹冈主任负责排班时很照顾庄村护士，每周顶多给她排一天夜班，但是轮到葛城主任排班，她就说自己上个月夜班太多，便让庄村护士去上夜班了。庄村护士流产那个月上的夜班应该比其他人都多。"

伊豆原这才意识到，原来刚才那些信息背后还隐藏着这样的人际关系。

"庄村护士的老公在外面欠债，还有她四五年前流过产这些事，我本来都不应该知道，全是葛城护士作为上司了解到她的情况，然后到处去传的。奥野护士她们也狐假虎威，对庄村护士没有一点后辈对前辈的尊重，所以我觉得，她在这里上班肯定很不快乐。"

岛津淳美明显很同情庄村数惠。但是她的话不仅挑明了庄村流产的压力来源，还揭示了足以被称为输液中毒死伤案的犯罪动机的怨恨背景。事实上，她自己也意识到了这一点，所以才会犹豫该不该说出来。

但是这样思考下来，就产生了一个疑问。庄村数惠怨恨的对象应该是葛城麻衣子等人，而不是那天负责三〇五病房的川胜春水。

"川胜护士做过干预吗？"伊豆原问。

"没有。"岛津淳美摇摇头，"她应该知道葛城护士很针对庄村护士，但是这些矛盾并没有引起工作上的失误，我觉得要是庄村护士不直接找她，她应该不会干预别人的人际关系。"

"可是……"

他对庄村数惠的怀疑越来越深了。可是如果跟川胜春水没有关联，这个因果关系就说不通了。

"我猜到你们开始怀疑庄村护士时，突然想到一件事。"

岛津淳美盖过了伊豆原的声音。对于究竟有没有怀疑庄村数惠，伊豆原没有回应，只是闭上嘴听她往下说。

"那天晚上的夜班是葛城主任她们三个。那个月是葛城主任负责排班，而且她们三个关系好的经常一起上夜班。我就想，在输液袋里下药的人会不会瞅准了晚些时候，也就是夜班做完交接、白班下班的时候。要是让那三个人应付紧急情况，恐怕会造成更大的恐慌。"

伊豆原愣了愣，忍不住与仁科栞对视一眼。跟川胜春水没关系。乱成一团的线只需一头系在庄村数惠身上，另一头系在葛城麻衣子她们三人身上，轻轻一拉就解开了。

即使是护士，恐怕也很难判断在输液袋里混入药物后多久才会发生异常。如果将凶手看准的时机放在白班与夜班人员交接之后，确实就能说通了。

然而结果是白班尚未下班，紧急情况就发生了，所有人都没意识到这与夜班人员有什么关系。

葛城麻衣子她们是怎么想的？

如果她们怀疑庄村数惠，就会引出自己平时的问题行为，所以她们有可能选择了沉默。而且从结果上说，是她们在警方调查时提起了野野花，影响了调查方向。

"就这些了。"

岛津淳美说完后，伊豆原尚未从震惊中恢复过来，呆滞地鞠了一躬说："谢谢你。"

"我们将会慎重处理你提供的信息。"

仁科朵说完，岛津淳美微微颔首，然后离开了咖啡馆。

"怎么办？"仁科朵问道。

"不管怎么说，得先去一趟宇都宫。"

现在只能先与庄村数惠接触，然后再想对策。

那天夜里，伊豆原洗完澡，拖着疲惫的身体躺在沙发上，呆呆地想了好久。

"明天我要出个差。"

他对哄睡了惠麻，正在叠衣服的千景说。

"跟今天的庭审有关？"

"嗯……还差最后一口气了。"

因为由惟要去法庭旁听，千景不得不另找保姆，这周想必是忙得团团转。本来伊豆原应该周末留在家里做做家务、带带孩子，然而他实在抽不出时间。

"陪审团审判好累人啊！"

换作平时，她肯定会阴阳怪气地说"怎么义务劳动还得出差啊"，但她也许可怜伊豆原愁眉苦脸的模样，反倒说了句安慰的话。

千景抱着叠好的衣服走进了卧室。

不知庄村数惠现在是什么状态……伊豆原默默地想。

如果只打电话过去，对方可能会以疗养为借口拒绝出庭，因此有必要跟她直接见上一面。问题在于届时应不应该提及她犯罪的可能性。

要是庄村数惠承认罪行，野野花的无罪就板上钉钉了。反过来，如果庄村数惠不承认，那么无论野野花的案子多么像冤案，被判有罪的可能性也绝不为零。

所以，为了确保野野花的无罪判决，最好的办法就是让庄村数惠认罪。但那是调查方的工作，不应该由伊豆原他们出手。跟之前对川胜春水的怀疑不一样，这次对庄村数惠的怀疑可以说没有别的解释。尽管如此，这个问题也不能强行突破。如果她是真凶，那么自杀的原因可能与罪行直接关联。现在她的精神状态很可能并不稳定，因此要慎重考虑强迫她认罪这件事。

即使见到了庄村数惠，也只能跟她谈出庭做证的事情。这样固然没错，但真的能赢得无罪判决吗……这又成了一个问题。也许只能在见面之后看情况行事了……

放在桌上的手机显示有来电，屏幕上跳出了桝田的名字。

桝田今天来旁听了。

他接了电话，桝田大大方方地打了声招呼："伊豆原吗？辛苦了。"

"辛苦了。谢谢你今天专门来一趟。"伊豆原先道了声谢。

"我也是放心不下。"桝田满不在乎地说，"不过今天挺不错啊。"

桝田似乎已经放下了被卸任的事情。桝田就是这样的人，即使心里还惦记着，也不会表现出来。

"畑中护士关于零食袋的证词扭转了形势。"伊豆原说，"我事前完全不知道川胜护士是什么态度，现在看来，她应该还是有正义感的。"

"我也很在意川胜护士的证词。看见她没有赌气，我就放心多了。"

他们跟医院的关系僵化，本来就是因为桝田冲动行事，所以"放心多了"应该是真心话。相比被卸任的事情，他显然更在意这件事，倒也像极了桝田的风格。

"这下形势应该逆转了吧。"

"我是希望如此，但不知道陪审团是怎么想的，所以目前还不能放松警惕。"伊豆原慎重地回应道。

"所以你才要强行插入新的证人调查吗？"桝田说，"我当时吃了一惊，可能陪审团也觉得这跟普通的审判不一样，受了不小的冲击吧。"

"嗯，其实我也有这方面的心思。"伊豆原说完反问道，"对了，之前听贵岛老师说庄村护士没提供什么重要信息，那次桝田你也去了吗？"

"我没去，因为那是去年三月末的事情。我们本来打算去医院找她谈话，却听说她几天前已经辞职回老家了。我们本来都要放弃了，老师却临时空出了一天，就说他去那边见见庄村护士。结果他专门跑了一趟宇都宫，却没能打听到笔录内容以外的信息，大失所望地回来了。事情就是这样。"

"老师跟你说过她状态怎么样吗？"

"状态……？"

伊豆原没问庄村给人的整体感觉，而是问了"状态"，桝田敏感地察觉到了。

"没什么，我听说庄村护士受伤是因为自杀未遂。"

"原来如此。"桦田应了一声,继续说道,"我记得她是离了婚,身心俱疲地回了老家吧。之所以没问出什么信息,也可能是因为对方的精神状态不好。毕竟后来又发生了那种事,也难怪她会这样。"

即使听到自杀未遂的消息,桦田好像也没想到她可能是真凶。

"是吗……那我只能尽量谨慎地跟她接触了。"伊豆原嘀咕道。

"抱歉啊,帮不上你的忙。"桦田叹息着说。

伊豆原不知他意图何在,便没有回应。桦田自己补充道:"别误会,我不是想埋怨你。"

接着桦田又说:"其实被卸任之后,我想了很多。到头来,陪审团审判的主任辩护这个职责对我来说真的太重了,就是心有余而力不足吧。我连自己在干什么都搞不清楚了,被卸任也是活该。"

"你别太责怪自己。"伊豆原说,"我能理解你的压力,也会尽量不辜负你的心意。"

"听你这样说,我就放心了。"桦田的语气缓和下来,"最后一个难关,你要加油啊!"

"嗯。"

他接过主任辩护律师的职责后,确实充分理解了桦田的压力。

不管是领导者还是支持者,人的能力都有极限,能认清这一点很关键。

只要在能力范围内尽力了,总归能拨开眼前的迷雾。

然后就只能一步一个脚印地向前走。

第二天周六,伊豆原与仁科栞在东京站碰头,乘车前往宇都宫。

他们没有事先联系庄村数惠,而是打算到了宇都宫再给她打电话,可以说是走一步看一步的策略。对方可能会说受伤留下了后遗症，还不能移动，但即便如此，他也要亲眼看见才罢休。

"见人之前吃饺子不好吧。"

二人在车站大楼里找地方吃饭时，仁科栞还故作轻松地调侃了一句，但是吃完午饭伊豆原叫她联系庄村数惠商量见面事宜时，仁科栞立刻露出紧张的神情，四处去找没什么人的地方。

最后，她走到一条人少的通道的角落，低着头拿出手机打起了电话。伊豆原只能指望她发挥柔和的处事风格，成功约到庄村数惠。

电话应该是庄村数惠本人接听的。仁科栞先恭敬地做了自我介绍，然后道出了此行的目的，表示想跟她确认一下野野花逗留护士站期间发出的响动。

"这件事很重要，其实我们已经来到宇都宫了。不会打扰您很长时间，只想跟您见面详细谈谈……"

假设庄村数惠是真凶，辩方又在公审期间提出这样的申请，她肯定会感到不知所措，并且不愿意被牵扯进来。但是如果一味拒绝，又可能招致怀疑……

庄村数惠的态度似乎很不干脆，仁科栞耐心地跟她交涉了很久。

为了让仁科栞集中精神，伊豆原站在稍远的地方等她打完电话。

不久之后，仁科栞结束通话，朝他小跑过来。

"跟她约好了下午登门拜访。"

她的语气很兴奋，像是完成了一项重任。伊豆原也很配合地赞了声"好"。

"你觉得她状态怎么样？"

"很难说啊。她说身体动不了，但是不见面实在不知道情况如何。"

"她好像很不情愿啊。"

"她的态度就是该说的已经跟警察说过了,除此之外没什么好说的。我听她的声音好像没什么精神,也推断不出她是不是内心有动摇……"

看来真的要见上一面才能判断。

下午,他们拦了一辆计程车出发。在一片郊外风景中越过鬼怒川,再往前开一段,就进入住宅区并下了车。

"应该是这里。"

他们按照住址来到了门口挂着"屋代"的名牌的住宅门前,这里应该就是庄村数惠的娘家。离婚后,庄村数惠应该改回了娘家姓,叫屋代数惠。

按下门禁对讲机,一个年长女性的声音传了出来。他们说明来意,等待片刻后,玄关门打开了。

一个六十岁左右,身材瘦削、头发花白的女性探出头来。那应该是庄村数惠的母亲。

"我也对检察官说过了,数惠正在疗养,没有精力见人。"

他们表明庄村数惠已经在电话里答应见面,于是老太太先回到家中,不多久又出来了。

"请进吧。"

她很无奈地让伊豆原二人进了屋。仁科枈送上了在东京站买的伴手礼,老太太依旧表情冷淡,还叮嘱他们不要聊太久。

"我们知道数惠女士正在疗养,"伊豆原说,"会注意尽量不给她增添负担。"

一楼里屋是个十平方米大小的和式房,里面摆了一张床,庄村数惠就坐在上面。她穿着居家的运动服,外面披着针织衫,皮肤没什么光泽，双眼也有点凹陷，看起来没有三十多岁的精气神。

房间有电暖炉供暖，但也有点憋闷。周围装饰着几张她父母的照片，可以推测这里原本是老太太的房间，老太太为了照顾受伤的女儿，才让她住进来了。

床边摆着两根拐杖，看来她并不是完全不能走路。

"请坐吧。"

伊豆原二人做完自我介绍后，庄村数惠指着床头的圆凳说道。因为凳子只有一把，仁科枲主动退开，端坐在了伊豆原身后的榻榻米上。

"您感觉还好吗？"

伊豆原已经基本确定这个人就是输液中毒死伤案的真凶。要保持自己不受这个认知的影响，并装出若无其事的模样说话，让他感到莫名紧张。

"我的腿还不怎么灵便……不好意思。"

庄村数惠坐在床上表达了歉意。

如果突然触及自杀的事情，恐怕会暴露他们对她的怀疑。因此无论问什么，都必须慎之又慎。

"只有腿不方便吗？"

"主要是腰和腿。"她说，"医生说其他的伤已经好得差不多了，就是还经常恶心和疼痛……再也不像以前那样了。"

她的脸颊和眼角都有点伤痕。

"您现在离婚了，我是不是称呼您屋代护士更好呢？还是庄村护士就可以？"

"都无所谓。"

她可能认定了自己跟伊豆原他们只会有一面之缘，便没有要求。

"您也许知道，古沟医院那个案子已经开始审判了。"

伊豆原简单介绍了审判过程，随后提到了畑中里咲说的零食袋的响动。

"零食袋是否发出了响动是影响审判走向的关键问题。审判长也说，如果有别的证人能为这一点做证，就务必请她出庭。只要庄村护士您答应，我就请审判长在下周一的公审中为您提供做证的环节。"

"我现在的身体还没办法去东京，而且就算去了，也没什么好说的。"

"如果您当时在护士站没听见身后发出响动，那只要这么说就行了。"

"这些我都对警察说过了。"

"推车和操作台的位置传出过零食袋的响动，这是一个新观点。您对当时的情景的描述只有不知道小南女士何时离开了休息室，直到她走出护士站才察觉到动静。这个证词比较含糊。畑中护士说，因为小南女士离开护士站前的一瞬间，其手上的零食袋发出了声音，她才发现了小南女士。您要是能出庭详细说明小南女士离开时您察觉到的是响动还是动作，当时您有多专注于工作，是否听见了畑中护士吃零食的声音，并没有注意到身后传来零食袋的响动，就能给陪审团留下小南女士并没有作案的强烈印象。"

"那些细节我已经不记得了。"

"当然，不记得的事情可以如实回答不记得了。证人质询时，我会申请使用小南女士曾经拿在手上的零食袋。您比畑中护士更靠近小南女士那天的动线，所以您做证没听到那种响动是最重要的。"

"你说这么多……"庄村数惠为难地低下了头，"可我现在连上厕所都费劲，真的去不了东京。"

"我们会全程辅助您。"伊豆原说，"有必要的话，可以租轮椅。今天我们在宇都宫住一晚上，明天就带您到东京下榻酒店，然后下周一开车接您到法院。"

话说到这个份儿上，庄村数惠显然没有了拒绝的理由，便不再说话了。

"我们确信小南女士是无辜的。从休息室的交谈时间来判断，她不可能完成作案。尽管如此，法庭上的事情还是不好判断。我想再增加一个筹码。畑中护士凭借她身在现场的直觉认为小南女士是无辜的，所以她才在证言台上讲了此前甚至没有对检方说起过的零食袋响动的事情。如果您熟悉小南女士，一定也知道她不会是凶手吧。"

说完这些话，他注意到庄村数惠的嘴角微微扭曲了。

"小南女士已经被关押一年多了，两个孩子也很难见到。我想尽快帮助她恢复自由。如果被判了有罪，她更是要无辜承受重刑，不得不耗费漫长的时间在二审、三审中做斗争。您不觉得她很可怜吗？纱奈小姐曾对我说，您是个非常温柔的护士。现在正是关键时刻，能请您帮帮我们吗？"

庄村数惠难过地叹息一声。"能给我一点考虑的时间吗？"她说，"这事来得太突然了。"

"明白了，那我们傍晚再来拜访。"

伊豆原决定给她一点时间。不过他也担心庄村数惠在这段时间里又想不开，只能请她母亲多看着点。于是他对厨房里的老太太说庄村护士有点累了，他们傍晚还会再来。

"不知道结果怎么样,今天只能住在这里了。"

他们叫了一辆计程车回到车站,决定找家商务酒店落脚。

"她父亲已经去世了吗?"仁科栞在车里闲聊道,"我看她房间里父母的照片都像是四十多岁时照的,门口也没有男人的鞋子。"

"那应该是老太太的房间。"伊豆原说,"里面只有一张单人床,她丈夫也许真的去世了。"

伊豆原与庄村数惠算是同辈人,他们的父母应该都已经六十多岁了。虽然还算不上很老,但是生病去世也不奇怪。

"那家的男主人去世很久了。"

年老的计程车司机突然插话道。

"啊,您知道那家人吗?"

"你们是说屋代家对吧?屋代先生是我初中的学长。"司机说,"我俩关系不是特别亲近,不过十七八年前吧,他们家出了个新闻。"

"出了……新闻?"仁科栞反问道。

"就是纲川昭三那个水力发电以权谋私的事情啊。你们年轻人可能不知道吧。"

纲川昭三现在是个已经过了巅峰期的政治家,但在伊豆原上学那阵,他作为执政党干事长的心腹,一度有过很大的权势。

"屋代先生当时在县政府的负责部门工作,就成了纲川先生的中间人吧。后来事情浮出水面,检察院都行动起来了。企业那边交出了一份企业、县政府和纲川办公室秘书出席的面谈的记录,县政府却坚持说并不知道纲川办公室的人在场。于是呢,反对党就在国会叫嚣,让县政府也给一份面谈记录,结果屋代先生就上吊了。"

伊豆原不是本地人,只觉得好像听过,又好像没听过。不过庄村数惠的父亲自杀,又让事情变得更复杂了。

361

"那件事后来查清楚了吗?"仁科栞难以释怀地问。

"没查清楚,撤销起诉了。"司机说,"不过后来也出了好多事。屋代夫人站出来说丈夫生前留下了一份面谈时的笔记,还说她丈夫是被支持纲川的县政府高层和检察院特搜部夹在中间拉扯,最后被害死了。她一度还要搞什么复仇之战,说要举报那些高层,不过那份笔记始终没被拿出来,还是不了了之了。"

伊豆原想起刚才出来应门的那位老太太。她看起来就像一个过着平静生活的老人,没想到竟也曾为丈夫的遗恨奋起作战。

"说到底,这世上最重要的还是证据啊。"司机继续道,"咱们在车里装行车记录仪、车内摄像头,也都是为了万一出什么事留下证据嘛。要是真出事了却没证据,就毫无办法。屋代先生也许没想到夫人会站出来吧。"

检方为了立案,肯定已经调查过庄村数惠父亲周边的事物了。即使那份笔记真的存在,也很可能在屋代先生自杀前被销毁了。这位司机说得没错,正义必胜这句话也得靠证据才能实现。

到达车站后,伊豆原怀着复杂的心情下了车。他忍不住想……十几年前失去了丈夫,现在连女儿都企图自杀,不知庄村数惠的母亲心情究竟如何。

这不是女儿能保住性命就值得高兴的时候。他怀疑庄村数惠就是输液中毒死伤案的真凶。想象到罪行曝光的那一刻,他实在不知该做何感想。

他们在车站附近订了商务酒店,各自回房休息到傍晚,然后又在酒店的咖啡厅简单商量了对策。

"如果请她去东京,最好让老太太也一起去吧。"

"有道理,毕竟她的精神状态不太稳定。"

所谓商量对策，也只是重复这样的交谈而已。

十七点，他们再次坐上计程车拜访庄村数惠家。

庄村数惠已经换上了做出决意的表情。

"我会尽量配合你们。"

从她依旧审慎的口吻可以听出，她的决意并不是坦白自己的罪行，而是在保护自己的同时，愿意尽量保护野野花。

"但是能让出庭时间短一点吗？我只要回答有没有听见零食袋的响声就可以了吧？"

"这样就足够了。我也会尽量不给您增加负担。"

如果有机会，他也想逼迫她交代犯罪事实，因为这是证明野野花无辜的最快捷的办法。

但是现在的庄村数惠可能一听到葛城麻衣子和奥野美菜她们的名字就会提高警惕，一个字都不说。如果表现出太明显的怀疑，莫说出庭，搞不好她还会自杀。对此，伊豆原必须谨慎行事。

"我听女儿说了。她一个人去肯定会不方便，我也一起去。"

不等他们拜托，庄村数惠的母亲就主动表示要陪同前往。于是伊豆原表示将会马上安排明天的行程和东京的酒店，然后起身准备离开。

"检察院那边可能会打电话确认您是否出庭，您只需表明出庭的意愿就够了。因为您是辩方的证人，那边要是想跟您提前沟通，您可以答应，也可以不答应，这不会有任何问题。"

为了防止出庭前横生枝节，他特意留下这些嘱咐，然后返回了酒店。

翌日，他们准备好轮椅，下午陪同庄村数惠移动到了东京。送她入住浜松町的酒店并休息片刻后，为了防止她过于紧张影响质询，伊豆原先做了简单的证人测试。

野野花逗留护士站期间，庄村数惠没有听见放置输液袋的推车所在位置有人操作，也没听见零食袋的响动。

野野花离开护士站时，她不记得是否因为零食袋的响动而察觉到其离开，但确实是因为听到了一些响动。

她的这些证词对辩方来说已经足够了。虽然畑中里咲已经说过这些，但她的证词能够起到印证作用。当时护士站里只有两名护士，因此这个重任只有她能完成。

为了防止庄村数惠改变心意，确保他们能在最后一刻把她劝回头，他还订了隔壁的房间，让仁科枀在里面落脚。

接下来就只等明天了……伊豆原带着这个想法踏上了归途。

周一早晨，伊豆原站在东京地方法院门前等候。开庭前二十分钟，一辆计程车开了过来。

后方侧滑门开启，庄村数惠现出身形。伊豆原见她平安到达，顿时松了口气，走上去道了一声"早上好"，然而她已经浮现出了紧张的神色，只对他点了点头。

司机从后备厢搬出轮椅，伊豆原和从副驾驶座下来的仁科枀一起搀扶庄村数惠坐了上去。他也问候了庄村数惠的母亲，然后推着轮椅走进了法院。

"昨天睡得还好吗？"

等电梯时，伊豆原打算闲聊几句，缓解她的紧张，但她只是摇了一下头，并不说话。见此情景，伊豆原也就没再强求。

到达楼层后，他带领母女俩进了法庭旁边的证人等候室。

"您只需要冷静地回答问题就行了。"

来到这里，庄村数惠想必已经认命了。伊豆原最后叮嘱一句，就跟仁科桸进了法庭。

"她好像很紧张啊。"

在辩护律师席落座时，他与仁科桸谈论起了庄村数惠的状态。

"是啊。"她点点头说，"昨天晚上我在隔壁听见她们母女俩商量什么事情，那声音有点神经质。今天早上看她的脸色，也像是一夜没睡。"

因为他们给庄村数惠订的是平价商务酒店，墙壁隔音看来不是很好。但是能让隔壁房间听见，估计这争吵也挺激烈的。

"能不能让我质询呢？"仁科桸提出。

这场质询不需要什么技巧，只要证人愿意站在证言台上，就已经发挥了足够大的作用。为了犒劳她为这件事付出的辛苦，伊豆原便答应了。

"可以，内容就控制在昨天测试的范围内吧。"

要在证人质询中探讨庄村数惠作案的可能性很困难，伊豆原认为他们不应该贸然行事。

"这我知道。"她回答道。

身穿套头毛衣和开衫的野野花跟随法警入了庭。她依旧戴着手铐、系着腰绳，但是因为上周五的庭审中形势有所扭转，她的表情似乎明朗了一些。她看见坐在旁听席的由惟，笑得眼角挤出了皱纹。

很快，法官和陪审员都到齐了，所有人起立行礼，庭审正式开始。

"你们上周五申请的证人今天到场了吗？"

"到场了。"

365

工作人员带领庄村数惠进入法庭。她的母亲也在旁听席落座了。

庄村数惠看起来与野野花正相反，还是满脸紧张，而且换到法庭的环境中一看，她甚至有点过度思虑的感觉。这让伊豆原不禁猜测，她该不会是想在证言台上自首吧。昨晚她跟母亲争吵，会不会也是因为这件事……想到这里，伊豆原也紧张得绷紧了肩膀。

庄村数惠坐在轮椅上，被推到证言台上面向法官席。她朗读了放在眼前的宣誓书，然后仁科栞站起来，开始了证人质询。

庄村数惠以回答问题的形式简单说了自己的工作经历、案发当天属于白班成员等信息。另外她证实，自己与川胜春水合作为三〇五病房的点滴备药，该工作完成后，输液袋就被放在了操作台附近的推车上。

"后来川胜护士拿着电脑走进了休息室，请问您去了哪里？"

"我把电脑放在护士站中间的大桌上……填写勤务记录。"

庄村数惠的话语没有头天晚上在酒店做测试时那样流畅，听起来有点气喘。随着提问的推进，她好像越来越难以压抑内心的秘密了。伊豆原感觉她随时都要说出是自己往输液袋里混入了药液，不由得屏息静气地等待着。

"十五点四十五分左右，小南野野花女士走进了护士站。您还记得吗？"

"对……我记得。"庄村数惠垂着眼回答。

"那您记得小南女士当时身穿什么衣服吗？"

"上身是毛衣，下身好像是黑色的裤子。"

"她手上拿着什么东西吗？"

"拿着装了饼干的袋子。"

仁科栞戴上手套，获得审判长的批准后拿起了事先申请带到庭上的家庭装饼干外包装袋，哗啦哗啦摇晃了几下。

"请问是这个袋子吗？"

"是的。"

"小南女士走进护士站后做了什么？"

"把袋子里的饼干发给我们。"

"能请您根据记忆，尽量详细地说说小南女士的行动吗？"

"她先给在柜台工作的畑中护士发了饼干，然后走到我这里来，从袋子里拿出两包饼干说：'吃点零食吧。'然后放在了我的电脑旁边。接着她在桌子中间堆了几包饼干，然后走向了休息室的方向。"

庄村数惠的声音很小，但证词内容基本与测试时相符。

"她是这样放下饼干的吗？"仁科栞又哗啦哗啦地搅动零食袋，做了个掏出饼干放在证言台上的动作。

"是的。"

"您跟小南女士还聊了什么吗？"

"她对我说：'吃点零食吧。'我说：'谢谢。'只有这些。"

"您看见小南女士走进休息室了吗？"

"没有看见。我只听见敲门声，然后她对屋里说了一声：'辛苦了。'就当她是走进休息室了。"

"从小南女士走进护士站到她走进休息室，您觉得大概有多长时间？"

"不太长，可能有十五秒左右。"

她在测试中回答的是二十秒左右。虽然只是个小细节，但伊豆原还是察觉到了异样。

"您知道小南女士什么时候离开了休息室吗？"

"我是背对休息室的,又在做自己的工作,所以不知道。"

"您看见小南女士离开护士站了吗?"

"我记得瞥到一眼她的背影。"

"您看见她的背影,是因为视野中出现移动的人影,还是察觉到了什么动静?"

"应该是动静。"

"您说的动静是指像风这样的空气流动还是脚步声之类的响动?"

"应该是脚步声或者什么东西的响动。"

"您发现那个动静来自小南女士时,是否感到意外?"

"没有。"

"那么,您凭直觉认为那是小南女士对吗?"

"是的。"

"请问是为什么呢?"

"就是莫名的直觉。小南女士刚走进休息室没多久,所以我觉得应该是她发完零食出来了。"

这时,仁科栞又轻轻捏了一下零食袋。

"当时您听见背后传来这样的声音,会认为是谁走过去了呢?"

"应该会认为是小南女士。"

"畑中里咲护士之前做证,当她听见这个响动转过头时,看见小南女士正好走出了护士站。您是否也因为听见了这个响动,才认为是小南女士走过去了?"

"有可能。"

"小南女士走进休息室之后,到您察觉到她离开护士站的动静之前,您转头看过身后吗?"

"没有。"

"小南女士走进休息室之后,到您察觉到她离开护士站的动静之前,您听到背后有过什么动静吗?"

"……好像有。"

伊豆原忍不住皱起了眉。这与测试时她给出的回答完全不一样,难道是听错问题了?

"我再问一遍。"仁科朵说完,缓慢地重复了一遍,"我问的不是小南女士离开护士站时的响动,而是在此之前,您是否听见推车的位置传来了有人停留在那里的动静?"

庄村数惠沉默了片刻,然后开口道:"我仔细一想,好像是听见了很小的动静。"

这回轮到仁科朵沉默了。她似乎按捺不住,朝伊豆原看了一眼。

"您说的很小的动静具体是什么呢?"仁科朵有点加快了语速。

"不知道,就是很小的动静,让我觉得有人在那里。"

仁科朵不安分地扭着脖子,又一次看向伊豆原。庄村数惠反倒低着头一动不动。

"那时候,您听见这个零食袋的响声了吗?"

仁科朵又捏了一下零食袋。虽然这是计划中的提问,但测试时的证词是没有听见任何动静,包括零食袋的响声。现在虽然之前的证词不一样了,但仁科朵还是继续追问庄村数惠,试图从她口中引出没有听见零食袋响声的证词。

"有可能是那个响声。因为声音很小,我分辨不清。"庄村数惠用含糊的说法代替了否定。

伊豆原总算意识到了,她在有意做出与测试时不一样的回答。

她不仅不打算自首,还试图用以前从未说过的话再度击溃野野花正在扭转的形势。

仁科朵应该也发现了异常，伊豆原看见她气得侧脸泛起了红潮。

野野花离开前在操作台拿了一副乳胶手套。伊豆原做了个戴手套的动作，示意她提问是否为这个动静。

"小南女士说，她在离开时经过操作台，从那里拿了一副乳胶手套。她的停留时间应该只有四五秒钟，请问您当时听见的动静持续了多长时间？"

"不知道……好像断断续续地持续了好几十秒。"

"如果有动静，您为何一次都没有回头看呢？"仁科朵尖着嗓子反问道。

"因为不是很大的动静……而且平时有人在背后操作，我也不会每次都回头看一看。"

仁科朵气愤地攥紧了零食袋。

"庄村护士，您刚才说如果听见这个响声，就会想到是小南女士对吧？如果您说的很小的动静里也有这个响声，您难道不应该疑惑小南女士在后面干什么，并因此回头看一眼吗？"

"如果清楚听到的是那个袋子的响声，我肯定会回头看。但我当时听见的动静真的很难分辨，只觉得有人在那里，所以就没有回头看。"

"检方提交了您的调查笔录，那上面并没有察觉到动静或是听见响动的表述。您在接受调查时提过这件事吗？"

"没有。"

"那您当时为什么不说，而要到了法庭上才说？"仁科朵的语气已经带有一点指责的态度，不再像是辩护方与证人的对话。

"因为我是现在才想起来的。"庄村数惠毫无感情起伏，盯着下方的一点回答道，"警察并没有专门问这个问题，而我又不觉得那有什么，没想起来要说，也就没留在笔录上。这次律师找到我，说想详细问我在护士站里听没听到背后有响动，于是我就仔细回想了一下，突然想起来了。"

"您怎么能说这样的谎话呢……？"

仁科栞的声音小而发颤，伊豆原几乎没能听清。也许法官和陪审员都没听见。

"您把小南女士描绘成凶手，莫非是因为这么做对您有好处吗？"

这下庄村数惠再也坐不住了，惊讶地抬头看着仁科栞。

"您觉得诬赖小南女士是凶手，自己就能逃过一劫吗……"

仁科栞的声音越发颤抖起来，但音量已经遍及了整个法庭。

"你说什么呢！"

旁听席传来一个类似尖叫的女性声音。应该是庄村数惠的母亲。

"我反对！"江崎检察官气势汹汹地站起来，指着仁科栞说，"辩护律师的提问并非提问，而是对证人的侮辱和中伤！"

"辩护律师请撤回提问。"在旁听席压抑的嘈杂声中，樱井审判长严肃地说道。

仁科栞注视着审判长，绷着肩膀做了好几个深呼吸，随后瞥了一眼低头不语的庄村数惠，小声说道："提问结束。"她回到伊豆原身边后依旧是一脸呆滞，什么话都没说。

检方没有要求质询。

樱井审判长宣布休庭，并通告了午休后的开庭时间。

聪明反被聪明误啊……江崎检察官在另一头的检察官席上，微笑着向伊豆原做了嘴型。

看来指望庄村数惠为辩方说话是他们太天真了。虽然他有点期待本人会坦白自己的罪行，但也早就放弃了逼迫她自首的想法。可以说，这次他们带庄村数惠过来，是把她像宝贝一样捧过来的。

这一切都是为了让她能给野野花做出有利的证词。

然而即便他安排得如此周到，最后也还是事与愿违。也许庄村数惠内心有过对让野野花蒙冤的罪恶感，但最后还是输给了自保的想法。

伊豆原已经基本确定庄村数惠就是凶手。可惜事已至此，那已经没有意义了。就算因果关系已经如此清楚，若拿不出确凿的证据，野野花与庄村数惠的立场就不会对调。

庄村数惠已经没了影，她母亲也不知何时离开了旁听席。

伊豆原起身走出了法庭。他并不想抱怨什么，但还是想刺痛一下她的良心。

来到一楼大堂，他看见一个女人推着轮椅走了出去。那一定是庄村数惠和她母亲。伊豆原盯着她们，加快了脚步。

他再仔细看，一个身穿大衣的男人跟在她们旁边。那是记者吗？媒体目睹了庄村数惠和仁科柒的对话，是不是也猜到了什么……他这样想着，正要追出法院大楼，却听见门口的长椅上传来一声"伊豆原律师"。

叫他的人是纱奈。她仔细打理了刘海儿，穿着藏蓝色正装连衣裙，脸上带着微笑。今天下午，她也要作为辩方证人出庭。

"纱奈……你来啦！谢谢你。"

"我现在好紧张啊。"

纱奈一上来就坦白了内心的不安，仿佛再不说出来就要憋坏了。

"放心吧，没问题的……"

为了陪纱奈，伊豆原没再去追庄村数惠。但是当最后看到母女俩消失在门前的大路上时，他不经意间瞥见了跟她们走在一起的男性的侧脸，顿时心中一惊。那一眼只发生在电光石火之间，他担心自己看错了，再仔细看时，那三个人都不见了。

"纱奈！"

由惟在后面看见纱奈和伊豆原，朝他们小跑过来。

"你还没吃中午饭吧？"由惟问了她一句，然后看向伊豆原，"伊豆原律师，要一起去吗？"

"嗯……算了……"

伊豆原还在怀疑自己看错了，脑子里一片混乱。

"啊，刚才……"

纱奈见伊豆原看着大路，似乎猜到他在想什么，小声说了一句。

看来，他并没有看错。

午休结束后，伊豆原回到法庭，把自己在门口的见闻告诉了仁科栞。

"怎么回事？"

她本来一直在为证人质询的失败而垂头丧气，听了他的话惊讶地抬起了头。

伊豆原只能摇摇头，因为他也还没想清楚。

法官和陪审员回到庭内，审理再次开始。

纱奈是辩方最后的证人。这几个月来，她个子长高了一些，但身材依旧瘦削，肩膀和脖子都显得很单薄。

但她还是挺直身子，坚强地站在证言台上。仅仅是那番光景，就足够打动人了。

此时此刻，审判的形势究竟如何？

伊豆原本以为有所逆转，却遭到了意想不到的打击，再也难以分辨究竟是顺风还是逆风。也许陪审团的意见也处在两极分化的状态。

迷雾依旧缭绕的法庭中央，站着一个坚信母亲无辜的少女。她并没有转头去看坐在被告席的母亲。这个行为乍一看像是紧张，但伊豆原认为，那是因为她无须转头看母亲，内心也有着坚定的信念。

纱奈对前方的法官和陪审员鞠了一躬。

她磕磕绊绊地朗读完宣誓书后，法官请她落座。

伊豆原离开辩护律师席，向她提问。

"请说出你与小南野野花的关系。"

"我是她的二女儿。"

"案发当时，你正在古沟医院三〇五病房住院，请问你现在身体好点了吗？"

"我已经好了。"

"你说你把今天要在法庭上说的话写成了一封信？"

"是的。"

"能请你念出来吗？"

"好的。"

纱奈应了一声，展开了手上的信纸。那些信纸看起来被反复折叠过，想必她做了许多朗读练习。

"妈妈，你还好吗？"

纱奈的朗读，听起来像是对远方母亲的诉说。写这封信时，纱奈还没去看过野野花。现在她不仅念出了当时的距离感，还让人们意识到，母亲与女儿的距离即使缩小到了法庭内的咫尺之遥，却也跟信中一样遥远。

"我很好。肾脏的病已经完全治好了，现在我每天都在自由学校上学。我还加入了舞团，交了好多朋友。我在家跟姐姐也很好。

"妈妈，我住院的时候，你每天都睡在病房里，细心地照顾我，我真的很感谢你。我觉得我的病好起来都是妈妈的功劳。我听说有人认为妈妈为了得到更多的夸奖，故意让我的病好不起来，这让我很吃惊。我从来都没觉得妈妈希望我的病恶化。

"妈妈总是不厌其烦地跟护士确认我的药有没有用错，输液会不会让我不舒服，还一直守着我用药。我没有食欲时，你总是急匆匆地赶回家，做我最喜欢吃的咖喱饭带到医院去。我知道，妈妈一直都在盼着我好起来。我们还一起看白鲸的视频，约定等我病好了，就全家相伴去海洋世界玩呢。

"我住院的时候正好遇上妈妈的生日，我对你说：'谢谢你一直以来用心照顾我。'你笑着说：'有你这句话就够了。'我觉得，正是因为我鼓起勇气说了平时不好意思说的话，你才会这么高兴。别人夸妈妈做得好，妈妈真的会露出那样的笑容吗？我很难想象。

"你跟光莉的妈妈虽然有过争吵，但你每次都对我说：'光莉的妈妈对孩子真上心。''等光莉好点了，她妈妈的心情也会好起来。'就算别人抱怨你的行为，你还是会顽固地认定你觉得好的东西，从来不会怨恨那些抱怨你的人。因为你知道，对方正因为很用心才会对你说那些话，你也会毫无保留地认可她们的用心。

"你跟爸爸离婚时，我特别伤心，觉得爸爸很自私。可我从来没听过妈妈说爸爸的坏话。你总是说：'爸爸有他自己的人生。'还对我们说：'我们三个人齐心协力，肯定没问题的。'我觉得很有道理。

"可是，现在妈妈成了孤身一人，我特别担心你。听说妈妈承认犯罪时，我觉得妈妈一定很痛苦，连我也跟着痛苦起来了。一个人在精神极度衰弱的时候，讲不出真话。因为就算说了也不会被听见，最后在众人的指责之下变得自暴自弃，觉得一切都不重要了。我觉得每个人都会这样。我刚上初中时，同学们用这个案子攻击我，我说妈妈是无辜的，他们就骂我撒谎，处处排挤我。我很痛苦，很伤心，然后想到妈妈当时肯定也是这种心情。"

野野花几次抬手擦拭脸上的泪水。即使没有目光的交流，即使她与女儿有着立场上的距离，她们的心依旧是相连的。

"伊豆原律师告诉我，人一旦失去了伙伴，就是非常脆弱的生物。我也这么想。我生病的时候，妈妈、姐姐，还有医院的医生和护士都支撑着我。但是没有人认同我的时候，我就成了孤身一人。那时的我远比生病时的我脆弱。当身边没有任何伙伴时，我觉得我都不像自己了。

"但是现在不一样了，有许多伙伴愿意听我说话。我也想告诉妈妈，你有许多伙伴在支持你。

"各位法官，各位陪审员，妈妈只是在拼尽全力照顾我。在法庭上，她可能会很紧张，不能有条理地回答问题。但是她跟各位的母亲一样，也是我珍爱的母亲，请你们不要带任何偏见，认真倾听她的话语。

"我一直相信她。

"小南野野花次女，小南纱奈。"

她的话宛如一阵清冽的风，吹遍了法庭上下。缭绕的迷雾霎时间烟消云散。

这也许是转瞬即逝的感觉，甚至可能是伊豆原的错觉。但不管是哪种，这种沉重的心情被一口气打散的感觉，对他来说都无比珍贵。

还剩下一小段路。他感觉自己重新涌出了坚持到结审的力气。

"谢谢你。"

伊豆原压抑着鼓掌的冲动,对纱奈表达了由衷的谢意。

## 25

为期九天的庭审结束了。

每一天,由惟都坐在旁听席的角落注视着庭审的走向。

有许多证人出庭做证。其中好几个毫无疑问地认为这件事就是母亲做的,还积极道出了她的可疑之处。

但也确实有人对此心存怀疑,试图保护母亲。这些人给了由惟莫大的勇气。

纱奈那封信,她已经在家里听纱奈练习了很多次,但是在法庭上听完,她还是深受感动,控制不住泪水。事到如今她开始后悔,后悔她没能站到证言台上。不过她又觉得,自己想说的话都被写在了纱奈的信里,她再说什么也只是画蛇添足。

纱奈的证人质询结束后,母亲站上了证言台。她依旧坚持自己与案件没有关系。检方那边,光莉的妈妈使用被害者参加制度[1]展开了毫不留情的质询,让母亲回答了关于二人矛盾的问题,但母亲说自己并没有怀恨在心。虽然她还是会一句话说好多遍,有时候又颠三倒四的,让审判长不得不再三反问,但她始终明快且开朗。伊豆原向她提问了供述的问题,她在争论供述笔录的自愿性阶段虽然没

---

[1] 被害者参加制度:某些特定案件的受害者或遗属参与到刑事审判中,可以出席公审或进行被告人质询。

能说好，但在最后终于有理有据地说清楚了。

最后一天，检方在论告求刑的程序中将案件定义为"世间罕见的冷酷和任性之举"，认为"应处以被告人无期徒刑"。那虽然不是部分媒体猜测的死刑求刑，但由惟并没有因此松一口气。她只觉得呼吸困难，像是有人扼住了她的喉咙，因此难受了好一会儿。检察院这一国家机构竟认为母亲应该受到重刑制裁，对家人而言，这个事实除了可怕，没有其他的词可以形容。

正因如此，听到伊豆原镇定自若的最终辩护，由惟不禁感到有了依靠。他在庭上列出了反证，首先没有任何直接证据可以证明母亲是真凶，不仅如此，检方提出的母亲的作案时间完全不可能存在，只是他们拒不承认罢了。

最终辩护的最后，伊豆原说出了让她印象深刻的话。

"检方该做的工作，不是给无辜的小南女士强加刑罚，而是尽快抓住真凶，通过合法合规的调查找到真相，使用确凿的证据让真凶得到法律的制裁。"

她之所以对此印象深刻，是因为检察官听完那句话明显变了脸，毫不掩饰地露出了怒容。显然这句话戳痛了他。

还有一点，由惟觉得在纱奈之前接受证人质询的庄村数惠护士可能是真凶。仁科枀在质询的最后几乎要说出那个疑念，而且庄村数惠的证词本身也让人忍不住多想。她还觉得，伊豆原肯定也有同样的怀疑，才会对检察官说那种话。

庄村数惠出庭的次日，她听见几个记者在法庭门口的通道上谈论什么自杀未遂的后遗症。他们说的应该是庄村数惠，也许他们是从医院打听到了消息。

假如那是真的，庄村数惠的自杀就跟案子有很大关系。但是她并没有跟纱奈说起这件事，因为她没有证据。

庭审正式结审，两周后将下达判决。

根据连日来旁听的印象，由惟觉得辩方有优势，但她又不能完全断言这个看法是否夹杂了自己的主观希望。毕竟检方非常积极地试图立证母亲的罪行，辩方最后插入的庄村数惠的证人质询又给人留下了适得其反的印象。

在下达判决前，她又恢复了在伊豆原家当保姆的日子，但始终抹不掉内心的不安，随着判决日的临近，她越来越忧心忡忡了。然而即使见到伊豆原，她也无法对尽了全力为母亲辩护的他倾诉内心的不安。

伊豆原也几乎没有提过审判的事情，但是在临近判决的一天傍晚，他回到家中向由惟提议，不如在判决那天带上纱奈去旁听。

他这么说是因为对判决有信心，还是因为没有信心，才希望有更多人一起祈祷？由惟无从知晓。

她想了想，拒绝了伊豆原的提议。她还是那么胆小，不过不管伊豆原多么有信心，也不能百分之百断言成功。只要有那么一分一毫被判有罪的可能性，她就不想让纱奈当场听到。

纱奈当然也很关心判决，就算那天去上学了，肯定也听不进课去。所以，她决定让纱奈在法院大堂的长椅上等待。

就这样，判决的日子到了。

上午，由惟跟纱奈一起去了神社，祈祷母亲得到无罪判决。平时开朗多话的纱奈从昨天开始就没怎么说话了。

吃完中午饭，她们就去了东京地方法院。许多人已经在法院门口排起了队，准备抽签参加判决的旁听。

由惟让纱奈坐在大堂的长椅上，等待那一刻的来临。

"你说，这里的都是什么人啊？"

为了分散注意力，由惟跟纱奈搭话道。

周围有一些提着大包、看起来像律师的人，但也有不一样的人。当中一部分肯定是像由惟她们那样因为家人被卷入案子，带着沉重的心情走进来的人。以前经常跑医院时，她一度感叹原来有这么多人受到疾病的折磨和影响，现在也有类似的感觉。

"大家都好辛苦啊！"

"是啊。"

她自己也知道把注意力转向周围是因为内心极度不安。若非如此，她才不会关心周围的人。

就算下达了有罪判决，他们也能上诉到中级法院甚至高级法院。这次她不会再退缩，她已经下定决心全力斗争。尽管如此，今天的判决还是有可能短暂地击溃由惟的决心。尽管她觉得自己不会输，但还是赶不走内心的那一丝寒意。

"我该走了。"

由惟长叹一声，站了起来。

"要多久啊？"

"不知道。"由惟说，"可能要一个小时，也许更长……反正你等着吧。"

如果法官宣判了有罪，她该如何回来面对妹妹……由惟脑中突然闪过一丝恐惧，对纱奈说的话也带着几分颤抖。

"知道了，我等你。"

纱奈像是没有察觉她的动摇，坚定地回答了她。由惟没有再说什么，留下纱奈，离开了大堂。

走进法庭后,她坐在了旁听席的最前排。其他座位上已经坐满了记者和普通旁听者。受害者的父母好像也来了,但由惟克制着自己,没有四处张望。

跟第一天公审一样,旁听席后方架起了摄影机。检察官和辩护律师以及三位法官到齐后,摄影正式开始,等摄影机收走后,法警带领野野花走了进来。等法警解开野野花的手铐和腰绳后,六名陪审团成员也入了庭。

全体成员起立、行礼。

时隔两周的法庭还是她熟悉的光景,但紧张的氛围可谓前所未有。

全体落座的嘈杂声平息之后,审判长轻咳一声,郑重其事地开口道:

"今天将对古沟医院输液中毒死伤案宣读判决。被告人请上前。"

野野花闻言离开座位,战战兢兢地走上了证言台。

"接下来宣读判决,请仔细听。"

审判长说完,目光垂向了手上的判决书。

法庭又一次陷入静寂,由惟绷紧了身体抗拒重压。

"主文——"审判长微微提高了音量,"被告人无罪。"

无罪。

那两个字传入耳中,由惟的身体瞬间松懈下来。这次她仿佛忘记了如何发力,全身瘫软,动弹不得。

太好了……她心里只有这个想法。

"我宣布被告人无罪。"审判长放软了语气,像提醒野野花似的重复了一遍。

"现在开始宣读判决理由。小南女士,请落座倾听。"

"好的。"

野野花的声音也有点脱力,似乎跟由惟一样进入了呆滞状态。

野野花落座的瞬间,旁听席的记者一个接一个地离席了。

伊豆原看着由惟。他努了努嘴,显然在示意她快去把好消息告诉纱奈。

对呀,她再也不用像中了定身咒一样坐在这里了。一切都结束了。

这么早就能得到消息,纱奈看见她肯定会大吃一惊……想到这里,她的身体终于有了力气。

由惟紧跟着记者离开座位,走出了法庭。


傍晚,由惟与纱奈一道,跟着伊豆原来到了小菅的东京看守所。

审判结束后,为了办理出所手续和领取行李,野野花暂时回到了看守所。现在他们要一起去迎接野野花了。

到达看守所后,由惟他们决定在外面等野野花出来。仁科栞走进所里迎接去了。

伊豆原递给她一个一次性加热贴,说只剩下这一个了。

"你用吧。"

由惟塞给纱奈,自己搓着双手取暖。他们各自的气息在夕阳下化作白雾,又缓缓消散了。

由惟的手机突然响了。是很久没联系她的父亲。

"恭喜啊,我看到新闻了。"他对母亲的无罪判决表现出了看似由衷的欣喜,"审判的时候我也坐立不安,一直都为你们祈祷呢。"

装什么装啊……由惟在内心直翻白眼,平淡地说了一句"我让纱奈接",然后把手机塞给纱奈。

"嗯，嗯，谢谢爸爸……我们正在接妈妈呢。"

纱奈跟由惟不一样，高高兴兴地跟父亲聊了起来。

"嗯，谢谢你……再见啦。"

结束通话后，纱奈把手机还给了由惟，然后向她汇报电话的内容："他说要上补习班学习的话，有困难尽管找他。"

"真爱装……"由惟忍不住嘀咕了一句。

纱奈笑着说："哎呀，这样也很好嘛。"

相信别人、原谅别人恐怕也是一种天赋吧……想到这里，由惟不禁有些羡慕妹妹。

"姐，你觉得我可以回平中吗？"纱奈突然严肃地问道。

"舞花也在那里，你想回就回呗。"

由惟说完，纱奈马上咧嘴笑了。"嗯，也对。"

"由惟小姐，如果你想上大学，那就可以现在开始准备呀。"伊豆原说。

"啊？"

"这也许不是我该插嘴的问题，不过这次的案子应该能得到刑事补偿，如果你本来就想上大学，那你可以在带惠麻的同时复习一年，明年参加考试啊。"

原来还可以选择这条路吗……她觉得有些难以置信。直到这一刻，她才突然意识到自己已经自由了。

"姐，你这么聪明，不如以后当律师吧？"纱奈在一旁怂恿道。

"我不适合的。"

像她这种胆小又疑心重的人，怎么会适合需要信任他人、帮助他人的工作呢？

"不会不适合啊。"伊豆原说，"别看由惟小姐这样，其实你挺坚强的,而且有什么话都会直说,这方面就挺适合的。"

"你这样说好像不算夸奖吧?"纱奈笑着说。

"而且你有勇气。"

伊豆原说出了与由惟的分析完全相反的话。他是指为性骚扰案做证的事情吗?由惟不禁有些害羞。

"不过就算当了律师,也不一定能赚钱。"伊豆原耸耸肩说。

"等补偿金到了,我一定会支付律师费的。"由惟说。

"哎,我可不是那个意思。"伊豆原略显尴尬地说,"不过……还是谢谢你。"

"家里只有夫人赚钱,伊豆原律师肯定不好过吧。"

由惟调侃了一句,伊豆原苦笑着嘀咕道:"你真的什么话都敢说啊。"

"啊,出来了。"

听到纱奈的声音,她转头看向大门,发现仁科枃走了出来。

紧接着,母亲也出来了。母亲对守卫点了点头,简单交谈了几句,接着迈开步子,很快就注意到了由惟他们。

母亲咧嘴一笑,朝他们挥了挥手。

这段日子实在太长了。

她经历了太多痛苦,也流了数不清的眼泪。

可是,母亲应该比她更痛苦。

母亲究竟承受了多大的痛苦呢?

此时此刻,母亲却像什么都没发生过一样,笑着对她挥手。

母亲只是一直在守护纱奈,全心全意地照顾生病的纱奈而已。

为什么她没能相信母亲、支持母亲呢?

看见母亲的笑容,由惟没有感到高兴,反而强烈地意识到自己并没有为那个笑容提供任何力量,顿时失去了前行的力气。

她感到双腿发软,很想哭着对母亲忏悔。

但是,纱奈在一旁用力握住了由惟的手。

那股热意不只是加热贴的温度,还有纱奈手心的温暖。

由惟被纱奈拉着,踏出了第一步。

"妈妈!"

她高喊着,跟纱奈一起,向那比春天更早一步的阳光般的笑容跑了过去。

## 26

"这次真是太感谢你们了。"

野野花得到无罪判决的第二天下午,伊豆原来到了古沟医院。他没有预约,只说想跟院长打声招呼,繁田竟爽快地答应了。

古沟院长正在办公室处理文书,看见伊豆原只平淡地说了一句:"哦,你好。"他当然已经知道了判决结果。

"这对你们是最好的消息吧。"

他保持着坐姿,放下笔对伊豆原说。

"这都多亏了院长先生和各位工作人员给出了公正的证词。"伊豆原表示了感谢,"谢谢你们。"

"我们每天都肩负着守护人类健康、救人于疾病伤痛的责任。"古沟院长说,"虽不能说是反作用力,但是在别的方面,我们确实会不自觉地回避责任。这也是我引以为鉴的反思。不过这一次,出庭做证的人在说话时都带着一定的责任感,才会有现在的结果。"

也许川胜春水在出庭做证之前向他表明了,若是在庭上被问到她与院长的关系,自己将会如实回答。

"我们对川胜护士做出的行为实在太失礼了,为此我要再一次郑重道歉。"

"那位律师不是被开除出律师团了吗?"古沟院长说完,宽容地继续道，"我不会一直咬着那件事不放。她肯定也是不再在意了，才会那样在法庭上做证。每个人彰显尊严的方式都不一样，坚持诚实也是一种方式。那就是她的态度吧。"

"有道理。"

"不过——"古沟院长轻叹了一声，"现在案子又要从零开始调查，我也不能松懈啊。"

"您作为院长，想必要继续操心了。"

"我现在怎么都安定不下来。"古沟院长继续轻叹道，"在准备辩护材料时，你已经有所猜测了，对吧？"

伊豆原坦然接受了他的目光，然后摇摇头。

"那是调查机构该做的事情。"

"看来你很慎重啊。"古沟院长微微苦笑道。

"但我认为，真相大白的日子不远了。"

"是吗？"

听了他难以释怀的回应，伊豆原结束问候，离开了院长室。

离开古沟医院后，伊豆原径直去了银座。

贵岛法律事务所正式更名为贵岛纪念法律事务所，想必是为了纪念创立者贵岛义郎的功绩。

桝田之前在大办公室的座位被另一个律师占用了。他找到文员询问，原来桝田换到了贵岛用过的办公室。

他也没有预约跟桝田见面。听说桝田的午餐会议延长了，伊豆原只对文员打了声招呼，便近乎硬闯地走进了桝田的办公室。

曾经挂着"贵岛"名牌的办公室门口，果然换成了"桝田"的牌子。

他走进去一看，屋里的布置跟贵岛在世时基本一样，连温泉小镇的迷你提灯也还挂在那里。桝田可能只占用了办公桌周围的空间。室内还弥漫着一股说不上是灵气还是什么的氛围，就像贵岛只是出门工作了，下一刻就会回来。

伊豆原走到面朝办公桌的小椅子旁坐下来。他曾经在这里与桝田并肩同贵岛开会。

"你在干什么？"

听见开门声，伊豆原回过头，看见了略显惊讶的桝田。桝田刚进来问的那一声听起来有点慌张，看见伊豆原只是坐在椅子上，立刻闭口不言，像是强装镇定。

"来汇报审判结果。"伊豆原坐在原地安静地说，"坐在这个位置上，感觉有点像跟贵岛老师说话。"

"是吗？"桝田点了一下头，重整气势继续道，"恭喜你。贵岛老师肯定也很高兴。"

"真的吗？"

伊豆原没有坦率地接受夸奖，桝田面露疑惑。

"你被安排到单间，想必是升级成合伙人了吧。"伊豆原没有理睬他，继续说道，"还用了贵岛老师以前的办公室，真够厉害的。"

"因为没空位了。"桝田辩解似的说，"现在就像借了贵岛老师的办公室，比以前更有寄人篱下的感觉了。"

他自嘲了授薪律师的待遇，但伊豆原并没有笑。

"那是老师的遗言吗？"

"什么？"桝田警惕地反问道。

"你刚进事务所半年就升级为合伙人，是一开始就约好了吧？"

"当然，他请我过来本身就有这个意向。"桝田说，"这证明贵岛老师很看重我，并不是坏事。"

"条件是什么？"伊豆原冷冷地问道，"或者说，等你跳槽过来不方便跑路之后，被迫接受的条件是什么？"

桝田沉默了。

"十七年前，"伊豆原安静地说了起来，"执政党强势议员纲川昭三被卷入水力发电以权谋私的疑云时，县政府的对口负责人屋代和德自杀了。他是古沟医院的护士庄村数惠的父亲。其后，他的妻子友纪子为了查明真相站了出来。在那场复仇之战中，成为友纪子后盾的人，就是正义的律师贵岛义郎老师。"

桝田注视着伊豆原，脸上的所有表情都消失了。

"遗憾的是，在屋代的遗物中并未发现纲川方和县政府方的面谈记录，真相就这样被埋没了。也许是因为当时的遗憾，贵岛老师与屋代友纪子之间产生了特殊的牵绊。我不清楚那两个人究竟是什么关系，但可以肯定，他们的心意是相通的。其后，贵岛老师只要一有空闲，就会去见友纪子。"

伊豆原注视着那个有点陈旧的鬼怒川温泉迷你提灯说道。

"当然，他也与友纪子的独生女儿数惠保持交流，见证了她的成长。贵岛老师很清楚她在古沟医院工作，听说她流产之后肯定也很心疼。在古沟医院发生输液中毒死伤案时，他一定是因为数惠在那里工作才关注该案的。"

"你这是臆测……"

桝田正要反驳，伊豆原用一句"你听我说"打断了他。

"警方经过调查，逮捕了小南女士。与此同时，屋代友纪子找到贵岛老师，倾诉了数惠精神不稳定的苦恼。听友纪子倾诉时，老师逐渐察觉到数惠恐怕是真凶。然而，他并没有选择劝数惠自首。当时警方已经逮捕了小南女士,他希望案子能够顺利进入公审阶段,最后下达有罪判决。贵岛老师为了获知调查情况,推进小南女士接受公审,特意接近了当时已经接受国选律师任务的你,提出要加入律师团。"

对桀田来说,能够得到驰名刑事辩护领域的大人物帮助,自然是雪中送炭。然而,那个所谓的大人物并没有提供任何助力,因为贵岛本人丝毫不打算打赢这场官司。他当时已经疾病缠身,所以桀田误会了贵岛消极工作。

"你是在把我拉进律师团一段时间后,才知道贵岛老师的真实目的吧?当时贵岛老师已经做好了布阵,让你加入这家事务所便是其中一步棋。他罹患的癌症的恶化速度比想象的更快,导致他有可能熬不到公审那一天。贵岛老师凭感觉知道,这个案子本就是冤案,检方只有违规审问得到的供述笔录和状况证据,只要律师用尽全力,就完全有可能赢得无罪判决。在他不得不反复住院期间,我们自行展开了应对公审的行动。他见此情景,便打算把一切当成遗言坦白,把后事托付给你,并约定在不远的将来让你升级为合伙人。

"你听到那些话,肯定大吃一惊吧。然而案子已经走上了贵岛老师事先铺好的轨道。你只要答应,就能得到合伙人的地位。若是不答应,老师的包庇行为必然会曝光,甚至危及贵岛法律事务所的存续。所以,你没有选择。"

桀田移开了目光,走向办公室窗边。他凝视着窗外,试图保持冷静,但侧脸已经没有了血色。

"贵岛老师去世后,庄村数惠失去了靠山,对将来感到悲观,于是选择了自杀。很难说幸或不幸,她保住了性命。同时,你忠实地完成了自己的工作。具体来说,就是借主任的位置打出争取减刑的方针，扰乱律师团内部，妨碍公审决策。你被逼无奈要把罪名转移到小南女士头上，所以你说的至少要避免死刑应该是真心话吧。你也做了相应的努力，然而，那本就是贵岛老师在时日无多的情况下想到的保护庄村数惠的计策，执行起来肯定很牵强。他作为一辈子都在帮助别人的律师，恐怕也想不出非常完美的陷害之计。他可能从未想过我会从你手中抢走主任的位置。所以就这样，一切都失败了。"

紧盯着窗外的桝田回过了头。

"你说这种话，有什么证据吗？"

他的声音略显嘶哑，像在极力掩饰内心的动摇，他的目光却像被逼到绝路的动物，有着本能的抗拒。

"你也是律师，应该不是凭想象说出这种话的吧。你负得起责任吗？"

伊豆原难过地看着他背水一战的表情。

"庄村护士的母亲——屋代友纪子女士都跟我说了。"

话一出口，证人质询结束后在法院外迎接庄村数惠的这个人的目光中霎时间没有了力气。

"庄村护士的自杀是一时冲动。正因为是一时冲动，她跳楼时才没注意到下面有树，最后被树枝缓冲了一下，保住了性命。然而下次就不一定了。即使逃脱了调查，对制裁的恐惧也仍会伴随着她。只要她不正视自己的罪名，那种冲动就会卷土重来。身为母亲，友纪子女士当然不希望女儿丧命，所以听了我的劝说。她还告诉我，证人质询前夜，你专门找到酒店里，说服庄村护士不要为小南女士说话。"

桝田并未看着伊豆原，只是茫然地将脸对着他。

起初，桝田做这些事肯定是不情愿的。他本以为贵岛是个强有力的帮手，没想到反被对方诱入了圈套。但不知从何时起，他内心就生出了这件事一定能顺利做成的毫无依据的自信。

"那位母亲正在考虑劝女儿自首。得到小南女士无罪的消息后，她们应该在商议这件事了。"

在判决下来前，伊豆原再次抽时间去了宇都宫。他找到庄村数惠的母亲，将自己调查到的她与贵岛的关系，以及看见她们在法院门前与桝田接触的事实都摆出来，让她意识到事情再也瞒不下去了。但她也说希望伊豆原给点时间让她劝说女儿。伊豆原只把自己掌握的信息交给了江崎检察官，他不知道江崎检察官是否找到了樱井审判长，然而事已至此，检方恐怕也无法坦然接受有罪判决了。

"是吗？"桝田勉强挤出了一句貌似放下心来的话，"那不挺好嘛。"

"我们总在为证据和证人的有无而烦恼，没有不利的证据就满怀自信，一旦出现了证据又会变得脆弱不堪。可是桝田，这些证据早已在你心中了，你只是缺乏勇气。"

"没想到我有一天还会被同期的人教训啊！"桝田叹息着说，"不过，我也不只是看上了合伙人的约定。"

"我猜也是。"

正因为了解桝田，伊豆原才懂了他的意思。

"我在贵岛老师的病房第一次见到了庄村护士。那天她趁休息，跟她母亲一起从宇都宫赶过来看望老师了。因为她称自己为屋代，我也就没发现她是古沟医院案子的相关人员。后来知道实情时，我已经成了老师那个家庭的一员。

"贵岛老师一辈子帮助了那么多人，现在他不惜放弃那些业绩，不顾自己的工作，也要拯救那个人的人生。他还说自己真的把庄村护士当成了亲女儿看待。我觉得，那是老师在生命燃尽之际发出的灵魂的呐喊。听他说话时，我渐渐开始同情庄村护士的境遇，发自内心地想帮她了。我觉得，既然贵岛老师这么伟大的人会做这样的决定，那么这种想法一定也是可行的。"

"即使那是贵岛老师灵魂的呐喊，你也该冷静地做出判断。在我看来，你只是被老师的三寸不烂之舌蒙骗了。你本该清楚，你要拯救的不是庄村护士，而是小南女士。"

"我知道。我知道自己走错了路，而且老师去世后，我一想到自己要独自走完这条路，就觉得特别害怕。可是，在我对她坦陈了内心的不安后，她竟绝望地自杀了。最后她奇迹般获救，我实在不知这算不算好事……总之，我已经无路可退了。"

说完这些真心话，他缓缓地垂下了头。


晚上，伊豆原回到家中，由惟还在起居室里。
"我也刚回来。"

千景走出卧室，似乎刚换下衣服。听她细说，原来是突然接到工作，所以回来晚了。

"真不好意思，吃了再走吧。"

千景拿出回家路上买的熟食，边摆上桌边说。

"不用了，妈妈做了饭在家等着呢。"

由惟说完笑了笑，表情看起来又高兴又害羞。

"是吗？那就得早点回去吧。"千景也高兴地说。

"哎，这么快就开始学习啦。"

伊豆原注意到了沙发上的日本史参考书。

"本来以为都处理掉了，没想到一找就找到了。"

由惟收起参考书，依旧有点害羞地说。

"太好了！太好了！"

原本彻底乱了套的时钟像是退回了原位，又一次开始规律地行走。

他换好衣服出来，由惟已经走了。本来伊豆原想送她到车站，看来她并不想太麻烦。

"那孩子原来还有这么柔软的表情呢。"千景搅着锅里的味噌说。

"那才是她本来的模样。"

伊豆原对现状感到无比满足，这时总算有了大功告成的充实感。

他带着难得的轻松，从婴儿床上抱起惠麻。惠麻似乎感应到了他的心情，笑嘻嘻地咿咿呀呀起来。

这时，伊豆原的电话响了。

"我是宇都宫的屋代。"

是庄村数惠的母亲。

"我跟女儿说过了。"

"这样啊。"

"能拜托伊豆原老师为我女儿辩护吗？"

"我会尽力而为。"伊豆原说，"也请您全力支持她。"

"好的……"

约定好明天一早前往宇都宫拜访后，伊豆原结束了通话。

"明天又要出差了。"

千景闻言，看了一眼伊豆原。他还等着妻子讽刺他"工作忙是好事，问题是能不能拿到相应的报酬"，然而她并没有说出那句话。可能通过这起无罪判决的案子，千景多少对他有所改观了。

虽然这样也很好，但伊豆原有点不习惯。他总觉得少了点什么。
"嗯，但也没办法啊。"
明明没有人说他，他还是自顾自地辩解了一句。
他怀里的惠麻突然发起了脾气，嘤嘤呜呜地闹腾起来，像是替千景说话了。
"别这么说，我的工作就是这样啊。"
伊豆原终于找到了辩解的对象，笑着哄起了女儿。

# 参考文献

《洗冤之人：冤案律师今村核》佐佐木健一，NHK出版
《刑事辩护人》龟石伦子、新田匡央，讲谈社
《无罪承包者——刑事辩护是什么？》弘中惇一郎，角川集团
《辩护律师的差距》秋山谦一郎，朝日新闻出版
《刑事辩护入门之案例篇（修订版）——辩护方针完结的思考与实务》宫村启太，民事法研究会

本书创作时，法医学相关内容得到了杏林大学名誉教授佐藤喜宣老师的帮助，律师业务方面得到了横井弘明与石塚花绘两位律师的帮助，护士业务方面得到了M、P、K三位护士的帮助。

另外，埼玉县立小儿医疗中心小儿外科的川嶋宽医生与雷伊法律事务所的近藤敬、阪口采香两位律师对文中涉及医疗与法律业务的描写提出了细致入微的建议。

在此，作者要对以上人士表示衷心的感谢。

KIRI WO HARAU by Shusuke Shizukui
Copyright © Shusuke Shizukui, 2021
All rights reserved.
Original Japanese edition published by Gentosha Publishing Inc.
This Simplified Chinese edition is published by arrangement with
Gentosha Publishing Inc., Tokyo in care of Tuttle-Mori Agency, Inc., Tokyo
through Pace Agency Ltd., Jiangsu Province.

© 中南博集天卷文化传媒有限公司。本书版权受法律保护。未经权利人许可，任何人不得以任何方式使用本书包括正文、插图、封面、版式等任何部分内容，违者将受到法律制裁。

著作权合同登记号：图字 18-2023-083

**图书在版编目（CIP）数据**

拨开迷雾 /（日）雫井脩介著；吕灵芝译 . -- 长沙：
湖南文艺出版社，2024.3
ISBN 978-7-5726-1607-5

Ⅰ．①拨… Ⅱ．①雫…②吕… Ⅲ．①推理小说—日本—现代 Ⅳ．① I313.45

中国国家版本馆 CIP 数据核字（2024）第 015525 号

上架建议：畅销·日本文学

BOKAI MIWU
**拨开迷雾**

| 著　　者： | [日]雫井脩介 |
|---|---|
| 译　　者： | 吕灵芝 |
| 出 版 人： | 陈新文 |
| 责任编辑： | 匡杨乐 |
| 监　　制： | 邢越超 |
| 策划编辑： | 韩　帅　万江寒 |
| 特约编辑： | 尹　晶 |
| 版权支持： | 金　哲 |
| 营销支持： | 文刀刀　周　茜 |
| 封面设计： | 胡崇峯 |
| 封面插画： | 王　媛 |
| 版式设计： | 梁秋晨 |
| 内文排版： | 百朗文化 |
| 出　　版： | 湖南文艺出版社 |
| | （长沙市雨花区东二环一段 508 号　邮编：410014） |
| 网　　址： | www.hnwy.net |
| 印　　刷： | 三河市中晟雅豪印务有限公司 |
| 经　　销： | 新华书店 |
| 开　　本： | 875 mm × 1230 mm　1/32 |
| 字　　数： | 302 千字 |
| 印　　张： | 12.5 |
| 版　　次： | 2024 年 3 月第 1 版 |
| 印　　次： | 2024 年 3 月第 1 次印刷 |
| 书　　号： | ISBN 978-7-5726-1607-5 |
| 定　　价： | 56.00 元 |

若有质量问题，请致电质量监督电话：010-59096394
团购电话：010-59320018